KB122255

우리지널

얼럴럴 상사뒤야

| 운상 최춘식 장편소설

第一卷

탄식하는 고향

문학의식사

작가의 맺힌 말

착하고 씩씩한 소설이다. 참으로 그렇게 믿고, 그리 듣고 싶다.

착하고 씩씩하게 살아라. 세상은 본디 그러하다 할지라도, 부디 착하고 씩씩하게 살어리랏다! 전주댁이셨던 어머님께서 귀에 남보석이 자라도록 이르시고, 그리 사셨던 분이 저 산 너머 요단강 건너 영생복락에 입성하신 후, 그 다짐은 한층 옹이가 자랐다. 내 비록 책읽기를 탐하다가 소설 작가가 되었다 한들, 그 한 살이를 잊을레라 할 터이랴? 시나 소설이란 거짓을 파헤친 진실이라 하지 않았던가?

이제 몇 권의 작가로서 이력이 쌓이다 본즉, 문예文藝적 작품이란 찬사를 그리게 되었다. −오리지널 얼럴럴 상사뒤야! 라니? 6·25동란 덕(?)에 남녘의 땅 끝 마을, 강진읍성에서 6~7년을 살면서, 다산 정약용 스승님을 사사하고, 인생의 도리로 목민심서를 공부하면서, 청년기가 훨씬 지났고, 장노년에 들어설수록 그립고도 아쉬운 가르치심이었다. 어간에 음수사원飮水思源이란 고사성어를 곱씹게 되었다. 물을 마실 때 근원을 생각하다. 개구리 되었다하여 올챙이 때를 잊지 말라하심이던가? 오늘날 이처럼 배고픔을 모르고 살게 되었다 한들, 5~6십년 전 보릿고개를 잊는다 하면, 그 참상을 여전히 겪으며 헐떡이는 저 북녘 땅이며, 열사의 아프리카며 어찌 고개를 들 수 있을 터인가?

그런 심상으로 바로 그 강진 귀양지에서, 일정 때의 동양척식 식민지 정책으로 시작하였던 봉화산 삼동마을의 원 둑 공사장을 더듬게 되었고, 이제 작가의 사명으로 이 작품을 엮어서 단동십훈의 나라, 홍익인간弘益人間사의 한 자락을 장식하게 된 셈이다. 어줍잖게 거창한 난장이 되었다.

착하고 씩씩하게 살자고 본즉, 늦깎이 작가로서 그리되었다.

2, 3십대 청년기의 독서란 창밖으로 세상을 봄이요, 4, 5십대의 심독이란 창문을 열고 세상사를 거닐어 봄이라! 6, 7십대의 눈 비비며 탐독이란, 세상사에 더불어 웃고 울어봄이라 했던가? 러시아의 문호 톨스토이의 「부활」을 재삼 다시 읽으며, 도스토에프스키의 「까라마조프 가의 형제들」를 새삼 읽으며, 독서의 향락을 인생사의 상복이라 감동하면서도, 작가의 치열한 작가 정신에 얼떨떨해진다. 그리 꽃피던 「이반데니소비치의 하루」 솔제니친의 문학이며, 「닥터 지바고」의 보리스 파스테르나크의 작가 정신이란, 영원한 신화가 되고 말 터인가? 저 태산 같은 유럽들, 일본 청년 작가 히라노 게이치로의 「일식」 열정이며, 「상실의 시대」를 건너온 무라카미 하루키의 열풍이 항상 그립다. 이제 뉘 머라 하시건간, 난 주어진 여건에서 은총의 성경읽기와 감사 찬양에 읽고 쓰기로 착하고 씩씩한 한 생애를 마무르고야 말리라.

부디 독자 제현들께도, 거룩하신 성령의 은총이 풍양하시기를 간구 드리며, 척박한 문화풍토에서, 첫 독자가 되어주시고, 제책製冊의 노고를 감수하신 문학의식사의 보람과 번영을 기원합니다.

주후 2020년 열하의 절기에

운상 최춘식

차례

작가의 맺힌 말

조물주는 자기의 비밀을 그 선각자에게
보이지 않고는 결코 행하심이 없느니라.
사자가 부르짖은즉 누가 무서워하지 않겠느냐
성신께서 말씀하실 때 누가 예언하지 않겠느냐

— 구약 아모스 3장 7–8절

붓질은 때로 산 목숨보다 질기다.
휘둘러 쓰는 사람, 사람에 따라서!

— 다산 정약용 丁若鏞 1762– 1836년

한마당

석양의 잰 걸음

　남해안의 하늘은 겁도 없이 높고 멀었다. 저 깊고 아롱진 하늘에 풍덩 빠져 든다면 대체 무슨 꼴일까? 푸르고도 깊다. 한정 없이. 저 하늘이 무너져도 솟아날 구멍은 있다고 했던가? 아니지. 세상이 다 망가져도 하늘에 솟아날 구멍이 있다고 했던가? 난데없는 뭉게구름 무리가 한가롭게 덩실거린다. 솜뭉치처럼 아롱거리지만 정녕 한바탕 펄펄 쏟아서 세상을 적시려나? 청풍하늘 훨훨 날아 건너뛰고 박차 지른다. 산새들이 부럽지 않다. 청솔 밭에 펼쳐진 낭자들의 그네 타기다.

　최덕성은 짓눌린 등짐을 출석거리며 하늘을 우러렀다. 까마득한 하늘에서 멈칫거리며 펼쳐지는 환상이 엊그제 일인 듯 활짝 다가선다. 환영幻影은 얼핏 반갑다.

　널따란 마당에서는 털썩, 털썩! 철퍼덕거리며 솟구쳐 오르내린다. 널을 뛴다. 큰 명절의 낙낙한 뒤풀이였다. 기러기나 큰고니 산새처럼 날지도 못하고 토끼나 사슴 고라니처럼 뛰지도 못한다. 그저 시사절기 따라서 땅 짚고 몸부림치기다. 그나마 헤아려 보면 이런 풍습은 실상 댕기머리 촐랑거리는 처자들이

나, 아낙네들 놀이가 십상이다. 상투도 틀지 못한 총각이며 사내들 뒤풀이란 윷놀이에 땅뺏기, 자치기에 제기차기는 앳된 도령들 차지다. 그런즉 사내장부들 몫이란 여기저기 뒤풀이 장단 기웃거리다 기지개나 활짝 펴고 곰방대 두드려가며 마당 밟기 구실삼아 설치거리다가, 아귀 아리랑 다퉈 먹고 마시는 막걸리 추렴새에 사물놀이 풍장이 제격이럿다. 고려 적부터 사물놀이 신바람 난 풍장이란, 인걸과 산천이며 하늘땅 휘몰이로 아우르는 한 마당 잔치 뒤풀이다. 해안선을 끼고도는 삼동 마을에서 유난히 잦은 사물놀이었다. 그럴 사 한가위 명절 징검다리 훌쩍 건너면 눈코 뜰 참도 아쉬운 추수절기라. 구시월 설한풍이 산천을 윽박지를 때, 일간 세상은 간물 든 늦가을 배추인양 차분하다. 서리 맞은 개구리처럼 겸손해지는 법이었다. 한살이 살림들은 앞 다투어 마무리되는 터다. 분복대로 누리고 나눌 수밖에. 막연해진 인심은 휑한 하늘 흘깃거리기 마련이었다. 무작스런 뜬세상 인심에 갈증 탄 먼 길 나그네는 고향 길 다가올수록 청맹과니이듯, 무참하고도 텅 빈 하늘을 흰 눈으로 흘깃거릴 뿐이럿다….

허나 남해안 갯마을의 동짓달은 보리밭 지천이요 동백꽃 난장이었다.

비린내 흠씬 풍기는 갯가에나 산비탈마다 황토밭 벌판에 새파란 보리 싹이 샛바람 견디며 솟구치는가하면, 산등성이 밭가에 퍼지른 쇠똥이듯 납작 엎드린 농가나 신작로 주변에는 으레 늠름한 파수꾼처럼 펼쳐진 동백 숲이 까맣게 번들거리며 진한 암내를 풍기었다. 토혈인양 봉오리 꽃 알근달근 피워 올리는 터였다. 보리밭의 썩은 두엄더미 뒤지며 설쳐대는 까마귀 떼거리와 샛바람 견디고 새파랗게 솟구쳐 오른 보리 싹 풋내와 동백꽃 향기는 갯물처럼 뒤섞여 진하고도 새콤했다. 그리도 새콤달콤한 암내 향기로, 토박이 아들딸 장가가고 시집가던 호시절마다, 마을 안택의 홍염한 동백꽃은 검붉고 장려한 기색을 한껏

뽐내며 혼례상에서 분홍색 보자기에 싸인 채 두 눈 흑진주로 번득거리는 전안
奠雁더불어 으레 상객 대접을 받기 마련이었다. 인간지 대사 절창에, 들뜬 흥분
으로 번들거리는 남녀노유 눈길을 단박 사로잡는 그 화려하면서도 담백한 자
태라니, 삼가 뉘라서 난분분 탓하며, 세상 어디에 비기리오. 또한 동백기름으
로 번드르르 태깔 다듬은 여인네들 머릿결에서는 상사相思가 넘볼 새라. 흘깃거
리는 남정들 혼백을 창질하며, 향기롭고도 환상적인 요염기가 세상을 온통 혼
취케 하려는 듯했다.

— 그랑께, 그라고 살맛나는 호시절도 있기는 있었능 갑제…!
　불각시에 떠오르는 상념이 어제런듯 새롭다. 가까이 볼 때마다 늘 새롭다.
아쉽고도 그리운 양 멀찍한 동백 숲을 바라기하며, 등짐에 짓눌려 헐떡거리던
앙가슴에 절로 터지는 한숨 소리에 산 꿩이 푸드덕거렸다. 검푸른 청솔야산에
서 이따금 조신머리 없이 깽깽 내질러 설치는 수꿩은 이 또한 남녘산천의 명물
이라 할 터! 저리도 창창한 성깔 내지르며, 푸르릉 날갯짓하며 산곡을 싸질러
대면, 대체 뭘 어찌해보려는 속셈이라 할 터인가? 우명한 산천은 스스로 묻
고 귀 기울인다. 남해안가 산천에는 유난히 청파란 솔숲에 온갖 멧새들 난장이
었다.
— 그야 번한 일이 아니랄까? 천지간 음양 조홧속 정분난 암수 까투리, 뒤풀이
하자고 설쳐대는 바로 그 노릇 아닐세라?
　최덕성은 스스로 문답했다. 끈질긴 걸음에는 상념도 갖가지로 깊어지는 법
인가.
　저절로 솟구치다 울돌목 해일처럼 맴돌이 하는 상념은 세월 타넘고 산천 경
계도 아랑곳없다. 무언가 촉박한 심사를 홍복으로 다스리는 천상바라기 지혜
라고 할 터인가? 사람이나 산새나, 먼 산 짐승들이 살아가는 살림살이란, 저리

도 다급하고 허기 찬 노릇이었던가? 설마 그런 건 아닐 터다. 살맛나는 한 살이가 내남없이 떨쳐버릴 수만 없는 산목숨 미련일망정, 선말 양반 최덕성은 무거운 발걸음마다 거듭 설렁거리는 내심을 차마 내뱉지 못하며 악다물었다. 나그네길 가면 갈수록 하릴없는 빈 털털이 신세라는 자각이 새삼스럽게 심상을 윽박지른다. 훌훌 털고 떠났던 타향 길은 멀어지고, 새 터전에 오롯이 다가갈수록, 숨결은 가팔라지는 심상이었다.

— 오매 에! 징-하게 멀고도 머요 잉!

선말댁의 짓눌린 하소연에, 나름 상념에 사로잡혔던 사내는 가부간 반응이 없다. 시퍼런 하늘 서남해안의 석양이 무지갯빛갈로 설치고 들었다. 비릿한 갯물 냄새가 바람결에 실려 왔다. 짓눌린 임질에 누에대가리 휘두르듯, 노상 조신스럽던 옥양목 차림의 아낙네가 물젖은 실토정을 거듭해댔다.

— 참말로 징-하게도 멀고멀다 말이요! 어째서 꿀 먹은 벙어리 맹기요?

— 멀기는, 멋이 그리고 멀당가? 나그네 길이란, 가면 갈수록 천리 길도 한걸음씩 줄아들고 가까워지는 법도라 하지 않던가?

— 하룻길이 천리라고도 안 합뎌? 참말로 사흘 길이 징-하게도, 멀고 머요!

— 뻔히 다 아는 길, 그럭저럭 다 왔담 말이시. 쫌만 더 힘을 쓰소. 우짤 것인가? 이고 진 저 늙은이여, 짐 풀어 날 달랠 것인가?

최덕성은 여편네가 앙가슴 풀이로 뱉어 놓는 소리에, 새삼 가슴이 아린다. 허나 아낙의 속내 깊은 푸념이 오히려 요행이라고도 새긴다. 암소마냥 말수 없이 속내 우명한 아낙이 이리도 쉰 소리라니, 얼핏 반갑다. 벙어리로 살면, 가슴앓이 속병이라도 덧날 터이었다. 머리에 이불 보따리며, 어깨에 걸린 짐바리가 멍에잔등으로 짓누를 터였다. 짠한 눈길을 돌려, 수굿 거리며 수나귀들처럼 고개를 철렁거리며, 어미 뒤를 따르는 어린 것들 곁눈질해본다. 열한 살에, 열네 살, 열일곱 살의 떡두꺼비 자식들이다. 늘씬하고 튼실한 고라니처럼 사내 꼴이

잡혀간다.

한동안 잔 세설 분분하던 아들들이 제풀에 지친 탓이던가? 꿀 먹은 벙어리들이다.

— 고향산천이라? 갯가에 누런 똥개처럼 엎드린 마량포구가 말라빠진 고향이라고? 헐 수 할 수 없이 따라오긴 왔다만, 홧−따매 참말로 제기랄….

— 그래도 고향산천은 내 고향땅이라고, 정들면 타향도 고향이라지만….

셋째 종순宗舜이 짐 보퉁이에서 놓여나며 한숨처럼 터트리자, 둘째 종수宗秀가 무람없이 털털한 소리로 덥석 받았다. 짐짓 어미, 아비 눈치 살피며 무춤거린다. 맞는 말이다. 갯가 고향마을이 무슨 말라빠진 터전이랴? 버리고 떠났던 고향산천이라니, 어린것들 앙가슴 눈치에 한숨이 절로 터지는 신세다. 최덕성은 문득, 가을 낙엽은 귀근歸根이랬지. 습성인양 한물간 문자를 떠올리며, 화살 맞은 짐승처럼 짐들을 부리고 다리쉼하는 슬하를 챙겨본다. 눈시울 붉어 볼수록 아득하여지는 심상이다.

삭풍에 떨어진 가을낙엽은 근본을 좇아, 뿌리로 돌아간다.

자고로 남해안 휩쓸던 염병이나 군란에, 임오년 흉년피하여 남부여대하고 대처로 한양으로, 하다못해 북간도라던가 연해주 쪽으로 살길 찾아 떠나던 시절 아니던가?

그나마 장남 최종구崔九는 뜻을 굽히지 않고 대처에 남긴 덕이다. 광주 대처를 떠나 아득한 사흘 길에, 녀석은 대체 어찌하고 있는가? 먹고 자고, 사람살림 아무런 대책이 없었다. 불현듯 아찔한 심상이다. 수중에 돈푼이 남았을 터인즉 무슨 일이야 당했을까만, 좀이 쑤시는 심정을 숨기기가 어렵다. 설핏 변성기로 어룽거리며 오뚝한 콧날에, 잘 생긴 맏자식의 안면이 떠오르자, 아랫도리에 불끈 옹심이 솟구친다.

— 그려! 내 긴히, 아비구실 당당히 보란 듯, 견뎌 내고야 말리라. 젊어 고생은

금돈주고, 고주 말에 챙겨서라도 산다더라. 귀에 새옹이 자라도록 들었지. 앙 그려?

요 녀석들 팔자를 바꿔보자는 암산이 이리도 참담한 꼴이 된 셈이니, 새삼 뉘를 탓할까? 석 삼년 전에는 바리바리 소달구지 덩실거리며, 향민들 울력으로 갓닦아 내린 신작로 길을 올라갔던 대처행이 요런 지경으로, 피난보따리 신세가 된 터다. 기가차고 어처구니가 영락없이 망처구니다. 근지에 늘어난 골초연기 습벽처럼 느닷없이 솟구치는 한숨에, 앙가슴을 펼치며, 쉰내 입을 열었다.

— 거반 다 왔다. 잔 쉬어가자! 쩌어그 동능재만 뽈딱 넘으면, 마량포구 아니랑가?

— 제발 진작요. 존일 하잡시고, 사람 살고 봅시다. 휘—유우! 똑 죽것네!

선말댁의 앙바틈한 푸념 설레발에, 헐떡거리던 일가족은 신작로 가에 두서없이 등짐들을 부린다. 패랭이 잡초 꽃에, 단풍 꽃이 나붓거리며 반긴다. 삽시간 신작로에 타닥거리던 쉼터가 올망졸망 푸짐해진다. 허리어깨 짓누르던 살림들을 팽개치며 고개를 처든다. 강진康津땅끝 푸른 해안에서, 바다건너 마주본 해남海南 서산에 걸린 하늘이 화들짝 열리고, 선들 갯바람이 보리밭 향기를 흠뻑 싣고 덤벼들었다. 포한처럼 터지는 숨결들이 막잠 잔 가을누에처럼 옹골졌다.

— 쩌어그 저, 잿등 고개만 폴짝 넘어서면, 고향산천이지라? 위매, 살 것네.

한 동안 더운 숨결을 다스리던 여린 입에서, 소망 찬 말씨가 솟구쳐 올랐다.

어찌 그리도 못나게, 떠났던 고향산천 되밟을 생각밖에는 달리 살길이 없었더란 말인가? 광주 대처에서, 종내 허탕을 쳤던 최덕성崔德性씨와 정소례丁小禮 선말댁은 몇 달 며칠 궁리궁리 끝에, 결국 이 길을 택하고 말았던 터였다.

정녕 무언가 거역할 수 없는 갈급증이었다. 목말라했던 대처나 윗녘 객창을 생각하면, 생각사록 숨길이 막혔다. 무릇 사람이나 짐승일지라도 근본을 버리고, 대체 어디서 살길을 찾으랴? 산천의 동굴이나, 부엉이의 거처란 거저 마련이 아닐 터다. 작심하자말자 줄행랑치듯 대처를 벗어나고, 나주 영산포를 지나 영암을 거쳐 강진읍으로, 사흘 길을 고무신 철떡거리며 갈수록 사방에 펼쳐진 보리밭에 무한정 솟구치는 들녘의 융숭한 향기가 새록새록 생기를 돋우었다. 허겁지겁 지나고 본즉, 영암靈巖땅이 낭주郞州 최 씨 본향인 것을, 아아! 한동안 상념이 사로잡았으나, 골머리 흔들어 떨쳐버린 터였다. 저 건너편 어디선가 수꿩이 청량한 울음 터트렸다. 먼데 고라니가 앙가슴을 구구거렸다. 산천초목이 화답하는 생물 경기에 호기를 누린 듯, 말라빠진 고향 마을이라? 면박을 당했던 종순이 새삼스레 앙바틈한 입을 열었다.

— 정들면 고향이요, 풋사랑 저버리면 낮 설은 타향 땅이라고, 앙 그라 등가? 유성기에서, 이 풍진 세상에, 부귀영화를 누리라고, 만날 맨날 들었음시롱.

— 그랑께, 그놈의 유성기만 좋아하지 말고, 공부해라. 셈본하고 서책 읽고, 글씨를 써라. 날이면 날마다, 종 주먹질 안 해싸 티야?

— 그놈의 유성기 탓에, 우리가 피난 보따리를 걸머졌당가? 먼 놈의 남 탓이여?

— 하여간에 그 놈의 유성기에, 정신들이 쏙 빠졌었어.

— 치잉! 행님들이 눈치 봐감서, 유성기만 끼고 돌더니 남 탓인가? 사내장부들이 생입을 열어 남의 탓이라니, 비겁하게시리!

어깨 등짐에 짓눌려 허적거리던 삼형제가 느닷없는 키 재기로 활기차게 걸었다. 정녕 그런 법이었다. 자고로 도토리 키 재기란, 살맛 돋우는 천성의 지혜렷다. 정들면 고향이라! 어이없는 유성기 타령에, 얼핏 신명이 날법하다. 콧구멍이 찡하도록 무지른다. 대처에 오르자마자, 대추 고감 빼먹는 살림살이에서도 먼저 손을 대었던 유성기가 하릴없는 구박덩이 돼버린 셈이었다. 신식 유성기는 꿈결 같은 날라리 유행가 자락을 날마다 토해냈다. 아아! 으악—새 짝사랑이며, 사의 찬미며 고향이 그리워도 못가는 신세며, 구슬픈 타향살이 망향가와, 청춘가와 신세계의 찬미가였다.

정녕 소갈머리 없는 짓이었을까? 하지만 살다보면 사람이란, 취미랄까? 기질일까, 낭만이랄까? 그런 살맛도 맛보게 마련 아니던가? 그래서 대처행도 꿈꾸고 공부도, 출세도 꿈꾸는 인생이리라. 이 풍진 세상을 만났으니, 부귀와 영화를 누렸으면 희망이 족할까? 엄벙덤벙 세상만사를 잊었다하면, 희망이 족할까? 근자에 콧소리 입질 잦았던 가락을 떠올리며, 새삼스레 들추어 질러대는 자식들의 심사를 탓하고 싶지는 않다. 다만 꿀 먹은 무지렁이처럼, 유구무언 망연한 심사일 뿐이다.

저 너머로 환하게 펼쳐진 남해안에, 서너 척 돛단배가 어이영차 한가롭고, 은빛바다에 석양이 노랗게 물들고 있었다. 갯가에는 김발의 잔재가 허허로운 말뚝만남기고, 아득한 저 멀리는 완도完島, 해남군, 진도 쪽 아련한 뱃길의 연안이었다.

그 눈길을 좇다보면, 으레 떠오르는 영상이 비상하고 날카롭다. 전라 좌수사였던 충무공 이순신님이 죽다 남은 12척 판옥전선을 이끌고, 사즉생死卽生의 전술을 펼치던 해안이다. 삼도수군통제사였다. 정쟁政爭에 휩쓸려, 참담한 옥고를 치르고, 어마님 초상도 치르지 못한 백의종군의 치욕 속에서도 서남쪽 명량이라, 울돌목으로 펼쳐지는 뱃길은 먼 세월을 순식간 눈앞으로 끌어 당겨주는 마력이었다. 석양의 바닷길이, 핏빛으로 물들어가고 귀기어린 왜구의 전선이, 신기한 철갑거북선에 쫓기며 화염에 휩싸여 부서지고, 검붉은 야차 왜놈들 목숨 줄이 삭풍낙엽처럼 바닷길에 쏟아져 내리는 환상이 엊그제일인 듯 서늘하다. 무시로 떠올리면 옹골찬 노릇이었다. 냉가슴도 뻐근해진다. 그리도 장엄한 숨결가락으로, 태평세월 무병장수 기리는 강강술래를 살아왔건만! 흘러간 역사, 역사란 한결같은 샛바람, 바람이었다.

하지만 성큼 다가선 이 풍진세상에서는 실사구시實事求是요, 실용주의를 부르짖던 벼슬길에서 정략에 몰려 귀양살이하던, 다산 정약용丁若鏞선생이 절량 농민의 탄성을 가슴절절 시문으로 밝히고, 현정賢政 목민심서를 집필하시며 굽어보던 강진 연안이었다. 대처를 떠나 나주, 영암을 거쳐, 강진 읍성에서 하룻밤 여숙에 머물렀다. 마침내 이런 몰골로 눈치코치 살피듯 고향 길에 접어든다. 한 동안 말수 없던 일가 다섯 식구는 낙향의 씁쓰레한 심사를 내숭 숨기고 있는 셈이었다. 누굴 탓하랴? 사내장부들이 생입으로 비겁하게, 정신을 차려 셈해볼수록 석삼년 살림을 채 못다 버텨낸 대처였다. 대처 살림이란 게 그리도 무작스러웠던가?

추적거리며 걷는 걸음에, 이따금 짓밟히는 개미집을 뭉개기도 하고, 땅벌레 좇아 해찰을 일삼다. 산천경개로 지루한 심사 달래던 자식들이다. 사흘길이 가면 갈수록, 멀고도 아득했다. 벼슬길에서 막간 세월 탓으로 귀향길 떠나가던 옛 양반들 심사가 정녕 이러했을까? 백의종군의 짚신 철떡거리며 장흥, 강진 남해안을 정찰하고 다니면서, 대책 없는 세상에 국난대책을 강구하던 통제사의 심사가 과연 이러했을까?

— 어서들 온-나! 그리고 해찰을 하다가는 길가에서 산돼지랑 야숙할레?

— 내비 두시오. 그람서도 싸득 싸득 좇아는 오닝께, 신통방통 아닌가요?

— 어서들 온-나. 사람이 공부를 하던 무슨 일을 하던, 한눈 자주팔고 해찰이 자심하면 망신살이 된다더라. 눈을 똑바로 뜨고, 고개를 꼿꼿이 쳐들어야!

말은 그리 하면서 이리도 민망하고, 허탈할 수 있을까? 재촉하던 선말 양반 덕성은 선말댁의 넋두리에, 지청구들은 듯 뒷말을 잇지 못한다. 말라빠진 고향 타령이냐고 한동안 티격 거릴 듯싶던 아들들이 올망졸망 보퉁이를 챙겨지고 나서는 몰골을 사시처럼 눈여겨보며, 스스로 눈물겹다. 정말로 꿈만 같다. 정녕 아비의 망신살이 요지경 이런 꼴이다. 말 못하는 속내만이 아니었다. 한바탕 꿈만 같았다. 혼수 감에 들떴던 새물내기 처자처럼, 짓눌렸다가 깨고 본즉, 악몽이었다. 아득한 정신 얼빠진 허깨비로 느짓느짓 되돌아와 새겨들수록 확연한 악몽이었다.

옛 만호萬戶성이라던, 마량진 포구 역내에서, 짤짤하게 한다하는 살림이었다.
알뜰살뜰한 선말댁 안살림은 물론, 최덕성의 소장수 벌이도 겨우살이 농한기를 몰라라. 근읍에서 알아주는 재량이 아니었던가? 선말댁은 천성으로 그러해서 철 이른 단비는 으레 덕비 오신다 하였고, 하늬바람 샛바람은 풍상장군이라 반겼으며, 동냥치는 큰손님이라고 영접할 줄 알았으며, 어미개의 둥지가 다습고 도타웠으며, 강아지 밥그릇도 깨지면 내치고 옹글게 챙길 줄 알았다. 봄여름 멍석 가의 달구새끼라도 행여 간짓대 휘두르지 않았다. 내남없이 먹고 살자는 노릇 아니랴. 감나무 까치밥은 보암직하게 영글었다. 살짝 곰보라, 얼금뱅이라지만 말씨 또한 어질고도 살뜰 겹고 정갈해서, 스스로 돋보이는 자태였다.
최덕성은 이웃들과 달리 뱃길 고기잡이나, 갯것 무질 빼고는 못해본 일이 없었다. 뒤 안에 열 개의 외양간은 흙벽이 도타웠고, 들풀 항시 넘쳐나던 구유는 아침마다 정갈하고, 싹수있고 되지못할 마소 우시장 감별이 유다르다 했던 소장수만 아니라, 목화솜 미영장사에 수십 가마를 셈하는 쌀장수에, 대구면소 청산 도자기 벌을 넘나들며, 고려청자 유기전으로 판세를 늘려가는 재량이었다. 농한기 먹자 틈을 허투루 보내기는커녕 목포에서, 뱃길 따라 군산 서산 충청도, 웅지를 펼칠 듯싶었다. 그의 나이 불혹지년이라, 무엇엔가 홀려 헷갈리지 아니할 터라는 사십 전후의 일이었다. 늦바람에 난생 기둥뿌리 썩는다고, 하였던가.

정녕 튼실한 기둥뿌리를 뽑고야 말았다. 느닷없이 임진년 난리라도 치르듯 펄쩍펄쩍 뭉떵 거리고 떠났던 대처 살림이었다. 채 삼년을 견디지 못하여 피난 보따리 꾸리고 앞서거니 뒤집어 이렇듯 초라니 볼꼴이라니, 악몽이었다. 탈진한 듯 등짐 부린 쉼을 누릴 적마다, 얼빠지고 넋 나간 정신이 점점 맑아질 때마다 선말 양반은 번연히, 탁! 탁! 기가 막히는 심사였다. 허나 천생이듯 돌이킬 수 없는 입장이 아니던가.

— 오매-매, 더 저물기 전에, 설렁 일어서야 할랑 갑소!

선말댁이 허기진 듯 웅얼거렸다. 막둥이 종연이가 펄쩍 일어서며 되받았다.

— 금-매 글안해도, 배가 고파서… 꼴깍 죽을 것, 맹잉만.

— 워-매 글안해도 나도, 눈앞에서 갈 잠자리가 아지랑이로 시퍼래 온당께.

— 도대체 사람이나 짐승이나, 왜들 헐떡헐떡 사는 지 몰것네. 저~엉말.

— 그야 배가 고프닝께 살제. 허겁지겁 묵고 살라고, 안 그런 다냐?

종수의 말을 종순이가 대뜸 받았다. 그야 배가 고프닝께 살제. 묵고 살라고, 정말 그런가보다. 먹어야 사는 법이다. 호랑이보다 무섭다는 배꼽시계 따라서 벌어먹고 일해 먹고, 갯가 무질이라도 쩔쩔거리며 얻어먹고, 하다못해 남의 몫을 속여서라도 먹어야 산다는 짐승이라. 저리도 무정한 갯가의 썰물처럼 텅 빈 뱃속이 고프니까, 억지로라도 기신거리며, 먹이를 좇아야 산다. 그것은 생존 본능, 산목숨 은덕이었다.

사람이나 짐승이나 왜 사는지 모르겠다. 배가 고프닝께 산단다. 그럴듯한 아들들의 말을 곰씹다가 유구무언이던 아비 최덕성이 겨우 쉰내 입을 열었다.

— 그란디 사내들아, 시방 일어서야할 이 자리가 대체 무슨 자린지, 아시능가들?

— 동능 재라고, 고갯길이제라. 저그는 수인修因마을이라고.

— 그려, 수인마을이지. 오른편 산등이 장군봉이여. 장군봉將軍峰! 왼쪽으로 먼

산은 봉화산烽火山이라. 왜란이 닥칠 때마다 봉홧불을 올리던 화산이라고.

종순이 아비의 말을 기다렸다는 듯, 냉큼 받아 새기자 덕성은 추연한 심사로 속설을 들먹여 본다. 배가 고프다는 절박한 호소를 잊었는가? 사람 산다는 일이 배가 고프니까 허겁지겁 먹기만을 위해서 살아야 하는 걸까?

— 수인 마을을 쉰 동이라고 혀, 마량포구에서 대처 오가는 길목에 잠시 쉬어 가는 마당, 저 갯벌을 쉰들래 뻘 탕이라고. 저 장군봉은 쌍봉으로 두루 뭉실하지만 보기보담 높지, 신기한 황산이란다. 왜침이 빈번할 때마다 저 산에서 왜구를 공략하는 함성이 일어난 거여. 해적들 간담을 서늘하게 해놓고 쫓겨났던 왜구가 재벌 상륙해보면, 아무것도 없었다는 거여. 다시 바다로 나가면 대함성이 일어나 앞바다를 함부로 넘나들지 못했다는 거지. 또 왜구가 지나가려면, 장군봉이 신통력을 발휘해서 해적들 선척船隻을 갯벌에다 끌어올려, 꼼짝 못하게 했다는 거여. 대체나 그런 함성이며, 신통력이 도대체 어디에서 났을꼬? 그래 남녘 해안 막아주는 장군봉을 무시로 바라보고, 봉화산을 앙망하고, 그 품 안에 사는 후생들은 장차 큰 인물로 추앙을 받게 된다는 전설이 생겨난 신통지역이라. 그런 말이랑께…!

선말 양반, 모처럼 생기를 누리듯 전설을 새겼다. 이구동성 전설은 세월의 때를 입히면 신화가 되고, 신화란 범접치 못할 위엄이 서리는 법이었다. 덩달아 듣고 보는 후생들에게는 이심전심 꿈을 부르는 어깻짓 자랑이 일었다. 종수가 대뜸 캐물었다

— 그랑께 큰 인물이, 산세 지세를 밟고 난, 큰 인물이, 대체 머시랑가요.

소년들의 의구심은 아지랑이 그것은 싹수라고도 한다. 응답은 필연 싹이 트는 법.

— 산천 의구하되 인걸은 간데없다고 안하던가. 이 풍진 세상 만났으니 잠깐 있다가 없어지는 인물이란 거여. 덕망을 세우고, 천만인의 귀감이 되고!

— 그거야 강냉이 뻥튀기는 소리 제, 야산이 함성을 지르고, 갯벌 탕이 왜선을 끌고 당겼다는 말이 도대체 멋이랑가. 그저 재미 삼는 이약이라, 그런 말이여!

— 사람 사는 이치를 따라서, 재미로운 이약을 지어낼 수 있는 사람이 큰 인물 이제.

— 먼 소리이여? 이야기 좋아하는 사람치고, 배고픈 신세를 면치 못 한다지 않던가?

— 그 놈의 배고픈 타령은 팔자에도 없다고 하등만, 입만 열면 먹자타령이랑가?

— 사람이나 산 짐승이나, 너나없이 먹고 살자고, 설치는 세상이라 안하던가? 헉헉! 둘째, 셋째가 주거니 받는 말씨가 밤 씨알처럼 옹골차고도 녹록치 않았다. 등짐에 짓눌려 헉헉 거리면서도, 마디마디가 질세라 산 제비 입 씨알처럼 영글었다.

하여튼 이 날, 석양의 쉼터가 일가에 인각된 사건은 두고두고 평생의 걸림이었다. 단순한 입씨름으로 속내를 주고받던 형제가 막상 등짐들을 챙겨지고 자리를 뜨자말자 생각지도 못한 난리가 터진 탓이다. 징상하게도 먼 길이라. 새삼 탓하던 어미의 푸념 짓이 아니었다. 갯가 마량포구, 그깟 놈의 고향 산천을 탓하며 큰 인물 캐묻던 종수가 느닷없이 산불 맞은 수퇘지처럼 신작로를 거슬러 걷던 길을 내리 굴렀다. 무쇠 솥단지 등짐이 요동쳤다. 철렁거리며 비명처럼 내지르는 멍울 소리가 장끼 깡마른 허갈이듯 산천을 들썽거렸다. 순식간 생각지도 못한, 차랑차랑한 탄원이었다.

— 난 못가라우. 죽어도 못가겠다. 그런 말이어! 고향에 묻히면, 똥물 먹은 두엄처럼 팍 썩어 뿔고 말거 인디? 내 긴히, 대처에 행님 한티 갈라요.

— 오-매! 오매에, 먼 소리랑가? 그것이 도대체 뭔 소리여!

간신히 수습하여 대처를 떠날 때부터 호소였다. 고향에 묻혀 버리면 똥물 두 엄더미처럼 팍 썩어 불고 말거인 디, 하지만 어쩔 것이랴? 이런 지경에 둘째인 너라도 아비를 도와, 집안을 일으켜야 하지 않겠느냐, 선산밑이라도 자리 잡고 살림을 일궈야 할 것 아니냐? 애타게 타일렀던 걸음이었다. 저럴 수가? 저-저런, 꼴이라니? 아슬아슬 내리 꽂히는 순간, 참혹한 일이 터지고 말았다. 넉장거리로 나자빠진 몸뚱이 길섶으로 굴렀다. 부엉 바위 구르는 듯했다. 무참하고도 모지락스런 일이었다.

도대체 무엇이 소년의 심사를 그리도 막다른 절망으로 내몰았을까? 눈앞이 하얗게 펼쳐지는 참악한 장래사였을지! 자식들을 가르치고, 재승현덕이라 꿀벌로 배워 길러 가문을 일으키고, 대장부 사람구실을 하게 하자던 덕성 일가족의 야무진 꿈은 실상 귀양살이 촌로들의 한풀이였을 터다. 망아지는 제주도로, 인사의 종자라면 한양으로 보내라는 옛 말은 살아 있었다. 벼슬길이란 결코 옛 꿈만이 아니었다. 사람노릇이요, 입신양명이란, 사내장부의 짓이었다. 그 길이 태산처럼 가로 막힌 절망이었다. 뛰어 넘어야 했다. 목숨 짓이었다. 발악을 해야 했다. 사람의 짓이요, 더벅머리 청소년의 본능이었을 터였다. 뉘 있어, 도대체 무슨 힘으로 그 앞길 막을 수 있었으랴? 하지만 깜장어둠이 잠식하여 오는 신작로에서, 떼굴떼굴 역방향으로 내리 구르던 더벅머리는 독살 맞은 수퇘지처럼 발랑 뒤집혔다. 성난 수퇘지는 스스로 진로를 바꾸지 못한다. 절박한 구렁이었다. 급기야 파랗게 기함하여 벌떡거리는 무릎은 으깨지고 성문 뼈가 하얗게 꺾였다. 허연 뼈에서는 시뻘건 생피도 흐르지 못했다.

— 오매~매! 어쩌꼬, 저 노릇을 대체나, 어서 된장, 된장을, 찾아야 쓰꺼신디?
— 간장 된장이 어디 있능가. 가난살이 짐바리에, 진간장 된장이…?
소소한 상처에는 침 바르면 지혈하고, 징하고 궂은 것을 타박한다. 소독이다. 허나 백성의 오장 육부를 다독이는 진간장 된장은 보신 제열하나니, 약 중에 상약이다. 선조들의 전승 지혜였다. 하지만 박복한 짐바리에 없는 타령이 가할 손가. 그때 선말 양반 눈에 길고 파란, 칡넝쿨이 활짝 반긴다. 보리밭둑 가장이에 옳다! 저거다. 저 무한정한 생명력, 황산에서도 시오리는 뻗어 간다는 부지거처不知去處다. 동의보감에도 자랑이 많은 토중 보물이 아니던가! 검은 흙속 뿌리에 넘치는 진액을 풍성한 갈분 항아리로 저장하여 후생 도모하는 현덕군자 아니랴? 예나 이제나 굶주려 하늘빛 노래진 백성들 구황작물이기도하였다. 이파리줄기, 칡뿌리며, 자줏빛 꽃으로 옹골졌다.

— 저 칡넝쿨! 저기 파랑 칡잎을, 성문에 뭉개서 덮고, 질긴 칡넝쿨로….

철렁거리는 넋을 부둥켜가며, 난리를 치렀다. 꺾인 성문 뼈를 칡넝쿨로 감싸들어 응급처치였다. 하지만 일시 방책일 뿐이었다. 평생 절름발이 사내 막간 신세의 고작이었다. 사후 약 방문이 분다하였건만, 둘째 최종수는 무작스럽게, 고향땅 문턱을 천방지축으로 뒤뚱거리며 에둘러 넘었던 셈이다.

— 아이고 내 새끼! 내 사람아. 도대체, 먼 일이랑가?

— 먼 일이라니? 살자고 하는 짓일 테지. 잘살아보겠다고! 역적질 도척이라도 다들 잘 먹고 잘살아보겠다고 설치는 천생 타고난 국량이라고 안 하던가.

— 뭔가 길을 막고, 보채는 갑소. 안 그런다면 저리도 징-하게 산 몸뚱이를 내팽개칠 것이요. 징상한 놈의 세상에, 어미 에비가 사람노릇이 아니요.

— 사람노릇이, 따로 있당가? 지리건 비리건, 사람이란 살림살이 견디고 가꿔 가는 수밖에…. 살림살이가 실상은 그리도 징상하고 꺽쉰 노릇인 갑제.

— 금-매에, 살림살이가 대체나 뭔 짓이란 말이요.

— 그렇께 옛말에도, 징상한 살림살이 쫓아오네! 어서들 도망치자고 했담서.

기진맥진했던 어미는 파랗게 질려버렸다. 조신스러운 얼금얼금 손님들이 얼굴에 핏기라곤 씨가 말랐고, 팔다리가 낙지발처럼 문드러질 듯했다. 그럴수록 대처에서는 질린 듯 멍청하던 선말 양반은 태연자약 느긋이 대범해지고 있었다.

　살림살이 사람살이가 징하고도 꺽쉰 노릇이라니, 깊은 생각 없이 저절로 뱉은 말씨가 새삼스레 가슴을 파고든다. 사람살이가 무엇인가? 사람이란, 왜 사는가. 배고픈 께, 산다고 했것다. 배고픈 살림살이를 채워가자면 무언가 심어 기르고 살리는 생산이 있어야 한다. 씨알 뿌려 싹을 기르거나, 새끼 낳고 꼬꼬댁거리며 알을 낳고, 사랑 씨알로 자식을 낳고, 잘 살려 기르고, 양육하여 보살피고 따라서 배우고 길러, 사람으로 살리자는 게 사람살림이 아니겠는가? 저 푸른 하늘을 이고, 구름 아래 땅을 딛고 사는 사람노릇이란 게 모진 것은 아닐 터였다. 때를 따라 우순풍조雨順風調라. 비와 바람 순조롭고, 시후절가時候絶佳라. 사철은 각각 아름다움이요. 가화만사성家和萬事成이라. 집안이 화목하면 모든 일은 수월수월 풀리니, 이건 가장 순수하고도 평범한 최덕성의 삶이었고, 철학이요 진리였다. 살아가며 맛본 한울님 은택이었다. 한울님 앞에 공순하기 그지 없던 선말댁은 사람살이의 마땅한 짓이었다.

　하지만 따지고 본즉, 대처 살이 석삼년에 그런 꼴을 볼 수가 없었다. 심고 가꾼 생산이 없고, 살림이 없었다. 낳고 기름이 없고, 보살피는 정성이 없었다. 눈치 보기, 엿보기 꿍꿍이, 번드르르한 말씨로 속이고 속고, 허방치고 모질게 내 살림이 아니라, 남의 살림살이 가로채고 입질해대는 꼴을 당한 것이었다. 그렇게 살림이 거덜 났고, 그런 짓거리 전승하자는 노릇을 사람구실이라 할 수 있다는 말인가? 치사하여, 털어버렸다. 날강도처럼 수악하고 던적스럽고 모질었다. 석삼년 대처 살림이란 정녕, 사람살이로 살리자는 짓이 아니라했다.

　저녁 이내가 우명한 점령군처럼 짙어왔다. 외척군병들의 함성이었던가?

　엉겁결 수습하여 등짐 몰아지우고, 얼이 빠져 등신이 된 아들을 등에 업고 터벅거리며 나설 때에, 갑자기 환한 전조등 불꽃을 거느린 도락구의 엔진소리가 등천을 했다. 태산이라도 덮치는 듯했다. 신작로의 황토색 먼지를 거느리며, 세 대의 석탄 차 도락구가 일가를 깔보듯 연기를 태질하며 물리치고, 마량 포구로 달려갔다. 먼지 떼가 황황히 뒤꼬리를 붙좇았다. 난생 첨보는 황당한 장관이 아니랄 수 없었다.

근자에 광주 대처에서나 이따금 설치고 다닐 뿐, 읍내에서도 드물던 일본제국의 석탄 차였다. 군용트럭에는 건축자재며 포장이며 살림살이 짐바리가 무겁게 실려 있었다. 신작로에서 뒤뚱거리는 차량에는 도리우찌*를 눌러쓴 채, 늠연한 산천에 무관심한 인종들을 함빡 태우고 있었다. 그들 앞에 오뚝한 깃봉에서 태양처럼 빨간 깃발이 펄렁거렸다. 천지간에 붉은 피를 뿌릴 듯, 욱일승천旭日昇天 깃발이었다.

— 대체나 저 인종들이 또 먼 짓거리로 설쳐 대는가, 도통 모르것네!

— 땅도 뺏고 사람도 뺏고, 세상을 다 뒤집은 사판에, 설마하니 살리자는 노릇은 아니것지라. 천생 꿍꿍이가 별스런 족속들잉께.

— 저 군병들이나 나랏님이나 자고로 백성을 살리고, 뜯어 먹자고 들면 성군이요, 마소나 개돼지 짐승일지라도 살찌워 잡아먹자는 살림 노릇이건만 허헛─참!

— 저런 도락구로 세상을 한바탕 붕붕 달려 뿔 먼 속이나 탁 터지것고만.

— 저런 도락구가 어디 아무나 붙잡을 수 있는 출세라던가?

— 그야 지식이 있고, 배경 있고, 하다못해 일정에서 출세를 해야 한다지 않던가?

— 그랑께 못 오를 나무는 애당초 쳐다보지도 말랬지.

— 그게 먼 소리여? 좋은 꿈을 꿀라치면, 복덩이가 굴러 온다는 말은 머시당가?

---

* 챙이 짧고 덮개가 둥글고 넓적한 모양의 모자. 헌팅캡. 편집자 주

── 그랑께 돼지꿈이나, 용꿈을 꾸어보자고 안하던가?

경황 중에도 중정머리 자탄에, 어린 사내들의 열망은 한층 절실했던 셈이다.

넋 나간 듯 실눈으로 훔쳐보다 등짐 살림살이 대신 성문 뼈가 꺾인 채 혼절한 아들을 들쳐 업고 만호성이라 일컫던 마량포구에 들어선 때는 북두칠성 갸웃한 오밤중이었다. 하늘에 별무리들이 갯가의 파도처럼 유난스레 출렁거렸다. 비린내 자욱한 밤하늘을 철렁거리며, 마을 개짓는 소리가 자지러질듯 연거푸 들썽거렸다. 청아한 가락으로 첫 닭이 울어 예었다. 돌담 틈새에서 솟구치듯 수탉 울음소리가 새날로 정녕 반기는 성 싶었다. 벽창호처럼 흉악한 어둠이 슬금슬금 물러갔다. 불청객의 소심으로 염치없는 밤손님이듯, 사립짝문을 밀치고 들어선 가택은 문중의 종가宗家, 당숙 어른이신 최인창仁彰 훈장님의 행랑간 사랑채였다.

두 마당

심야의 풍월

— 오매-워 매매! 세상천지에 이거이 한밤중 무신 날벼락이랑가?

— 아이고 행님 조카들! 이 밤중에 먼 일이랑가. 행수님 어서 드시지요. 야들아 어서 들온 나. 어서 들오란 말이다. 어여, 등잔불 밝히소.

암수고양이 울음소리보다 날카롭게 솟구치는 황겁한 영접에 칠흑어둠이 화들짝 물러갔다. 낭객들이 어정거리며 비치적거린다. 뒤미처 서창이 쪼개진다.

— 아니, 어째 그라고들 동냥치 떼거지 맹이로 줄줄이 섰당가 들!

창황한 호들갑이 밤 부엉이 소리로 칠흑 같은 어둠을 우장창 살라 먹는다.

— 아니! 이거 이, 오밤중에 대처나 웬 놈의 홍두깨질이랑가.

— 금-매! 금-매 말이라. 시상에, 시상 천지간 이런 난리가 따로 없당께.

야단법석이었다. 탁-하고 밀치는 쌍창소리가 집안을 들먹였다. 황당한 수다, 육두문자가 따로 없다. 이어 가래먹은 기침이 짱알거렸다. 깡마른 훈장의 늙은 눈알이 파랬다. 갑자기 찌그러진 사립문 밀치고 들이닥친 일가를 영접하는 훈장댁은 파르르 질리는 사색이었다. 허연 대파머리 쭈그렁 얼굴이 새침데기로 굳어버렸다. 일가붙이에 별다른 애착이 없던 종가댁 종부인지라. 게다가 한다하는 살림 몽땅 거리고 자식들 앞장 세워 대처로 훌쩍 떠난 난해한 오촌 족질간이라니, 자식들 갈쳐야 쓴다고, 갯물가의 가난한 촌살림을 대물림 할 수는 없다고 했다. 창황 중에 말이라면 장하다만, 꼴을 두고 보자던 속셈이었다. 세상살이가 녹록한 줄로만 알았더란 말인가. 누구는 상답논밭이 싫어, 대처 살림을 몰라서 한평생 촌구석에 엎드려 기는 줄만 알았당가? 사시 눈꼴이 까닭없이 시렸었다.

심야의 불청객이 과시 날벼락이라 할법했다. 다만 종제 최덕만(德萬)이 바지중의 적삼마저 단속하지 못한 꼴로 등잔불을 밝히며, 행님 조카들을 영접하고 야밤의 불청객을 위하여 멍석방을 치우고 그 아내, 동서댁 음전이가 삐걱거리는 부엌문을 드나들면서, 때늦은 야참을 챙기며 서둘러주었다. 안팎에서 후지적후지적거리는 풍경은 갯바람 조금 때의 무질 속 같았다.

흉년 보리밥솥 들끓듯, 한동안 집안이 술렁거렸다. 안 사람들에게 길손들의 처분을 맡긴 채 송구한 긴 절을 받자마자, 훈장 당숙은 기다렸다는 듯 입을 열었다.

— 먼 길에 자석들 한티, 못할 짓 했당께. 자고로 눌 자리 봐 감서 발을 뻗으랬다고, 성현님들 옛말이 그른데 없다 마시.

최 훈장은 어처구니 추스르듯, 봉두난발을 추슬렀다. 십 수 년 전부터 국파산하재의 막간 난세에, 국상(國喪)이라며, 스스로 상투를 자르고 산다.

— 아닌 밤중에, 야단법석을 떨었습니다. 무담 시 안팎으로 심려를 끼쳐서, 두루두루 송구항만요. 그 동안 당숙 어르신님, 옥체는 무탈하신가요?

— 옥체 무탈하시다니, 무슨 염치로 이 난세에 무탈하기만 바랄 것인고. 그저 죽지 못해 사는 게 욕인 것을, 어서 편좌(便坐)나 하소. 그렇께 대처 살이란, 어떠하든가.

— 아무튼 세상맛을 단단히 본 셈잉만 요! 광주 대처를 떠날 때 학도들이 까마

귀 떼처럼 설치는 난리도 본 셈 인디! 뒷 소식은 설마 학도들 다치기야 했을랑 가요.

— 그랑께, 자네가 보았다는 정도가 고작 그 뿐이라 말이여? 사람이란 백문이 불여일견이라 했거늘, 어찌 그리도 변천 세상사에 무심 허던고?

족탈불급足脫不及이요, 수이어水離魚는 생존불능이거늘, 어찌 망동을 하랴. 단 마디로 질항 조카의 이향 탓보다, 정의를 내린 후 이어지는 세속 문답이었다.

— 발 벗고 뛰어도 못 따라가리. 물 떠난 어족은 생존불능이라. 대처 사에 시시 콜콜 응답을 면하게 된 장조카는 홀가분하여 고개 주억거렸다.

— 아니 뭐, 지 코가 석자인지라. 그런저런 세상사에 정신이랑 게 있는가요.

— 허어~이! 호랑이가 열두 번 물어가도 얼차려야 산다는 말도 못 들었어? 그 게 바로 다산 스승님 가문의, 어 얼럴럴 상사뒤야 라거니, 자네가 본즉 왜적들 총질에 학도들이 상한 낌새는 아니더란 말이지.

— 대처를 빠져나와 양림동 고개 넘어설 적, 총질소리 쩌렁쩌렁했고 만요. 학 도들이 시꺼멓게 몰려 댕김서 결사반대, 결사반대를 외쳐댐 시로…!

— 총질 소리라? 결사반대라? 자고로 총질이란, 살리자는 노릇이 아니었거 늘, 그리도 쩌렁-쩌렁했다면, 이 무슨 참척이랴. 주장이 뭐라던가. 학도들 이 허라는 공부를 팽개치고, 결사반대로 나설 때는 까닭이 없지 못할 터 아 니던가?

— 금-매요, 세상판국이 야단법석인지라. 그나저나 이녁 코가 석자인지라.

— 제 코에 앞이 가려서, 그냥 앞뒤 돌아볼 겨를도 없었더란 말이지. 사람이 그 러고서야 어찌 총아들의 대사를, 도모할 수가 있더란 말이 당가. 세상이 야단 법석이라. 자고로 야단법석惹端法席이란, 야단치고 수선떨기라는 말만이 아닐 세. 불가佛家에서 야단법석이란 고적한 산사를 떠나 야외에서 단을 차려 베풀었 던 설법, 불법, 독경 장이었거늘, 그저 세상잡사로만 여긴다는 말인가?

놋화로를 당겨 안는 훈장님 손길에 수전증이 일었다. 가물거리는 등잔불처럼 신경질적이었다. 뒤적이는 잿불이 금세 빨갛게 살아 올랐다. 훈장의 자라 수염도 덩달아 밝아졌다. 미흡한 심사가 여실했지만, 더 이상 건질 것이 없다는 판단인 듯 놋쇠수저를 덮으며 잿불 속을 들여다본다. 마량포구 근동의 훈장 최인창 선생은 왜소한 체구 깡마른 성깔로, '속세의 죽비竹篦'라는 별호로 통했다. 대머리에 찰거머리처럼 엉겨드는 졸음에 사로잡힐 학동들 정신을 깨치려는 단설 죽비라. 하지만 나라 잃은 백성들 국모의 국상 입은 훈장질이 성에 찰리 없건만, 선생의 훈육은 가히 절대적이었다. 이조의 실학과 성리학에도 조예가 깊어 고려 적부터 대물림하신, 죽계竹溪 최안우安雨 조상의 학통을 잇지 못하는 한이 서렸으나, 지방선비의 꿋꿋한 기상은 놓치지 않았다. 호가 죽계이셨던 선대 조상은 성품절의 강직하시어 성리학에 저명하셨고 당세에 명성이 자자하셨던 어른이셨다. 고려 말 공민왕 시 포은圃隱 정몽주, 목은 이색李穡 선생 등, 고려 명신들과 교유하며 기울어가는 고려국을 개탄하는 음시吟詩를 다수 남기셨던 터였다. 이李 왕조 직제학 직위와 영달을 팽개치고 전라도 나주 봉황면 도성 산중에 은거하시며 수려한 산세와 맑은 계곡에 고절청죽의 정치情致를 사색하며 오로지 산채피죽이라, 당나라 충신 백의숙제를 모방하셨다 하였고, 호를 죽계라. 경현사景賢祠에 배향하셨으나, 묘소는 은거지 도성동에 안치하였다. 평생 가르침이란 천하 만물은 하늘로서 기인基因함이요, 사람은 조상으로 기식하는 법이라. 사람이 천지만물지간에 영장되는 까닭은 강기剛氣와 인륜人倫이 지지하고 있음이다. 강기와 인륜이라. 내 어찌 고절한 후손으로, 한시순간이라도 삶을 가벼이 하여 조상을 욕되게 하리요. 무시로 산만한 정신 깨우는 청솔 죽비라!

하여튼 그 유려하고 장중한 문장은 근읍에 회자하여 사군자 기중 일색이라

일컬었다. 타고난 문장은 먼 하늘 훨훨 나는 큰 고니의 기상에 봉화산 산등성이 타넘는 고라니 늘씬함과, 연동마을 청솔의 애련한 향훈 솟구치고, 대나무 숲 소슬한 서기가 서린다 하였다. 하지만 그 스스로 게으른 태평시대 붓질이라니, 태만하기 그지없어 선비 말석일지언정 넘보지 아니하리라. 다잡아 자족하는 사군자였다고 할 터였다. 당시 사군자四君子라 함은 장흥군, 강진군, 완도군, 해남군의 남해안을 일컫는 아전인수! 내 논에 물대기였을 터다. 본시 사군자라면, 매화, 난초에 국화, 대나무를 일컫는 묵화의 정설이 아니던가. 과연 선비들의 땅 장흥, 청자의 본향 강진, 장보고의 완도군, 윤선도 해남이 그러한 정절의 읍촌이었단 말인가. 하여간 야밤에 들이닥쳐 혼절한 자손을 떠안기는 족질이 반가울리 없었지만, 흉흉한 대세를 탐색하는 우국충정만은 스스로 어쩌지 못하는 선비의 기질이었다. 화급히 행랑채를 비우고 안사람들에게 안정을 맡긴 후, 긴 절 받은 난처한 숙질간 문답은 끝 간대 모를 레였다. 노학자답지 않게 최인창 훈장은 세사에 귀를 열고 들었다. 심야의 족질 간 화두는 사사로운 일상이 아닌 근자에 풍설이 창일한 대처의 학생운동 귀추였던 터다. 1920년대 기미년 독립운동 후반이 해 걸러 기울고 있었다. 그 날은 일왕 명치明治 탄생기념일인 명치절이었으나, 조선 민족에게는 음력 상월 3일, 시 국조 단군이 개국하신 날이었다. 민족 개천 절기에 일제의 신사참배를 강요당해야 했던 백의의 백성들 심사가 자못 흉흉한 터에, 광주학도들과 일본 학생들 오만한 처사가 맞물려 통분이 솟구친 열화였다. 학도들의 사소하다 할 수 있는 마찰에 기름불이 부어지고 전국적인 학생운동으로 불타오른 터였다. 하지만 총칼을 휘두르면서도, 황국신민 문화교육 어쩌고 하는 일본제국에 맞서 어이하랴. 나라 안팎이 온통 흉흉한 소문으로 설왕설래하였으나 닥쳐올 엄동설한을 두려워하듯 너나없이 아궁 솥에 군불 때기, 화롯불 챙기기에 급급한 조선이었다. 몇 해 걸러, 기미년 독립운동 열기마저 가시며 울근불근 하던 우국충정들은 잿불 씨로 잦아들 뿐이었다.

　어부지리라 했던가? 남해안 산촌 마을에도 비분강개하는 우국지정은 유다른 점이 있었으니, 가깝게는 다산 정약용 선생의 실학실천의 역사적 공덕이요, 절량농가를 보살피고 백성들 인심을 쓰다듬던 목민심서의 출산 배경이었다. 어찌 절량농가뿐이랴. 들끓는 민심은 마땅히, 통분하는 천심天心이었다.

　다산 스승의 대표시문인 애절양哀絶陽이란 가사는 강진 읍성 갯가에 짙은 안개와 같이 풍비하는 민심의 소재였다. 남녀노소간 그 절절한 탄식을 가슴 깊이 새기고 산다 할 터였으니 말이다. 강진만 포구 갈 전리에 사는 한 백성이 갓난이를 낳은 지 사흘 만에 군적에 등록되었고, 덤터기로 관아 이정이 주민세라 하여 암소마저 빼앗아 갔던 것이다. 백성이 급기야 식칼 뽑아 자기의 생식기를 잘라 베면서, '내가 이것 때문에 곤액을 당한다'고 절통했던 거였다. 아낙이 피 범벅 생식기를 감싸들고 관가에 득달하니, 그 때까지 생피가 뚝뚝 떨어졌다. 아낙이 애끓는 통곡으로 호소했지만, 호랑말코 문지기 창대를 꼬나들고 막아버렸다는 거였다. 기막힌 통탄 사연을, 귀양살이 다산 스승님이 듣고 호곡하면서 지었다는, 목민심서 8권의 절창이었다. 한자漢字 문서를 백성들은 낱낱이 기억하지 못할지언정 통한의 정신만은 백년가고 천년 흘러도 영영 잊지 못할 참척의 절창 가락이 아닐 수 없었다. 아낙들도 남녀노소간 입만 열면, 너나들이 강강술래의 장타령처럼 흥얼거렸다.

　　들자보세, 알자나 보세. 시상 천지간 / 갈밭의 젊은 아낙네, 울음소리 그
　　지없어 / 현문懸門 향해 울부짖다 하늘보고 호곡하네. / 군졸 남편 못 돌아
　　온 거야 있을 법도 하다지만 / 예부터 남 절양男切陽은 들어보지도 못했어
　　라. / 시아버지 장례를 통곡성에 치르고, 품안의 갓난아기 눈물 젖 먹이는

데 / 삼대三代의 이름이 밤사이 군적에 올랐다네. / 달려가서 호소해도 호랑말코 문지기 버텨 섰고 / 이정里正은 호통 치며, 남은 소마저 끌고 갔네. / 이 못난 놈 아이 낳은 죄라, 정든 남편 통탄하더니 / 칼 갈아 들어간 방에는 생피가 흥건해라 / 옛날 잠실궁형도, 그 또한 지나친 형벌이고 / 중화민中땅의 자식 거세함도 가여운 일이거늘, / 부부간 자식 낳고 사는 건 하늘이 주신 이치 / 음양으로 하늘이 아들내고, 땅이 딸을 내었거늘 / 소말 돼지 거세함도 가엾다들 하는데 / 아아! 하물며 뒤이어 줄 사내를 거세하랴. / 양반 부자들은 한 평생, 풍악이나 즐기면서 / 좁쌀 한 알, 베 한 자락도 바치지 않으니, / 다 같은 목숨 질긴 백성인데, 이 무슨 말세지말 탕평책이랑가 / 듣느니 객창에서 시구 편만 읊을 밖에. / 금상今上은 백성을 골고루 사랑한다는 뻐꾸기 울음소리 들어라.

눈물과 통분으로 지은 호천고지呼天告知의 장시였으리라. 백성을 어버이로 섬기는 이야말로 가난한 돌산 어촌 백성들 가슴속에, 이심전심으로 피돌기처럼 흐르는 절창이었다. 청녹두 푸른 때마다 과시, 남녀노소가 유다름이 없었다.

또한 저 멀리는 여수 순천과 고금도 청산 완도와 진도를 잇는 목포 뱃길이 쉼 없이 부추기는 임진왜란의 추억일 터였다. 남녀노유 빈부귀천 막론하고 봉두난발이며 더벅머리까지도 그 신묘막측한 명랑해전, 울돌목의 승전고와 압승대첩의 아련한 일화들을 서넛쯤 간직하는 설화의 산촌마을이었다. 좁은 목바다 건너 고금도에는 묘당고찰에 충절 기제사를 항용 정성껏 모셔오는 대찬 후손들이다. 그 뿐이랴. 사시절기 때마다, 강강술래는 서럽고도 옹골찬 아녀자 어깨춤 가락이요, 질긴 목숨의 흥타령이었다. 여아들 초경 질색이면, 가을 잠자리처럼 절로 터지는 술래놀이였다.

강강 수월래, 강-강-강 수월래!

소복소복 봄배추는 첫 이슬 오기만 기다린다.

말 가는데 원앙소리 우리 네 벗님 어디로 가고

춘추단절 모르는가? 굽어보니 천심 녹수 돌아보니

만첩청산 달떠온다. 달떠온다. 우리 마을 달떠온다.

일락서산 해 떨어지고 월출 동령에 달 솟아오른다.

춘풍도리 화개야와 추우 오동엽 낙서 그린 상사 모르난가.

만학천봉 운심처에 청려완보로 너나들이 유산을 가세

술래가 돈다. 술래가 돈다. 강강술래! 강강 수월래!

공산망월을 그리고 초승달도 기리다가 늠름한 사자상호 봉화산 상현달에 반달로 다가서면 하늘땅 마주쳐 숨결 가쁘다. 너와 내가 너나들이로 음양이 화답한다. 위아래가 한 몸이다. 얼 깨워라. 혼을 깨워라. 혼 불 살려라. 어절씨구 저절 씨 구 방아를 찧는다. 한 바탕 흥타령에, 적괴는 물러가고 복길 개똥이 칠성 갑순이 서방님 당찬 수군水軍들이 화답을 한다. 이 방아는 메떡 방아요, 저 방아는 찹쌀떡 방아다.

이 또한 민초들의 수호신 충무공 이순신의 작사였다지만 땅 뒤집고 산자락 오르내리는 농군살이 한풀이나, 은근짜 정담주거니 받거니 휘어 돌고 안아 돌아 가슴으로 어깨춤으로, 허리 아래 사대육신 가락으로 흥겨운 절창이기 십상이었다. 진실로 한울임 천혜인 삶의 가락이요, 얼씨구 저절 시구로 절로 터지는 목숨 줄 흥타령이요, 평생 복락이 분명하잘 절창 시구詩句였다.

이따금 청아하게 질러대는 새벽 닭소리가 들창을 두들겼다. 숙질간 각각 상념에 잠긴 사연은 유다르지 않았다. 듣고 살며 견디고 보아온, 질긴 세월의 탓이었으리.

— 그나저나 성급한 타령이것지만, 이제 총아들 훈육은 어찌할 셈이랑가?

훈장님 종가 어른, 시진한 음성으로 마무리하자 듯 캐물었다. 덕성은 누렇게 탈색한 천정을 올려다본다. 질긴 세월 등잔불에 구들 목 대죽자리가 군데군데 시커멓게 끄슬러있었다. 대대로 물려온 가난살이란, 대책 없는 살림들이다. 이 풍진 뜬세상에 막가버린 살림 대책이란, 막연한 호구지책일 뿐이었다.

— 금-매 말입니다. 우선 정신 줄을 다잡고 차근차근 생각해 볼일입니다. 훈육이건 가르침이건, 무얼 챙겨 살림길이라, 잡아 사 쓸 것인지? 아망한 시상이요, 대책지중 상책은…? 나라도 백성도, 윤리도덕도, 다 망가진 시상이란디요.

덕성은 자탄하듯, 심중을 말했다. 대책지중에 상책은 호구지책糊口之策이라. 목구멍이 포도청이라는 말은 삼간다. 저절로 갈수록 무참한 심상이었다.

어처구니없다는 듯 이윽히 건너다보던 종가 어른이 자분자분 훈수한다.

— 그미들, 대처에 남았다는 장손서건 명민함을 일찍부터 눈 여겨 보았네만, 아무튼 성급하지는 말것잉만. 순천지도요, 역천지망이라. 하늘에 길이 있고 땅에도 살길은 있을 터인즉, 자고이래로 하늘이 만물산천을 기르고, 조상님이 인생의 기인基因인 것을 전승하고 살며 가르침이 우리네 선조님 공덕이라.

말꼬리 새기듯, 긴 한숨을 터트린다. 새삼스런 듯 뭔가를 다잡으며, 입을 열자 다독거리던 놋쇠화로 잿불이 아연 펄썩거렸다.

— 아까 참에, 야단법석에서 일렀거늘, 그저 무식하면 배워야 하느니, 성현들은 하늘에서 은택이 막히면, 석 달 가뭄에 땅을 파고 물길을 뚫었고, 세상길이 막히면 서책을 읽어 책속에서 인류의 도리를 탐색했더니라. 책속에 길이 있다. 도통이거니.

― 그래 언감생심, 군자지도라, 촌살림을 작파하고 나섰다가, 이 꼴입니다. 하늘이 무너져도 솟아날 구멍이 있다 했던가요? 세상이 무너지면 하늘에 길이던가요?

덕성이 기어드는 심사로 겨우 한마디를 보탠다. 어서 어서 자리를 피하고 싶다.

― 내 변명은 아니라, 총아들 훈육이란 선조님 공덕으로 몇 백, 몇 천 권의 공맹 지덕 사서삼경 읽었건만 남은 거라고는 졸가리뿐이덩만! 경술국치 장지연 의사께서 시일야방성대곡이라. 땅을 치고 하늘 우러러 자결을 도모했거늘, 정신마저 다 망가진 마당에 글은 읽어 무얼 하며, 신식 공부래야 왜놈들 종살이에 무엇 다를 것인가.

무언가 새삼스레 터잡이를 하고 들었다. 덕성은 졸림과 아망해진 정신으로 그저 견뎌야 했다. 야밤중에 밀어닥친 불청객의 비린입장이 아니었던가.

― 하여 나가 전부터, 그미들 훈육에 별무관심인 듯 했으이. 정히 이른다하면 외피로는 수신제가 연후에 치국평천하라는, 소학 대학에서 누누이 이르신 공자님 훈육이요, 허나 도대체 무어로 수신제가를 하나? 숙고하기를 멀리 갈 바 없이 대유학자 율곡栗谷 이이李珥선생의 격몽요결擊蒙要訣에 수신제가 천도를 발견했더니, 달리 헤맬 까닭이 없더라. 그런 말이 시. 거기 구사九思 구용九容을 누누이 설하고 시범하였더란 말이어. 달갑잖은 소리 같네만 천생 사람다운 도리인즉, 잠시 이르겠네.

작심을 한 듯 눈길 건너다가 시문을 낭송하듯 이른다. 최덕성은 노곤하게 가물거리며 호롱불처럼 꾸벅거리는 육신을 달래가며 기운다. 군이 피할 수도 없는 심야 불청객의 얼치기비린 입장이었다.

― 이런 막간 세상에서, 후생들에게 대체 무얼 사람의 길이라고, 가르쳐야 할 것인가? 자고로 수신제가修身齊家 후 세상만사를 살피라 하였거늘, 제 몸 하나

수신도 못하는 주제라면 어찌 감히 치국이란 걸 생각조차 해볼 수 있으리오? 하여 일신에 아홉 가지 생각, 구사에 대하여는 너무 멀고, 구용九容 그 첫째는 두용직頭容直하라. 머리 바르게 함부로 숙이지 말고, 말할 때 머리 흔들지 말고, 곧게 들어 자세 바르게 한다. 둘은 목용단目容端이라. 눈은 바르게 뜨고 눈매와 눈빛 안정을 시켜 흘겨보거나 곁눈질 말고 좋은 인상을 주어야 한다. 셋째 기용숙氣容肅이라. 숨소리 맑게 낮추어 마땅히 숨결을 고르게 하라. 넷째는 구용지口容止라. 입놀림 신중하게 가져야 하느니, 다섯째는 성용정聲容靜이니 음성은 조용하게 말할 때, 바른 형상과 기운으로 조용한 말소리 내도록 한다. 여섯째는 색용장色容莊이니 얼굴빛은 장엄하게 지녀야 한다. 예의를 지닌다는 노릇은 얼굴빛에서도 나타나나니, 일곱 번째는 수용공手容恭이요, 공손하게 손을 사용할 때 아니면 단정히 맞잡고 공수拱手해야 하느니, 족용중足容重, 이라 발은 무겁게 놀려 발놀림 가볍게 하지 아니하므로 경거망동을 삼가라. 입용덕立容德하라. 입신양명立身揚名의 사람이란 서있는 모습은 의젓하여 항상 조용하고 정중하여 중심잡고 우주 간에 일신을 도모하라는 훈육일세. 그 가운데 일생의 처신, 장부도리가 다 들어있는 걸, 무얼 더 얻겠노라고 아등바등 세월을 탓하고 보챌 것이랴. 아니 그러한가?

훈장님의 평생 가락이었다. 한밤중의 훈화에 학동이 따로 없었던 셈이다. 하긴 대처 생활 덕분에 몇 년간 낯설었던 훈화였다. 몸이 말하고, 옹고집이 찌들었다. 덕성은 황당한 심사로 졸음을 떨치듯, 씨암탉처럼 옹알이 입을 열었다.

— 금─매! 말이지요. 막간 세상에 좋은 말씀이제라오. 종사 어르신의 말씀을 듣잡고 본께, 시상이 환해지는 듯싶고 만요! 깊이깊이 명심할랍니다요.

말은 그리하면서도 '허허! 사람살이 가면 갈수록 산 첩첩이요, 만산은 골골이라. 듣고 볼수록 아득 항만 잉.' 하고 간신히 몸을 사린다.

종질간의 탄력 잃은 대화가 잦아들며 이윽고 자리에서 놓여나온 선말 양반 덕성 씨는 기진맥진이었다. 두용직, 수용공하고 족용중하라. 머리 곧추 세우고 두 손 모아 어기적거리며 행랑채에 들어본즉, 어린 것들 곱쌀미나마 서둘러 먹어 치우고 단잠이 들어 있었다. 소여물간에서 심야의 요령소리가 살아 올랐다. 칠흑 속 같은 어간에, 추적거리는 선말댁 뒷물소리가 자못 맹랑했다. 비치적거리며 자리에 눕자 천근 무게로 짓눌릴 듯싶던 몸뚱이가, 이런 순! 촐랑촐랑 맑아지는 까닭은 무엇인가. 시커먼 천정이 하얗게 울렁거렸다. 외양간 암소가 길고 긴 숨결을 추슬렀다. 어디선가 새벽닭이 긴 꼬리 홰를 쳤다. 바지랑대 긁적거리는 암쥐 소리가 살아 올랐다. 아낙이 어지간히 뜸 들인다 했더니, 살포시 죽창 열리고 쉰내 나는 옆자리가 풍성하여진다. 뒤척이던 숨결이 가팔랐다. 나란히 누워본 적 꿈결인 듯 아득했다.

— 뒷설거지가 웬 그리도 긴 장단이랑가. 삼신상에 목욕재계 할 일이던가?

은근히 짜증 섞인 소리로 곁을 넘본다. 허나 상큼한 아낙의 몸내가 정신을 호리 부추긴다. 푸우—하고 치솟던 한숨 결이 이내 자자들었다.

— 생판 객지에, 생떼 자식을 떨쳐 놓은 에미 심사가 편컸소? 여물간일망정 찬물 비손을 바치느라 그리됐고 만이라. 암소가 내내 요령추임새를 넙디다.

— 암소 외양간에서? 객지 임자가 비손이라니, 지극정성 하늘에 닿았네 잉! 그랗께, 먼 비손이 그리고도 질긴 장단이었당가.

— 먼 소리로 비손을 하였것소. 그저 생떼 같은 내 자식 물밥 안 굶고 공부 앞길이 훨쩍 열려 가문창성을 부엌 조왕신이요, 마당에는 터주 대감이라. 생각해본께 외양간이란, 암소 가업 신 아니것소. 백 번, 천 번 빌 밖에요! 빌다보니 내외 안팎으로 자석들 비손이 길어집디다.

— 외양간 가업신이라! 임자가 영락없는 가업신잉만! 비손이 그라고 길었당가?

— 어째 자식뿐이 것소. 머니 머니해도 이녁, 영감님이 기 안 죽고, 허리 쭉 펴고 심 내시고, 쥔대감 기가 살아야, 자식도 살고 내도 살맛 누리제. 앙 그 라요?

암 먼! 그리도 갸륵한 말이란, 당연지사로고. 새삼스레 가슴이 훈훈해진다. 아내 선말댁은 그런 아낙이었다. 비록 손님맞이로 얼금얼금한 자색이지만, 심성 하나는 한갓지고도 싹싹하고 여린 맛이 일품이었다. 심성대로 몸가짐 손놀림이 매사에 지극정성이었고, 혼혼한 암내의 향기였다. 문간의 동냥치에게는 으레 따끈한 물밥을 대접했으며, 더벅머리 꼴머슴에게도 하대 할 줄을 몰랐으며, 강아지에게도 발길질을 삼갈 줄 알았다. 닭오리는 그 손길에서 씨알이 굵더라고 동리 안팎에 자자하였다. 어언 까마득한 세월이 흘러갔지만, 초례청에서 유난히 검고도 무지개 빛살로 타오르던 동백꽃 향기 화들짝 피어오르던 새댁 모색은 여전히 깜짝하고도 자랑스럽다. 잠시 회상에 잠겼던 선말 양반, 저도 모른 새 감청어린, 은근짜 하소연이 일었다.

— 금-매, 그랗께, 어 야! 몸은 천근만근 인디, 어째 통 잠이 올 성싶지 않네. 암만해도 이녁이 잠을 잘 재워줘사, 쓸랑 거시네.

선말 양반 덕성이 드디어 실토정 하듯 몸을 틀었다. 포개지고 엎어진 어린 것들 코고는 소리가 등천하고 낭자했다. 천근같이 피곤할수록 단잠 자 둬야 평강으로 새 날을 맞을 터인데, 아무래도 아연실색이라 일을 치러야 단잠 이룰 수 있을 성싶다. 허나 이 무슨 주책인가. 맨몸, 빈손이다. 다 망가진 맨바닥이다. 하지만 바로 거기 솜털 같은 내 것, 살품이 기다리고 있으렷다. 생사람 산 입에 거미줄 치랴. 자연의 정거운 이치요 한울님 마련이었다. 솜털 구름인양, 아련하고도 푸근한 성소였다.

— 오-매 매! 쥔 양반 대감님, 오밤중 먼 소리다요?

— 먼 소리랑가? 야밤중에, 정녕 이녁이 모르것능가.

— 워-매! 쥔 양반하고는 안 뻗치시것소 잉…?

— 금방 말해놓고도 잊어 뿌럿당가. 쥔대감 기가 살아 사, 자식도 살고 내도 살 맛 안 보꺼시오. 그랑께 하는 말이 몸을 풀어야 안 쓰것능가.

저절로 민망한 심사를 무지르듯 덥석 파고든다. 한입 베어 문 입맞춤이 난생 처음인양, 새콤달콤했다. 목욕재계하고, 객창의 아들 위하여 찬물로나마 비손하고 영접하는 아낙네라. 입에서 귀로 목으로, 가슴으로 쪽쪽 내리 달았다.

— 오매—매! 살살 좀, 대감님! 그냥 가만 기시오, 잉! 나가 알어서 모실라요.

그래 됐소. 쥔 양반, 제발 기죽지는 마시오. 대감이 살아사 나도 살맛 볼 것 아니것소? 소곤소곤 귀엣 소리가 달달한 감흥을 돋운다. 유난스런 손길이 한층 부드러웠다. 발바닥부터, 아랫도리 조곤조곤 길고 긴 사흘 길 여로처럼, 오르내리는 가락 절창으로 타오를 때, 내일 인사는 한살이 절망감일지언정 혼곤한 감탕질을 불렀다. 뜨겁고 부드러운 천상의 열락이다. 순식간 하늘땅이 한 가락이었다. 이런 걸 부부간 은총이요, 거룩한 목숨줄의 사랑이라 할 터였다. 하지만 부부는 운우지락 중에도 서로 입을 막고, 끙끙거리는 아들들의 신음이 성문을 깨고 뼈를 새겨낸 고통을 견디며 단잠에 빠진 악몽이라고 치부했다. 어린 것이 그토록 내빼 지르고 도망질로 저항하던 발길질이 무엇이던가. 아무튼 단꿈을 꾸어라. 산 제비처럼 주고받은 대로 돼지꿈이던지, 용꿈을 꾸어라. 동녘 재 장군봉에, 전국 오대 차 봉화산 아우르는 단꿈을 이어간다고 할 터이면, 세상에 사람 난 몫 뉘라서 못다 한다 할 터인가.

황소 열 마리가 늘어선 만큼 덩치 우뚝한 학교 앞에서 형제들은 멈칫거렸다.

벽돌로 쌓아 올린 당당한 기둥에는 광주 보통 중등학교라고, 정자로 쓰여 있다. 벌써 일곱 차례나 넘보던 자리였다. 간판과 우뚝한 학교의 웅장한 모습이 한층 선명하게 살아나고 있었다. 간판 앞에서 최종구와 종수는 걸음을 멈출 수밖에 없었다. 번번이 오금이 저린듯했다. 검은 제복을 입은 보통 중학생들이 셀 수도 없이 들락거렸다.

운동장 한편에서는 달리기가 시작되었고, 반대편에는 다섯줄 학생들이 줄서있다.

한낮이 지나고 있었다. 구름 속에서 붉은 해는 숨바꼭질을 하고 있었다.

― 저 학생 친구들 속에, 내가 못 들어갈 리가 없지. 겨루어 볼만한 상대야. 그럼!

최종구는 늘씬한 키를 키워서, 벽돌너머의 학생들을 주목했다. 아연 도전적이었다.

― 물론이지. 우리가 뭐가 꿀릴 것 있간디? 우리도 당당한 가문이라고!

등치가 엇비슷한 동생 종수가 얼핏 받았다. 그 눈빛, 밤 부엉이처럼 영롱했다.

― 문제는 그리 간단치 못한 듯, 세월만 하염없이 가고 있잖아.

― 그건 세월이 아니라, 시간이라 하는 거여.

― 세월이나 시간이나, 그게 그거지. 단지 기다리는 사람 따라서.

― 하여간 믿어보는 거라. 김명구 선생이란 분의 인품이 도저한 제국신사였지.

― 김 선생만이 아니라, 아버지가 철석같이 믿고 계시는 한 씨 어른도, 장군감이여.

― 형 아야, 그만 집으로 들어가자. 담에 또 오지 뭐.

― 아니야. 저 담벼락을 뛰어 넘을 라면, 길이 닳도록 싸질러야 하는 거라고.

― 전라부청 지나서, 역전 쪽으로 가도 학교는 있었잖아.

― 그래 광주 제일 고보라고 했던가?

― 아니야, 전에 양림동 시장에서, 콩나물 장사하신 어머님이 전도부인이라는

분에게서 얻어다 주신 성경을 읽었잖아.

─ 그래 기억나, 구약성경이랬지. 사서삼경도 아니고, 그냥 한글이라 읽기는 쉬웠지.

─ 그래 대충 읽었지만, 그 가운데 기억나는 건, 여호수아라고 했던가? 하느님의 명령을 따라서 출애굽하고, 긴 광야를 지난 뒤, 여리고 성이라 했던가?

─ 그래 맞아 여리고 성이라. 그 성벽을 넘고 공격하기 위하여 그 성 둘레를 날마다 일곱 바퀴씩 돌다가 끝 날에, 열두 바퀴를 돌았더니, 성벽이 와르르 무너졌다고.

─ 그래, 그래 맞아! 맞아, 그게 방침이야. 역시 형 아는 대단해! 칠전팔기라 했지.

아아! 아! 저런, 저런! 그는 숨을 쉴 수가 없다. 짓누르는 엄청난 어둠에 질린다. 그 한 씨와 김 선생이란 분이 어느덧 늑대처럼 덤벼드는 바람에 겨우 잠들었던 종수는 펄쩍 잠이 깨었다. 하지만 두 다리는 꼼짝도 할 수 없었다. 그는 숨을 죽였다. 순간 종구 형은 담벼락에 기어올라, 기어이 학교 안으로 월담을 하고 있었다.

역시 잠결이었던가? 형 아를 따르려던 최종수는 얼결에 정신 차리며 본즉 검정 치마에 흰 저고리 입은 여자중학교 앞에서 멈칫거렸다. 새떼처럼 까마득했다.

눈치코치 살피면서도, 길고 긴 여로는 천상의 화사한 지중가락이다. 낮말은 새가 듣고 밤 말은 쥐가 듣는다. 하여 말 아니함이 참말인가 하노라. 하고 새긴다.

부부간 얼혼이 빠지고, 타오르는 봉홧불 매 방아 찰떡 방아, 이 방아는 쑥떡 방아요, 요리 요 방아는 햅쌀 찰떡 방아라. 어화 둥둥! 어허 라 둥둥! 어 얼럴럴

상사뒤야! 아들 낳고 딸을 노세나. 어절시구 상사뒤야 라! 한 세월 살림살이가
탈춤을 춘다. 아득한 순간이 휘나리 열창으로 영원가락이었다.

— 시상에! 이 무슨, 공덕이랴. 하늘땅이 한순간, 한 가락잉만. 만 가지 근심
걱정이 화롯불 위 눈덩이처럼 녹아버지네! 임자랑 한 세상이면, 뭐가 무섭것
능가?

— 위-매, 그리 생각하싱께, 나가 똑 살것소! 낭군 양반, 대감님, 하야 튼 위-
매매! 참말로 대감님 홍복으로, 징하고도 무섭소. 잉!

— 무섭기는 뭐가 무선가. 봉화산 호랑이가 이라고 무설랑가?

— 쥔대감 대장군이면, 봉화산 호랭이라고 무설 것 있것소? 위-매 나가, 살맛
나요.

— 그랑께 안심 노시랑께. 인자 푹 자세잉. 정중동正中動이라거니….

부부간 지극한 사랑이란, 입 다물어 누리는 홍복이었거늘, 덕성은 물레방아
처럼 쏟아지는 잠결에도 도저한 버릇을 천착하려 들었다. 품안의 아낙네가 새
삼 존숭하게 느껴진 탓이라 할까. 이 샘 터전에서 내 자석 알토란 넷을 건졌다.
성현들도 하늘의 은택이 막히면, 석 달 가뭄에도 땅을 뚫어, 물길을 얻는다고
하셨지. 요리도 달고 풍성한 홍복이거니, 뇌까려지는 입술에 황소처럼 생니 드
러낸 웃음 번진다. 이 샘이란, 얼매나 깊고 오묘한 옹달샘이랑가. 흡족한 운우
지락의 여흥이라 할 터였다.

— 고마 우이, 참말로 고마워, 하릴없는 사람을, 그리도 지극정성 이랑가….

소학에 이르기를 소소응감昭昭應感이라. 하였다. 천생 마음에 응감하여, 움직
이는 몸이라. 소소갈망疎疎渴望이라거니, 천상천하에 이보다 더한 갈증이라 한
들, 이 보다 더한 흡족이 있으랴. 바늘 가는데 실이 따르고, 비가 내리면 땅을
적신다. 이가 어찌 남녀운우 사람만의 짓이리오! 한울님이여, 삼신과 사람살

림이 어우러진 신명 가락이요, 음양오행이 분명하렷다. 하지만 낮말은 새가 듣고 밤말은 쥐가 듣는다. 철부지 어린 것들 귀는 한층 밝았다. 그리 듣고, 보고 배운다. 선말댁 부부는 그리 변명하듯 내 낭군, 내 사랑이라 피차 말은 삼가 하였지만, 그 날 밤의 운우지락이 불혹지절의 막내딸 보태낭자로, 사랑 씨알을 겁나게 흠뻑 뿌리고 알랑 달랑 영글었더란 이야기는 훗날의 농담으로, 부부간 두고두고 곰씹을 은근짜 속내풀이 절창이었다. 절창은 제 잘난 멋대로, 바람 따라 절기 따라서 저절로 익어, 남해안 산골을 찾아선 가을마다 유난히 풍성한 새빨간 장두狀頭단감처럼 자족하는 한 살림의 살집타령이었으렷다. 하늘 높은 줄 모르는 부부간의 속정은 가양주家釀酒로 농익어가는 술국인양 보글거렸다. 상큼한 입내가 새록새록 살맛을 돋우는 거였다.

세 마당

생동하는 여명

몸살은 정녕, 몸살이로 풀어야 했다. 사흘걸이 술병에도 해장술이 탁상이라. 단잠 부르는 몸살이야 말로, 산목숨의 은총이라 할 터였다. 내일의 기약 없는 갈망 중에 소갈머리 없는 감탕질을 천혜로 나누고, 단잠의 평강을 꿀잠으로 누리던 선말댁 부부는 냅다 내지르는 마을 호장呼牂의 새벽 강청에 펄쩍 눈이 뜨였다. 먼 옛날의 아물아물한 날라리 전설처럼, 청랑호장은 마량 포구의 구석구석을 누비고 다녔다.

— 동내 어르신들 다 들으시오~오! 오늘 신 마량 갯벌에서, 갯둑 공사판이 열립니다. 다들 빠짐없이 나 오세야 한답니다, 아아 아이–이…!

날개 깃털 치는 수탉처럼 긴 꼬리 끌면서, 집사는 마을을 돌았다. 오오…! 아이 합니다. 울먹거리는 향수를 자아내며, 풍랑해일이듯 온 마을을 적셨다. 마을 고지기의 일상이었다. 마량포구 만호 성 대소사 간, 호장 고지기는 철마다 때때로 첫새벽을 깨우는 거였다. 삼동마을 길흉사 간, 고지기는 새벽의 살판이었다. 새벽 첫닭이 울면 개가 짖었고, 마소가 쟁강거리고 웅얼거리면, 하늘이 화응하여 동터 오른다.

덕성 씨는 소리에 깨어 눈을 뜨자마자, 낯익은 호장 집사의 몰골을 떠올렸다. 사시장철 단벌 무명 중치 자락에, 머리에는 꼭 고깔을 얹고 살았다. 그의 아비는 마을의 호상護喪 소리꾼이었다. 초상 때마다 창랑풍파를 실어 나르는 선소리가 절창이었다. 호장 집사는 대를 이어 마을의 천직으로 살았건만, 그래 노소간 하대거리를 받고 살았지만 선말 양반은 불혹의 갑장甲長이었다. 그 대접에 항상 감읍하는 입장이었고, 대소사 때마다 선말댁이 챙겨주는 소소한 먹자거리 은덕을 하해와 같이 알아 굽실대면서도 유다른 심사가 돋보였던 사이다. 첫닭이 울고, 개가 짖고, 마소가 웅얼거리고, 인정들이 들깨워지면, 하늘이 화응한다. 이야말로 사물놀이 판이라! 선말댁 일가족이 살림을 몽땅 거려서 대처로 떠나던 새벽에도, 얼간이라 입질이 잦은 불혹의 고지기는 마량포구를 들썩거리며 출행을 고했었다.

— 삼동 어르신들은 다~아 들으소서. 오늘 선말 양반 댁, 대처로 떠난다 하옵니다. 오늘 선말 양반 최덕성 어르신이 대처로 떠난다 하옵니다. 아아~아, 이이!

그 뒤끝은 하릴없이 울먹거리는 울음이었다. 한풀이 털듯 질긴 울음이었다. 그렇듯 삼동에 품고하고 떠났던 대처 살이 삼년 만에, 야간도주하듯 돌아와 맞이하는 첫새벽이었다. 덕성은 새삼, 꿀잠에 취한 탓도 있었겠으나, 이제나저제나 헷갈리는 심사로 천생 꿈결인가 하였다.

— 오늘 신 마량, 원말막이에 공사판 열립니다. 아아! 마을 어르신들은 빠짐없이 나 오세야 한답니다. 큰 잔치도 열린다고 합니다.

거듭하여 쌍창이 드르렁 울리자 불현듯, 어제 밤 검은 연기 내뿜으며 흙먼지 휘갈기고 넘어가던 세 대의 진갈색 석탄차가 떠올랐다. 그것들은 곳곳마다 개활 되는 신작로의 소달구지를 무색하게 내지르는 왜색의 첨병이었던 게다. 드르렁 드르렁거리며, 검은 연기를 퍼지르고 저 만치 앞질러 내달리는 석탄차가

첨에는 장총 군병들을 한 가득 싣고 덤비더니, 근자에 온갖 건축자재와 인부들을 가득가득 싣고 덤벼들기 일쑤였다. 아아! 바로 그 판이었구면, 신 마량 갯둑 공사판이라. 큰 잔치라! 이 또한 촌락마을이나 면면단위로 시행되는 울력 판과는 또 다른 시속이었다. 지게 흙짐 져 나르고, 쌍 나란 힘을 모으고 발걸음 맞추는 목도꾼으로, 혹은 두 바퀴 인력차를 끌고 진땀 흘리며 함바집* 살이 몰두하다보면, 보름마다 때 아닌 새경, 간조를 지불하고 돈벌이가 짭짤하다는 신종 부업이 점차 주업인 농자천하지대본을 한껏 깔보며 잠식할 기세였던 터다. 귀로만 들었던 풍문이 낙향의 첫 소식 된 셈이었다. 오늘 신 마량, 갯둑 공사판이 열립니다. 그런 풍설이 아련한 꿈결처럼 마량 포구의 여명에 얼큰한 새벽을 깨우며 왜장치고 돌아다니는 호장이었다.

신 마량은 마량포구에서 오리 길, 신촌 마을이었다. 갯가를 끼고 박 씨 가문의 문중 산을 돌아들면, 이십 여 가호가 갯가에 퍼지른 쇠똥모양새로 납작 엎드려 개펄을 뒤지고 보리 싹처럼 돋아났다. 초가 문밖에, 곧장 남해안의 파랑 파도가 철썩거렸다. 그 갓길을 따라 저 멀리 휘돌아보면, 봉화산을 태반胎盤으로 청솔밭 연동 마을과, 원포부락이 역시 갯가를 터전삼아 산비탈 더듬고 물때마다 갯것들 탐색하며 생계를 꾸리는 반농 반어촌이 형성되고 있었다. 연꽃 만발한 저수지 연못을 중심하여, 팔선녀가 날갯짓을 펼쳤다는 연동마을은 수굿한 전설의 고향이요, 원로들이 다소곳한 향촌을 이끌어가는 반촌이었다. 청솔밭에 도깨비 전설이 흔해빠졌고, 연꽃 향기 씌운 여인네의 자색이 유다르다는 마을이었다. 반면 봉화산 발치 아랫말 원포 부락은 역시 암연한 사자상호 봉화산을 등진 풋담배 한 거리참의 갯가였으나, 저 멀리 제주도나 완도, 고금도 귀향길에서 풀려난 이조 적 벼슬아치들의 은신처라는 향반 긍지가 대단한 터줏

---

* 건설현장의 식당. 건설현장에서 일하는 인부들의 숙식을 제공하기 위해 세운 임시 건물을 뜻하는 일본어 함바(はんば, 飯場)에서 유래. 편집자 주

대감들이다. 거기 삼십 여 가호가 웅장하고 늘펀한 봉화산 비알에 살림살이 터전을 가꾸며 그들만의 별천지를 누리고 있었다. 나라 조趙 씨 문중과 강姜 씨 문중, 전주 김 씨가 자작自作 일촌을 이루고 있었다. 이조 적부터 근동 학도들의 서당이 융성했고, 국파산하재의 난장판에서도 조석으로 집집마다 문자 낭송 파장이 파랑곡절로 낭자한 향촌이었다.

그 둘레 봉화산 줄기 동산 뒤 터에 펼쳐진 옴팍 마을은 숙마골이라 밀양 박씨와 낭주 최 씨 문중, 오대조 선산발치다. 봉화산은 문자 그대로 아득한 이조 적부터 임진왜란이며 정유재난 등 온갖 국난에 봉홧불 올려, 전라북도 충청도를 거쳐 한양천리 목멱산에 다급한 난리 상황을 고했던, 팔도강산 오대산 중 하나인 봉수대烽岫臺였다. 봉화산은 사자 상호 늠름한 정상에서, 늘펀한 젖가슴 줄에 들러붙은 삼동 마을을 병풍처럼 감싸며 살품에 안고 길렀다.

숙마골은 거북선 등짝 같은 아담한 청솔 동산 중심으로 사방이 차분하게 가려진 오지였다. 등 너머 원포 앞 들녘에서 봉화산 발치로 초원이 펼쳐졌다. 거기에 제주도에서 완도를 거쳐 한양으로 올라가던 수출 말떼들이 원포 항구에서 잠시 뱃길 멈추고, 며칠씩 멀미 추스르던 초지였다. 한양 길에 팔려가는 조랑말 잠드는 골짜기라. 하여 숙마宿馬골이라! 동백꽃이며 맹감나무, 초랭이풀, 팽나무, 산 벚나무 상수리나무에 갯가에는 짜 우락 억새가 우거지고 푸른 잡초가 지천이었다. 봄여름 청명 푸르던 야산에, 가을 들기가 무섭게, 으악새 울음이 나그네 발길을 서럽게 붙잡는다는 낭만의 산천이다. 따라서 일찍부터 지게 작대기 두들기는 초군들의 목가 풍월이며 아낙들도 시문에 능하고, 청산 가락이 창황하고도 구슬프다는 부락이었다.

거기 그 산야 휘돌아, 선말 양반이 느긋이 걷고 있었다. 최덕성은 뭔가에 쫓기는 심사로 하루쯤 쉬시라는 선말댁과 오촌 덕만의 만류를 손사래 쳤다. 선영이나 먼저 찾아뵈어야 도리가 아니겠는가. 오촌 덕만의 지게를 얻어지고 내처 나섰다. 머리에 질끈 동인 옥양목 수건은 선말댁 정성으로 청학 산수가 경중거리는 걸음 좇아 오롯이 자리 잡고 넘실거렸다. 몸도 맘도 살보시를 누린 듯, 개운해져 있었다. 하지만 늦은 조반을 마치고 지게를 걸머지며, 덕성은 착잡하기 그지없었다. 선말댁의 정성으로 밥 소쿠리 하나가 덜렁 얹혔다. 셋째 종순이가 자청하여 뒤를 따랐다.

바로 이놈의 지게를 대물림하지 아니하리라. 작심했던 대처행이 아니었던가? 빈 지게 몸체에 두 어깨 들이밀며 지겟작대기로 땅을 밀면서, 다시금 꼼짝없이 끌려드는 듯 막막한 심사가 속울음인양 칭얼거렸다. 조상 대대로 물려온 이놈의 신세라니, 몸체에 달린 두 개의 지게코가 자신뿐 아니라 자식들의 코를 꿰고 덤비는 운명이 보이는 듯했다. 위는 좁고 아래는 넓게 펼쳐진 사이로 4개의 새장을 끼우고 탕개로 조여서, 고정시킨 거기 어깨를 끼우고 질빵 걸어 멜 때, 저도 모른 새 눈물이 질금거렸다. 이 지게에 똥 장군 얹어 매면 똥통이요, 풀 짐을 얹으면 갈데없는 나무꾼신세다. 흙짐 바지게를 얹으면 땅 품꾼신세다. 보릿단이나 볏단을 짊어지고 허위단심 들녘을 달려 오갈 데, 하늘은 노상 노랗고 온몸에서 바짓가랑이로 땀투성이가 피치 못할 한살이인 것이었다. 아아! 다시 또 이리되는구나! '아으!' 하고 짚신 발을 내려다보며 안간 힘을 쓰면서도, 실상 얼간이처럼 평안해지는 심사가 야릇하기도 했다. 좋아도 살아야 하고 싫다, 싫다 하면서도 이렇듯 비리고도 음습한 살맛이라니, 사람살림이 도대체 무엇이랴. 평생토록 하늘바라기하고 땅속을 뒤지다가, 땅속 깊이 묻히는 너나들이 인생길 아니던가. 불현듯….

— 어허야! 북망산천 먼 줄 알았더니, 대문 밖이 예로다.

하는 선소리가 주책없이 절로 터진다. 진양조 선소리 가락은 남녘 사내들의 질긴 목숨줄 흥타령이었다. 때 아닌 사위스런 소리를 무지르듯, 한 마디 당부를 남긴다. 마주보는 선말댁.

— 임자는 오늘 아침나절, 종수를 데리고 의원 댁에나 다녀오소. 무릎 성문께, 성이라도 나는 날에는 징상하게 고생할 텐께.

— 그란 해도, 그런 생각을 했고 만이라. 안심 허고 댕겨 오시시오!

— 동네 다른 고샅에는 마실 길도 삼가소. 잉!

— 아니 무신 자랑할 판이라고, 어째 이라고 철부지 대접이랑가요?

말은 그리하면서도 선말댁, 땀 절인 빨래를 하긴 해야 하겠는데, 갯마을 공동우물 터를 어찌 견뎌야 할지, 난감하다는 말은 차마 못한다. 갯물에 빨래란 가당치않다.

— 금-매, 나 속이 하도 착잡한께 안 그랑가. 워쩐지 낯이 뜨겁당께.

— 워-매, 그리고 낙심 마시시오. 죄 짓고 밤도망 온 거는 아닝께라. 쥔대감!

정지 문간에서 선말댁은 낯꽃 붉어지며, 환하게 웃었다. '쥔대감, 워-매 겁나고도 오지요 잉!' 속내있어 일부러 짓는 겉웃음만이 아니었을 터였다. 종부 음전이가 마주보며 환하게 웃었다. 포구 마을에 변변한 의원은 없고, 허연 노인장이 삼동 치에 침놓고 뜸질을 하며 연명하고 있었다. 근자에 그 댁의 말만한 손녀가 삼대를 이어, 산야의 약초를 캐고 안팎살림 추스르며, 의녀醫女의 길을 닦고 있다 하였다.

덕성 뒷자락에 그림자처럼 셋째 종순이 바투 따랐다. 동령재 산등 너머 쉼터에서, 마지막 발악하듯 탈출을 도모하려다 통장군처럼 뒹굴어 나자빠졌던 종수는 밤새 낑낑거리며 신열을 받다가 새벽 참 겨우 잠이 들었고, 막내 종연이는 눈을 비비며 어미의 치마꼬리만 다잡았다. 한밤중 홍두깨처럼 들이닥쳤던 일가붙이의 처신을 살피는 종숙모의 눈치가 수리처럼 살벌했었다.

허둥지둥 마량포구 벗어나 성문 밖으로 고향 산천을 넘어 선산을 향해 걷는 선말 양반 덕성 입에서는 얼핏 사설 육자배기가 멋대로 들썽거릴 성 싶었다.

— 세상만사 부질없다. 아아…! 산~처~언은 의구하되, 인거~얼은 간데없어라.

옹이 가슴 아리라도 되는 양, 선소리처럼 한 자락 펼치고 나자 청산가락은 제멋대로 늦가을의 능구렁이처럼 넘실거렸다.

— 쑥대머리 걸귀신아, 아! 험산준령 이 고개를 넘고, 다시 또 넘어나 보자 아아! 넘실거리는 파랑파도가 어찌 타 그 뿐이랴? 네 손은 내가 잡고, 내 손은….

하다가 느닷없이 이 풍진 뜬 세상을 만났으니, 우리의 희망이 무엇이랴. 유성기의 가락이 힘을 실었다. 부귀와 영화를 누렸으면… 하다가 절로 아들 종순의 눈치를 흘깃 살핀다. 사사건건 민망한 심사로 흘깃거리는 꼴이었다.

아침녘 마량포구를 빠져나올 때, 신 마량 갯가 갓돌아 하얗게 떼밀려가는 마을 사람들을 피하듯 선산을 향하여 나선 걸음이었다. 석 삼년만의 조상 참배길이라고 했지만 내심은 갈래가 많았다. 저 빛바랜 흰옷 입은 고향 사람들, 호장고지기 강청을 따라 원말 둑막이 공사판으로 몰리는 기색이 여척 없다. 너나없이 낯익은 태반의 동향들이다. 하지만 사람들 만나기가 싫었다. 호기심어린 문안 듣고, 이런저런 위로와 변명이 생각만 해도 신트림이 솟구쳤다.

종질 간 오촌, 최덕만 행님의 입장을 헤아려 저어하는 심정이면서도 그의 낙향에 관심이 컸다. 종가 종손으로, 어찌할 수 없이 매인 몸이다. 그에게도 세상에서 들끓는 피는 붉었고, 일찍 떠꺼머리 장가들어 생혈은 다스렸건만 대처란 무엇인가. 도대체 꿈꿀 수 없는 세상이다. 종형의 대처 행 출항에 기대가 클 수밖에, 기대가 크면 실망도 어쩔 수 없는 법은 인지상정일 터. 간밤에는 거의 말이 없다가 꼭두새벽부터 참을 수 없다는 기색이었다.

— 그랑께, 대처 한살이가 그라고도 넘보기 어렵더란 말잉가요?

— 뭐, 견디기 어렵다기 보다 사람 살 짓이 아니더란 말이 제. 도대체 뭘 가르

치고 뭘 배워야 한다는 말잉가. 속이고 속고, 눈치나 보고, 사기치고, 허방치고 속임수로 살아가는 짓이 어찌 사람 살림의 짓이란 말이랑가. 자석들에게 그걸 배우고 가르치자고 살림을 뒤집었던 건 아니었니. 아니랑가? 나라도 빼앗기고 정신도 빼앗기고, 얼척 없이 사기를 당하고 석 삼년 치가 떨리데. 죽어도 그리는 못살 짓이여. 이제 차분한 살림에 궁리도 해보고, 한숨 돌린 담에, 장아찌 속말을 할랑께.

허망한 눈빛으로 말하는 종형의 입소리를 들으며, 민망해진 덕만이 꼬리를 사렸다. 무언가 허방 아닌, 집히는 데가 있는 듯싶었던 셈이다.

— 세상만사가 내 뜻만 같을랍디여? 여기 삼동에서는 원말 간척지 공사가 시작될 모양잉만요. 몇 달 전부터, 왜놈들 동양척식회사에 불이 붙었당께요. 경성에 본사가 섰고 목포 항구에 제국 지점을 세우고 본격적으로, 조선 공작을 시작한다고 합니다.

— 목포 항구에 동척이라면, 바로 그 속셈이 분명하고만….

— 그라고 말고 지라. 하여간 대단하기는 남의 나라 갯가에도 파고들어 간척지 공사라니, 조선천지에서는 꿈에도 없던 소리 아니랑가요? 조선 쌀이면 환장을 한다고.

— 그랑께, 우리네 선산 앞바다를 가로지른단 말잉마. 산천 지혈을 끊고 바닷길을 자르고, 갯벌 둑으로 갯논이라. 천지개벽이랑 할 판일세.

— 그랑께 말이 제라. 조선 천지에 상전벽해라고 탄식들 하면서도, 살판 생겼다고, 기대가 대단허요. 대처에서 삯군들이 몰려들고, 거들먹거리는 왜놈들은 물론이지만, 대국 짱꼴라들도 몰려올 거라는 소문에, 세상사 참말로 기가 차지도 안하제요.

— 그랑께 말이제, 시상 가는 곳마다, 그저 야바 굿 속, 돈 판이랑께.

말하며 선말 양반 덕성은 새삼 대처의 자잘한 일화를 들먹이고 싶지 않았다.

생혈이 솟구치고 치가 떨리는 일이었다. 정녕, 애초부터 그랬어야 했다. 가는 곳마다 야바 굿 속, 돈 판 세상인 것을 뼛속 깊이 새기고 돈줄을 냉큼 다잡지 못한 한이었다. 재산이나 돈이야, 선대로부터 물려받은 약간의 터전에다가 해마다 늘어난 자수성가 이력으로 별거 아닌 걸로 착각한 실수였다. 대처에 나서자말자 전날 강진 읍장 소장수 시절부터 술밥이나 나누던 친구랄 수도 없던 옥니박이 한 씨가 어느 날 전라부청 축산과장 사촌이라는 낌에 빠져 목돈을 맡긴 일이 탈이었다. 제주도 직수입 조랑말 사업을 돈내기 할 수 있다는 통발 큰 제안에 꼴깍 속았던 거였다. 오대 선조의 고향도 버리고 나선 대처에서 제주도 조랑말 사업이라니, 이야말로 생각지 못한 길운이라 했다. 선영님 돌보지 않았다면, 이런 행운을 기대라도 했으리? 평생 두드려 걷던 돌다리, 어찌 그리도 어둡고 옹색할 수 있었다는 말인가. 정녕 물 떠난 짠물고기였더란 말인가? 옥니박이 한 씨는 목돈을 움켜쥐고 난작부터 꼴을 보기도 어려웠다. 거간 일 년을 헛되이 전라부청 문턱을 드나들며 지청꾸러기 노릇만하다, 대처라는 세상을 배운 듯싶었다. 진정 얼 터기, 뜬-세상이었다. 양복쟁이 득실대는 부청 문턱에서는 도무지 누굴 상대할 재간마저 없었다. 결정적인 사단은 애오라지 소망한 큰아들의 중등학교 입학 사건이었다. 겨우 천자문과 동몽선습을 읽었던 실력으로는 애시 당초에 될 일이 아니었다. 그런 게 문제 아니다. 개명 천지에 약간의 뒷돈만 맡기면 입학은 가능하고, 학구실력은 차츰 길러 나가면 별거냐는 꼼수였다. 한 씨 고향 친구라는 김명구 선생은 그럴듯하게 단언하였다.

― 믿고, 맡겨 보시랑께. 나가 그 방면에는 도가 텃당께요!

― 그랑께 이라고, 선상님을 찾아서, 어려운 걸음이 아닌가요.

― 어려운 걸음이건 좌우지간에, 이런 기회가 어디 흔한 일이던가요?

― 한 선생의 특별한 청탁이 아니라면, 나도 이리 힘든 일에는 골머리 썩을 일 아니 지라. 그저 운수가 통한 줄로만 알고 맡깁시다.

옥니박이 한 씨와 김명구 선생, 짜고 치는 고스톱이었던 셈이다. 척척 아귀가 맞고 떨어졌었다. 조랑말 사업길이 열리고, 진학이라니, 지성이면 감천이라 했던가?

그 바람에 거의 두 해 동안 허방 치며, 암소 세 마리를 피 한 방울 맛보지 못하고 잡아먹어야 했다. 어림 반 푼 없는 일이었다. 소꼬리 잡고 대처 중등학교 넘보기가 무참했다고 생니를 갈았을 때는 한 씨건 김명구 선생이건 낯짝을 볼수가 없게 되고 말았다. 세상천지간에…! 그럭저럭 허구한 날, 이 년을 거덜 내고 나자 안살림으로 윗방에 동이 콩나물 길러 식솔의 생계를 꾸리는 선말댁이 살림살이를 떠맡는 신세로 전락하였다. 양복쟁이 불한당들은 옹골진 살판 차린 세상이었다.

— 뭐니 뭐니 해도, 농사가 제일잉만요. 이나마 콩알 쭉정이 가리고 씨알을 심고 날마다 물 주어 가꾸는 맛이라니, 하늘 손이 따로 없 제요. 잉….

옹자배기에 방안 통수농사라고, 날이면 날마다 콩나물시루에 물을 줘가며 살 보드랍게 길러 이고, 양동 시장에 나서는 선말댁의 푸념이었다. 광주천변의 양동시장은 남해안의 해산물 어시장과 근교 화순과 담양 죽산 물과 송정의 농산물이 풍성했다. 하지만 그 알뜰 살들 문전옥답 다 날리고, 방안의 콩나물 농사로나마 살림을 지탱해야만 했다. 그로부터 넉장거리 씨름판에서 마수걸이로 기가 팍 꺾인 듯, 선말 양반은 사지에 맥이 풀렸다. 사방에 우거 쌈을 당한 듯 기가 질린 덕성 씨는 애오라지 귀향만이 살길이었던 게다. 세상만사가 물거품 후유였다.

— 가세! 암만 생각해봐도, 고향 산천에 가야만 살 것 같네 잉. 가잔 말이시.

— 암만 그래도, 더 버텨 봐사, 안 쓰것소. 아 그들 생각을 어찌 그리 쉽게 접는단 말이요? 고향이라고 떠난 지, 겨우 석 삼년이 아니랑가요.

— 삼년이건 십년이건, 숨결 탁탁 막히는 걸 그라고 모롱가. 한 가지 보면 열

가지 깨쳐 안다고! 나 죽고 나서 과부 떡 살림 챙기소! 홀아비살림에 서캐가 서 말이요, 과부댁 살림에는, 머시다 참깨가 서너 말이라는 이야기도 못 들 어봤는가?

— 아고매, 과부댁 살림에는 부지깽이도 보약이라는 말은 못 들어 봤겠소. 하이고 워 매! 이거 이 먼 소리랑가. 양반하고는, 듣기도 사위스럽고 흉물스럽소. 자석들 들었을까 무섭소. 서방님 제발 덕살에, 처분대로 하씨쇼.

— 이리도 흉물스런 세상에, 살길이 머시랑가? 살아본들 대체 저 자석들에게 뭐를 가르칠 건가. 사기치고 속이고, 속임수에 일제들 꼬붕 노릇 밖에는 뭘 어쩌겠다는 것인가. 이 신세에 처분 따라, 살아갈 밖에, 앙 그랑가.

— 금-매, 처분대로 따를 거시라 안 허요? 제발 흉한 소릴랑 거두시오. 제발! 참깨 서너 말하고, 부지깽이 보약하고는 죽어도 안 바꿀랑께요.

과부댁 살림 챙기소! 부지깽이도 보약이라는 한 마디가 단방 약이었다. 다시 뒤돌아보기도 역겨웠다. 살림이고 뭐고 도무지 정신이 산란하였다. 살아본들 자석들에게 도대체 뭐를 가르칠 건가. 사기치고 속이고, 허랑한 속임수에 그 옹골찬 살림이 석삼년에 바닥이 나버렸것다. 하여 홀아비 살림살이는 서캐가 서 말이요, 과부댁 살림은 참깨가 서너 말이랬다. 오-매, 징상해라. 대체 뭔 소리랑가. 대뜸 과부댁 살림에는 부지깽이도 보약이랬다. 이 무슨 흉측하고 사위스런 입방아였을까? 소복한 콩나물시루이고, 양동시장 오르내릴 때마다 숨쉬기가 한 날 한시 다급하게 벌렁벌렁 거렸다. 아귀아귀 더 달라 거니, 밑진다고 한숨 쉬거니 주고나면 남는 것이란 먹자거리도 모자라던 시절이 암울하게 허리가슴을 짓눌렀다. 그렇게 떠나온 대처였고, 그리도 허망하게 알뜰살림 말아먹은 석삼년을, 도대체 뉘라고 탓할 터인가.

동지가 성큼 다가서는 바닷바람이 서늘했다. 늘 푸른 보리밭이 들녘 산천을 새파랗게 물들이고 살아 올랐지만 철석거리는 바닷가 해일이 짜고 시린 서늘 끼를 휘날렸다. 임진년 흉년을 치르며 어이없이 조세(早歲)하신 부모님 성묘를 먼 저 다녀오겠다는 핑계였지만, 실상 훨훨 나르는듯한 이런 자유가 그리웠던 셈 이다. 남녁 하늘에 하얀 큰고니 대엿 마리가 꾸르륵 거리며 편대로 날았고, 저 건너편 선산 쪽에 수고라니 울음소리가 산천을 갈랐다. 수꿩이 꿩꿩거리며, 깡 마른 울음을 터트렸다.

— 아야! 천방지축 갈 바를 모르는 사람들아, 제발 좀 들어라! 이렇게들 맑고 환하게 사는 거라고, 외침하는 듯싶었다. 얼핏 정답고 흥거운 풍광이었다.

— 아부지! 그랑께, 형아는, 중등학교 공부를 꼭, 하시것지라오?

산천의 풍설을 들었다는 듯, 뒤따르던 아들이 말씨를 살렸다. 흠씬 반갑다.

— 그야 이를 말이랑가. 그 만한 결심 없고서야, 어찌 대장부라 헐 것이여?

— 그랑께 한 삼년만, 살림을 일구면, 우리도 대처로 다시 나가 것 지라오.

— 금-매! 어찌 광주 대처뿐이랑가⋯ 그랑께, 두 말 하면, 잔소리랑께.

— 종구 형님이 자리만 잡아 노면, 서로 힘을 모아서 밀고 당겨 보제라.

— 그랑께 옛말에도, 한번 실수는 군장지략이요, 칠전팔기는 대장부 능사 라고.

그림자처럼 촐랑거리던 열네 살 백이 종순이 바짝 다가서는 기색이 역력했 다. 덕성 씨는 저도 모르게 몸 사린다. 석 삼년이라. 중학교 공부라? 대체 저 사 람들에게 뭐를 가르칠 건가. 불현듯 결사반대를 풍장처럼 외치던 학생 운동의 절규 속에서 오도카니 몸을 사리고 엎드려 있는 큰 자식 몰골이 떠오른다. 그 만한 결심 없고서야, 어찌 대장부라 헐 것이여. 얼핏 정신이 들고, 철이 드는 느낌이었다. 과연 겪어본 대처 세상이란 놈이 그리 만만한 실상이던가. 숨결 이 가파르게 상승하고 들었다. 혼란이 일었다. 난생 처음 맛봐버린 대처란, 안 태 집 마을 포구의 신실한 살림꾼 솜씨나 깡마른 소를 먹이고 살찌게 가꾸며,

미영장사나 청자 거간에 비길 바가 아니었다. 아니면 무언가 사주팔자에 타고 난 분복이란 따로 있는가 싶기도 하였다. 그도 아니라면 황새걸음이요 뱁새 발 자취에, 송충이는 솔잎이 제격이라는 당숙님 훈장의 소박한 가르침이 인생의 도리인가 싶기도 하였다. 어느새 귀가 솔깃해졌다. 안태 골에서, 갯벌바다 건 너 서늘바람이 불어왔다. 샛바람을 타고, 저 멀리서 둥둥거리며 사물 농악소 리가 기승을 떨기 시작하였다. 이내 깨갱거리는 꽹과리가 창불처럼 살아 오르 고, 징- 징- 징- 울림이 점잖을 떨어댄다. 저기 저 신마부락에서 울려 퍼지는 사물놀이소리다. 파랑 갯벌을 건너고, 봉화 산천을 휘감아 돈다. 열 마장, 서른 마장 거리 아닌가? 징-징- 징소리가 하늘로 솟구친다. 독수리처럼 치솟는다. 떵떵, 떵! 떠 꿍! 북소리가 날 센 두더지처럼 땅속을 파고든다. 딩딩! 덩! 더 꿍! 덩덩 덩 더 꿍! 장고소리가 오지랖 넓은 여인네 손길로 너와 나를 품어 옴쏙옴 쏙 껴안는다. 깽깽! 깽-매꿍! 깽깽! 깽-매꿍! 꽹과리가 때리고 부수고, 깨뜨리 다가 삼색 깃대를 하늘땅으로 휘두른다. 상쇠 잡이의 고갯짓일 터였다. 문득 배고픈 수병水兵과 백성들의 허기를 둔전屯田의 소망으로 달래며, 적군에게 위용 을 과시하려던 노적봉이 떠오른다. 볏짚단 이엉으로 산봉하나를 두르게 하는 지략 장군 대범이라니, 허약한 수병들의 약체를 강군으로 무장한 소리꾼, 파도 를 타듯 양양한 강강술래가 떠오른다. 삼동 여인들 손에 손을 맞잡은, 두리둥 실 둥근 강강 수월래놀이다. 도대체 그 뒤의 가슴 어디 메에서 솟구친 발상이 랴. 그리하여 애면글면 지켜온 조선의 금수강산 나라요, 백성들 떡두껍 후손이 아니던가. 정녕 예삿일이 아니다.

— 아! 저 소리, 저 상쇠 잡이는 종가의 덕만 동생이 아닐 텡가. 저리도 은근짜 섞인 날카로운 꿩 매기 쇳소리에, 느긋느긋한 징소리 들어보자고…!

듣자보고 귀 기울이자면 어느 결, 얼럴럴 상사뒤야! 얼럴럴 상사뒤야! 농가 월령 뒤풀이 장단은 저절로 터지며 신바람 불러 일었던 터주었다.

최덕성은 새삼 귀를 기울인다. 설렁 반가운 소리다. 허나 근자에 들어 패랭이들 궁둥이 춤추듯 일일서건 풍장질 앞장세운다는 덕만의 자탄이었다. 면소에서, 삼동마을, 동양척식에서도, 뱃사람 출행이나, 만선 잔치에도 으레 사물놀이가 등장했다. 바람난 엉덩이에, 논다니 부추기는 관제 놀이라 할까. 하수선한 난장시절에, 항구마다 세상잡사 흥청망청 먹자살판의 신명가락이라고나 할까?

오늘 갯둑 공사판에도 징발하듯 추임새를 받았다고 했겄다. 하지만 덕만은 싫지 않은 기색이었다. 그야 그럴법했다. 점잖은 종가 훈장댁 장손이 놀이판 상쇠 잡이라니? 때마다 주눅 들게 시리, 국상을 스스로 벗지 못하는 훈장의 무거운 힐책을 당해야 했다. 강기와 윤리로 아등바등 버팅겨가는 죽계 가문 종가댁 장손이거늘, 조상님들 안전에 침질을 하고 가문 어지럽히는 꼴을 보고도 내가 살아야 한다는 말이냐? 날카로운 침질이었다. 그럴수록 상쇠 잡이 최덕만은 은근짜로 주장하였다.

— 사물놀이란, 결코 상것들의 난장亂場판이 아니라, 그 말이랑께요.

이렇듯 입을 열라치면, 그 가락은 상쇠 잡이의 고갯짓 선소리처럼 질기고 장황했다.

— 사물四物이란 본래 불교 용어로서, 사물이거니와 목어木魚란, 잉어처럼 새겨 정신을 깨치는 목탁이나 죽비 같은 걸물이고 운판雲版이란, 재당이나 부엌에 달아놓고 끼니를 알릴 때 치는 구름 모양 금속판 목숨 줄이요, 법고法鼓란 절에서, 아침저녁으로 세상을 깨우치는 정중한 예불이요. 범종은 산사에 대중 모으거나 때를 알리려고 매달아 놓고 치는 큰 종입니다. 국보 에밀레종 같은 신비한 거지요. 본래 그렇다 치고, 이에 따라 사물놀이 악기는 꽹과리, 북, 장고, 징, 네 가지 악기잉께요. 자칫 잘못 선머슴 설치듯 생각하면, 사물놀이와 풍물을

혼돈하여 사물놀이 악기에 태평소나 소고 날라리 피리 등을 포함시키기 십상이지만, 그것이 아니랑께요. 더군다나 소리도 팔고 장끼도 팔고, 청춘도 팔고 사며, 팔도강산 누비며 끼리 끼리로 붙어먹는다는 남사당패거리, 날라리 흥타령이 결단코 아니란 말잉께요. 그야말로 하늘땅 아우르는 천상의 예술이라고, 품격을 알아야 제라.

— 그나저나 오지가지에, 거시기가 머시기 아니랑가.

이에 한마디만 어긋 보태면 사물놀이 변설은 가히 청산유수로 이어졌다.

— 오매! 오매, 답답산이가 따로 없당께요. 잔 들어보시오 잉. 사물놀이란 예술이랑께. 예술! 꽹과리는 놋쇠를 두들겨서 맹글었는디요. 장구와 함께 잔 장단을 연주하며, 사물놀이를 보다 구성지고 정교하게 이끌어가는 타악기요, 사물놀이에서 꽹과리를 다루며 장단을 이끌어가는 사람을, 저 같이 상쇠 잡이라 항께요. 저를 따라 상쇠 보조하면서, 주거니 받거니 알짱알짱 고개 갸웃거림서 장단 맞추는 연주자를 부쇠라고 항께요. 상쇠는 소리가 높고 음색이 강한 숫쇠를 사용하고, 부쇠는 소리가 낮고도 음색이 부드러운 암쇠를 연주 항께요. 천상 연분 만난 암수가 한 쌍이지라오. 그라고 보시랑게. 꽹과리는 하늘을 훨훨 나는 산새를 비유하여, 산천경계에 꿩 매기 타령이라고도 부른당께요.

들자니 공자 말씀이라고, 장구를 들어보실라요? 장구는 장단을 담당하는디, 그 연주기법이나 장단이 가장 현란하고, 다양하지라오. 그랗게 장구 지 홀로는 설장구라고 하는 디 까장 탄생시켰으며, 장구하나만으로도 충분히 허무하지 않게, 흥취 바람을 일으켜 준당께요. 기가 막힌디라, 잉. 다양한 장단과 연주에 두 손을 제일 정교하게 사용하기 때문에, 처음 사물놀이를 배우는 사람은 장구를 먼저 배우는 것이 순서이기도 항께요. 장구는 열채로 채편, 궁 채로 북편을 쳐서 소리를 내며 중앙의 울림통은 나무를 그대로 깎아서 만든 통장구가 튼튼하고 소리가 아름답게 울린 당만요. 양쪽의 머리는 크고 허리는 가늘어 세요고細腰鼓라고도 불린당께. 명색이 탁월한 장구 연주로는 설장구가 있겠지만, 우리 호남우도 풍물의 굿거리 부분이서, 신들린 듯 휘돌아가는 장구 연주는 정말이지, 예술이라고 밖에는 말할 수 없을 정도랑께요. 이제 연주자와 아연 혼신일체 되는 북소리를 들어보실랑가요. 북의 특징은 사물놀이 원 박을 담당하면서, 소리의 힘이 있고 우렁차다는 것잉만요. 그랑께. 그 연주 품을 봐도 원 박 힘차게 짚어가면서, 왼손으로는 북의 한 편을 막고 열어주면서, 오른손 높이 쳐들어 때리는 맛이 시원스럽당께요. 장구하나만으로 연주하는 설장구가 있다면, 북에는 북 춤이 있당께요. 여러 사람이 북을 왼손에 명주와 함께 감아쥐며 크게 돌리면서 추는 북춤은 굉장히 경쾌하면서도 경건한 분위기까지 자아냅니다. 북은 주로 춤에 비중을 두지만, 다양한 가락을 연주하는 경우도 있당만요. 힘찬 춤사위를 자랑하는 오복 춤이 신바람하며 일반적으로 웃다리 꽹과리와 우도의 장구, 그리고 영남 북이라 할 만큼 영남 농악의 북 연주가 일품인디라, 특히 별과 달거리 부분의 힘찬 연주는 가슴 속까지 시원하게 뚫어주제라. 요놈의 시상 한 많고 눈물 많고 짜증 많은 말세지말 아니랑가요. 가슴앓이 속병으로 한숨, 절망 내리쉬고 올려 쉬다가도, 사물놀이 한 판이면 단박에 확 풀어주는 인생 단방 약잉께요. 종장 낭중에, 징인디요. 징은 단순하게 가락의 처음부분에 한번 징-하고 울려준다고 생각한다면, 큰 오산이랑께요. 징은 사용범위가 굉장히 다양해서 일단 좋은 소리 징을 선택해야 하는데, 짧고 굵고 굉음 이후에 지 잉-지-잉 하고 길고 부드러운 여운이 이어지는 참 쇠를 두들겨서 만든 징이 좋은 것이라 항께요. 이 징은 원래 군장들이 사용하여 고취鼓吹장이라고도 불리 우는데, 불교음악이나 무속巫俗음악, 종묘 제례음악, 대취타 농악 등, 다양하게 사용되는 만큼 그 크기나 모양도 다양항만요. 금속성의 타악기 징이라고도 하고 금, 금라金鑼라고도 항만요. 징의 연주 시에도 다른 악기와 마찬가지로 왼손은 징 아래 쪽 테두리 부분에 대어 울림을 조절항께요.

그 외 징잡이는 웃다리 풍물의 이채 부분에서는 부쇠로 분장하여 짝 쇠가락을 받는 경우가 많기 때문에 쇠 연주에도 출중한 인물이어야 한당께요. 이만큼 사설을 가리면, 알아들 으시것지라오?

— 알아들어서, 도대체 먼 놈의 짓을 할 것잉가. 쇠귀에 경 읽기라고도 안하던가? 깊은 맛, 실속을 알아야 제 격일테제. 헛소리가 하고 많은 세상이랑께.

— 그랑께 건성으로만 듣지 말고, 맘을 써가며 들어야 한다는 말이제라요. 건성으로 헛물다리 춤만 추지 말고, 오리 떼 물 먹듯 시늉만 하들 말고, 암탉이 알 낳고 달구 똥 싸듯, 토깽이 암수 흘레 번쩍 하드키 그라고 건성으로 허들 말고, 진구렁이 사흘거리로 감싸고 엉켜 돌 듯, 진돗개 진진 장가를 들고, 수퇘지 흘레 하드키, 침흘려가며 진진하게, 꼭 귀담아 둘 일이랑께요.

그는 번번이 취한 듯 입에 게거품을 물어가며, 변론에 저절로 몰두하는 판이었다. 도대체 그 열정이며, 그처럼 홍곡지지鴻鵠之志하는 심상에 고개가 절레절레 거려지기 십상이었다. 무슨 각설이 난장 귀신에게라도, 흘렸다는 말이던가.

— 사물놀이에 담긴 여러 가지 재미있는 의미인 디요. 사물놀이의 사물四物은 음양과 관계가 깊지라오. 꽹과리와 징은 금속악기이고 북과 장구는 가죽 악기라는 것이 그렇고, 꽹과리와 장구가 가락을 잘게 나누는 섬세한 표현이라면 징과 북은 가락을 뭉치고 다지는 일 담당하는 일 그랑당께요. 그러고 보면 사물놀이 자체가 긴장과 이완으로 이루어진다는 것에서부터 음양을 말하지 않을 수 없단 말이요. 그 외에도 꽹과리는 천둥, 장구는 단비, 북은 구름, 징은 바람에 비유하여 사물을 운우지락雲雨之樂, 운우풍뢰雲雨風雷, 천지조화天地調和를 나타냄서 금속악기는 하늘, 가죽악기는 땅에 비유하여 그 심원한 의미는 우리 조상님들 생활과 삶, 그 자체와 같다고 하지 않을 수 없당께요. 대처나 듣고 보니께, 안 그랑가요. 찰떡방아 떡메방아로 하늘과 땅이 운우지락 끝에서야 비로

써, 아낙네의 옥토 밭에 서방님 장부 씨알 흠씬 흠씬 뿌려지고, 훨훨 굽어보시던 한울님이 삼신님으로 점지하야 아들딸 알토란 열매로 거두게 하시는 이치를, 세상에 그 뉘가 모른다 하리요.

　들다가 시린 기색이라도 보일 짝이면, 상쇠 잡이의 변설은 무궁무진이었다.

── 들잡고 새겨 보시랑께. 삼척동자라도 다 아는 역사대로, 우리네 조상님들이 백제가 멸망을 하고, 고구려가 창칼에 피바다를 치르고, 급기야 삼국을 통일했다는 나당 연합군들의 군마에 짓밟히며, 임진왜란부터, 정유재란이며, 병자호란이며, 임오군란이며 바닷가의 백성들 종자가 마르도록 몰사죽음들을 당해가면서, 삼천리강산 피바람이 무수하게 불어댔어도, 봄마다 살랑거리는 봄바람에 개나리 진달래로부터 야생화 철쭉꽃 천지가 난분분하고 산천초목이 무성해지듯, 들불처럼 백성들이 번성하고 산천 골골마다 밥 짓는 연기 끊이지 않았던 까닭이 대체 무어라 할 터인가요. 난리다 염병, 흉년이다, 보릿고개다, 철마다 때마다 다 죽었던 송장이라도 벌떡 벌떡 일으켜 세우는 사물놀이 공덕을, 진정 나 몰라라 할 것잉가라. 맛을 보아야 할 것이랑께. 자고로 양반이건 상것들이건, 남정이건 아낙이건, 얼렁뚱땅 음담도 하고 패설도 나눔서 한 바탕 두들기고 나면, 아랫도리 장대가 꼿꼿해지고, 요조숙녀라 음문 벌름대고, 음수 넘치는 살맛이 아녔더라면, 조선강산은 씨가 말라도 벌써 말라버렸을 것잉만요. 도대체 이 징상한 세상에, 무슨 살맛이 있었던 가요? 아무튼 호랑이가 열 번을 물어가도, 정신만 차리면 살길 열린다고 깨우치고 가르치는 도리가 바로 천지지간 동서사방 팔방에 사물놀이 장단이 아니라고 뉘가 각설할 터인가 그 말잉께라. 아니 그런가요? 얼을 깨치고 혼을 깨우며, 정신들 차리라고, 인마人馬와 수심獸心을 두들겨 깨우는 이치를요. 그랑께 사물놀이 한 마당에서는 으레―얼럴럴 상사뒤야! 어 헐 럴럴 상사뒤야로 하늘땅을 우러러가며 춤판이 벌어지고, 먹자판으로 떡판이야 술판으로 인생살이 낳고, 살아가고, 장가가고

시집가고 늙고 병들어 살아가다 죽고, 죽다가 살아가는 천방백계千方百計요, 천방지축 아우러지는 예술 중에도 예술이요, 곡예 중 백가쟁명百家爭鳴이라, 그런 말이랑께요. 살아야 사람이요, 먹어야 사는 일생인 게라. 대체나 각설이로 듣고 보니께, 앙 그랑가요.

으레 거듭거듭 다짐하고, 속 깊이 새기려 들었다. 신들린 원동 무당의 신바람인가. 아니라면 떠꺼머리 학동들 천자문 낭송이랑가. 동몽선습이나 명심보감을 줄줄이 꿰고 있는 듯, 그런 신바람을 듣고 볼 때마다 과연 상쇠 잡이 최덕만의 주장에 혼연히 동조하는바 아니건만, 덕성은 상상만으로 저 멀리 봉화산으로부터 하늬바람이 휩쓸어 갈겨대는 남녘의 갯벌을 바라보면서 태평가라도 흥얼거리듯, 지게 등짐이 한결 홀가분해지고, 몸은 봉산 탈춤을 추고 있었다. 문득, 어긋 장난이 솟구쳤다.

— 그란디 말이여, 그렇게도 당당한 자네는 그라고 신명난 사물 판에 상쇠 잡이 대장 노릇을 함서나, 상사뒤야 운우지락에 메떡방아 찰 방아질, 그리도 옹골진 찰떡방아질에 음양오행은 어디로 가고, 아들이건 딸이건, 단 한품도 못 건졌는가. 도대체, 그것이 먼 까닭이여? 자손 귀한 가문에, 목마른 종장손이라니….

번번이 최덕성은 머리꼭지까지 차오른 그 말을, 종내 삼키고 말았다. 붉어진 면전에서 차마 못할 말이란, 정녕 아니 함이 스스로 깨친, 덕성德性이었던 까닭이다.

네 마당

선산 두더지

　망해도 내리 삼대를 조이 망해야, 선산밑 발치를 뒤진다는 속설은 이조 적 공맹 유학의 금기요 지혜였다. 과연 그럴 터다. 오죽해서 조상발치 분복을 하늘의 은택으로 기리는 민초들이 그 선산발치 껍데기 발가벗기고 뒤져서 씨앗 뿌릴 터전을 잡고 자여손들의 분복을 기대하여 삶의 터전으로 삼는다는 말이던가. 고개를 막잠 잔 누에대가리로 절레절레 내저어, 내남없이 장탄성이 터질 법한 일이었다.

　하지만 근자에 남해안을 개벽하는 원말 간척지 사업이란, 실상은 선산마저 까뭉개고 탁발하는 천지개벽이라 할 터였다. 문자 그대로 상전벽해의 공사였으니 말이다. 허나 이를 시시콜콜 산수지리 인륜도덕을 기려 탓하고 질정할, 기력마저 빼앗긴 들녘은 시절 따라 멍청한 갯바람이 감돌뿐이었다. 갯바람은 푸근한 남풍이거나 서릿발 하늬 칼바람이기 십상이다. 그 바람결에 정신마저 놓아버린 흰옷 백성들, 한풀이 습속이었던가? 으레 사물놀이 농악과 사철의 바람을 따라 갖은 풍악으로 질긴 울음을 울었다. 근자에 도드라진 풍속이라고 자탄하였다. 그런 일이 대동아 공영권을 주창하는 일본제국, 천황폐하 성총을 기린다하는 설조를 등에 업고 조선총독 사이토 마코토 청정聽政실 문화정책이란, 고매한 술책인 것을 조선 백성들은 아는 듯 마는 듯 그저 귓가로 새겨 넘겼다. 하여 조상 대대로 굿거리장단 명줄 삼아 풍장 울리는 농악의 사물놀이란, 농자는 천하지대본─깃발 앞세우며 그리도 세상만사를 단숨에 제폐하여 신명나는 가락인지도 몰랐다. 그 무렵, 가는 곳마다 유난스럽게 신명난 절창가락으로 산천경계를 들썩거렸었다. 하늘땅 혼연하여, 화창이라도 한다는 듯.

─ 징징─궁구 당! 징징 궁 국 당, 징징─ 궁구 당! 궁구─ 덩더꿍!

이에는 으레 삼동부락 백성들이 덩실거렸고, 누런 똥개들도 꼬리를 할랑거렸다.

─ 얼씨구 절씨구! 어절씨구, 얼씨구 절씨구 어절씨구! 지화자 절시구! 덩더꿍!

이에 질세라. 꽹과리는 몽둥이 맞은 들개처럼 깨갱거리며 초라니 오두방정 떨었다. 징─징─ 지잉─징 떡판 징소리가 양반의 체통을 홀리면서 큰손 펼친다. 이 얄궂은 느글거림이 바람결 휘몰아가며 능청을 부린다. 사랑 춤사위는 으레 신바람 가르며 은근자로 흘긋거리며 속내랑 드러내기 마련이었다.

─ 이리 보아도 내 사랑, 저리를 보아도 내 낭군! 옆으로 돌아라! 앞 장단을 보리라. 앞뒤로 스리슬쩍 돌아라. 쩌─억 쩍 벌리며, 난실거리는 뒤태를 보자!

하는 순간, ─깨갱! 깨갱, 깽깽 깽! ─깨갱 깨갱 깽! 더벅머리 총각 심술 난 돌멩이 맞은 똥개가 내지르는 소리가 생판을 살린다. 이 지경 되면 이해타산이건 속셈이건, 모두가 다 세상에서 몰캉한 개미들 짓이었다. 하늘이 파랗게 손짓하고 천하만사가 앙가슴에서 노닐기 시작한다. 굿거리장단 사물놀이는 그 연원이 깊고도 높다하여 졸개미들 세속사가 아니었다는 말이다. 본디 조선 척불숭유 전조였던 고려 때부터 불가에서 통용되던 의식이었으니, 법고, 운판, 목어,

범종의 네 가지 악기로서 부처의 자비와 공덕을 기리며 득도귀의의 법요를, 어느새 북, 장구, 징, 꽹과리 민속타악기로 바뀌어 일반적으로 사물四物놀이 신명가락이다. 굿거리장단이란, 이후 '굿 친다'하였다. 삶터 마을 공동체 내에서 온갖 일을 의논하고 풀어가며, 한 살이의 공동체적 염원을 집단적으로 굿 친다. 그 결의를 다지는 종합적인 잔치 뒤풀이였다. 풍물 굿 실상에는 굿, 매구, 두레, 풍장, 풍물, 등 다채로운 먹고 놀자 거리였다. 판세가 이에 설치면 깡마른 시국이나, 부귀영화나 세상 온갖 잡사들의 풍물이란 저리, 저 만치 비켜서, 속세를 떠나 흥청망청 선경에라도 들자, 마을의 천성이라 하였다.

상쇠 잡이 최덕만 씨는 때마다 가는 곳마다 사물놀이 교수에 열을 올렸다. 조상들의 지혜와 한 많은 인생들이 빚어낸 단군민족 유산가락을 어찌 한시, 한참인들 타박할 것이랑께? 게다가 사물놀이 궁합에 음양오행 들추어가며, 운우지락에 삼신할미의 점지로 온 백성들의 찰떡−궁 쑥떡−궁을 들추어가며 끈질긴 생명복락으로 자궁 살림을 풀어갈 때는, 저절로 솟구치는 신명가락이 절정이었다. 하나 안타까운 심사로, 몇 번인가 '그런 자네는 도대체 아들이건 딸이건, 단 한품도 못 건졌는가?' 하는 물음에는 사주팔자가 그런 모양인디 어쩔 것인가요. 타고난 팔자이기는 삼신이 있을랑가요? 처연한 낯빛을 감추지 못했다. 산천이 덩달아 낭창하여 흥얼거리던 가락이 멈추면 순식간 쿨쿨! 쿨럭하고, 함지박에 쏟아지는 막걸리 새판을 차린다. 드디어 금강산도 식후경이라는, 인종들 살판이 드러난 셈이었다.

푸짐한 인심은 천심이란다. 인심이란, 다름 아닌 먹자거리에서 난다하였다. 더구나 이 날은 돼지를 세 마리나 잡았다고 호장 고지기가 일렀다. 외래객들을 접대하기로 씨암탉도 열 마리나 잡았다 했다. 고시레 떡시루가 푸짐했다. 무지개 호박떡이 기승 올린다. 잡것들 살보시 누린내와 지지고 볶은 각종 어류의 비린내와 해안 고린내와 잔솔가지 끄슬리는 솔향기가 뒤섞여 노랗게 가물거렸다. 누리기한 흰옷 백성들 사이사이 붉고 파란 상쇠, 부쇠 잡이들 설렁거렸으며, 패랭이는 잠시 숨죽이고 설쳤다. 주황색 신식 양복쟁이들도 어깨춤 들썩거렸다. 양조장 출신 면장이 옹위하며 굽실거리는 수염쟁이는 일정日政의 군수영감이요, 칼 찬 군병은 대구면 주재소장이요, 그의 상전은 강진 경찰서장이었다. 고을 원님의 행차인 셈이었다. 그 가운데 아연 돋보이는 인물이 바로, 항구도시 목포 동양척식회사 지방장이요, 현장 감독관이었다. 그들을 상전으로 모신 신 마량 박광수는 오늘따라 얼굴이 아연 홍당무였다. 땅딸막한 그의 별명은 땅개라 하였다. 땅딸이 땅개라, 하지만 그의 출신 내력은 아는 이가 별로 없었다. 근자에 은근슬쩍 마량포구의 유지로 스며든 외래인이었다.

단지 그 입에서 흘러넘치는 사설은 일본제국 유학 물 몇몇 년을 먹다가 말았다는 알쏭달쏭 일 뿐, 따라서 그의 입질이 늙은 수탉처럼 찌걱찌걱 내지르는 일본말을 알아듣는 이는 조선 사람도 일본 순사도 아니었다.

하여간 그 입으로 통변하는 언사는 마루야마 겐지丸山 健二라는 얄궂은 이름의 군수영감이다. 그의 수염은 풍성하고 자비로웠다. 갯가에 급조된 함바집 앞의 강단에서, 연설은 고비를 치닫고 있는 듯했다. 나란히 펼쳐진 세 벌의 천막 안에는 읍면의 유지 급들이 터잡고 고개를 내밀었다. 그들이 자리 잡은 앞자리는 목재를 길게 펼쳤으나 동네 떨거지들은 맨 땅바닥에 볏짚 덕석 깔고 앉았다. 재량껏 청솔가지로 진땅을 가리기도 했던 터다. 수염장이가 토설하면, 땅개가 고개 갸웃하고 지껄였다. 대중을 향한 인사말이라는 것도 거두절미, 막무가내로 직설적인 선포였다.

— 천황폐하天皇陛下 하늘같은 공덕을, 치하 하모니이다. 대일본제국의 천황폐하님 하해와 같은 공덕이여! 마침내 사해를 넘나들어 삼천리강산에 당도하야

소니다.

천황폐하를 들먹일 때마다, 그의 입술은 꼿꼿해지고, 사지가 뻣뻣해진다. 천성인가? 지성이던가? 삼가 경외하며 두렵다는 어조로, 송송 구구한 심사로 청중을 윽박지르듯 입에는 게거품을 물었다. 지절구 통변의, 거두절미가 막바지로 치달았다.

— 오늘 이 자리가 바로, 천황 폐하님 하늘같은 공덕의 자리므니다. 따라서 우리 모든 신민들이 만만세 삼창으로, 단심충정을 올립미다.

이에 따라서, 얼굴빛처럼 누리끼리하게 빛바랜 흰옷 입은 백성들은 너나없이 울대에 개침을 꿀컥하고 삼켰다. 생전 듣거나 보지도 못한 소리였던 터였다. 조선 천지 나라님 고종에 이어 순종 황제 군왕은 언제 적 울림이었던가. 빼앗긴 나라 먼 이야기가 이 곳 갯가에 미치기는 무량세월이었다. 근자에 순국열사 자처하는 시일 야 방성대곡 설조나, 다산 스승의 절량농가나, 수군통제사 이순신의 통쾌한 무용담은 도대체 어디로 사라졌다는 말이던가? 아랑곳없이 괴상한 통변은 남녘 바닷가 비린내 갯물 뿌리듯, 연거푸 퍼부어지고 있었다. 강단 앞 대나무깃봉에는 욱일승천기旭日昇天旗가 하염없이 붉은 깃발로 팔랑거렸다. 태양의 깃발이라 하였다.

— 동양 천지 금일에 이르러, 천황폐하의 공덕이 풍양 하오미다. 금일 이르러, 조선 강산 이 비좁은 땅은 참람한 실정임미이다. 이리하야 산을 파고, 옅은 바다 메워서 백성들 살길을 열무다. 이에 목포지점 동양척식 애국충정 훈구님들께, 이 일을 맡기미다. 그리 하야 오늘 간단하나마, 폐하 공덕을 이것으로 마침미다. 이리하야 우리 모두가 성심껏 찬양하고 성심껏, 외침미이다.

— 대일본제국 천-황 폐하! 만세! 만만-세!
— 대일본제국 천-황 폐하! 만세! 만만-세!

하다가 조선 백성들은 할 수 없이 무엄하게도 킬킬거렸다. 하마터면 만세!
만만세 합창으로 잔뜩 뒷걸음을 치던 박광수 단구가 가설 강단 밖으로 튕길 뻔
했던 것이다. 순식간 땅개 본색이 덕을 보았다. 실로 참을 수 없는 가관이었다.
설렁이던 아수라장이 간신히 수습되면서, 현장감독이라는 동척 시미즈 겐타
로清水 健太郞의 연설이 이어졌다. 대일본제국, 사무라이 정신의 화신 같은 사내
였다. 뱀의 눈길은 날카롭고 턱은 길었으며, 목은 두툼하게 비곗살이 쪘다. 다
행인 것은 어지간히 더듬거렸으나, 조선말을 지껄이는 실력이었다. 도대체 어
디서 길러진 실력이었다던가. 뒤풀이 소리가 푸졌다. 그나마 박광수 통변은 쓸
모가 없어졌던 판이다.

— 처, 천황 폐하의 거, 거룩한 성지를 받잡고, 오늘 기공하는 이 공사는 대략
삼년을 거행할 터이다. 다, 단 한 치도, 착오란 있을 수 없는 사업이 대일본제
국의 업적인 것을, 조선 인민들은 알게 될 터이다. 가, 감독들 지휘 감찰아래
일은 착착 진행된 터인즉, 문제는 여, 여러 인민들 태도이다. 허오나 우리는 아
무런 걱정이 없다. 일한 대로 먹고, 이, 일한 대가로 살게 될 터인 말이다. 신 마
량 갯가에서, 건너편 늦은재 가로질러 이어지는 둑막이 간척 사업이란 천황폐
하 성지를 받잡고, 동양척식이 담당하므니다. 인민들은 명심하기 바란다. 우
께도리란, 말을 아는가? 게으른 사람은 당연히 먹을 게 없는 방책은 머, 멀지
않았다. 자, 잘아, 알아들었겠지.

— 그랑께 저 소리가 도대체 먼 놈의 수작질이단가?

— 아! 우께도리*란 돈내기라 안하던가? 살판이 난 모양이시. 살판이 났어!

입을 헤벌리고 멍청한 안색으로 듣던 가운데, 설렁거리는 소리는 금세 묻히
고 만다.

---

* 하도급. 하청. 편집자 주

단숨에 본론으로 직격탄을 날리던 그가 '요-오시!' 하고, 입버릇 뽐내며 조심스레 몸 사리며 내려섰다. 얼핏 소개했거니와, 동양척식 주식회사! 이 괴상한 명호의 현장 감독은 시미즈 겐타로 씨라고 했다. 동양척식 주식회사란 물건은 본래 식민지 정책의 일환이었다. 제국 경성에 본점을 두고, 일차로 항구 목포에 지점을 개설한 것은 지난 만세사건 후 1920년대였다. 경세지략 발 빠른 조치였다. 팔도강산의 토지를 개척하여 제국의 농민을 이식시키기 위하여 조직되었다. 실상은 일본 농민의 이주 정책 작업을 위한 편리를 도모한 것이나, 저의는 제대한 일본 군병들을 농업에 종사케 함으로서 식민 정책을 가속화하고, 전 조선의 생명을 찬탈하고 백성들 살아갈 수 있는 기틀을 착취하려는 술책이었다. 허나 후일의 환난풍파를 우려해서 동양척식회사란 은근자로, 명칭을 붙여 황무지를 개척하고 심지어 해안 좁은 목에 간척지를 막아 농업식량을 증산한다 하였으니, 실상 그 수가 막대한 퇴역 군병들을 이식하여 내심 둔전병제를 실시할 뿐만 아니라, 뜻하지 않은 항병들이나 내우외환 사변에 대비하자는 식민정책일 뿐이었다. 이에 한껏 장려하여 기대하고 기다리던, 조선족 사물놀이 풍악패였다. 덜 죽을 만큼 먹이고, 부려먹을 신명 날 만큼 텁텁하고 시큼하게 썩은 술 마시게 하라. 태평가 부르며 살판났다. 먹고 즐기며 놀게 하라. 단일 민족의 정신과 혼백을 온전히 탈취하리라.

동네의 누런 똥개들도 설치고, 무쇠 가마솥 곁으로 달아오른 연기가 물큰 물큰 하늘을 찔렀다. 이따금 해풍이 설렁거렸으나, 잘 택한 길일이었다. 허허로운 갯가 풍경이었으나, 군 퇴역 도락구가 퍼다 나른 목재와 판네루로 목수꾼들은 딱딱거리며 함바집이라는 얄궂은 간이 막사를 지었다. 한 솥에서 먹고 일하며 잠자는 밥집이었다. 마을에서 징발된 옹배기에 막걸리가 쏟아지고 시루떡과 비린 것들이 푸짐하게 살포되었다. 두루마기 차림 유지들이 껄떡거리는 목줄을 늘였다. 농군들이 자고로 숭상하던, 목 줄기에 절인 때를 벗기는 날이었던 셈이다.

　잔잔한 은빛바다, 하염없이 가물거렸다. 파랑바다는 먼 것들을 가깝게 당겨
주었다. 얕은 갯벌에서는 이따금 잔물고기가 치를 날리며 솟구쳤다. 날것들 급
강하는 묘기도 심심찮게 돋보였다. 파랑 바다 건너편에 검붉게 치솟는 연기를
살피면서 최덕성은 조세_{早歲}하신 선대에 이어, 삼사 오대조의 산소 앞에 작은
질그릇 술병을 기울일 참이었다. 벌초를 거르지 않고 감당해준 오촌 덕만 아우
님의 공덕을 새삼 돌아보았다. 추석절기 벌초로 묘소마다 민대 머리처럼 깔끔
하였다 묘소의 잔디가 누렇게 들뜨고 있었다. 파란 쑥 잎과 허연 뿌리가 아기
손가락처럼 고개를 내밀었다. 묘소를 둘러싼 청솔나무와 밤나무 동백 숲속이
아늑하였다. 저 멀리 풍물장이 텅텅거리며 개펄 바다 건너서 살아 오르기 시작
했다. 하지만 이 마당에 펼칠 수 있는 건 제물이라 흉내를 낼 수도 없었다. 대
파 부침개와 호박 오모가리에 뻘건 빛살의 쏨팽이 세 마리가 고작이었다. 숨결
가다듬고, 이끼 먹은 석상에 막걸리 석 잔을 따르고 절을 올릴 때, 아비의 눈치
살피며, 손을 맞잡은 아들의 모색이 눈물겨웠다. 각각 이배를 올리고, 손 맞잡
고 일어서자 천성이듯 공순하였다. 입술이 저도 모른 새 들썽거렸다. 야살 궂
은 심사에, 생전 처음인 듯! 메마른 입술이 절로 떨렸다.

— 조상님 음덕 기리나이다. 조상님 음덕을 한층 기리나이다. 제발 보살피옵
소서! 선산 슬하에 자여손들 불쌍히 여기소서. 자석들, 여기 이렇게 모여옵니
다. 제발 덕분 보살펴 주옵소서. 무슨 염치로, 무슨 말쌈을 올리오리까?
　하다. 본즉 생각지 못했건만, 저절로 간절해지는 심사가 눈물겹게도 안도감
을 되살렸다. 난생 처음 비손하는 심사였다. 간밤에 그리도 오래도록 암소 마
구간 조왕님께 빌고, 또 빌었다던 아낙이 새삼 살갑게 느껴졌다. 들뜨고 산란

하던 심사가 차분하게 가라앉고 있었다. 문득 대처에 홀로 건디며 남겠다던 큰 아들의 모색이 떠올랐다. 내 아들 최종구야! 그만한 결심이 없고서야, 어찌 견디겠느냐? 사내대장부야!

감았던 눈을 뜨며, 둘러본다. 조부 증조부의 산소는 덩실 덩실하게 영글었다 아버님 최인정(仁政) 어른 묘소가 이 십 성상을 헤아렸다. 덕성의 이십대 청년기에 가난살이를 면치 못한 채 지천명으로, 갯가 농군살이 세상을 버리며 남기신 유언이 절절하였다. 정녕 후손 삼대에 이르러 가문 빛낼 장본이 나설 터인즉 기필코 갯가를 떠나라는 유지였다. 갯가 마을에 지나는 동안 어한(魚漢)이나, 염한(鹽漢)이나 도한(屠漢)의 짓은 극히 삼가라 하였다. 최 씨 가문에 고기잡이 평생 뱃사람 짓이란 가당치 않다. 늦은재 넘어, 갯벌의 소금쟁이 염전 살림이나 칼재비 도한이란 팔천(八賤) 중에도 극천 아니던가. 부디 가문의 체통 살리고, 강기와 윤리를 필생 기반으로 삼았던 중시조의 정신을 받들어라 사람다운 살길이 정녕 거기 있으리니!

유지의 실현이 엉뚱하게도 석삼년에 이리된 설움이라, 못난 자손입니다. 정녕 못난 자손입니다. 덕성 머리가 서린 땅에 닿았다. 상긋한 풀냄새가 물큰하고 살아 올랐다. 노란 잔디에 두 손 비비며, 머리를 수그린 채 불현듯 체읍하였다. 깊은 흙냄새 흡입하였다. 흙냄새에 물소리가 살아 올랐다. 소리 없는 눈물일 터였다. 허나 문득, 저 깊숙한 굴곡에 흐느낌이 살아 올랐다. 머리를 잔디에 묻고 엎드리자, 소리는 이내 가슴에서 솟아올랐다. 어디선가 흐르는 소리, 텀벙거리는 듯싶었다. 깊은 흙 속에 여실한 물소리였다. ─텀벙 텀벙, 텀벙, 텀벙, 물소리는 아득하게 청량하였다.

── 아하! 이것이, 이거 이 대체나 무슨 소리랑가?

해묵은 산소에 물소리라, 결코 상서롭지 못한 일이다. 물구덩이에 조상을 모셔놓고 자손번창을 기대 하렸다는 말이었던가? 천하에 망극한 일이라니, 이윽고 물소리는 허공중 설핏 새소리로 살아 올랐다. 청량한 어린 아가들의 우짖는 소리로 살아 올랐다. 낭자한 갯마을 소리였다. 낭랑한 목숨들의 소리였다. 사철에 울렁거리는 바닷가의 파랑파도 소리였다. 도대체 이 무슨 맹랑한 소리요 환청인가. 가슴에 솟구치는 설움인가 고개를 들었다. 쾌청한 하늘 갯벌 건너 저기 저 멀리서, 사물 농악이 한 바탕 기승을 떨고 있었다. 사설 소리가 살아 오른다.

— 얼럴럴 상사뒤야!

하늘에 고했다. 징징— 징—징 소리가 울면서 합창하였다.

문득 이끼 먹음은 조부님 산소의 석상 옆구리가 들먹이는 꼴이 눈에 뜨였다. 누렇게 들뜬 잔디를 들썩거리며, 무언가가 점차 기척을 드러내고 있었다. 진구렁이 긴 것들인가? 하여 수꿀했으나, 아니었다. 눈치 밝은 아이가 말했다.

— 워—매! 저 놈의 두더지 잔 보랑께! 겁나게 큰 놈이랑께.

— 가, 가만 두어라. 금—매, 말이다. 두더지가 분명 하당께.

막걸리 한잔을 고시레 했더니, 냄새 탐하고 덤비는 놈이던가. 검붉은 머리가 아연하고, 땅껍질을 들먹였다. 들썩들썩 들이밀고 덤볐다. 다리와 꼬리가 짧고 머리가 뭉툭한 금빛 두더지다. 놈들이 대체 언제부터 산소까지 범하여 땅 뒤짐을 했다는 말인가? 지렁이나 곤충의 새끼들 잡아먹는 저 놈들이면, 놈들의 삽날이 땅굴을 뚫었다 할 것이면, 설마 조부님이 줄곧 능침을 당한 것이나 아니던가. 덕성 씨는 새삼스레 식칼로 등짝을 긁은 듯 소름이 돋고, 앙가슴 섬뜩한 아픔이 일었다. 장탄성이 절로 터졌다. 세상천지에 이럴 수라니, 천지간 있을 수 없는 괴이한 법이 아닌가.

— 어허! 이런 판이니, 이런 판에 자손들 앞길이 평탄할 수 있었으리! 이래서, 내가 다시 여기와 엎드리는 신세가 되지 아니한 셈이 당가.

— 그랑께 그리도 모지락스럽게, 둘째 아들 종수가 패대기치듯 내굴었것다?

고개 주억거리며, 수긍하였다. 놈들 탓이랑께, 앙 그려? 앙 다짐 판단이 서자 말자 덕성 씨는 가만, 지게 작대기를 치켜들었다. 사지가 부들거렸다. 뒤질러 번갯불처럼, 구멍을 질러 막고 튕겨 오른 두더지를 내리쳤다.

― 와―하! 잡았다! 잡았어. 조상님들 공덕이랑께.

― 워 매! 요놈들 꼼짝 말그라. 네 놈 종자들이 별수 있간디?

종순이 짝짝―궁! 손뼉을 쳤다. 통쾌한 심사로 재배, 삼배하여 배알을 마친 후 덕성 씨는 당연한 처사처럼 주변을 살폈다. 두 마리 육중한 주검들은 최종순의 굉장한 수확이요, 자랑이었다. 눈앞은 생각 밖에 확 트이고 너른 터전이었다. 동산 밑으로 늘펀한 두 마장 거리였으나, 펼쳐진 눈앞이 한적한 지척이었다.

간척지가 될 갯가로부터 두 마장 거리는 족히 펼쳐진 바탕이었다. 잔돌이 듬성한 초지가 펼쳐져 있었다. 무참한 일이나마, 여기를 개간한다면 들밭 스무 마지기나 서른 마지기의 상당한 터전을 일굴 수 있을 터였다. 하지만 이야말로 선산 밑 두더지, 땅 뒤지기가 아니랴. 스스로 민망하고도 어처구니없다.

하지만 건너 바닷가에서는 갯둑막이 공사가 기치를 올렸다. 저편 돈을 머리 끝 해변에서, 신 마량 갯벌을 가로지를 터였다. 생전 보고 듣지도 못한, 어지간히 긴 둑이다. 대동아 공영권 일시동인을 주창한다는 일본제국의 수작이 어느 결 남해안 바닷가, 이에 이르렀다는 말이던가. 초연한 상념이 깊어진다.

저 늠름한 봉화산 발치에서 연동과 원포마을 갓돌아 숙마골 동산 밑의 안택에 개간지를 확보한다면, 신 마량 간척지 바다 마주보며 쌍벽을 이룬다 할 터 아닌가. 어느 결 그리 되도록 마련한 일터인가? 달리 길이 있다 할 셈인가 둑막이 공사장 인부 품꾼으로 새 살림을 시작할 수도 있을 터이다. 차마 그리는 못하겠다. 비록 세세에 한빈한 집안이었을지라도 강기와 윤리 가풍 올곧게 지녀온 조상이 아니던가. 봉화산등으로 닥쳐온 엄동설한에 굶어서 죽을지언정,

왜놈들 날품꾼 밥살이라니?

아무튼 살아야 한다. 살림을 살려야, 막다른 골목에서 이판사판이라 했던가.

문득 봉화산 발치께 왁자지껄 했던 전설이 떠올랐다. 호랑이 출현했다는 실화였다. 봉화산 하단에 큰 구렁의 절터가 있는데 빈대 등쌀에 폐찰 되었다고 전해온다. 다른 전승으로 윤성열 자당께서 산나물을 캐러갔다가 호랑이 새끼를 만나, 호랑아 내 새끼야! 오-매, 예뻐! 조심스럽게 쓰다듬었더니, 암소만한 호랑이가 해치지 않고 멀쩡히 바라만 보더란다. 바구니를 동댕이치고 집으로 돌아와 자고 일어났더니 나물과 바구니가 마당에 버려져있었다고. 윤성열이라, 그 선산이 된 재 밑이 아니던가. 어찌 옛 이야기만일까? 불현듯 창솔녹죽 총총하여 거북선 등짝 닮은 동산 아래를 바탕으로 펼쳐진 작은 마을 환영이 떠올랐다. 열댓 가호는 조붓하게 들어설 수 있으리라. 조붓한 마을, 수군들 함성이 일었다. 오색 깃발이 팔랑팔랑 나부꼈다.

숙박 잠자리 터를 잡은 제주말 등성이 같은 동산에 파란 잔솔이 울창하다. 팽나무 이파리가 차랑거리고 상수리의 가지가 파랗게 햇살을 튀기며 날카롭다. 동구나무 아래에서, 아이들 소리 찰랑거리며 창연했다. 동백나무가 무성하다. 검붉은 동백꽃이 활짝 피었다. 때까치가 팽나무에서 깍깍 우짖고 개가 멀리 짖었다. 하늘에 솔개가 맴을 돌았다. 까마귀 떼가 보리밭 뒤집고 긴 날개를 펄럭거리며 쳐댄다. 산 꿩이 차랑거리며 산울림을 울었다. 얼핏, 어 헐 럴럴 상사祥事뒤야! 사물 농악 놀이판이 들녘을 풍양한 터전으로 가꾸고 들었다. 덕성은 아련하여 토끼 귀 세우고 쫑긋거리다가 문득 헤아림이 시작되고 있었다. 멀고 가까운 헤아림은 스스로 차랑하고 절박하여, 때 아닌 흥얼거림 신명 타령으로, 감청을 불러왔다. 서당 개 삼년 습성일 뿐이건만 평생 배움에 목말라, 자석들에게라도 베풀어보려 했던 천성이었던가?

문득 천자문을 암송하던 서당 풍월이 떠오른다. 단지 천자문에 불과하였지만 백 번이던가? 천 번이었던가를 읽고, 또 읽었더니, 어느덧 입술에서 줄줄 새어나왔다. 그 자랑스럽고 하늘을 날듯 치솟던 신바람이라니, 과연 천자문이란, 하늘 천天, 따 지地, 검을 현玄, 누를 황黃, 집 우宇, 집 주宙, 넓을 홍洪, 거칠 황荒, 날 일日, 달 월月, 찰 영盈, 기울 측昃, 별 진辰, 잘 숙宿, 벌일 렬列, 베풀 장張, 이라. 아득한 하늘은 검게 보이고, 땅은 누런빛이다. 하늘과 땅 사이는 끝이 없다. 해는 서쪽으로 기울고, 달은 찼다가 기운다. 별들은 넓은 하늘에서 각각의 자리를 차지하고 있다. 사방팔방, 천지만물 지중에 거칠 것, 막힐 것은 무엇이던가?

— 상사相似뒤야라! 여기 상사란, 서로 모양새가 비슷한 이름이다. 허구 헌 날 인생살이의 모습이 아니랴? 허나 장삿속 세상만사는 상사商事요, 세상이 팔고 사는 상사 판이다. 상사相思라면, 서로 그리워하고 못 잊음이다. 상사병相思病에 정녕 상사常事라니, 예상사가 아니다. 상사喪事도 별수이랴? 사람이 낳고 살다가 죽어가는 삶이라니, 나그네 갈 길이 아니랴. 상사殤死라 하면, 스무 살이 되기 전에 죽음이라는 참척이다. 상사想思하면 곰곰이 사모하여 생각함이요, 상사賞詞일터. 공덕의 상사라 치면 가문의 자랑이요, 상사上巳가 나면 삼월의 삼짇날이요, 상사上四방이면 어허—라 좋을시고, 육간대청에 집을 짓고, 상량 뒤풀이라 상사上寺에 들면, 높은 절간에 부처님 공덕이라. 사물놀이 상사上使라면 상머슴 상쇠 잡이로 나서리니. 상사上祀에 날을 잡아 상사上舍는 육간대청에 고대광실 지으리라. 상사賞賜는 너나없이 뒤풀이 푸짐한 감축이라 거니, 상사相使라면 만사 상부상조 서로 돌봄이요, 상사相娭니라. 으레 사람들 어울리는 한 살이라면, 얼—럴럴 상사뒤야! 후야後也라니, 뒤풀이가 험악한 세상 살맛나는 잔치일 터였던가? 과연 상사라는 한 글자, 한 문자가 이리도 깊고 높고 넓어 오묘한 이치를 품고 있었다는 말이렷다. 이야말로 상천하지, 사방은 팔방, 십 육방이로다.

세세무궁토록 이어지는 농가월령 사물놀이 흥타령은 질기고도 모진 목숨처럼, 저절로 터져서, 정녕 끝 간 데를 모른다.

서늘한 샛바람소리가 살아 올랐다. 솔바람소리였다. 문득 살펴본즉 선산 주변은 새삼 눈이 뜨이듯 제법 울창한 소나무 숲이었다. 올곧지는 못한 재래의 참소나무였다. 간간이 석가래 감으로 충분한 나무들이 꼿꼿하였다. 산밤나무가 이파리를 거의 떨어뜨린 채 앙상한 가지를 사방으로 펼치고 들었다. 문득 점지한 우물터에서 머릿수건 얌전한 선말댁이 환하게 웃음 짓고 나섰다. 아낙네들 수다가 창일하다. 수숫대의 사립문이 열렸다. 그 여인네 뒤를 붙좇아 어린 것들이 불개미처럼 줄을 이었다. 흥겨운 가락이 이어졌다. 어! 헐 럴럴 상사 뒤풀이야! 참말로 한 세상 낳고 산다는 일이란 궂은일, 좋은 일, 장삿속, 사람의 사랑 속, 으레 있을 일에, 높고 낮은 일이라. 상서롭고 흉한 일, 높은 절 낮은 집, 상급의 세설, 상급의 상금, 신산고초에 살맛나고 오장육부에 산피 돌아 풍장 친다. 너나없이 사람살이의 온갖 풍상이 어지럽게 펼쳐지는 낭설이며 잔설이요, 잡설이요 얼씨구절씨구! 저절-씨구라. 어깨춤 저절로 춤가락에 가물거리는 꿈결 같은 환상이었다. 환영이었다. 덕성 씨는 흥겨운 가락에 사로잡힌 한 나절을, 곰방대에 잎담배를 쑤셔 넣고 연기로 날리고 있었다. 푸른 연기가 저녁 이내처럼, 산천을 물들이고 있었다. 바다 건너 풍장의 기척도, 어느덧 석양에 시들었다. 덩달아 넋을 놓았던 아들 종순이가 얼뜨던 정신을 일깨웠다.
— 하따-매, 고만 저만 가십시다. 배가 고픈 만이라 앙 그라요?
— 금-매, 배가 고프것다. 너 먹을 것, 막걸리 쓴 잔 줄 수도 없고나 잉!
— 왜 사람이란 배가 고프면, 그리도 만사가 귀찮아 지는가 모르지라.
— 배가 불러야 힘이 나고, 살맛 날 것 아니던가? 그랑께 잘 먹고 잘 살아보자고 뺏기도 하고, 도둑질도 하고, 죽이기도 하고, 그게 다 잘살아보자는 노릇

인가?

— 그게 어찌 사람의 짓이랑가요? 개, 돼지나 늑대 아니 흉악한 짐승들 짓이제.

— 그게 먼 소리여, 개나 늑대나 돼지나 흉악한 짐승도 오늘 배가 부르면, 더 죽이지도 않고 나누는 법이란디. 사람, 사람들이란… 아비는 어간이 막힌다.

— 그렁께 이 동네는 할아버님들 산동네지라. 저기 고조할아버님, 증조할아버님, 그 할머님이랑, 허면 이 동네는 배고플 일도 없겠지요. 아프지도 않고, 춥지도 덥지도. 전에 아버님이 혼승백강이라 하셨지요? 혼백은 하늘로 오르고, 뼈는 여기 묻히고, 종순이 손짓으로 덩실덩실한 묘실들을 가르쳤다. 당차고 의젓한 기품이었다.

아들의 질문인지, 아비의 응답인지 헷갈리는 지경이었다. 사람의 짓거리인지, 짐승들의, 아니 개만도 못한 짓거리인지도. 개나 늑대란, 어떻게 다르던가?

— 배가 고프닝께, 얼뜨던 정신이 번쩍 낭만이라.

— 그려 배가 고프닝께, 얼뜨던 정신이 번쩍 낭만이라. 얼−럴럴 상사뒤야라니.

그려, 정녕 살길잉갑다. 그것이 바로 살길이란다. 호랑이가 열두 번을 물어가도.

그 말소리가 듣기에 심히 맹랑하였다. 낭랑한 소년 아들의 질책어린 추궁에 정신이 새롭다. 세 살 백이 손자한테도 배운다 했던가. 사람은 왜 사는가? 배고픈께 산다고 아들들이 그랬던가. 먹고 살려고, 산을 뭉개 씨앗을 뿌리고 가꾸어 먹으나, 몸 놀려 벌어먹으나, 벙거지로 두 손 비비며 빌어먹으나, 꾸어 먹으나 머리통 굴려서 입만 놀리고 속여먹으나, 하얗든 먹어야 살 것 아닌가. 평생 살이란, 견디는 일이다. 저렇게 남의 땅 갯가에서도 설쳐대는 종자들, 저 흉악한 왜 것들이란 대대로 남의 땅을 침탈해서라도 저리도 극성맞게 설치는 꼴을 보자. 극성맞고 까마귀 떼처럼 징상한 것들이란! 먹고살기 위하여 벌떡 일어서야 하는 일은 저절로 타고난 생목숨의 산 짓인가 보다. 아들 종순이가 어느덧 앞장을 서고 있었다.

─ 배가 고프닝께, 얼뜨던 정신이 번쩍 낭만이라.

그려 그 정신만 차리고 얼을 깨우면, 호랑이가 열두 번을 물어가도 산단다. 살아야 하는 건 무량한 은총이었다. 그래서 저리도 정신 차리고 얼을 차리라고, 얼 차려, 얼차려하고! 세세 무궁토록 얼─럴럴 상사뒤야! 하늘땅 들쑤시고, 깨우는가 보구나. 아니 그런가. 천금만금보다도 소중한 내 아들아! 내가 그대로 인하여 살고, 네가 나를 살리는, 네가 나의 아비다. 아니 그런 게 아닌가? 중얼중얼 얼간망둥이처럼 벙글 웃으며, 아들의 여린 손을 잡고 엉덩이를 털어가며 일어서는 덕성의 몸에서 헤아릴 수 없이 번지르는 정욕 같은 용력이 솟구치고 있었다. 이야말로 살길은 자명해졌다. 살려거든 서두르자. 서해안의 동백꽃처럼 수줍게 붉어진 해님이 가물가물 숨지기 전에, 서둘러 시오리의 갯마을 자갈길을 자글자글 갓 돌아야 한다. 봉화산 솔숲이 검은 그림자를 거느리며 사그락 스르락 숨결소리로 짙어져간다.

다섯 마당

산 파고 둑을 쌓고

　장흥 쪽 갯가의 늦은재에서 발현되는 방조제 둑막이 공사는 푸짐한 잔치만이 아니었다. 늦은재를 발딱 넘어서면 장흥군 대덕면 하 분리 땅이다. 신 마량 갯가에서 첫날의 삽질을 시작하자, 동양척식의 현장 감독 시미즈 겐타로는 사뭇 오체투지로 굽실거렸다. 사방팔방에 호리병의 술을 뿌리고, 고사告祀로 우환을 막으려는 비손이 극치를 이루었다. 그도 만만치 못한 지극정성이라 할 터였다. 대일본제국과 조선의 무당 전통이 어우러졌으니 말이다. 동양척식의 현장 총감독 일본제국의 사무라이 시미즈 겐타로도, 조선 무당 여인 앞에서는 굽실대며 맥을 못 추는 듯했다.

　마량 단골 원단이가 앞장서서 고깔을 깝죽여가며 인도하는 대로, 시미즈 겐타로는 청맹과니처럼 희죽거리며 뒤를 따랐다. 그녀가 청아한 노래를 부르듯 경을 읽고 비손하며, 숙연한 얼굴로 지시한다.

— 워째서 모두들 구경꾼들이랑가? 정성을 들이고 손을 비벼라, 그런 말이여.

— 치성들인 큰 굿을 구경 안하고 어쩌라고?

— 신님 앞에 고개도 못 숙인당가? 신님이 노하시면 재앙이랑께.

　신녀는 사방으로 눈을 흘겼다. 큰 눈이 범치 못할 위엄으로 엄청 크게 얼크러졌고, 실가는 허리에는 요물기가 넘실거렸다. 삼신불 아귀처럼 붉은 입과 낭창하고도 요염한 허리로부터, 어깨 위로 치솟는 듯 두 눈을 희뜩거리며, 요란한 방울 소리가 지시하는 곳마다, 살손 푸짐한 인심동냥이 쏟아졌다. 마량단골 원단이의 아귀처럼 붉은 입, 마귀의 함봉입인가? 저 확신에 찬 지엄한 지시를, 대체 뉘 있어 거역하리. 제국 사무라이 시미즈 겐타로는 무당의 그 위엄과 당찬 지휘와 지시에 굽실거렸다. 갯바위도 술을 먹었고 곧 잘릴 청솔나무, 동백나무, 맹감나무, 팽나무도 술을 덤터기로 마셨다. 저 건너편 장흥 쪽 늦은재 수심 얕은 바닷길에는 하늘로 치달아 솟구치는 막걸리가 분수처럼 치솟았다. 세 척의 뗏마에서 까닥까닥 노질하며, 배꾼들이 어기영차로 받았다. 뱃길 따라 얕은 물길을 쫓아, 엄청난 흙짐들이 쏟아지고 갯바위 돌이 갯둑을 쌓아갈 터였다. 거기 돼지 대가리를 조각낸 안주가 인심 좋게 투덕투덕 뿌려지고 따름은 물론이었다. 마을의 누런 똥개들이 눈치껏 꼬리 할랑거리며 신바람 타고 들었다. 누구도 감히 개들에게 구박을 하지 못했다. 근동의 아이들은 중의적삼 속에서 한껏 부푼 배를 감당치 못해 헐떡거렸다. 아이들 머리꼬리가 저녁 바람에 나풀거렸다. 할랑거리는 댕기머리도 별다른 타박이 없었다. 짚신 철떡거리며 다섯 명의 함바집 아낙들은, 가랑이에서 암내 난 비파소리가 살아 올랐다. 더부룩한 두루 치마 허리를 무명 끈으로 질근 감아 맨 그녀들을 힐긋거리며, 머리에 누르스름한 수건을 동여맨 남정들이 동아리 부른 배를 투덕거렸다.

— 잔치, 잔치가 열렸네. 동척 잔치가 열려서, 이판살판이로세.
— 너랑 나랑 모두 다 떨쳐 나설랑, 동척잔치 공덕 살진 잔치나 즐기세.
　누군가가 은근슬쩍 비아냥 거렸다. 동양척식의 배부른 잔치가 열렸다네.
　첫날 배부른 잔치는 마량포구 근동 푸짐한 먹자거리로 막을 내리고 있었다. 해안에서 창궐하는 밀물 때처럼, 읍내서건 사방에서 몰려들었던 인적은 순식간 썰물처럼 흘러나갔다. 석양이 은은한 바닷길 빛살을 뿜을 때, 들녘과 하늘을 몽땅 사를 듯 불타오르던 사물풍장소리도, 아쉬운 긴긴 여운으로 잦아들었다. 하여튼 먹자거리 풍성한 동척잔치는 길고도 짧은 세상에 오랜 적막으로 잠들었던 삼동을 들깨웠다.

─ 기왕 이런 신세에, 땅 두더지 되기로, 아애 작심을 해 부렀네이.
─ 신세! 신세라, 탓하지 마시오. 부자 종자, 가난뱅이 씨가 다를랍디여? 장한 내 아들 종순이 말을 들어봉께, 조상님이 그리하라고 보내셨능 갑소. 시묘侍墓살림도, 지극정성이라고 안 헙디여?
　덕성의 한숨에 선말댁이 머릿수건 벗으며 응대하였다. 이에 맞장구를 치듯 덕성의 숫기가 갯벌바탕 꽃게처럼 살아 오르고 있었다.
─ 금-매, 설마 일본제국에, 뭣인가? 그 놈들에게 시달림을 받으니, 차라리 선산을 뒤져서라도 손 자녀들, 새살림을 당하는 편이 훨씬 나을 것 아닝가?
─ 하면, 말이 것소. 팔이 안으로 굽는다는 세상 이치가 다를랍디여.
─ 그나저나 뭘 먹고 일을 할 텐가 왜 이리 앞이 캄캄하고 막막하단 말인가?
─ 어찌 그라고, 잔설 근심을 하시시오? 산 입에 뭐시라고 안했소. 보리밥 짓기는 나 뫃 인께, 쥔 양반은 삼간 집짓기나, 단꿈을 꾸어보시오. 잉!
　시린 눈 멀뚱거리며, 아낙을 쳐다보던 덕성이 부엉 눈으로 한층 열린다.
─ 와마! 당장 묵고 살 일을 걱정하다가, 집짓기라니 허허! 덤터기는 야물게 씌어 번지네. 집짓기가 밥 짓기라더니, 오지가지가 따로 있당가.
─ 오매! 오-매매, 대체 먼 소리다요. 선말 대감님이 삼간 집짓기가 겁나랴. 노루나 토깽이도 지 굴을 짓고, 들오리도 둥지를 틀고, 산 알을 품는 디라오?
　그렇게 귀결이 나고 말았다. 금-매 알을 품어야 하고 말이라. 집을 짓고 살아가는 일이란, 생 알을 품는 일이었다. 그것이 사람이나 산목숨의 도리인 것을, 선말댁 부부의 작정에 종가 훈장도, 가타부타 군말을 삼갔다. 사흘 뒤부터

지게 걸머지고 나서는 사부자의 지친 몸뚱이가 일상이 되었다. 따지고 보면 수인 뒷산 칠대 조 시양종산에서 갈려나간 육촌간이다. 대대조상의 선산밑을 자손들의 새 터전으로 삼아 살림살길을 뒤진다면, 그 짓이야말로 선산낙백은 귀근이 아니겠는가.

— 허허! 이 참, 그랑께, 삼신도 못 당하는 팔자소관을 누가 피하랴.

— 팔자랑게, 따로 있을랑가요. 이녁 지어먹은 맘이 팔자소관이것 지라오.

— 지어먹은 맘이라, 지어먹은 맘먹기 따라서, 밥 벌어 먹기도 길이 열린다던가?

성치 못한 육신을 절뚝거리며, 둘째 아들 종수도 수걱수걱 따라주었다.

선말댁은 갖가지 산나물로, 무참한 꽁보리밥에 입맛을 돋우었다. 파랗게 번들거리는 보리 싹이며 때 일러 설치고 피어오르던 어린 쑥 새순들을 정성껏 채집하여 무치고 살살 덮치고, 주무르고 잔솔가지 지핀 불에 지지고 볶아 삶아내는 일, 그녀는 혼취한 듯했다. 그 지극한 솜씨 맛이 가히 일품이라고, 살맛이란 참으로 손끝에서 나는 법이라고, 오촌 동서 음전이가 알알이 감읍했다.

선말댁 정소례는 일을 추셀 때마다 노래를 불렀다. 청아한 옥음이었다.

산기슭에 칡을 캐네. 산 쑥을 캐네. / 선산기슭에서 산나물도 뜯고 칡을 캐네. / 그 잎사귀 부드러워, 선영을 건너다보며 / 조부님 증조부님 고조부님을 그리워보며 / 붉은 땅 뒤져가며, 칡만 캐자는 게 아니라. / 선영님들 자비심이 칡넝쿨처럼 자자손손 / 번창하도록 땀 흘리며, 자손들 엉겨들었네. / 칡뿌리 쑥버무리로 자여손들 옹심 돋우리니 / 내 손길 닿는 곳마다, 먹자거리도 넘친다네. / 조상님께 쑥 술도 올리고, 칡 술도 올리려네. / 산천에 넘쳐나는 먹자거리는 얼씨구야! 사람살림 살판이로세.

이는 다산 정약용 스승님의 칡 노래였으나, 시절 따라 흥취 따라서, 변형된 가사가락이었다. 그 어른이 강진 유배생활 18년에 숱한 글을 쓰시고 서책을 지었으며 또한 한문 투의 시를 창작하였으니, 이는 원동 농군들의 자랑이요, 대단한 긍지였다. 또한 정씨 가문 팔촌 사사님이시다. 할아 마님의 은근슬쩍 출생이 주막집 주모로써, 세상이 몰라보는 귀태라고도 했다. 정녕 그러한지, 때로는 청승스럽고 이따금 호소하는 절절함이 일었으나, 정작 부르는 이의 흥겨움이 넘실거렸다. 노래를 따라 흐르듯 잽싼 몸을 놀려 실상은 땅을 뒤집다가 수확한 칡뿌리를 씻고 자르고 말리고 갈아서, 고운 가루로 식량을 장만하는 즐거움에 힘든 줄을 몰랐다. 자고로 칡뿌리는 다리어 마시면 몸을 다습게 하고, 내장을 보양하는 한약제로 쓰일 뿐만 아니라, 그 달콤하고 부드럽고 고소한 갈마 가루는 절량농가에 없지 못할 구황 제였던 터다.

또한 다북쑥의 노래도 불렀다. 산 쑥, 덤불 쑥, 참쑥, 물쑥 등 가지가지다. 어린잎은 뜯다가도 혀로 말아서 먹고, 쑥떡, 쑥개떡, 쑥송편, 쑥차, 쑥죽으로 가지가지 옹골지게도 오지가지다. 쑥불은 파리모기를 쫓는 방충제였다. 줄기 뿌리나 잎자루는 약재로도 쓰인다. 이렇듯 푸짐한 마련이란 손놀림이 잦을수록 입에서 흥얼거리는 가사의 곡절소리와 우쭐거리는 어깨 가슴과 온 몸이 장단을 맞추기도 하고, 얼씨구 저절─시구 연주하듯, 노래와 몸과 일손가락이 가히 한 몸, 한 타령으로 흥청거렸다.

하지만 어느새 손가락을, 두 군데나 베었다. 뻘건 피를 쑥으로 닦고, 겹질린 발을 절쑥거렸다. 석삼년의 대처 생활에 몸이 무뎌진 탓이랄까? 대바구니가 풍성했다.

다북쑥을 캐네. 이팔청춘 이내몸이 다북쑥이네. 산곡에 외로운 다북쑥이

아니라, 새파란 새발 쑥이네. 저기 저 산토끼들, 고라니처럼, 고니가 떼

를 지어서 넘어가네. 청춘의 푸른 치마허리를 굽혀 흰머리로 쑥을 캐네. 다북쑥을 이리 캐어 무얼 하나? 여름 가을에 빈손이더니, 이리도 다급하게 다북쑥을 캐는 이 몸, 눈물만 쏟아지네. 보소 보소이 항아리에 남은 곡식 없고, 쌀독도 텅 비었네. 날 좀 보소 들녘에는 새싹마저 다 없어졌네. 허허이 빈들 정마저 가신 바닷길 갯가에, 흰 사람들 울력하듯 설치네. 하지만 요 가슴 선산 들녘에는 다북쑥만 자랐으니 둥글게 이리 캐어다 넓적하게 말리고 또 말려서, 자르고 부수어서 저리도 모질게 가루로 담갔다가, 소금에 절여 죽 쑤어 먹을, 이팔청춘 생각밖에는 달리 살길 없다니, 이런 말은 웬 소린가?

이 또한 근거는 다산의 다북쑥 노래가 분명했으나, 한문의 해설 과정에서 적당히 석명한 마을 노래였다. 진도 해안 벌 강강술래의 설 소리와 함께 갯가 마을의 창가는 융성하였고, 고달픈 민초들 생활과 삶의 위로요 흥겨운 가락이었다. 덕성은 노래 부르며 흥겹게 몸놀림하는 아내가 곁에 있어도 매양 아쉽고 그립다가 가여웠고 사랑스러웠다. 흥건히 젖어오는 아내의 노래만 들어도 용력이 솟구치는 듯했다. 스스로 여려진 마음 탓이라고 생각했다. 뿐 아니라, 틈만 나면 펼쳐드는 다산 서책이다.

정작 최덕성의 18번 노래는 역시 다산 선생의 애절 양이었다. 하지만 그는 그 노래를 지성으로 아꼈다. 지린눈물 저절로 흐르는 기가 꽉 찬 가사였기 때문이다.

그리 스스로 삼갈 때마다, 정작 솟구치는 소리는 따로 있었다. 이 풍진 세상을 만났으니, 너의 희망이 무엇인가? 부귀와 영화를 누렸으면 희망이 족할까? 부르다보면 넋을 놓고, 부르는 듯했다. 숨은 짓이라도 들킨 듯, 하지만 소리는 저절로 이어졌다. '푸른 하늘 밝은 달 아래 곰곰 생각하니, 세상만사가 춘몽 중에 또다시 꿈이런가. 엄벙덤벙 주색잡기라.' 정녕 그는 아니었다. 결코, 오연히 항변하면서도 귀에 익고 가슴에 젖어들었던 창가였다. 하다보면 서글픈 속에 서나마 저절로 터지는 흥겨움을 맛보기 마련이었다. 대처에 오르자 말자, 양림동 시장머리 길가에서 첨 만난 유성기 점포에서 으레 청솔향기처럼 솟구치는 가락이었다. 해가 바뀌고 낙백하는 심사로 광주 부청을 드나들면서, 한 씨, 김씨를 추적할 때도 사거리에서 자주자주 새로 생긴 점포 근처를 얼쩡거리며, 시름을 달래다가 마침내 바튼 살림에 마지막 고감을 덜컹 빼먹듯, 신판 유성기에 손을 대고 말았던 셈이다.

부질없는 짓이었다. 철부지한 짓거리였다. 뱅글뱅글 돌아가는 유성기판을 어디다가 숨겨야 좋을지 때마다 난감한 물건이 되어 버렸다. 창가를 부르다가도 문득 주변을 살피는 심사가 한층 서글펐다. 때마다 땅 두더지처럼 누런 풀밭에 엉겨 붙은 아들들 향하여 고개를 쳐들며, 이따금 고함을 질렀다. 절름거리는 최종수, 종순, 종연, 세 어린 것들, 땅뺏기 놀이라도 즐기듯 황토밭 개간 작업에 몰두하고 있는 터였다. 무릎 성문이 위골된 종수는 달포 지나며, 겨우 몸을 추슬렀으나, 천생이듯 허리부터 절쑥거렸다. 저 몸으로 어찌 땅 뒤짐을 하며, 일생을 살아갈 수가 있다는 말인가? 볼수록 짠하고도 애처롭다. 하지만 누구도 입을 열지 못한다. 숨을 헐떡거리며 연신 괭이질에 얽매느라 땀을 채 닦지도 못한다. 나 어린 종연이가 여인네 호미를 들고 탁탁, 타―탁탁거리며, 연거푸 풀뿌리를 털고 패당이 쳤다.

이따금 설렁 설렁한 산들 솔바람이 땀투성이 얼굴을 쓰다듬는다.

― 그렇게 큰 돌에는 덤비지 말란 말이여. 아직은 네 몸이 성치도 못한 것을….

― 이께잇 것에, 몸 사릴 일은 아닝만요.

― 아까는 저것보다 훨씬 큰 놈도, 단방에 파부렀는디라.

— 그랑께 차분차분히, 쉬엄쉬엄해야, 길게 나갈 텡께. 안 그런가?

— 해지기 전에, 쩌―그 까지는 끝장을 봐야제라오.

— 참나무 뿌리는 잘 털어 말려야 땔감이 된당께요. 안 그라요?

후 잇―사! 후 잇―샤, 후 잇―샤! 괭이질에 땅 조각이 갈라지고, 이따금 돌에 부딪치는 무쇠는 부싯돌처럼 파란 불을 튕겼다. 뗏장이며 풀뿌리를 파 들어가는 만큼 불을 질러 화전을 일군다. 시샘하는 개간 땅 뺏기 하듯 다투었다. 선말 양반 한 사람 몫이나, 어린 것들 세 몫이 뒤지지 않았다. 그 모양을 지켜봐가며 새삼 눈이 열리고 새참 못 먹이는 어미 마음이 시렸다. 물고구마가 간식이요, 주식이기도 하였다. 그나마 펄펄한 옹달샘이 가까운 곳에 샘솟고 있어서 천행이었다. 옹달샘을 삼형제가 들러붙어 작은 연못으로 확대하였고 빨래 방망이도 갖추어 놓았다. 오지고도 아무진 잔솔밭 옹달샘 곁에서 선말댁은 아침저녁으로 지극정성의 비손을 바쳤다.

— 한울님, 삼신님 보셨지요. 저 자석들 축복하소서. 때를 따라서 산천자락으로 먹이시고, 아들딸들로 기르시고, 장군 같은 심을 주시고, 하해와 같이 맘씨밭을 크게 하소서. 봉홧불처럼 하늘땅을 우러러 큰 인물들이 자라게 하소서.

하다가 저절로 간절하여, 마침내 눈물이 그렁거린다. 시원한 생수가 눈물을 씻고 가슴을 한량없이 씻어 내렸다. 옹달샘에 이름 모를, 까만 물벌레가 꼬물거렸다.

— 오―매 오매, 쩌―그 저, 칠량면 중천마을에, 큰 이모님 아니싱가요?

선말댁이 둘러보던 먼 하늘 길에서, 첫 눈에 허연 마님 큰 언니를 발견하자, 고함을 질렀다. 비명처럼 앙가슴에서 치솟는 고함소리였다. 모두들 일손을 멈춘다.

— 아니 멋들을 저렇게, 이고지고, 나서 섰당가요?

— 오매, 저건 유진 행님이랑, 막내 매씨랑, 함꾼에 나선 모양잉만, 아그들아! 어서 저 등짐 좀 받아, 챙겨라—잉, 어서!

선말댁 부르짖음에, 식구들은 일제히 탄성을 터트렸다. 중천 마을의 선말댁 큰 언니, 큰 이모님이 자녀와 함께 이고 지고 나선 모양이었다. 더벅머리 강유진 이와 암말만한 처자 강순심이었다. 처자의 댕기 머릿결이 검은 연기이듯 훌렁거렸다.

— 오—매 세상천지에, 자네들이 대체 뭔 일이랑가? 진즉 말은 들었네만 요새 몸이 성칠 않아, 다 늦게 벼르다가, 이리 왔네야. 면목이 없단 말이시.

바람잡이로 허우적거리듯, 실토정이었다. 그 머릿결이 명주실구리처럼 살랑거렸다.

— 면목 없으시다니, 그게 무슨 소리 싱가요? 되래 죄진 심상잉만요.

흰머리가 명주실타래처럼 유난스러운 이모님이 머리에서 임을 내리자 챙겨받으며 선말댁이 송구스러워 감탄을 했다. 무명 자루에, 햇곡식 알림이었다.

— 아이고매, 행님, 이것이 대체 먼 일이다요? 멀라고 이렇게 한 살림을 챙겨오시오. 그 많은 식구들, 번연한 살림살이가 형편이 아닐 텐디요.

— 한 살림은 무슨, 건더기가 있는가? 묵은 된장 간장에, 게우 보리쌀 서너 됫박에 쌀 두어 됫박뿐잉만, 산사람 입 거미줄 칠 것잉가마는 유진이가 삼태기도, 덕가래며 호미랑, 바지게랑, 다 요긴할 거라고 챙기데. 되래 염치가 없네.

진정 인휼과 사랑이 깃든 큰 부조였다. 멍하니 바라보던 선말 양반, 어물쩍 눈물겨웠다. 봉화산을 우러른다. 사람살이가 된장 간장 진 거니에, 메마른 건 거니가 푸나물 서 껀 별것이 아닌 셈이다. 허나 그것들은 맨 땅에서 솟구치는 옹달 생수와는 달랐던 것을 저리게 느끼고 배우는 셈이었다. 진갑 줄 넘어선 중천 이모님은 모시 빛깔의 흰 머리가 유달랐다. 선말댁 일가는 생후로 처음 큰 부조를 받아보는 심사였다. 찰진 쑥개떡에, 찹쌀 한 자루에 와마! 막걸리도

한 옹배기가 뒤따랐다.

중천 마을은 타면他面으로, 삼십 리 길이었다. 신선 마을이라고 했다. 거기서 낳고 자란 중천 이모님은 팔 남매 중 맏이고 선말댁이 셋째 딸, 그래 신선 마을 선말댁이 택호였다. 그 먼 길 새벽부터 재촉하였고, 연동, 원포를 갓돌아 낮참에 이른 것이었다. 순심 아가씨가 서둘러 들녘상을 보는 쉴 참은 대견하고도 푸짐하였다. 일일이 손을 잡고 어루만지던 이모님이 이런저런 가정사 이야기 끝에, 주섬주섬 고쟁이 속을 뒤집다가 새삼스럽게 입을 열었다. 무언가 궁실거리는 소리였다. 동생의 쥔댁 선말 양반에게 쥐어주는 손길이 자못 후들거렸다. 아닌 척 쉬엄쉬엄, 입을 연다.

— 자네들, 그 옹골진 살림살이를, 석삼년에 거덜 냈다고들, 별 말이 많테만 나는 귓가로도 안 믿네. 놀음을 했다는 둥, 사기를 당했다는 둥 대처 늦바람나서 새 살림 차렸다가 쫄딱 했다는 둥, 하늘 알고 땅만이 아는 일이 있을 터! 안 근가? 읍내 장터에서 열 발 가진 말, 뜬소문으로 시상이 들썩거리데. 그저 조상님 뜻이 기시것제. 날 춰지기 전 선산 땅 뒤지는 것도 좋지만, 움집 한간이라도 얽어 매사 쓸 것인디 이 일을 어쩔 끄나. 그래도 조상님 덕분에, 선산 주변에 참솔들이 우람하니, 복중홍복일세. 저 서까래 대들보감이라니, 앙 그랑가?
— 그리 염려만 끼쳐서, 면목이 없소야. 집 한 칸이라도, 금-매 말이요. 순심 조카가 저리도 말쑥한 낭자님 새댁이 되었고만이라.

선말댁의 짧은 푸념과 감탄에, 큰 언니의 낯빛이 도라지꽃처럼 살아난다.
— 면목이 없다니, 먼 그런 소리랑가. 큰 일하다보면 병가지상사라, 저 것도 내년 봄에는 짝을 찾아 떠날 것잉만. 순심아, 어서 그 막걸리나 한 사발 따라 와 바라. 목이나 먼저 축이시게. 저번 참이 시아버님 기제사였단 말이시. 세상천지에, 움집 한 칸을 못 세우고 난장에, 이것이 대처나 먼 꼴이랑가.
— 오매-매! 형님 말씀 들어 봉께 저들은 세상 물정 모르는 철부지잉만요. 그

란 해도 조석으로 눈치 보여서 내 집 한 칸이라도 어서 지녀야지. 종가 행랑에 머물러 겨울 날일이 하루하루 가시 방석이 었당께요.

— 그랑께, 바지랑대 돗자리를 깔아도 내 굴속이 제일이랑만, 옛날 어른들의 지혜란 말 이시. 앙 그럴 것인가? 오소리도, 들녘 산새들도, 여우나 토깽이도, 제 굴이 제일이더라고. 코뚜레 송아지도 덜렁거리며, 자기 마구간을 찾아오는 법잉께라. 서로서로 힘을 보태면, 살림 세상에 어찌 샛길이라도 없것는가?

정녕 그랬다. 날이 더 춰지기 전에 선산 땅을 뒤지는 것도 좋지만, 집 한간이라도 얽어 매사 쓸 것 인디, 이 일을 어쩔 끄나? 어찌 그 생각을 못했더란 말인가. 날이 더 춰지고, 봉화산 북녘에서 높샛바람이 씽씽 거리며 흰 눈이 펄펄 쏟아지기 전에, 서둘러야 할 일은 움집 한간을 얽어매는 일이었던 것이다. 떠꺼머리 총각 강유진이가 챙겨온 도끼와 톱날이 그런 일을 바짝 추어주고 들었다. 생각할수록 오지고도 감읍할 일이었다. 감복할 하루가 저물고 있었다.

그 날 이후, 선말 양반 사 부자는 진땀을 쏟으면서도 한층 신바람으로 들썽거렸다. 집 짓기와 밥 짓기는 실로 인생살이 크나큰 희락이요, 대 상사였다. 목숨의 복락이요, 신비한 은총이라 할 터였다. 터 잡이에 솔송나무를 자르고 깎아 다듬어 나르는 일이 신바람을 돋우었다. 이모님 바지춤에서 비실거리던 종자돈이 활기찬 동력이었고 지혜의 문이었다. 하루하루가 재발랐다. 동짓달이 성큼 성큼, 설달이 다가왔다.

남해안의 섣달 갯바람은 차고도 매웠으나, 땀투성이 개간 작업을 견딜만했고 간척지 공사도 쉼 없이 다구 치는 기색이었다. 듣자니 돌격전이라 했다. 여기저기서 밀려든 잡일꾼들 벌이가 쏠쏠하다는 마량포구 소문도 돌았다. 하지만 덕성 일가의 일정은 한시가 다급했다. 우선 몸 붙일 장막을 마련하는 일이었다. 종가 행랑에 몸 붙어 있기가 하루하루 눈치 보이는 다급한 심사였던 터에 큰 이모님 푸짐한 부조에 이어 깨우쳐주신 움집 한 간이라도 얽어매는 일이 성난 황소마냥 사정없이 다그치는 일정이었다. 우선 황토구덩이를 다져서, 청솔 산막이 들어섰다.

하지만 일은 갈수록, 진척보다는 난제가 일었다. 방 한 칸이나마 하고 시작한 일이 집 한간이 되고 본즉, 초가삼간이냐? 선산 묘지기 초막이라면 몰라도 방 서너 개는 붙여야 쓸 거 인디, 그래도 오대 선산 종가 아니던가. 그러다 본즉 사칸 겹집으로 터가 늘어난 셈이었다. 일이란 내친 김에 끝장을 봐야 하는 법이다 급기야 삼동에 명성이 자자한, 윗마을 원포 부락의 강 목수가 수소문되었다.

강찬진姜撰進 목수는 대가 세고 비록 목수로 생계를 누리고 있었지만, 그 뜻이 고절하다는 선비 목수였다. 향반 선비가 어찌 목수란 말인가? 그 이름 함자가 찬진이라, 임금에게 손수 글을 지어 올리라는 선친의 뜻 이루어드리지 못하였으나, 고절한 꿈을 결코 버리지 못한 자칭 선비였다. 자칭 선비라 함은 세상은 이미 그를 잊었고, 버린 까닭이었다. 성깔 드센 마누라도 그를 버렸다고 했다. 두 자식들과 대천이던가, 대국 봉천인가로 떠나버렸다고 했다. 홀로 문간에 의지하고 앉아서 졸다가 일감 생기면 집짓기를 밥 먹기보다 즐기는 골수장이 목수였다. 하여간 생전가야 그 입의 말을 들어볼 수가 없는 벙어린가? 귀머거리, 허깨비인가? 아니라면 신선인가? 삼동에서 수군거리는 소리가 그의 귓가에는 벽창호였다.

그에게 일을 맡기거나 더불어 일을 치르기 위해서는 비상한 재능이 요구되었다. 알아서 모셔야 한다는 말이다. 청빙에 응하여 오자마자 수인사를 나누는 둥 빙긋이 웃으며 집터부터 멋대로 틀었다. 동산의 거북이 등을 마주보던 정면을 '봉화산 북향 쪽으로' 하며 동산을 가르쳤다. 선산밑에 한 마장 거리로 새를 두었다. 처갓집과 측간길보다 더 멀어야 하는 법이 유혼幽魂의 집이니라 했다.

흔히 남향집으로 하는 통념을 버린 셈이었다. 여덟 개의 주초자리도 제멋대로 틀었다. 주초 자리마다 한 나절씩 터를 다졌다. 본래는 터다지기로 상돌을 쓰고, 네 귀에 닻줄을 달아라. 얼―럴럴 상사뒤야! 뒤풀이 불러야 한다고 했다. 말은 그리하면서도 손수 마련한 술을 붓고, 설 소리도 은근자로 뽑았다. 아기들아! 일손 놓고, 어서 어서들 오니라

터를 잡네. 터를 닦네. 오간 대청 집터를 닦네.
이 터에서 진사 나고, 이 집에서 아들딸 낳고,
이 터에서 감사 나고, 이 집에서 벼슬을 낚네.
어―헐럴럴 상사뒤야. 얼럴럴 상사뒤야―아!

주초는 강강한 청석을 버리고, 박석으로 바꾸라 하였다. 강強 자를 지우고 수壽 자를 그려보았다. 내민 돌이 정 먼저 맞고, 강자強者가 종내 약자의 밥이 되는 법이라 강력보다는 수복이 귀하다는 일리라. 덕성은 처분대로 따릅지요. 훈장 앞에 선 학동처럼 수긍하였다. 선말댁 정성으로 낮참 서숙 밥과 녹두부침개와 산나물 개미나리 볶음이 푸짐했다. 막걸리는 강 목수가 한잔씩 돌렸다. 그렇게 한 나절이 펄썩 펄썩 졸아들고 있었다. 일손들을 멈추고 눈길이 동산 발치로 쏠렸다. 햇곡처럼 눈들이 열리고, 윤기가 돌았다. 바지게를 걸머진 일꾼 행색이 수적거리며 덤벼들었던 것이다.

— 하이 고매, 이거 이 대체나, 먼 일이랑가.

— 먼 일은 먼 일, 소문난 성주 굿거리장단이 아닝감요? 대체 어째서 나를 베리고 큰일을 벌린다요. 갑장양반이 그라시면, 나가 평생 섭하지라우. 앙 그라요? 밤말은 쥐가 듣고, 낮말은 새가 듣는당께라.

— 아니 아제가, 그리도 조석 간에 소분한 아제가, 느닷없이 먼 일이다요?

— 성주를 서둘라치면, 집 짓기, 밥 짓기라. 대목님 수발드는 데모도*가 실해야 쓸 것 아니요. 나가 오늘부터, 그 일을 감당할라요 잉. 먹쇠라고들 하지만 밥도 쪼금씩만 챙길랑께, 그저 데모도 자격만 허락합시오.

하고 덤벼든 사람은 마량포구의 호장이었다. 바지게 등짐에는 보리쌀 두 말이 실려 있었다. 햅쌀도 한 자루가 매달렸다. 된장, 간장에 마른 숭어를 네 마리나 챙겨들었다. 연거푸 흐르는 땀을 훔치며 자랑스러운 빛이었다.

— 아니 이런 사람하고는, 무슨 시양 산에 도지기 할 일이라도 있었더랑가.

— 오매-매! 이건 메떡 아니랑가요.

사세를 살피던 선말댁이 우명한 화등잔으로 밝아지며 자지러지고 있었다. 삼형제가 놀란 눈으로 꿈적거렸다. 먼산바라기 선말 양반이 어리벙벙하였다. 세상 천지간에 노랗게 막간 인심이 아니었던가? 우명한 하늘은 항상 푸르렀다.

— 왜 아니어라우. 기양 맹물 시늉 뿐잉만요.

— 와마? 그라고 본께, 사리 때 어제 밤이 자네 선친 기제사 아니던가.

— 워-매, 그라고 유념해주시는 갑장님이 선산에 성주를 시작 허겼는디 지가 어째야 쓰것소잉! 목수 양반 어서와 잔 받으시오. 터 잡이 얼럴럴 상사뒤야 선소리가 동산 너머 갯벌을 울립디다요. 산신도 감복 했을 거잉만요.

— 와마, 그라고 본께 당신께서 산신이 다 되셨고망. 한 발 늦었소이다. 마는 본래 얼럴럴 상사뒤야는 뒤풀이가 제 몫이라, 하등만. 안 그라요.

강 목수가 새삼 신명을 돋우었다. 그 낯빛이 낮달처럼 환하게 달아오르고 있었다. 왜 아니리. 새벽마다 대소사 깨우며 마을을 휘도는 갑장이 먹쇠, 설소리 호상꾼으로 대를 이은 친구가 아니던가. 사람살이란, 때를 따라 합당하게 마련된 하늘의 짓이었던 셈인가. 콩 심었더니 콩 나고, 팥을 심었더니 팥이 난다 하였던가? 집짓기 상사뒤풀이가 새롭게 일구어졌던 셈이다.

---

* 조력공. 현장이나 인력 사무소에서는 조공이나 잡부로 통칭한다. 편집자 주

하지만 썰물처럼 다가오고, 밀물처럼 어김없이 밀려드는 끼니 마련이란 어찌 사람살이의 근심뿐이랄까. 끼니란 배터지게 챙겨도 한참 후면 무효였다. 주거니 받아야 하는 짓, 되로 주고 말로 받아야 하는 짓 또한 사람살이의 대본인 것을 어찌 몰라라 하리요. 덕성부부가 성주 살림 달포가 지나며, 생소나무 기둥을 세우고 대들보 상량上樑이 다가오며, 속셈 근심에 짓눌린 꼴을 보자, 강찬진 대목 장이는,

— 석 삼년 후에, 살풀이 탈춤을 추리라…!

라는 지표를 내밀었다. 대목의 품삯은 석 삼년 후에나 받겠다는 신표라며 또한 새집 터에서 경사가 거푸 일어서 춤을 추리라 하였던 것이다. 그러고는 아침저녁으로 지침도 없고, 지겹거나 어둠도 모르듯 앞뒤로 납뛰는 수제비처럼 날샌 아들들을 가리키며 날이면, '날마다 살맛이 나누나'하고 벙실거렸다.

— 희희嬉戲낙락樂樂이라 또한 맹자 왈曰─단사호장簞食壺漿이리니…!

하고 뜨문뜨문, 호사好詞문자를 날렸다. 가난뱅이 문자는 질기고도 모질었다. 군내 나는 입이 어물쩍 열리고 있었던 터였다. 뒤풀이하듯 희희낙락 즐거워할 때에, 맹자 가라사대 호사豪奢가 임하리라. 송죽 대나무로 만든 도시락에 쌀밥 담고, 진간장을 항아리에 넣었다 함이라. 승전 군사가 입성할 때, 적국 백성들이 음식을 들고 성 밖까지 환영 나온다는 뜻으로, 대길징조라고 썼다. 재벌 호탕한 호장과 어울려 거나한 막걸리의 화색이 만연하자, 선말댁 부부는 비로소 깊은 한숨 토하며 안정을 누렸다. 하오나 이 노릇을 어이 하리? 상념 궁리 끝에 꼬질꼬질한 중의 자락 눈여겨보다가, 선말 양반의 무명바지 허드레 입성을 내밀자 머리 고깔 벗고 갈아입으며, 새물내기 이목이 환하게 밝아졌다. 중천을 우러르며 새삼 눈물겨웠다.

— 아니, 어째서 그리고도 대단한 문자가 솔바람처럼 오지당가요?

── 동냥젖에 아기 볼떼기에 살 오른다고 안하던가? 대단한 문자라니, 커 허참!

대목 장이와 데모도 호장이 권커니 자커니, 상사뒤풀이가 푸졌다.

하지만 이영왕사以迎王師란 뒤풀이 문자는 누구나 제 먼저 삼가 사릴 줄 알았다. 어진 신하 얻기 위하여 대국 군왕이 근위병을 다독여 보내고 대나무 통 밥에 술과 고기를 보내어 영접하게 했다는 아뜩한 고사에서 비롯되었으니 말이다. 군왕이나 나라님이라면, 하늘같이 알아서 하늬 바람결에 들리는 들녘의 민들레나 잡초처럼 저 먼저 눕고, 남 먼저 일어선다. 보리 뜨물이 몸에 스미듯 천성으로 몸을 사리는 순박한 조선의 백성들이 아니던가? 하지만 들은풍월은 높고도 멀었다.

여섯 마당

갯벌잔치

갯벌 바다 건너, 하늘이 까마득했다. 아득한 하늘은 멍울진 구름으로 겹겹
첩첩히 쌓여있었다. 구름 속에서 숨바꼭질하듯, 핍진한 태양이 머뭇거렸다.
태양은 어기차 하루 일상을 마무리하려는 태깔로, 해남 쪽 서산을 물들이고 있
었다. 아침저녁으로 하루 두 차례씩 바다는 밀물과 썰물이 저절로 열리는 갯
벌을 번들거리며 드러냈다. 순식간 하늘빛으로 덮어버렸다. 제국의 고향바다
에서는 보기 드문 장관이 펼쳐진다. 푸르게 번쩍거리는 빛살 머금고 출렁거리
던 잔잔한 파도가 밀려가면 갯벌은 풍성한 생물들의 난장을 펼쳤다. 참게와 꽃
게 방게가 쩔쩔거리며 설쳐대는가 하면, 망둥이 문조리가, 보리 숭어 참숭어새
끼, 까달 메기 떼들 은빛날개 펼치며 물위를 날았다. 그 직방으로 수리나 갈매
기가 맹렬한 속도로 수직 강하했다. 고요히 안착하는 듯하다가, 불각시에 철렁
거리며 큰고니 떼가 너풀거리는 날갯짓으로 물살을 갈랐다. 갯 솔밭에서는 물
벌레가 현란한 춤사위로 날았고, 갯 고둥이며 물컷 잔치는 꽃불처럼 아롱아롱
현란했다. 참으로 홀로 보기에 아까운 장관들이다.

바다 위에서 저 너머로 아련한 하늘에 이따금 철새인 듯 검은 점박이들이 날았다. 청둥오리의 떼거리다. 참말로 흔하고 무수한 오리 떼들, 현란한 춤사위는 대체 뉘를 보라는 곡예일까? 헤아릴 수 없는 점박이들, 하늘을 희롱하듯 화살 그리며 오르고 내리다가 부챗살처럼 활짝 펴진다. 무수한 갈매기 떼 무리는 하늘이 비좁다하고 갯가를 누볐다. 바다 빛 파랑 하늘은 멀고 먼 남녘 바람을 순식간에 낚아채어 지근거리로 앞당겨주었다. 하늘과 바람은 자족하는 몸놀림으로 서로 부추긴다.

콧속으로 스며든 선들 바람은 비리고, 시고, 구렸다. 숨결 내뿜을 때마다 구린내가 가시지 않는다. 정녕 저 하늘 서리서리 엉겨든 세월이 구린 것은 아닐 터이다. 청춘 시들어가는 인생살이 구리고 시린 세월을 버리고 떠나자며, 바다 건너 여기 조선 땅 갯가에 터를 닦자고 떨쳐나선 길이 아니던가? 일본제국의 고향 시모노세키 군관 생활을 청산하고 동양척식에 몸을 담자, 오지로 자원하여 나선 짓이었다.

저 바다를 가로막아 천여 미터의 방제 둑을 쌓고, 약 이백만 평 갯벌 갯논 간척지를 조성하여 찰진 조선 쌀을 생산한다? 저 풍성하고도 펄떡거리는 생물들 난장을 저버리고, 설치는 이 경영이 합당한 노릇인가. 아무튼 난 모르겠다. 하지만 조선 땅에는 저런 천혜의 갯벌이 부지기수다. 비좁은 땅에서 간척지 사업은 대륙 공영의 기지창이 될 터이다. 난 오로지 충직한 그 첨병일 뿐이다.

'요오-시!' 하면서, 시미즈 겐타로는 새삼스레 이를 악물었다. 군국주의란 오직 명령에 죽고 살뿐! 나의 선택이란 무효다. 개개인 주의주장이란, 단지 하루살이다. 오로지 화려 찬란한 멸사봉공이 있을 뿐, 일본제국 사쿠라 꽃의 찬연한 장렬을 보라. 그 정신이 사무라이기상이요, 황국신민 일체 부동심 아니랴. 오로지 우국충정이 있을 뿐, 개인의 이상이나 천연바람란, 아예 허황된 불필장황不必張皇일 뿐이다.

바다 건너 작은 섬은 고금도라는 돌섬이다. 아니다. 측량 지도를 살펴보면 제법 널따란 농지도 알토란같이 가꾸고 있는 섬이라 했다. 그 섬에서 숫구치는 뱃사람들 노랫소리가 구린내인가? 조선 사람들 인육냄새가 구린 것인가. 알토란같은 섬 고금도는 남해안 완도군에 속한 오지인 셈이다. 그 알토란 섬에 조선의 가난한 수영기지가 숨 쉬고 있다. 아니란다. 한때 통제사 이순신의 수군 본영이 자리 잡았다는 요새지다. 임진란 전사에 잊지 못할 역사적으로 오랜 기지일 터였다. 해남의 고찰 대흥사와 더불어 고금도의 아담한 사찰 묘당에는 수군통제사였던 이순신과 연합군이던 진린 제독의 흔적으로 삼국지 충절 관운장의 영정을 모셨다고 한다. 참람하고도 기특한 일이요, 이 판국에도 뼈대 있고 난해한 족속들이다. 사찰 관운장 기제일忌祭日이면 근동 유지들이 구름떼처럼 모여들어 푸짐한 진설수라를 올리고, 고요히 귀 기울이면 수저와 젓가락질 운신 소리가 여실하게 살아 오른다 하였다.

─ 달그락 ─달그락, ─후 지적! ─후 지적 ─후 지적! 커 어…!

잡숫는 기색이 생생하여, 감히 머리 쳐들지 못한다는 풍문이 돌았다. 오금 떨리고 생각만 해도 사지가 벌름거릴 일이다. 고금도 묘당의 작은 동산에는 노량해전에서 전사한 이순신의 유해를 창졸간 팔 개월 안장하였던 묘산이 슬픈 기색을 감추지 못하고 있다. 등선 자리에는 지금도 풀이나 나무 씨알이 붙접을 못하여 황색 민대머리 흙무덤 동산이라 한다. 가히 무수한 세월 동안, 그 영력 기백이 창원함을 기리는 갸륵한 심상들이 아니랴! 그렇거늘 오늘날은 도대체 이 무슨 갯지렁이 꼴인가? 섬나라 일본족속은 참으로 위대하다. 난 위대한 대제국의 첨병일 뿐이다.

오지 알토란의 토장국은 깊은 땅기운 함빡 끌어올린 맛깔스런 일본제국의 음식이다. 조선의 된장국과 식후의 수정과와 함께 그 담백한 맛이 어느덧 입맛 당기는 노구 신세가 된 참인가. 뒷간 신세가 되었다는 말이던가? 현장 감독 시

미즈 겐타로는 설마, 하고 고개를 갸웃거리며 새삼 하늘을 우러러 본다. 그 멀
던 하늘이 손에 잡힐 듯 다가섰다. 조선의 하늘은 사람을 설레게 하는 매력적
인 태깔이요, 현란한 색조이다. 우중충한 일본제국의 바다 빛, 멀뚱한 하늘과
는 본질이 다르다. 하지만 자신을 비웃듯, 흐흐하고 콧방귀 터트리는 야릇한
배타성은 갈수록 분명하고 진절머리가 난다. 멀고도 가까운 바다 건너 하늘도,
현장의 떼거리 일꾼들도 그렇다.

　어제 밤 만해도 나카야마 하나코 짱은 흐 하고 연신 콧방귀를 터트렸다.
── 이건 도대체, 뭐하자는 헛방 짓이야? 날이면 날이요, 밤마다?
── 뭐하는 짓이라니, 어째서 세워주지도 못한 주제에 타박인가?
── 도대체 대가리라는 게 뻗대는 맛이 있어야 세울 것 아닌가요?
── 뻗대는 맛이라니, 그리도 어진사내 기를 죽여서야!
── 사내가 낮밤으로 먼 짓을 했기에 기가 죽어서…. 자기는 알 것 아닌가요?
　하고 타박했다. 흔해빠진 막걸리 탓만은 아닐 터다. 하긴 그럴만하다고 이해
한다. 밤일을 치르다 성사하지 못한 자락이 벌써 며칠 째인가. 목욕물이 미지
근한 탓도 없지 못할 터였다. 도무지 신통치 못했다. 따끈한 물에 들어앉았다
가 얼큰하게 데워온 사케 맛을 즐긴 후라야, 제구실을 할 성 싶다고 생각했었
다. 그게 아니었다. 하녀인 사치코 짱도 근자에 바람기가 여실하다. 어쩔 것이
랴? 그 비린 입을 먼저 맛보아 버린 후부터, 제법 기가 세어진 탓을 뉘게 돌리
랴. 찰진 모찌처럼 쫄깃한 맛에 한물 간 듯 익숙해진 아내의 살결이란, 어쩔 수
없는 시어터진 국수 가락이 아닐 터인가. 그렇다 한들 제깟 것이 감히, 그럴 수
는 없는 법이 아니던가. 하지만 여기는 제국의 내지內地가 아니다. 너나없이 객
향인 터다. 달콤한 유혹에 흘리었건 사실이건 꿈이건, 새로운 희망의 땅이다.
비리고 시리린 구린내란 조선 사람들 냄새만이 아니라 할 터이다. 까닭은 현해

탄의 철새처럼 멀리 갈 것도 없다.

허나 비리고, 시리고, 구린 냄새인 듯 근자에 밤일처럼 되는 일이 없다.

— 요오-씨, 요오-씨. 까짓것들이? 이거야 말로, 고라 바가야로…!

겐타로는 악다구니 물어가며, 상념에 잠기는 버릇이 늘어갔다. 제국의 야전 사령관의 기백으로, 현장에 투입 된 지 벌써 석 달포를 지나고 있었다.

먼 하늘에서 폭약이 터진 듯, '텅! 텅!' 하고 뇌관이 울렸다. 새떼들이 기급하여 황급히 긴 날개 방향을 틀었다. 신마 개포 석산에서 바위를 쪼개는 공사판 진척이다. 석양 무렵이면 으레 범상한 일이다. 가까운 산들이 몸살 하듯 들썽거렸다. 해안의 진저리가 바다를 출렁이며 파도를 갈랐다. 일일이 보지 못하였으니 그리 느껴졌달 뿐이다. 석산 현장 탄약수 총책은 사이조 히데키다. 사십 중반의 텁텁한 홀아비다. 그의 업무보고는 철저한 군대식이었다. 다섯 척의 격군 중선中船과 열 척의 고깃배가 배치되어 끊임없이 강치 돌을 실어다 갯벌에 쏟아 붙이고 있는 것이다. 원래 어망 고깃배였던 나룻배는 마량포구와 신마에서 현장 조달한 삯배들이다. 실상 공사장 주력이었다. 석산에 소속된 석공들은 기능직 고임금 탄약수를 포함하여 칠십여 명이다.

수심 얕은 해안에서 쏟아 넣은 물막이 청석을 뒤좇아 바지게 꾼과 목도꾼, 도로꼬 밀차 패들이 곰실거리며 흙짐 나르고 쏟아 붙고, 육로를 열어간다. 허옇게 달라붙은 불개미 떼들의 무한정 난공사다. 달이 가고 세월 흘러도 자리가 나지 않지만, 도면 설계는 차츰 드러나고야 말 터다. 원장 둑에 잔디를 입히고, 수문을 짓고 개울 조성하고, 저렇게 3년, 4년 공사가 끝나면 간척지 이백만여 평은 동척 땅이다. 아니다. 내 땅이다. 일본제국의 영토다. 태양에 염수를 바래고 하늘이 베푸는 육수에 잠그고, 세월의 살 때 입히면 늦어도 5, 6년부터 쌀! 조선의 찰진 쌀을 소출하여 대일본제국에 바친다. 사람의 살길이다. 애국애민의 길이다. 진정한 진충보국 살 짓이 아니랴! 사나이 대장부의 일생일대, 자랑스러운 대사가 아니랄 수 없으렷다.

이렇게 하루가 저물어 갈 무렵마다, 화약 터트려 깨부순 돌산을 진종일 처리한다. 그 일이 간척지 사업의 대종인 셈이다. 등짐 돌을 퍼붓고, 흙짐을 쏟아 넣고!

석공 사이조 히데키의 나와바리*라고 일컫는 석산은 맹랑한 갯가이다. 강치 돌이 유난히 뿌리 깊고, 청강석이며 질 좋은 회색 구들이 첩첩을 이루고 있는 칠보 석산이다. 허나 맹랑한 건 손에 잡히지 않는 전설 탓이었다. 마량포구에 만호 진성을 쌓았던 고려 적부터 유래된 석산일뿐더러, 한층 신기한 매력을 느끼게 하는 가락은 조선 선조 왕 시대의 유물이란다. 바로 그 석산이 수군장 이순신의 개발 작품으로, 그 족적이 지금도 남아있다는 투였다. 수군장의 지엄한 발자국이란다. 건너 편 고금도에서 큰 칼을 휘두르며 좁은 목을 질러 훌쩍 건너 뛰다 찍힌 발자국이란다. 흡사 공룡의 거창한 발자국처럼! 거기서 마량 단골 원단이가 절기 때마다 절을 올리며 신공을 드리는 제단이 널려 있었다. 그녀가 쳐놓은 칠보라 금줄은 세상 누구도 범접할 수 없는 금단이었다. 그 주변에는 무려 열두 개의 갯바위 발자국이 드문드문 상당한 보폭으로 널려있다. 이는 열두 척 조선족 잔여세력으로 300여척을 격침하던, 명량 대첩의 전야에 명성뿐이던 통제사 이순신이 혼신 모아 신공을 올린 터전이라 하였다. 조선의 지성이면 감천이란, 유다른 말이 아니었다.

조선의 무지몽매한 것들은 무시로 그 갯가에 엎드려 수군장 이순신의 옴팍한 발자국에서 진국이 된 짠물을 마시기도 하고 바닥에 눌어붙은 소금을 뜯기도 했다. 배앓이에 상약이라 한다. 설사에 즉효라는 설도 파다했다. 그들의 초라한 신주단지가 분명하리라. 4백년 해묵은 전설이라니, 정녕 암소가 웃기는

---

* 새끼줄을 쳐서 경계를 정하는 것에서 유래한 어떤 집단이나 개인의 세력 범위를 속되게 이르는 말. 편집자 주

소리리라.

하지만 거길 범하는 날에는 기필코 신벌의 진노를 당하리라고 하였다.

빨강, 노랑, 파랑의 삼색 금줄 거둬 치우고, 탄약고 뚫던 날의 기억은 설레고도 날카로웠다. 갯가 기공식 다음 날이었다. 택지와 측량이 끝나고, 산신제 고사를 올렸음은 물론이다. 그날 밤 단골 원단이가 그 갯벌에서 피멍든 물시체로 떠올라 주변을 떠나지 못하고 맴을 돌았다. 산발 나풀거리며 사흘 동안 갯가를 떠나지 아니하였다. 밀물이나 썰물에도 주변을 끈질기게 맴돌았다. 그러다 썰물 순식간, 사라져버렸다. 송장을 치울 수도 없었다. 대신하여 원포 단골 삼월이 씻김굿을 사흘 동안 드렸다. 쟁쟁거리던 징소리, 깽깽거리는 꽹과리 소리가 생각할수록 치가 떨리고, 기가 질리는 일이었다. 정녕 서러운 순결과 무량한 흠숭의 정조를 지킨 충절의 기상이라 할 터였다. 조선백성이란 참으로 칡뿌리처럼 질기고, 당차고도 무서운 데가 있다.

그 모든 일을 처치하고 앞장 선자가 바로 석공, 사이조 히데키였다. 순식간 그 모든 전설과 충절의 흔적들이 하늘땅을 진동시키는 폭음과 함께 사라져버렸던 것이다. 사무라이 정신의 발로였을 터, 칼을 뽑았거든 찔러라. 후려라. 돌려 쳐라. 찔러서 피가 나오면 다행이요, 잘리면 당연하다. 그리 아니하면 죽음으로 일국에 보훈하는 법이 아니랴. 신벌이여! 오라. 죽은 적장을, 펄펄 살아서 대동아 공영 꿈꾸는 400년 후세가 두려워하랴? 사귀는 물러가라. 적진에서 두려움 망설임이 도대체 무엇이랴.

그것이 개척자요, 일본군 오장 출신 사무라이의 호기요, 약진의 도전이었다. 달포가 지났으니 오진 날 잡아 맵싸한 조선의 동동주라도 한잔 나누리라.

누런 똥개들이 저항하듯, 우르릉거리며 짖어댔다. 조선 똥개들은 질기고 사납다. 입술에 검은 때깔 번들거리고 하얀 이를 악물어 적을 노린다. 그 똥개를 여름이면 목매달아 죽여 보신탕이라는 약제로 먹는다고 한다. 과시 야만족에 무엇이 다르랴. 음양정욕에 탁월하다던가? 갯마을 수탉이 웃긴다고 질긴 홰를 친다.

함바집에서 벌써 솔가지 태우는 저녁연기가 치솟기 시작했다. 가건물 모서리에서 벌컥벌컥 솟구치는 검붉은 연기다. 대책 없이 세월아 네월아! 건성 지게를 건들거리며 굼실대던 일꾼들이 잽싸게도 설쳐댈 터이다. 작업종료의 나팔이 울릴 때였다. 구성진 나팔 소리는 측량기사 요시가와 다이치 상의 독자적 작품이었다. 기상나팔인가. 하기식 나팔인가. 제국본토의 상징인 전몰용사 신사추도곡인가. 턱없이 구슬프고도 단순한 울림이 산천과 마을과 바다를 물들이면, 공사장 하루가 꽃게들처럼 수런거리며 마무리 단계에 들기 마련이었다. 갯벌 건너편 산골에서도, 아침저녁의 연기가 솟는다. 화전민이 들었는가? 싫었으나, 이 역사적인 공사판을 나 몰라라 하다니?

비린내와 구린내 충천하는 함바집의 저녁연기가 저녁하늘을 물들였다. 몃 따는 수퇘지 발악이 넋 나간 산천을 들썽거리지 않았던가. 게을러터진 삯꾼 놈들이 졸병다운 몸놀림으로 설치는 때란, 오직 함바집에 드나들 때뿐이다. 대체 그 버릇을 어찌 잡도리해야 한다는 말인가. 대책이 서질 않았다. 우께도리 약발도 별무였다. 그래 간부들의 대책 회의 끝에, 나흘 걸이로 수퇘지를 한 마리씩이나, 조선족들 열띤 복날에 똥개 두들겨 패듯 잡았던 일이다.

시미즈 겐타로는 엊그제 저녁 십장들의 긴급회의를 떠올렸다.

삼백 여명이 굼실거리는 작업장에서 12명의 십장들이 모였다. 그들을 장병처럼 세워놓고 일갈하기를, 대책을 세우라고 다그쳤다. 이렇듯 작업 진척이 굼실거린다면 비상한 조치 취할 수밖에 없다고 군대식으로 다그쳤던 것이다. 바지게와 목도장이 도로꼬 패들이 일손을 멈추고 산사에 열불 나는 구경거리로 하회를 기다리듯 태평하고도 멍청한 눈길을 보내며 흘거보았다.

— 조선 사람들, 일 잘한다고 들었다. 천성이 부지런하다고. 아닌가? 허나 좁은 땅 골에서 먹고 사는 일은 부지런한 일손에 달렸다고, 큰 부자는 하늘이 낸다지만, 작은 부자는 손놀림에 매인 일이라고, 벼슬아치 양반들은 공맹지도를 논하고 오로지 손발에 흙 묻히지 아니해도 농군들이 일 잘해서 지탱한다고 들었다. 농자 천하지대본이라는 말도 들었다. 허나 오늘날 천황폐하 하해 같은 은택으로 정당한 품삯을 받고도, 이처럼 지지부진한 까닭을 말하라.

대충 이런 식이었다. 신사적인 조건을 탐색하여 어렵사리 더듬거리며 말한 터였다. 눈치가 동맹 태업이라도 불사할 태도였다. 목포의 동양척식 지점에서는 둑막이 공사 공정에 대한 채근이 자심하였다. 계획서를 들이밀며, 잡도리로 다그쳤다. 사면초가였다. 현장 감독에게 문책이 내렸다. 제길헐! 죽을 맛이었다. 고개를 주억거리던 한 중늙은이가 말씨를 골랐다.

— 우리 조선에는 자고로 재밌는 속담이 있당께요.

— 그런 걸 현장 대, 대책이라면, 말해 보시겨.

— 말을 하면, 어쩔 것이랑께. 대책이 있당가요?

— 요-오씨, 말하라. 대제국은 말 하면 반드시 끝장낸다는 것 모르능가?

— 들었능감요. 게으른 기집과 똥개는 복날 개처럼 패대는 수작이 보약이라는 말이요. 하오나 늘어지고 게으른 일꾼은….

— 그래, 일손이 늘어지고 게으른 이, 일꾼을, 어, 어쩐다는 말이던고?

— 그야 등거리치기로, 별다른 상수가 없습지요.

사방에 꼿꼿한 수숫대처럼 둘러선 현장 일꾼들이 게 침을 꿀떡거렸다.

— 대체 무슨 수수요. 다, 다른 상수가 어서 말로 해 보시라.

— 그야 길들인 암소처럼 멕여야 한다는, 그런 말씀이여라.

도대체 이 판국에 무슨 대책이란 말인가. 희롱 당하는 느낌으로 칼눈을 부라렸다. 이에 질세라 작자 고개 주억거리며, 입을 열었다. 입가에 허연 서캐가 버글거렸다.

— 농가에서 암소를 부릴 때는 상전대접을 안 허요? 새끼라도 날 때는 콩도 삶아 멕이고 뱀도 잡아 멕이고, 된장국 통보리 밥에, 심지어 탈진해 뒹구는 암소는 산낙지도 잡아 먹인다고요. 그게 조선 사람이란 말인디.

— 일꾼은 멕이로 잡고, 드센 기집과 똥개는 몽둥이로 잡는다 안 합디여?

— 그 말이 옳당께. 묵고 살자고 하는 일인디. 이라고 살것소. 함바집 누런 밥만 묵고 날것 채소만 묵고, 소맹이로 일할 심이라도 나것소. 감독님도 사람이라면, 생각 좀 해보시오 잉. 우리도 가문의 상량 목 사람이란 말이오.

오하! 바로 그거였던가. 하기사 날품 일을 하던, 돈내기 우께 도리 진액을 빼던 하루 세끼 밥 먹고 나면, 일당 60전에서, 10, 15전이 남을 뿐이다. 끼니 밥값이 자그마치 15전씩이다. 궂은 날이거나 병들면 당장 굶어야 하는 일꾼의 신세를 어찌하란 말이냐. 사람이라면? 비가 내리거나 찬바람 씽씽 거리면 담배연기에 곰방대 두들기며 화투짝만 매치는 꼬라지를 대책 없이 바라만 보아야 했다. 동양척식 공사현장 여기는 참말이지, 제국군대가 아니다. 저들은 훈련병도 아니다. 선치하여 내선일체 가등실의 정무장관 유화정책의 훈도시대가 도래하지 않았는가.

대책은 과연 거기에 있다고 판단했다. 일손의 눈치 보아가며 물때 좇아 바닷가로 몰려드는 일손을 붙잡는 데에, 다른 대책이 묘연했던 터다. 그 대책이 바로 오늘 저녁부터 나흘 걸러 수퇘지 한 마리씩을, 투자하기로 결론이 난 셈이었다. 저리도 비리고, 구린내가 난다는 말이던가. 피 냄새 맡은 똥개들 꼬리 할랑거리며 함바집에 어슬렁거렸다. 흰 이를 보이며 으릉거렸다. 현장의 노가다들은 지게를 동댕이치며 함바집으로 모여들었다. 너나없이 먹고 살자고, 이런 고생들 아닌가.

'요오-시' 하고 겐타로 감독이 함바집 앞으로 걸음을 옮기자, 측량 기사인 요시가와 다이치 상이 곁을 들었다. 신사적인 학사 출신인 것을 안다. 그가 당꼬 바지에 지까다비* 각반을 탁탁 털면서, 손에 들린 나팔 할랑거리며 다가섰다. 기상나팔인가, 하기식 나팔인가? 새파란 장래 촉망되는 젊은이다. 머잖아 현역으로 징병 대상이 될 터였다. 작업현장에서 겨우 사흘 지내다가 일꾼들의 함바집 식단을 개선해야 한다는 조언을 서슴지 않았던 인물이다. 검은 눈빛이 시렸다.

— 감독님, 오늘 저녁은 일정이 어떠신가요?

뭔가 할 말이 있다는 낯빛이다. 달포 전부터 겐타로 감독은 선선히 다가오는 그 상긋한 체취가 싫지 않았다. 도리우찌를 쳐들며 맞는다. 나날이 구리고 비린 땀내에 설익은 대추처럼 찌들인 심상이었다.

— 조치요. 선참에 한 잔씩, 나눕시다. 그런 궁상 아닌가.

— 입가심은 해야겠지요. 하지만 보다 중대한 일이 있습니다.

— 중대한 일이라. 청춘사업인가? 자넨 전장의 피 맛 몰라 그렇지, 세상에 중대한 일이란 씨가 말라버렸다네. 도대체 뭐가 그리 중요한 일이란 말인가. 모두가 겉모양만 번드르한 속임수요, 잇속 챙기기 아니던가. 대제국의 나랏일이건, 큰일이건, 작은 일이건, 알고 보면 몽땅 그게 그런 거야.

— 하여간 퇴근 후, 사택으로 먼저 들지는 마시지요.

— 요-오시, 기대합니다. 산목숨이 똥파리 떼처럼 휘날리는 전시체제에도 여전히 중대한 일을 찾으시는 젊은이란, 새파란 청춘이란 그 얼마나 가슴 아리는 사연이던가. 아니 그런가? 낯 설은 타향 땅, 사쿠라 암꽃 피우는 임이여!

오라 하시네. 요리저리 오라 하시네. 너도나도 하염없는 이국산천 아니던가. 세상은 아직도 좋은 일 타령 아름다운 가락도, 다만 청춘의 향기일 뿐이라.

---

* 신발 겸용의 일본 버선. 편집자 주

허허, 허-어이! 시미즈 겐타로는 단가 가락으로 받았다. 절로 터지는 습성이었다. 일과 후 자전거로 터덜거리며, 오리 길을 달려서 마량포구 우편에서 그들은 다시 만났다. 허름한 대장간에서 쟁강거리는 쇳소리가 귀를 때렸다. 치지적 거리는 무질소리가 신경을 지졌다. 허나 푸줏간 뒷집이 메기 눈짓 막내가 경영하는 청주집이다. 초롱초롱 또렷한 눈길 굴리며, 기름 자르르 검은 머리로 손을 맞는 막내야, 제법 신식 사시미와 초밥 일본 요리도 연구 중에 선보이는 재량이었다. 따끈한 청주 솜씨, 일품이다. 아니다. 메기 눈웃음이 사내 잡는 상등상품이라 할 터였다.

함바집 연동댁에서, 십장들 권면을 들어가며 막걸리 한잔에 돼지 갈비 살을 두어 대 뜯었던 터라. 총감독 겐타로와 요시가와 다이치 기사는 청주만 한잔씩 입가심하였다. 조선 사람들 술 인심은 끝내주는 바가 있다. 해안 날 비린 갯바람이 설렁거렸다. 다이치 기사의 용건은 긴소리가 아니었다.

— 진즉에 고백할 것이 있었는데요.

— 대체 뭔 뜸을 이리도 들이는가? 오디 열매랑 검붉게 익어 떨어지네.

— 대동아공영은 훈도의 수신 시간부터라는 신식 말이 있지요.

그가 잔을 기울였다. 지치칙 거리며 무쇠 난로가 송진 냄새를 풍겼다. 겐타로는 이마에 도리우찌 테가 선명한 젊은이를, 쓰다듬듯이 바라보며 기다렸다.

— 제가 아무래도 근간 곧장 떠나야 할 성 싶습니다.

— 어디로? 역시 고국으로 귀환할 텐가. '연락선은 하염없다. 손수건 휘날리며 붙잡지는 말아다오.' 그런 속셈이라 그 말인가?

— 아니요! 다만 어디든 조여 오는 징병도 가깝고, 그보다는 헤어날 길을 찾아야 할 듯해서요. 이건 아무래도 미궁에 빠져드는 심사를 추셀 수가 없다는 말입니다.

— 그게 무언가? 대체 무슨 미, 미궁이란 말인가. 인생이 바로 미궁은 아니던

가?

— 전쟁의 독사부리, 차근차근 유혹하는 현상이 구역질나고 번거로워, 유혹하는 대로, 끌리는 대로, 청춘 힘으로, 퇴폐로, 취하고 쏟고, 그걸 피해보자고 건너왔으나 하처불상 봉이라. 이해 불능이시죠. 세대차 십년이면 강산이 변하는 세월이거늘, 이해 불능이시죠. 좃도 멋도 모르고, 배부른 타령이라고 그러실 거예요. 그러실 거죠?

— 좃도 멋도 모르고, 이해 불능이라, 이건 막무가내 늙다리 대접이라 그런 말인가?

— 식민지 정책이란, 다름 아닌 뺏고 씹고 보니 별거 아니라, 그런 말 아닌가요?

얼큰한 빛이 역력했다. 막걸리에 청주의 힘을 빌리고 있음이 적실했다. 그렇게 푸념처럼 늘어놓던 측량기사 젊은이가 훌쩍 사라진 뒤에 문제가 터졌다.

동행이 드러났다. 다름 아닌 시미즈 겐타로의 가정에서였다. 새콤한 정분이 났다. 또래의 하녀 사치코가 아니었다. 겐타로의 아내, 뱃살 오른 하나코 짱이었다.

— 아아! 내 사랑 하나코여! 기모노가 아름답고, 거기 붉게 피어나 자랑스럽던 나카야마 하나코여. 도대체 뭐하는 짓이여? 타박하던 하나코 짱이여!?

허나 시미즈 겐타로는 태연작약이었다. 어제나 오늘이나 조금도 흔들림 없었다. 그저 때때로 멀리 하늘을 바라볼 뿐이다. 검은 구름처럼 골연을 태울 따름이었다. 당고 바지에 각반을 두르고 도리우찌를 눌러 쓴 채 집안을 서성거리다가 새날이 절로 터지면, 자전거로 터덕거리며 현장을 오갈 뿐이었다.

단지 세상이 아는 일은 세상의 입들이 그냥 두질 못했다. 빨래터 샘가에서, 찰흙 담 너머에서, 쑥 캐는 들녘에서, 상쇠 잡이 최덕만의 아내 음전이가 우편소 옆 청주집 막내 맛 솜씨가 수다가 수다를 낳고, 수다는 수다를 떨고, 수다는 수다스럽게 자랑스러웠다. 아무나 붙어먹고 아무나 벌리고 나서는 기모노라는 저 여인네들 등에 진 물건을 보라. 등에 진 포대기를 보아라. 아무나 달라면 즉시 포대기 자락 펼친다고 한다더라. 그런 족속들이다. 기모노에 사내들 훈도시에 당고 바지는, 그런 상놈의 물건들이다. 그런 도적들이다. 침략자들이다. 그런 배포들이다. 왜놈들, 불상놈이다. 불한당 들이다. 인륜지덕을 모른다. 천륜을 모른다. 반상이 없다. 삼강오륜을 모른다. 오로지 칼로 탐하고, 창으로 찌르고, 전마선 쪽배를 타고 건너와 살모사처럼 덤비는 야누스 짐승들이다. 저 깔딱거리는 쪽발이 봐라. 여인네들 등짝에는 간편하기 그지없는 기모노 한 벌이다. 사내 가랑이에는 훈도시만 걸치고 밤낮없이 설친다더라. 벌 소리가 아니라, 임진전란을 일으켜 천하통일하자던 도요토미 히데요시가 하도 남정들이 죽어서 씨가 말라버리자, 왕명으로 여인네들 속 것은 입지 말고 아무데서나 남정 씨알을 받을 수 있도록, 등짝 포대기만 걸치게 했다는 거여.

그걸 알고는 신바람이 났다. 그런 꼬락서니를 듣고 말하고 지켜보면서, 조선의 동족들은 희망을 보았다. 절망의 가락에서 아득한 살길을 본 듯하였다.

인의仁義가 지배하는 천륜天倫 세상이 멀리 사라졌으리? 세상은 반드시 새로워진다. 그것이 우주의, 하늘의 섭리다. 순천자도 흥성이다. 역천자는 필연멸망이다.

— 쥔 양반은 아랫것 붙어먹고, 쥔마님은 밖의 양반을 모셔 들여 자셨응께, 오지가지가 상반일세. 앙 그런가?

— 먼 놈의 불상 것들에게 양반 마님이란 고상한 칭호씩이나 남발 허시능가. 상놈들 거시기 오두방정 떠닝께, 불상년 머시기가 날라리 풍물 쳤것지맹. 보나 마나 눈에 삼삼하니, 앙 그럴 것인가.

— 섬나라 상것들이라니, 뭔 놈의 윤리 도덕이란 게 있다던가? 그저, 그저….

— 자고로 왜 상것들이란 죽이고, 뺏고, 씹다가 배부르면 버리는 습속이랑께.

— 다들 살자고, 더 잘 살자고 하는 사람의 짓거리랑게. 바다건너 천리만리 남의 땅을 침탈해서라도 잘살아 보겠다고, 너나없이, 그것이 인두겁 쓴 사람의 짓이랑가?

우물가의 수다는 사람 살맛이었다. 조선의 아낙들은 그 살맛에 신산고초를 잊었다. 하여간 울근불근하던 민심에는, 달달하고 시큼 새콤새콤한 입가심으로 볼이 붉었다.

일락서산에 해가 지면 잠시 어둡다가도, 동녘에 달이 뜨고 새 날이 밝는다. 하늘의 그 일은 순리이다. 저리도 후안무치하고 무람한 족속의 시절이 길면 얼마나 길고, 멀면 그 얼마나 먼 것인가. 나라님들이 망쳐놓는 강산이라도 동지섣달 설한풍이 사철은 아닐 터다. 춘삼월 펄쩍 다가오고 남풍아 훨훨 불어라. 하늬바람 훈풍아, 설설 불어라. 샛바람 시샘바람 살랑살랑 물러가지 아니치는 못하리로다. 일가 족벌 수인사에 삼라만상 삼강오륜 버젓하여 올바르면, 흰옷 백성은 가슴마다 다시금 움트는 새싹을 품고 새 노래 부를 터가 아닌가. 저 음전이의 시부님, 우리네 훈장님의 강기와 윤리 올바로 지켜나가면 세상은 새롭게 돌아나리라. 정이월에 화톳불 잘 모시고, 삼사월에 씨앗자루 잘 챙겨. 오뉴월이면 강산이 새파랗게 저절로 터진다. 어—헐—럴럴 상사뒤야! 이리 보고 저리도 보세. 옹두박이 팔자 홀랑 뒤집은즉, 상팔자 아니런가. 앞태를 보고, 뒤집어 뒤태도 보세나…! 그렇게 살판난 어—헐—럴럴 상사뒤야 소리가 난장의 패랭이처럼 근동 마을과 산천을 휘돌았다.

이따금 대장간에서 쇠 두들기는 돌쇠가 악발이치듯 쟁강거렸다. 근자에 풀무간은 한층 달아올랐고, 무쇠 잡이 돌쇠는 댓 명의 파견대 부려가며 신명이 나고 있었다. 그도 그럴 것이 작업장에서 끊임없이 망가진 연장들을 저녁마다 한 달구지씩 부상병처럼 실려 들였기 때문이다. 거기에는 숙마골 야산에서 덕성 일가의 괭이며, 곡괭이 삽이며, 소시랑 낫이며, 호미도 결코 빠지지 않았다. 그것들은 마을 호장집사가 운반책이었다. 아침마다 마을을 한 바탕씩 휘돌아 호장을 부르짖고는 포구의 온갖 소문 더불어 먹자거리며 소소한 살림살이를 주섬주섬 챙겨지고 봉화산은 눈치나 살피듯 흘끔거리며 연동 저수지 마을과, 원포 큰샘 마을과, 숙마골 윗동을 지나 동산 밑 개간지로 내달아왔다. 때로는 바람 불고, 파도 철렁거리는 갯가를 갓돌아 시 오리 자갈길이었다. 아침마다 영접하는 선말댁, 입을 열지도 다물지도 못했다. 그저 가뭇없이 눈물겨웠다. 조석으로 삼동마을 갯바람처럼 오가는 호장 집사의 발 빠르기가 영락없이 봉화산정 타고내리며 암내 맡은 수컷고라니였다.

일곱 마당

동지섣달 설한풍

　뭉툭한 대가리만 쳐들고 두둥실 비스감치 누운 듯, 태평스러운 사자 상호 봉화산은 멀고도 장엄했다. 사자 갈기는 사철 꼿꼿이 나부꼈다. 그 갈기를 흔들며 산등너머에서 샛바람이 하얗게 서리 먹은 구름을 몰고 닥치면 세상은 온통 숨을 죽인다. 금세라도 사자 몸통이 벌떡 일어서며 일갈대성으로 하늘땅을 윽박지를 듯 아슬아슬해지는 웅자였다. 난리 때마다 봉수대에 횃불이 타오르던 험악한 세월은 아득히 멀어진 듯싶었다. 시시로 사물놀이가 살판을 차리는 오늘날은 과연 태평연월이던가? 단지 선산을 파고, 천년만년 철썩거리던 갯벌을 메워서라도 씨알뿌리고 농사지어 식량증산 진충보국의 깃발이 골골마다 장려하고 설치는 농자천하지대본의 풍물이 판을 차렸다. 상전벽해桑田碧海 수유개須臾改라. 세상일 변화무쌍함이 너무나 허망하고 덧없다 하여, 상하탱석上下撑石이리니, 손님들은 불청객이요, 윤의지도는 나 몰라라, 하는 우부가愚夫歌 판세, 자명하고 요상하다. 허나 늠름한 봉화산은 부릅뜬 파란 눈 감추지 못하는 사자상호 기상으로 설한풍을 몰고 넘어오는 기세는 산 아랫마을과 철없는 인심을 윽박지르며 영명한 기상을 뽐내는 듯싶었다. 북풍한설이 거기 백두대간에서 발원하는 듯싶다. 수시로 기러기 떼들이 갈지자 그리며 그 산을 넘었고, 큰고니 떼도 대여섯 마리씩 꾸르륵거리며, 평화롭고 앙증스레 날아갔다. 저 멀리 남해안을 굽어보는 봉화산은 저 아래 발치께로 아랫것 장군봉을 거느린 엄위한 수문장으로, 아련하고도 까마득한 병풍바위의 산세였다.

그 산 아래 연동 부락의 잔등이나 봉애 짝에서 부엉! 부엉! 거리는 저녁 부엉이는 인정에 가깝고, 밤낮을 살피는 듯 서글펐다. 서글프지만 음색은 자못 맛깔스러웠다. 어미를 기리는 배고픈 젖먹이의 음색이었다.
─그려, 그려! 좀만 기다려라. 착하지, 내 아가야, 이제 곧 젖을 물리마…!
어미의 젖만 물리면 곧장 호랑거리며 웃음으로 바뀔 듯 사무치는 하소였다. 하지만 무시로 산과 들녘 마을 비집어 매는 듯, 애련한 소리는 뻐꾹새였다. 초여름새라는 남녘의 뻐꾸기는 시도 때도 없이 울고, 또 저렇게 울었다. 새벽부터 시작하여 단잠을 깨우고 촉박한 일손 재촉하다가도 멍청하게 귀 기울여 일손을 망치게도 한다. 진정 애살맞고도, 짓궂은 날것이었다. 선말댁은 때마다 상념이 깊어진다.
큰 소 바탕이라는 봉애 짝은 넓은 초원이어서, 원포마을 마소 짐승을 매어 기르는 터전이요, 작은 소 바탕은 하늬 봉아래 잣대 위쪽으로, 아이들 정이월 불놀이 터전이건만, 저 날것 얄궂은 뻐꾹새는 시도 때도 아랑곳없는 듯 질긴 울음을 울었다. 숙마골에서 아득한 거리인 저 산등 너머 골짝 소리였다. 연동의 두루봉과는 또 다른 골짜기로 왕조선 시대부터 대여섯 호가 살았으나, 항골 사찰 중이 시주 받아가지고 나오자, 비아냥하듯 훌쩍 날아간 후, 폐촌이 되었다는 전설의 고장이다. 무더운 여름날 심정 돋운 소쩍새였던가. 정녕 무서운 산새던가? 그 울음 어찌도 구슬프고 가슴 찌르는지, 마을을 탁발하고 나서던

스님이 그만 견디다가 참다못한 듯,

― 넷-기 빌어 쳐 묵을 짐승아! 그 놈의 주둥이 쫙쫙 찢어 놓으리.

걸승傑僧이 침을 뱉어가며 옹골지게 저주하자, 한 집, 두 집 시난고난 터전이 말라버렸다는 구전이었다. 어찌 그리도 모질고, 불화살처럼 참악한 저주였더란 말인고.

인간의 저주란, 무섭다. 하물며 부처님 공덕을, 불인不忍 저주로 바꾸었더란 말인가. 그 후 봉애 산사도 살진 빈대 등쌀 급기야 폐찰이 되어버렸더란다. 선말댁은 뻐꾸기가 울 때마다 가슴으로 듣고, 옹이가슴으로 함께 울었다.

― 뻑, 뻐꾹! 뻑-뻐꾹! 뻑-뻐꾹! 뻑-뻐꾹 뻑뻑 꾹…!

새야, 새야, 무정 새야! 무정 새, 뻐꾹새야! 네 울음 내가 안다. 네 알은 어디다 낳아놓고, 그리도 서럽게 울어대니? 지빠귀 집이냐, 때까치 집이냐? 설마하니 산세 험한 독수리의 집은 아니었겠지. 어찌 그리 네 집 한간, 네 보금자리를 장만하지 못하여 여기저기 사랑 씨를 낳아놓고 울어야 한다는 말이더냐? 그것이 바로 네 운명, 네 신세, 아니다. 내 신세로구나. 설움이 그리도 질긴 새야! 네 설움 대체 무어 길래, 내 설움을 이리도 네가 우는가! 내 아들 사랑은, 오늘도 어느 둥지, 무정대처에서 조석 물밥을 챙기는고. 내 사랑, 첫 아들 최종구야! 네가 있어 큰 사랑 알았고, 네가 있어 내 세상 겁난 옥문이 세상 처음 열리지 않았던가? 뻑, 뻐꾹! -뻐꾹! 새야.

뻐꾸기의 성정을 아렴풋하나마 짐작하는 선말댁은 그 얄궂은 팔자를 생각하며 어떤 때는 한 식경씩이나 넋 놓고 팔다리 늘어뜨리고, 그 울음에 젖어 저도 울고, 새도 울고 하늘도 울고, 산천 바람도 덩달아 울었다. 청량한 울음의 뻐꾹새는 제 보금자리 못 지닌 야릇한 신세로, 여기저기 도둑 알을 낳아 남의 덕에 기르는 얄궂은 운명의 초여름 늦가을 철새였다. 질긴 신세타령 울음이 산천과 마을을 들썩거렸다.

하지만 선말댁 정소례는 몸이 열개라도 모자랄 판이었다. 여인네 한 몸에 사내는 자그마치 일곱이었다. 더구나 어린 것들 셋은 천방지축이다. 두 채의 바지랑대 산막에서 추적추적 밤이 지나면, 새벽부터 들판을 싸질러대며 고함지르고 덫을 놓고 토끼를 잡노라 다툼질이었다. 땅을 파는 일도, 풀뿌리에 마른 흙을 털고 돌을 추워내는 개간 일도, 시샘이요, 힘자랑이었다. 달포 간 거의 대엿 마지기 화전이 일구어졌다. 그렇게 앞 다투며 키 재기로, 사람도 화전도 커가는 일이었다. 다툼질하며 커가는 그 일로 산막은 늘 떨이판 난장처럼 그들먹했다.

산지기 움막집에서 자고새면 옹달샘으로 내달려 물을 긷고, 솥을 씻고 밥을 안친다. 청솔가지며 상수리나무 가지와 이파리는 불땀이 거세다. 여기저기 댓돌에 상을 차린다. 조반이 끝나고 옹배기에 빈 그릇이 모이면 숙골 짝에서 내리는 옹달샘으로 내닫는다. 퐁퐁 솟구치는 옹달샘은 천혜의 은택이었다. 그 옹달샘은 첫 새벽부터 그녀의 지성소였다. 거기서 비손이 일상 만사에 앞서, 반드시 치르는 의식은 선영님들께 오체투지로 합장하고 절을 올린다. 정화수가 옹달샘 첫 손길이었다. 치성의 대종은 대처에 남은 장남 아들 종구의 안녕이요, 쥔 양반 선말 어른의 강녕 축수요, 성주 상량마무리에 슬하 줄줄이 이어질 생육 번성의 발원이었다. 어찌 꼭 쥔어른 호주에 앞서 최종구 장손이 떠오르는지, 자기도 모를 일이다. 으레 뻑! 뻐꾹, 뻐꾹새가 화창하였다. 저도 울고 나도 울고! 어떤 때는 사위스럽다. 무슨 재변인가 싶어 −후 워 이! 후 어이 하고, 팔을 휘둘러 내 질러 보는 것이었다. 하지만 그 청아 창창한 음조에 저도 모른 새 덩달아 운다. 질긴 울음은 애절한 마음 합장이요, 기원이다. 천성이 그러한가. 선영님 그리시는 일인가. 신상에 무슨 참담한 변이라도 당한 입장이던가. 눈에 안 보이는 상감님이 한층 두려운 본성이던가. 안 뵈는 데서는 나라님 욕도

하는 법이라는데, 도대체 알 수가 없는 일이었다.

　마량의 종가댁에서 보름을 지나고 상달 초하루에 두손매무리로 이삿짐을 꾸렸다. 이삿짐이라야 대처에서 이고지고 나선 그대로였다. 산지기 움막이나마 구들을 놓고 불길 당기자, 흐느적거리며 연기가 솟구치는 아궁이에서 살길이 열린 듯싶었다. 검붉게 치솟는 불길 바라보며 선말 양반 구들장 솜씨가 제법이라고, 호장 집사가 아우성을 질렀다. 강 목수는 고개만 주억거렸다. 여기가 살림집인 걸 어찌타 하룬들 종가댁 행랑에 눈치 보며 머무르랴. 종가댁의 시린 눈치가 별다른 일도 아니었다.

─ 엄동설한이 닥쳐오는 디, 도대체 또 무슨 객기랑가.

─ 객기라니요? 그냥 사는 디 까장 살아볼랑께요. 달리 심려는 마십시오.

─ 커가는 아그들 생각을 어찌 그리한 당가. 어른들이야 얼든지 떨든지.

　당숙 훈장님의 염려에 선말댁, 한동안 말을 잊는다. 한편 서당 글공부라도 지속하려면 당분간 신세를 져야 하리라는 판단도 앞섰다. 어느 순간 덕성은 고개를 젓는다.

─ 아그들 덕분에 훈김이 도는 묘리가 쏠쏠하던 디요. 사람들 어울려 사는 짓이랑께요! 고슴도치처럼 엉기고, 버성겨가며 살아볼 랍니다.

　오히려 최 훈장 어른께 송구하단 인사를 거듭하였다. 시샘부리 종부댁 숙모님은 묵묵부답, 덕만 아우와 계수 댁 음전이가 시린 이슬 바람이었다.

　그 날 원포마을의 강 목수가 늦은 아침 바지게에 한 살림 챙겨지고 헐떡거리며 다가왔다. 생각지 못한 부조였다. 가마솥, 떡 바라옹기, 자배기, 옹기 바가지, 똥바가지, 떡판, 소매 바가지, 삼태기, 부삽, 쇠스랑, 덕석 두 매, 돗자리, 똥장군, 꺽쇠, 조선 낫, 무쇠 톱날… 살림살이란 참으로 오지가지였다. 대갓집 살림살이 다 챙겨와 버렸다는 말인가? 선말댁과 덕성은 서로 마주보다가 그저 하늘을 우러러 보았다. 오히려 민망한 일이라도 저지른 듯 봉화산을 건너다보던 강찬진 목수가 느닷없이 구린 입을 열었다. 눈짓 손짓으로만, 일을 추스르고 일생을 살아가련다는 어른이.

— 자네들, 이내 한소리 들어 볼랑가. 벙어리 소리라 그 말이랑께! 나가 이라고 한 짐을 지고 오면서 탄식 타령을 했단 말시. 알것능가? 소리가 복이여!

— 워-매, 벙어리가 어째 말씀을 하신당가요. 난생 첨 들어보는 귀신이 곡할 노릇잉만요. 어서어서 베풀어 보시랑께요.

강 목수의 느닷없는 대거리에, 마량 호장이랑 선말댁 부부가 놓치며 자못 놀랜다. 눈 크게 뜨고 종수 삼형제도 별일이라는 듯 말잔치에 엉겨들었다.

— 먹새도 죽을 때는 '짹' 한다는 소리도 모릉가들? 다 지나간 소링만은….

— 팔월이라 중추되니, 백로 추분의 절기로다. 북두칠성 칼자루가 저리 돌아 서쪽 하늘 가리키니, 아침저녁이 선선하여, 가을 기운이 완연하다. 귀뚜라미 맑은 가락이 벽 사이서 들리노라. 아침에 안개 끼고 밤이면, 이슬 내려 곡식 열매, 무거운 고개를 숙이고 만물이 익기를 재촉하니, 빈들 산천 구경 돌아보아 힘들인 공이난다. 백곡에 이삭 패고 열매가 들어 고개 숙여라. 서풍에 익는 빛은 누런 구름으로 피어난다. 이 아니 상사賞賜이랴! 얼럴럴 상사뒤야-라!

제 멋에 겨운 듯 흥타령은 올곧게 꼬리를 문다. 듣느니 임 그리는 객창이렷다.

강찬진 대목은 모처럼 열린 입이 멈출 줄 모르고 세설을 풀어내는 거였다. 꿈인 듯 생시인 듯, 시린 세월에 귀에 익고 맘에 찌 들은 세시절기의 풍설이었다. 백설 같은 면화송이, 산호 같은 고추열매 처마에 넣었으니, 가을볕 명랑하다. 안팎 마당 닦아 놓고, 발채 망구 장만하소. 평소에 남몰래 그리던 하소였다.

— 면화 따는 다래기에 수수이삭 콩가지요, 봉화산에 나무군 돌아올 제, 머루 다래 산열매라. 뒷동산 밤 대추는 아이들 세상이어라. 아이들아 어디를 갔다더냐? 그 눈에 이슬이 어린다. 알밤은 모아 말리어라. 철되어 쓰게 하소. 명주 채 끊어내어 가을볕 마전하고 쪽빛 물들이고 잇빛 물들이니, 청홍 색색이 부모님 늙으시니, 수의를 지어놓고 나머진 마르고 재어 아들딸 혼수 감하세. 아니나, 어헐—럴럴 상사뒤야—라!

— 아니 지금은 동지섣달 설한풍이 덤비는 때가 아니덩가요?

호장 집사가 냉큼 덤벼들었다. 시샘하는 꽃샘바람 설한풍처럼.

— 금—매, 그래서 탄성이 절로 터진다는 이런 심상을 모르것능가.

— 그러나 저러나 대목大木 양반의 옹구 통 입이 열린 마당에 상쇠 잡이 패랭이 춤을 한 바탕 추어야 할 일 아니랑가요. 호장 체면도 잔 살래 주시—씨—오! 여보게 온 동네 어르신들아, 다—아들, 귀 열고 들으셔야 한답니다. 잉!

하고 호장 집사가 구수한 청담가락을 이어서 베풀었다.

— 지붕 마다 굳은 박은 요긴한 그릇이라. 댑싸리비 자루 매어서 마당질에 쓰리라. 참깨 들깨 거둔 후에 중 올벼 타작하고, 담배 녹두 들깨 조금씩 내어 아쉬운 대로 돈푼 장만하소. 장구경도 하려니와 흥정할 것 잊지 마소. 마른 명태 젓조기로 중추명절 세어보세. 햅쌀로 만든 술과 올벼로 만든 송편, 박나물 토란국, 조상 선산 제물로 쓰고 이웃집 나눠 먹세. 며느리 말미 받아, 친정 부모 뵈러 갈 제, 통개 잡아 삶아 얹고, 떡고리 술병이라. 초록빛 장옷 남치마로 단장하고 다시 보니, 여름 동안 지친 얼굴 회복이 되었느냐. 팔월대보름 밝은 달에 마음껏 펴고 놀며 춤추고나 오시구려. 어 헐—럴럴 상사常事뒤야! 아니나 놀

지는 못하리로다.

― 금년에 못다 한 일 저리도 많다하나, 명년 계교 하오리다. 밀 재 베어 더운
가리는 늦보리 밭으로 가을갈이를 하세. 뒤끝 마무리 끝이 못 익어도, 급한 대
로 걷고나 가소. 사람 일만 그러할까. 기후도 그러하니 잠시 쉴 새 없이 마치
며 시작하니, 시작 또한 절반이라. 얼럴럴 상사뒤야! 이 소리가 대체나 뭔 소린
가? 동지섣달 정이월 춘삼월에 우리 낭군 오랍 신다. 목민심서 현인군자 정 다
산님! 십이 장춘 삼백예순날 나랏님 살고 산천이 화답하고, 내 한 살림 사람답
게 살아나보자는 농가월령가라. 시세풀이 앙가슴 속 풀이는 처녀총각 살풀이
랑께. 어 헐―럴 럴 상사想思뒤야! 어―헐럴럴 상사想思뒤야라! 지화자 좋아라! 저
절 시구로, 아니나 놀지는 못하리라.

실로 때 아닌 풍장이었다. 푸짐한 난장이었다. 허방 친 살림에 빈 지게 걸머
지고, 바닥나고 쥔 잃은 살림을 챙겨오면서, 신세타령처럼 솟구쳤다는 응어리
였을 터다. 너나없이 그림처럼 펼쳐지는 호시절이 새삼 가슴 저렸다. 서로들
살라고, 그렇게들 살림 살아가라하시는 권농가요, 구전된 실학의 타령이었던
셈이다. 허나 게는 바르게 잡고, 치계는 분명하게 가르자. 이는 다산 정약용 스
승님의 작사가 아니었다.

뒤풀이 고개 주억거리며 듣던, 강찬진 목수가 치계 잡이로 뒤풀이를 챙겨 들
고 나섰다. 호장 집사의 청담가락이 자못 절창이었던 터였다. 동냥젖에 배 불
러라.

― 아니랑만, 그게 아니라. 정 다산 어른 실학사상에, 그 집안 둘째 아들이신
정학유 님의 월령체 시가 서라. 그런 말이여, 이 또한 자자손손 덕복德福이 아니
리요?

— 그래, 옳습니다! 부전자전이라니, 참말로 조선 백성들 난생 자랑이랑께요.

최덕성은 홍복인양 말은 그리하면서도, 설한풍 매섭게 밀려들 듯 엄위한 봉화산 하늘 우러르며 새삼 아무런 수확이 없고, 대책 없는 선산의 살림에 이가 시렸다. 냉연하고 살벌한 회색빛 하늘이었다. 그 하늘을, 칼날처럼 휘젓는 저 기러기….

정 다산 스승의 둘째 아들 정학유 님은 머나먼 강진 귀양지까지 거의 해 걸이로 걸어 다녔다고 한다. 단봇짐에 때로 밤을 한 자루씩 걸머지고 다녔다. 열댓 짝씩 아비의 털 맹이 짚신 삼아 지고 걷고, 걷고, 또 걸었다. 천리 길 터덕터덕 그 길 걷고 걸으며, 아른거리는 사부님의 진정이 일 년 열두 달의 월령가를 작사하는 성스러운 지혜로 결실하였으리라. 추적추적 먼 길 걸어가는 걸음이란, 자고로 산천경계 자연과 인생 탐구요, 철학의 원조였던 셈이다. 그래 그 장편 가사는 구체적이고도 자상한 실학적인 한풀이 작품이었으니, 어헐럴럴, 상사라. 얼차려 올려 세우고 추세우며, 삶의 온갖 자락 자상하게 보살펴 아랫마을 상사^{※事}뒤야! 라거니, 동서사방 등잔 밑을 챙기는 수심 가락으로, 인생사 구구절절 곡절의 절창이라 할 터였다.

서사^{序詞}에서는 일월성신 운행과 상천하지 역대 절기 당시 쓰이던 역법의 기원을 설명하였다. 이어 정월 령에는 망년 절기와 일 년 농사 준비, 정조 대왕 세배와 반상의 풍속, 그리고 보름달의 풍년기원이 깃들였다. 또한 세세 입춘대길이라, 우수 절기가 있다. 유월유두 전후 성상^{聖上}께서 애민 중농하시고, 권농 윤음을 반포하신다. 이에 농가를 다스리고, 가업 신 농우 살펴 푸짐한 소죽으로 먹여 살찌우고, 맥전에 오줌치기, 이영 엮기, 새끼 꼬기, 나무 가지사이 돌끼우기, 소국주 밑 하기, 화전 만들기, 연날리기, 아낙네들 널뛰기, 사자성어 윷놀이, 잡곡 약밥, 약술 알맞게 마시고, 남 먼저 이름 불러 복더위팔기, 달맞이 횃불 밝혀 켜기로, 흥타령을 돋운다.

이월이면, 경칩 춘분 절기로다. 춘모 갈기 담배 녹두 콩 씨알 심기, 과목과 들뽕나무 심기, 울타리 손질하기, 장원수축에, 개천 쳐올리기, 우마와 어린 계견鷄犬기르기, 들나물 캐기 산곡에 약제 캐기를, 시시골골 구구절절이 장려한다.

삼월이면 모춘이라. 삼 짓 날, 청명 곡우 절기로다. 한식날 성묘하기, 가래질하기, 물꼬치기, 도랑 밟아 물 막기, 모판하기, 들깨 모 뿌리기, 삼 심기, 보리 밭매기, 울밑에 호박 심기, 처맛가 박 심기, 담 근처에 동아심기, 무 배추 상치, 고추 아욱, 가지 심기, 과일 나무 접붙이기, 장 담그기, 사람살이 살림에 세세 곡절을 일렀으니, 이 어찌 자상하고 애련한 어버이 심사가 아니랴? 이어서 초하인 4월령은 석가모니 은택은 물론이요, 중하인 5월 단오 령, 계하인 유월 유두의 창포에 머리감고 그네뛰기 풍속이며, 육칠월 성하시절은 물론이요 칠팔월 구시월 상달의 인간사, 동지섣달 설한풍 마지로 세속 간 온갖 세상사 살림살이를 구구절절 노래하였으니, 새삼 무어라 애민성심 탓할 터인가? 아들의 등짐 선물 햇밤을 받고, 감복한 다산 아비의 밤 노래가 절절하였다. 남녘의 효심가로 누구나 장려하고 사모하였으니,

도연명 아들보다 사뭇 낫구나,
애비에게 밤 보내는 마음을 보네
한 자루 잘 다란 이 밤알들이
천리 밖 배고픈 신셀 위로해주네
내 생각 잊지 못하는 마음 애틋하고
정성껏 묶어 짐 진 손길 사모하누나.
적이 맛보려 하다, 도리어 맘에 걸려
시린 눈 고향 하늘만 서글피 바라본다네.

너나없이 시시로 우러르는 하늘은 산목숨의 어버이었다. 어버이의 눈이었다.

그 눈길은 무시로 하늘 우러르다가도, 세상을 향하여 비호처럼 내리 꽂는다. 천성이 그러하였고, 시절이 하수상하며 막간 세월일수록 더욱 그러하였다. 이 풍진 풍랑 세상의—얼럴럴 상사뒤야! 살림살이가 실상 그러하였기 때문이다.

— 왔다—매, 잡았다! 잡았당께. 엄니, 여기 잠 보소. 잉! 아부지, 이것 잔 보란 말이요 잉. 아저씨, 산토끼 잡았단 말이요

— 오—매매, 내 사람들아, 이거 이 먼 소리랑가. 대체나 먼 소리여?

— 산토끼 잡았단 말이랑께! 두 마리나, 큰 놈을 두 마리나? 어머이…!

산천이 온통 들썩거렸다. 하늘에서 별이라도 따온 듯, 대견한 낭보였다.

동지섣달에 들어서며, 토굴 살이 단속하던 산토끼는 살지고 옹골찼다. 종수가 절름거리며 종순이 다투듯 설치던 손에 손길, 한 마리씩 산토끼 치켜들며 장고함을 질렀다. 키는 덜렁 컸으나, 종수는 성문 뼈가 위골되는 바람에 절름거리느라 항상 동생들 뒤를 따랐다. 질끈 맨 머릿수건이 한결 어른스럽다. 얼굴에 땀이 송송 맺힌 걸 보면, 숙골 골짜기 더듬다 벼르고 벼르던 산토끼 사냥, 첫 개가를 올린 모양이었다.

이윽고 두 마리 산토끼를 도한屠漢*이 뺨치는 솜씨로 가죽 벗기고 각 뜨고 탕탕, 타당 탕탕! 거리며 칼질해서 무쇠 솥에 물 잡아 안치고 일어선 사람은 마량 포구의 호장이었다. 그는 중치자락을 들치고 허리를 펴며, 어둑어둑 엄습해오는 하늘 바라보며 호들갑을 떨었다. 허연 수염자락이 덩달아 하늘거렸다.

— 와마, 이러다간 연동 부락에서, 도깨비랑 씨름하게 생겼당께! 걸음아 날 살

---

* 백정. 편집자 주

려라~ 핑하니 달려갔다가, 낼 아침에 득달같이 올라요.

— 아니 그게 뭔 소리랑가. 괴기 국물이라도 입가심을 해야 도리가 아닝가?

— 먼 소리라니요? 아 연동 부락 제각 모퉁이 구설도 못 들었는감요. 박 씨 제각에 전염병 돌때마다 디딜방아 거꾸로 세워놓으면, 밤새도록 도깨비 방아 타령 울리고, 아낙네 속 것 씌어놓아야 성이 풀리드라고 안 헙디여? 더구나 살괴기 냄새를 풍기며 지나가면, 도깨비가 탈춤 추것제라.

— 허긴 그려, 허나 자네 입심이 그런 걸 꺼린 데서야, 호장이 체면에 어디 원!

— 삼동 마을 호장이제, 도깨비 호쟁이는 못 된께라 아마도 씨름하자고 덤빌 것잉만! 좌우간 한판 붙어 뵈기는 봐야 것는디요.

청솔나무 불땀이 맹렬했다. 송진내 풍기며 타오르는 불꽃 좇아 단참에 솥뚜껑이 들썽거렸다. 칙, 치 칙! 거리며, 덩실 김이 솟구칠 때부터 입맛이 살아 오르기 시작하였다. 선말댁 낙낙한 심사가 육괴기국 오지그릇마다 한 바가지씩 담아 나를 때, 아이 어른 가릴 것 없이 혼혼한 살판열기 가득했다. 푸짐한 인심이란, 천심이랬다.

— 아이고! 참말로 맛깔스런 국 맛이랑께. 오매매, 기냥 이걸…!

— 그랑께 사람이란 밥만 먹고는 못산다지 않던가? 이런 살코기 맛이라니.

— 남의 살맛을 봐야, 내 살림이 편 것이라니, 사람하고는?

— 잘 먹고 잘산다는 노릇이 바로 그런 것 아니랑가?

— 그람 사람이나 짐승이나 뭐가 다르던가? 서로 살 뺏기 노름 아니랑가?

너나없이 한 마디씩 구시렁거렸다. 허나 밥술이 바쁘기는, 대체 그 뉘를 탓하리.

쌀보리 반섞이 밥그릇은 저리가라다. 산토끼 고기는 돼지나 쇠고기와는 또 다른 맛이었다. 한입 국물을 아까운 듯 떠 넣을 때마다, 그 따끈하고 달콤새콤한 살맛이라니, 쫄깃하다. 옹골지고 담백하다. 아름지다. 더구나 선말댁의 곡진한 솜씨로 우려 넣은 가시 옻나무는 누린내를 싹 가셨다. 오히려 감초 맛으로 달달하고도 맵싸하다. 정신마저 아뜩한 살맛이다. 향긋한 육향기름에 절인 살코기 맛이라니, 목울대가 아우성치듯 출렁거린다. 혀가 당긴다. 혀가 덩달아 빨려든다. 대체나 살맛나는 요런 살코기 맛을 무어라 해야 할까? 노상 푸성귀만 씹어대던 입맛이랴.

　며칠 전부터 공작이 부심하던 차였다. 삼형제가 매달려 걸거니 당겨라거니, 주거니 받거니 궁리가 열중했던 터였다. 당분간 떼 뜨기나, 산돌 추리기는 저리가라였다. 서두르라는 석가래 청솔 베기도 몰라라 하였다. 어쩔 것이랴. 하고 싶은 때, 맘 내킬 때 하랄 수밖에. 억지로 시키는 게 짠하고 안쓰러운 어미 아비의 맘이었다. 강 목수와 호장 아저씨도 다르지 않았다. 그들은 상전 눈치를 살피듯, 낭재들의 자발적인 처분만을 기다려야했다.

　— 그리고 매가리 없이 하면, 뭐에다 쓰꺼시냐? 꽉 잠 잡으란 말이다, 잉.

　— 요렇게 심이 드는디, 더 이상은 보리밥 묵고는 못 하것당께.

　— 아니, 심을 어따가 쓰는 디야? 대나무 끝 이서, 실을 당길 때 바짝 좀 쓰랑께. 나가 초칠 할 때, 싸락싸락 질이 잘 들어사 쓸 것 아니랑가. 멍청이가 따로 있당가. 와따, 참말로 기가 막힘만. 그래서 밥은 얻어 묵것당가?

　— 밥 묵을 때, 이라고 심이 든다면 누가 밥 묵고 살것당가. 괜한 심통은?

　— 밥 묵을 때건 일을 할 때건, 심을 똑바로 써야제. 안 그란당가?

　종수의 이마에 땀이 송골 거렸다. 그 손길에서 대나무에 걸린 실 줄이 팽팽하게 활시위를 그렸다. 무명실에 토막 초칠 하면서 산토끼 덫을 만들려는 작업이었다. 지청구를 들어가며 종순이가 앙바틈한 입질로 버틴다. 두 손에는 칼바람이 날선 듯 날카로운 고리를 붙잡고 있다. 열 개의 고리를 만들고 긴 타래에 얽어매고, 산토끼 굴밖에 설치하려는 궁리인 것이었다. 하여튼 금번의 토끼 사낭은 엉뚱하게도 종순이 그저 장난질삼아 칡넝쿨을 고리로 얽어맨 살코에 목이 걸린 산토끼였던 것이다.

차분하게 입질 해댄다면 그까짓 칡넝쿨이야 단숨에 잘라버릴 듯 했으나, 목이 걸린 두 마리 토끼는 제 성질에 못 이겨 질식을 해버린 셈이었다. 결국 초칠로 정성들인 무명실 고리는 갯가 들오리, 오리 덫으로 낙착되고 말았다. 하늘이 좁다하고 까맣게 날아들던 청둥오리 떼였다. 갯가에나 들녘에 날개를 접자 뒤뚱거리며 먹이를 찍던 오리였다. 뒤뚱거리던 갈퀴 발걸음이 날카롭게 초칠 먹은 동그라미에 걸리면 퍼덕퍼덕 날갯짓하다 동그라지기 십상이었다. 그렇게 며칠 새, 네 마리의 통통한 오리를 잡아들고 하늘의 별을 딴 재미가 붙었다. 날마다 오리 사냥은 개가를 올렸다. 열흘 새 무려 두 뭇을 낚았다고, 고래 고함 지른다. 하지만 신바람 설치는 날이 갈수록, 선말댁은 애태워 살푸념했다.

— 남의 살 먹기를 그리도 즐기면, 오매, 오매매, 내 살은 어쩐당가?

— 들녘 살코기는 잘 먹고 잘살라고 산신님이 주신 것 아니랑가?

어미의 성정을 아는 자석들이 민망한 낯빛으로 변명한다. 하여튼 강청으로 말길 수는 없지만, 한 마디 보태지 않을 수도 없다.

— 내 손으로 심고, 기르고, 정성으로 가꿔보지도 못한 짐승을 그리고 함부로 잡아들인 당가? 오매매 어쩌야 쓸꼬. 도한이 백정도 아니고, 이 노릇을….

— 농투성이건, 염한이건, 도한이건, 다들 묵고 살자는 노릇이 아니랑가. 그리 저리 따지고 들면, 세상에서 도대체 무얼 해묵고 살아야 한당가?

하지만 동지섣달 설한풍에, 된서리 냉철한 갯가 들녘에서 잡어와 낙곡으로 맘껏 배를 채우고 살이 오른 청둥 오리의 살코기 맛이라니! 미운 며느리 냄새 맡았을까 겁나고, 호랑 시어미 낌새 탈까 두렵고, 때깔 좋은 시누이 콧방귀도 어렵고, 시건방진 진드기 시동생 손짓 탈까도 애통하고, 사사건건 이번만 하고 말지 다짐하는 서방님도 반갑잖고, 그저 세상천지 하늘 아래에서는 동지 때,

산딸기 맛이라 했다. 동지섣달 설한풍에 산딸기라니, 어불성설이었다. 하여간 봉화산은 무서리 퍼다 쏟고, 산막에는 살얼음 쌩쌩 거려도 어른 아이 할 것 없이 얼굴마다 통통한 살이 올랐다. 산토끼 살맛이요, 통통한 청둥오리의 공덕이니라 했다. 강찬진 목수나 호장 아저씨도 세 장군들 사냥 덕을 톡톡히 보노라. 일할 맛에, 살맛도 앙큼상큼 오지게 들었다고 웃었다. 강 목수가 웃으면서 소개하는 진양조 한 자락이 절절하고도 요상했다.

— 한세월 정 다산 스승께서 전날 집안에서 부리던 최가라는, 종의 이삿집을 찾았더랑께. 옛 사람 최가야! 헤어진 지 십여 년 만에, 오늘밤 찾아와 그대 집에서 단잠을 자는구나. 그대는 맨 땅에 집을 이뤄 살림살이 넉넉하니, 시렁 위 단지 그릇들 모두가 빛이 나누나. 뒤뜰 밭에는 채소 심고, 문전옥답 논벼를 심어, 황금빛이라. 살집 좋은 아내는 농가 주막 일에 팔을 거둬 붙였고 아이들은 고기잡이로 강상에 배를 타다니, 위로는 매질이 없고 아래로 빚이 없어 한 평생 호탕하게 강호생활을 즐기겠구나. 내 이리 고루고루 살펴본즉 내 비록 벼슬을 한다지만, 무슨 도움이 되겠나. 나이 마흔 살이 넘도록, 세월은 갈수록 괴로움만 더해간다네. 백 권, 천 권 책을 읽었다지만, 처자는 여전히 굶주리고, 원님 생활 삼년에도 땅마지기 못 챙겼어. 나날이 흘겨보는 눈길은 온 세상에 가득하여 초췌한 얼굴로 노상 대문 걸어 닫고 산다네. 너와 나를 이리 재어보고, 저리 달아보아도 일백 번 네가 낫고 내가 못하니, 때마침 가을바람에 농어회랑, 옛사랑이나마 빌어다가 숨길 수 없는 부끄러움을 씻고, 그대들과 더불어 청산녹수 산간에서 살고만 싶어라.
— 그랑께, 거 농어회 사랑이란, 중국 진晉나라 때 장한張翰이라는 선비가 고향의 순채국과 농어회를 잊지 못해서, 마침내 벼슬 버리고 고향으로 돌아갔더라는 고사가 아니던가. 그랑께, 금강산도 식후경이라고, 유식자질 하는

조선의 명담은 천하일색이 아니더랑가. 여기 선말 양반도, 최 씨 종가는 분명하제요, 잉?

강찬진 목수 은근짜 해설에, 청중 일동은 가슴들 활짝 펴가며 할할거리고 웃었다. 세상만사 시국이야, 개로가고 모로 가던 동지섣달 설한풍도 어쩌지 못할 복락이라 할까. 들은풍월이 저리도 구성지고 옹골지다니, 대단한 천성이요, 술객이로다. 하여 부신 눈으로 건너다보는 선말댁은 까닭 없이 콧날이 시큰거리고 마음이 시렸다. 신학문이란 게 대체 무엇이며, 배움이란 게 대관절 무엇이기에 부모자식들이 생이별을 하고, 낯설고 물선 세상을 견뎌야 하는 법이런가? 느닷없이 깊어지는 상념이란 내 사랑 큰 자석, 최종구의 헌칠한 얼굴이 얼핏 저물어가는 봉화산 설한풍 먹장구름 속에서 차가운 면경처럼 얼렁거리는 탓이었을지.

여덟 마당

입춘대길

조선의 봄소식 첨병은 개나리 진달래가 제격이다. 그 시샘 다툼이 짙고도 활활 타오르는 불꽃 색감이라니, 먹음직한 살코기 칼자국을 산천이 앞 다퉈 들춘다. 자고새면 온통 짙은 토혈을 휘 뿌린다. 앙다문 여인네 꽃 입술을, 줄듯 말듯 속살 태우는 시부야끼 하루나의 춘풍농월이라 한들, 이보다 더 할 수는 없겠다는 간절함이 지천이었다. 이 어찌 사내들 춘풍에, 골병들 세월이 아니리오. 나리 나리는 개나리야. 대로변의 살구꽃이 산등성이의 진달래를 깔깔거리며 종종걸음을 쳐댄다. 서로 마주보다가, 앵 토라진 실눈 꽃술을 흘긴단다. 산들바람에 가쁜 세상 화들짝, 환장하게 밝혔다. 우박처럼 쏟아져버리는 제국 벚꽃을 비웃듯 진진한 꽃빛은 실로 가관이다.

동척의 시미즈 겐타로는 제방 둑 공사 현장을 살필 때마다, 실상 환하게 펼쳐지는 조선 산천에 정감이 일었다. 눈길 따라 속살거리는 사내들 스스로 어찌 할 수 없는, 유혹의 속성인지도 모른다. 다 주고 싶다. 쏟아버리고 싶다. 그냥 벌겋게 발가벗겨, 몽땅 품안에 갖고 싶다. 저 흐드러진 조선의 봄꽃 바다에서,

그것은 조선의 산천이요, 노랗게 아롱거리던 개나리가, 새빨간 객혈 진달래를 희롱하는 봄날의 매력인가 한다. 가냘픈 춘사春思라더니, 하여간 그런 심사 탓인지, 도대체 되는 일이 없다. 아니다. 아니 되는 일은 또 무엇인가. 아무튼 조석으로 설렁거리는 봄바람처럼 오리무중 기묘한 일상이다. 십장들 일만해도 그렇다. 하구한날 건의란다. 입만 열면 불평불만이었다. 다 주어 버리고 벌겋게 발가벗겨서 몽땅 챙기기 전에는 속 시원한 게 도대체 무엇일 런지? 입춘대길 덕담이 한참이나 지나가버리지 아니하였다던가. 하지만 산천의 봄날에 대길은커녕, 도무지 정신을 차릴 수가 없었다.

춘사春史라더니, 아니다. 과연 춘사椿事였다. 끔찍한 불상사였다. 연거푸 세 척이나 석산石山중선이 같잖은 파도에 휩쓸리고 세 명의 석공이 목숨을 잃다니, 조선의 꽃바람 춘사가 아니고 도대체 무엇이랴? 제국의 벚꽃 사쿠라 춘사도 연인들 목숨 줄 따기엔 만만찮은 내력이 숱하건만, 내 자존감의 긍지인 멸사봉공 현장에서 이리도 무참하게 뻗대다니, 어처구니없는 첫 소식은 텁텁한 친구 석산 총책인 히데키의 보고였다. 콧잔등 훔쳐가며 마치 전장의 패전결과를 귓속 빌려 은밀하게 통보나 하듯.

— 도대체 그럴 상황이 아녔습니다. 격군들의 중선이 들고 나고, 노잡이 설 소리 타령이 간간 들리고, 그런 작업장인데요. 강치 돌 만선 채우고 막 뜨다가 벌렁 나자빠지고, 시퍼런 물바다 속으로 쏙 들어 가버린 돌쟁이 두 놈은 푸드덕거리며 떠오르고, 두 놈은 없어져버렸다니까. 간단한 상황, 끝입니다. 백주 대낮에, 눈을 번히 뜨고도… 참 맨 정신에는 기가 막히지도 않습니다.
— 중량 오버, 아니던가요. 현장작업규정에서 중량오버 만선이라면?
— 그 놈들이, 중량 오버나 하간디요? 그저 엔간히 채웠다하면 덜렁 뱃머리 돌리기 바쁜 걸요. 번연히 아시면서도 그러신다면?

석산 총책 히데끼의 느슨한 항명이었다. 총감 시미즈 겐타로는 역증이 일었다.

— 그러니 대체 어느 세월에 물길을 다잡겠다는 말이야. 강치 돌을 무한정 밀어 쳐 넣어야 흙차가 뒤 터를 메울 것 아닌가. 대책을 세워야지, 촉진 대책 말이요!

— 대책이야 번하지요. 먹이든지, 똥개 두들겨 패듯 조지든지…! 하여간에 대일본제국의 돌격정신이라, 상시전장에 군대식이 필요해요.

군대식이라. 동양척식 현장에서 제국 군대 용맹전이라. 하지만 동척의 현장 총책 겐타로는 군대식이란 게 싫었다. 나이 탓인가? 설마 그런 건 아니다. 훈도 시대의 유화정책이란 게 맘에 들었고, 얼핏얼핏 떠오르는 칼잡이의 기억이 미칠라치면 냉가슴 앓듯 몸을 사렸다. 일이 터질 때마다 제국의 돌격대 용맹전을 들먹인다. 그럴듯하다만, 숨 쉴 틈이 없었다. 앉아 듣기도 민망한 하루걸러 또 한건의 참사는 석산이 아니라 신마 제방 둑의 갯벌 탕이었다. 갈매기가 한가롭게 설치는 하늘이었다.

— 오매, 오-매매, 저것 좀 보랑께, 저 것이 도대체 먼 짓이라나.

— 아니 저런 짓거리가, 지금 도대체, 먼 짓들이여? 말장구로 장난질인가?

하고들 연동댁이며, 함바집 두 아낙들 서건 지게꾼, 목도꾼들이 도로꼬 밀차를 멈추고 손가락질 하는 사이에 돌짐을 하역하던 중선이 발라당 뒤집히면서 사단이 일었다. 한배에 으레 네 명씩 한 조로 승선하고 있었다. 연락부절로 썰물 때라, 겨우 허리 물이나 될까 말까한 무질이었다. 당연히.

후지적 후지적 헤엄치면, 곧장 뱃머리 잡을 수 있을 터인데, 두 놈이 물먹은 돌덩이 마냥 사라져버린 사고였다. 물때 오른 화강석이었던가?

갯내가 자욱하고, 갯가에 구경꾼이 하얗게 들끓었다. 갈매기 떼들이 먹이를 좇고 추락하듯 날았다. 새카만 청동 오리 떼가 그물망처럼 하늘을 맴돌았다.

하늘이 태평한 빛으로 멀쩡한 비단결을 드러내고 있었다. 단지 그 순간뿐이었다. 세상에 희한하고도 별 놈의 꼴이었다. 허나 문책은 피할 수 없는 현장감독의 책임 아니던가. 흐드러지게 마냥 피었다가, 어느 날 아침 꽃샘바람 꽃샘 비에 후줄근 낙화하여 흔적 없이 사라진 개나리 진달래와 무엇이 다르랴? 화무십일홍이라. 난타연타 춘사가 터지자 문제는 이제부터다. 이거야 말로 재앙의 개시라. 벼르고 별렀던 날벼락의 효시라고 수런거렸다. 일본제국의 찬란한 사쿠라 꽃, 장관이 무색하고나! 조선의 말꼬리 입질대가리가 살모사처럼, 성난 독사대가리처럼 마주보며 솟구치기 시작하였다.

― 그야 번한 일, 아니랑가. 단골 원단이 그리 속절없는 여인인줄 알았더랑가? 하마 단단히 별렀다가, 차근차근 잡술 것이랑께. 그라고말고제.
― 워―매 그게 말이라고들 혀? 사흘씩이나 갯머리 못 떠나고 검은 머리 산발한 채 떠돌 때부터, 알아봤제. 요상한 건, 사내를 탐하던 여인네는 정녕 아녔드란디. 마량 단골 원단이는 사내라면 꼴도 못 비치게 잡도리를 했다? 새침하고도 냉철한 꼴이라면 암내 나던 기집들도 혀 두를 지경 이었다던디. 차근차근 잡술 것이랑가.
― 오매매, 답답한 거. 아, 이승의 생시와 같을 것이여? 저승길 멀고멀단디 길동무 삼아 선무당 오랍 씨는 당연히 챙겨 얄 것 아니랑가? 내 말이.
― 오랍 씨건 시애비건, 상쇠 잡이건 꽹과리건, 사내라면 씨가 마르도록 잡숫는 게 살 무당 아니랑가. 그러기에 애시당초, 상종을 말라 했거등, 옛날부텀.
― 아녀, 아녀. 그런 사삭스런 소리 말더라고. 내 생각에는 고금도 통제사님이 진노하신 거랑께. 틀림없이 그 어르신 진노가 임하신거라. 그라제잉?
― 아녀, 아니랑께. 그 어른 진노라면, 어찌 하필 조선사람 이랑가. 헐벗고 굶주린 조선 백성들을 살붙이처럼 애지중지 하신 양반이여, 앙 그려? 왜놈들 난

장에 말들 조심 허랑께! 터진 입들로 말이라면, 다 말씨가 된 당가.

— 마중물도 모른 당가? 이깝을 던진 셈이랑께. 그래사 큰 걸 낚을 게 아니랑가. 이제 부터란 말이시. 내 말은 좌우간 두고 보잔께? 저놈들 남의 땅 갯가에까지 밀려들어 상전벽해 이룬다고 설쳐대지만, 꼴 좀 보라지. 차근차근 이 잡듯 혼쭐을 내버리고 말 것이랑께! 얼차려 두 눈으로 똑똑히 두고 보라지 잉.

동양척식 겐타로는 귀를 막고 싶었다. 허나 귀에 달린 신경줄이 그악스럽게도 온갖 잡설을 곰방대 연초처럼 쟁여대는 데는 속수무책이었다.

그리도 참혹하게 죽음으로 솟구쳤다가, 연안의 파랑물결을 며칠씩 떠돌다가, 감태머리 꼬리 사리듯 사라졌던 단골무당의 저주라. 설마 아닐 게다. 사백 년 전 통제사 이순신의 진노가 마침내 기회를 잡은 터라고도 한다. 듣고 상상만 해도 오금이 저린다. 십만 이십만을 자랑하던 대일본제국 수병들이 속절없이 당해야 했던 추악한 역사가 아니던가. 까마귀 떼처럼 바다 파도를 건넜던 해양대제국의 전선군단이 그리도 활짝 피었다가 사라지는 사쿠라였더란 말인가? 천하인으로 천하포무天下布武 깃발 휘두르던 대제국의 영웅, 도요토미 히데요시의 그 참혹한 종말이라니. 조선을 단숨에 삼키고 명나라를 단참에 무찔러 가지런히 나누자던 영웅이여, 아 몸이여! 이슬로 왔다가 이슬로 가니, 오사카의 영화요, 꿈속의 꿈이로다. 산이건 들녘이건 아무 때라도 씨를 받자던 저 여인들 기모노 차림이라니, 어쩌란 말이더냐. 대관절 어쩌란 말이더냐. 설마하니 궁중의 그 칼날 같은 여인의 핏값 치르자는 효시라고도 할까? 잊혀버린 세월이, 잊을만하면 지워버린 남모를 시간들이 꿈에라도 만날까? 때마다 등허리에 살무사가 짜글거리며 생떼 무리로 기어오른다.

그렇다고 작업 일정을 하루라도 멈출 수는 없었다. 목포 동척 지점에서야 현장에 모든 일을 위임하였으니 몇 푼씩 적선을 해서라도 막음해버리면 될 거 아니냐고, 제국의 본때 보이라고, 이건 천황폐하의 지엄하신 국책사업이라고 하명했다. 그럴 터였다. 보상금 적선이라. 이 사업은 전쟁이다. 바다건너 적지 전투였다. 돌격이 최선의 자랑스러운 제국 용맹 위엄 아니던가. 무시로 발양하는 사무라이 정신 구현이요, 충용 무쌍한 대동아 기치가 아니던가. 상무정신의 전장에서 무엇을 망설이랴?

하지만 그는 입맛을 잃었다. 만사 의욕이 죽었다. 해사한 연동댁이 근자에 연한 눈꼬리 보이며, 치마 고름을 부여잡고 눈웃음 쳐주었지만, 그건 은근히 겁나는 노릇이다. 조선 과수댁의 실눈 꼬리라니. 동척 현장감독 시미즈 겐타로의 귀는 넓게 열리고, 굼실거리는 거머리처럼 살아있었다.

연동댁은 시궁창의 연꽃이듯, 은은한 태깔이 절색인 함바집의 주모다. 빤드르르한 동백기름 가르마가 선명하고, 수더분한 오지랖이 넓고도 풍성하다. 서중 과수댁이라는 두 아낙과 물담살이 두 더벅머리 거느리고 현장의 삼백 여명 일꾼들 삼시 세끼를 거뜬히 치러내는 여장부이기도 하다. 물담살이란 갯가에서 샘물 지게꾼을 이름이다. 새벽부터 해 저녁까지 물옹박을 등져 나르며 온 삶을 받는다. 식사는 공짜다. 이는 그의 은전이요, 연동댁이 감싸고도는 처우이기도 했다. 그런 연동댁 이었다.

전달에 얼핏 듣자하니, 신 마량의 마름을 자처하는 박광수가 칼 맛을 봤더람서? 조선여인의 은장도라나 뭐라더라? 은으로 만든 주먹 칼로 허리 참에 비장하였다가 수작이 짓궂으면 사타구니 물렁이건, 옆구리건 무작스레 찔러대는 수절녀의 비장품이라나? 무섭다. 여긴 전장이다. 초저녁 도둑질도 빠르다했다. 땅개 박광수는 능히 그런 맛보기로 적격일 터이다.

한편 퇴근하면 아예 주인마님 행세를 서슴지 않는 고바야시 사치코 양의 아양도 가관이었지만, 모두가 시들했다. 그깟 놈의 춘사에 이리도 기가 질린 것인가. 아지랑이 아른거리는 조선의 봄바람은 사내들만 몫이 아니라, 아낙들의 꼬리 춤이란 맞는 말이던가. 나른하다. 재미가 없다. 되는 일도 없다. 도대체 안 되는 일이란 무엇인가? 이러 구려 조선인들 세상사란 시나브로 라고도 한다.

원포마을의 단골이 혼마지 굿을 한단다. 수중고혼의 넋을 건져 천도재를 열어줄 거란다. 고자질하듯 실눈 가물거리던 연동댁이 눈물 다잡으며 한 시주 할 것을 주청했다. 고사에 막걸리 판 차리고, 돼지를 또 잡아야 한다는 말인가. 돼지 대가리는 필수란다. 일판이란, 살자는 먹자판이다. 그것이 사람살림인 모양이었다. 조선이건 제국이건 사람살이 만이랴? 끈덕지게 살아야하는 목숨이란 엄연한 것을.

'요-오시! 요오시!' 하고 시미즈 겐타로는 벌렸던 입을 다물었다.

인간사 재미란 만들어가는 법이다. 살맛이나 재미란 하늘에서 꽃가루처럼 떨어지기만 기다릴 것이랴. 제국의 사무라이 정신이란 불굴 백절이요, 집중 공략이요, 치열하고도 처절한 기 싸움일 뿐이다. 일어서라. 히노마루는 제국의 국기 날리고, 기미가요는 일본국가로 대동아 산하를 공명하게 되리라. 아니 그런가? 사무라이 겐타로 군이여! 이름값을 하라. 발딱 발딱 일으켜 본때를 보이란 말이다. 아랫도리부터 꿋꿋하게 세울 수 있는 힘이란, 한없는 부드러움이 아니던가. 하늘에 뭉게구름이 저토록 살아있고 세상에는 뜬구름처럼, 허나 향기 그윽한 여인이란 보드라운 물건 가는 곳마다 하처 불 상봉 아니랴. 아니 그런가? 겐타로 군이여! 그대는 대일본제국 대동아 공영권 첨병임을 잊었는가. 일본 운명이 그대 공작임을 명심, 또 명심하렷다. 허리에 걸린 일본도의 묵직한 느낌을 느긋이 새삼 맛보며 삽살개처럼 발딱 일어섰다. 평소에는 어금니에 충치처럼 거추적거리던 일본도였다.

— 저기 저 산자락에 굼실대는 저 치들이란 도대체 무엇인고? 엊그제 까지는

대여섯이 설쳐대더니, 오늘은 아침부터 열댓 명이나 얼쩡거리는데 말이야! 저것들이 아마도 사람종자는 분명하렷다.

함바집 앞에서 감독 겐타로가 모처럼 입을 열었다. 암캐처럼 얼씬거리던 통변 박광수 군이 덜렁 받았다. 말투가 말거머리처럼 징그럽게 곰살궂다.

— 그러게 말입니다. 감독님, 어제부터 소문을 종합해보면 아마 오늘이 길일인 모양이지요. 오두막 초가집에 상량식이라도 하는 판인가 봅니다.

— 조선의 오두막에 상량식이라니? 다 썩어가는 초가집 조선에도 상량식이랑게 있다는 말이것다. 이런 산촌 갯마을에서, 더구나 가내에 신불神佛 모실 줄도 모르는 더럽고도 멍청한 조선 땅에서? 그게 말이나 된다는 그런 소린가.

제법 놀랍다는 어깃장 어투였다. 가내에 신불 모실 줄도 모르는 더럽고 멍청한 조선 땅에서? 그 말에 박광수는 설핏 가소롭다는 표정을 잽싸게 살짝 감춘다. 다다미 한 자락의 촛대 신불단의 궁지렷다. 이윽고 입을 열었다.

— 그야, 초가삼간이라도 당연하지요. 더구나 그 문자라는 게 가관이지만요.

— 상량식에 문자라. 엄동설한 겨우 넘기고 춘삼월에 상량하는 저런 집이란 도대체 무얼까? 흥미가 진진해지는데, 자네가 앞장을 서보라. 알겠는가?

— 별거 없겠지만 감독님 하명이시면, 당연히 안내해드려야지요. 허나 소관 생각에는 한두 사람 동행하는 것이 어떨지? 거리도 저 마량 만에서 하부 연동으로, 두루봉을 지나고 원포 초군들 쉼터 지나, 숙마골로 뱅뱅 돌아 동산 시오리 자갈길인데다, 자전거로도 같잖고 더러워서 상당한 시간이 걸릴 텐데요.

— 요-오씨! 까짓 거, 그럼 석산 사이조 히데키 군 호출하지. 요즘 속 썩이는 일들도 풀어볼 겸으로, 어떤가. 봄바람 나들이라니…!

— 좋습니다, 조치요! 역시 제국의 총감독이십니다. 봄바람 나들이, 조치요.

박광수의 척척 달라붙는 맞장구였다. 전에 없이 더럽고도 멍청한 조선 땅에서라는 힐난이 거치적거렸으나, 항용 꿈틀거리는 벨 숨겨버린 지 오래였다. 그것만이 살길이요, 출세 길이라 굳게 믿고 지나온 터이다. 그 뱁새 눈빛이 저 바다 건너편으로, 상전인 감독에게로 부산했다. 겐타로는 여전히 은빛으로 찰랑거리는 갯벌을 건너다보며 가늘게 뜬 눈을 끌어 모으고 있을 뿐이다. 된재 밑선산발치에서, 검은 연기가 연거푸 뭉클뭉클 솟구치고 있었다. 개나리 진달래 지천으로 토혈할 때부터 건너편 나들이 나서 보리라 했던 터다. 선산지기들이 선산밑을 뒤진다는 조선의 풍속은 제국과 비슷하다. 밭 가운데 기모노가 씨를 받았다하여 다나카田中 상이요, 산중 씨로 나카야마中山다. 무라田村, 사루야申谷라는 성씨만 봐도 여실하다. 하지만 하찮은 것들 굼실거린대야 바쁜 와중이 아니던가. 허나 거창한 제국의 제방공사를 나 몰라라 하는 건방진 뱃심은 도대체 무어란 말인가. 정이월이 얼결에 지나고, 입춘절기 지나면서 새삼 궁금증이 일었다. 춘절 설날을 보내면서, 귀향했던 일꾼들도 상당수가 현장을 떠났던 것이다. 작업현장에 차질을 감내할 수밖에 없는 입장이었다. 조선이란 백성들 기개가 아무래도 만만찮은 것을 절감하는 심사였다. 때마다 어김없는 일당으로도 갯논 분배의 달콤한 설조에도, 돼지를 잡고 간조 때마다 인상을 들먹거리며 은근히 윽박질러도 도리가 없다. 그렇다하여 창칼로 베고 찌르는 전장이 아니잖은가. 훈도정치 일본제국이라, 그 말이다. 이걸 모르는 듯 설치는 동양척식의 항구도시 목포지점 치들은 도대체 뭐란 말인가.

자전거를 털털거리며 끌고 당기다가 한 시간여를 터덕거려서야 철석거리는 갯가를 갓돌아, 숙마골을 지나 동산 밑에 이르렀다. 제방 공사가 끝나면 직선거리로 삼십분이면 탁상인걸, 하고 박광수 군은 투덜거렸다. 연신 땀을 훔치면서도 석산의 총책 히데키 군은 기색이 살았다. 역시 현장의 춘사란, 무거운 짐이었던 모양이다. 석대의 자전거가 잡초와 푸성귀를 짓이겨가며 나타나자 구경감이라도 났다는 듯 일꾼들이 다가섰다. 더벅머리 대 여섯 명 서건, 스물 여명 백성들이다. 제법 널찍하게 자리 잡은 개간지 터전에 벌거벗은 소나무 기둥들이 세워졌고, 늘씬늘씬한 서까래가 장총이듯 대기하고 있었다. 아닌 게 아니라, 상량식 하려는 잔치 집 모양새였다.

박광수가 도리우찌를 벗어들고 다가가며, 소개말을 더듬거렸다.

— 수고들이 많소이다. 제가 동양척식 현장 감독님 모시고 왔소이다. 오이! 그대는 마량의 호장 아니던가. 웬일인가? 당초에 눈꼴이 안 뵈더니?

— 어서들 오시시오. 분망하실 텐데. 저분은 신 마량 석산의 총책이싱만요. 지는 여기서 대목님의 조수랑께요.

호장 집사가 거만스러운 박광수를 곱아보며 말했다. 주객들 두루두루 살피던 대목장이 다가섰다. 그 입에서 으레, 더디지만 붓대 씨알처럼 영글었다.

— 강찬진이라 항만요. 이리 와주싱께, 고맙고만이라. 지는 혹시 대구면소에서 오쿠다 히데오 면장님이랑, 호구조사를 나오 능가, 했고 만이라.

— 글안해도 곧 나오실 거요. 호구 조사뿐일까? 사람이란 오나가나 인사가 있어야 하는 법이제. 아니 그런가.

하대 짓거리하듯 주절대는 박광수였다. 정작 주인장인 선말 양반 덕성은 물먹은 황소처럼 말이 없었다. 무람없이 자전거에 덤벼드는 아이들을 단속하듯 눈짓하는 선말댁을 마주보며 의외라는 심사였다.

제국의 동양척식이라는 간척지의 총감들이 왕림한 셈이다. 영접해야 하는가? 두고만 봐야 하는가. 대체 무슨 사단일지, 숙마골 부조꾼이며 마량의 친구들, 원포마을 부조객들은 서로 눈치보기였다. 하나같이 제방사업과 무관한 사람들이다. 강 건너 불구경하듯 줏대가 산 사람들이었다. 둘러보던 시미즈 겐타로의 눈길이 앞 기둥에 나란히 새겨진 입춘대길立春大吉, 건양다경建陽多慶에 쏠리고 있었다. 잘 쓴 일필휘지임이 분명하다. 넓대대한 일본의 풀죽은 글자와는 본새가 완연히 다르다. 자획이 굵은 왕거미처럼 살아서 움직이는, 활달하고도 거침없는 휘필이었다. 눈길 좇으며 호장이 소개하듯 새삼스레 일렀다.

— 때마침 초가에 입주상량을 모시는 날입니다. 잘 오셨습니다. 그려.

— 좋습니다. 글이, 글씨가 그야말로 살았습니다. 조선강산은 선비가 많다지요?

시미즈 겐타로의 말씨가 달라져갔다. 문자를 보며 고개를 주억거렸다. 기색을 살피던 호장이 자랑스러운 낯빛으로 외장치듯 일렀다.

— 암만요. 이 댁 종가 어른 훈장님의 문장文狀이싱께요. 아니라, 강진군의 문장이시 제라오. 달포가 지냈는디요. 봄이 시작되니, 크게 길하고 경사스러운 일들 많이 생기기를 기원하신 글입지요

그리 시작하였지만, 부모천년수父母千年壽, 자손만대영子孫萬代榮. 수여산壽如山 부여해富如海 소지황금출掃地黃金出이라 개문만복래開門萬福來. 재종춘설소災從春雪消. 복축하운여福逐夏雲與 하고 거침없이 외장 하였다. 떡 본 김에 제사상 차린다는 듯 의기가 양양하였다. 눈치 살피듯 휘둘러보다가 귓가에 새기듯 자상하게 일필휘지로 주석을 달았다.

— 부모는 천년만년 장수하시고, 자식은 만대까지 번영하리라. 산처럼 오래 살고, 재물은 바다처럼 쌓여라. 땅을 쓸면 황금이 나오리라. 문을 열면 만복이 들어온다. 재난은 봄눈처럼 사라지고, 복락은 여름구름처럼 일어서리라. 이렇게 새기는 문자를 모르는 사람이 없지라오. 그랑께, 안 그라요?

하며 총감독 겐타로 씨를 마주본다. 총감독은 어간이 막힌 듯 고개만 주억거렸다. 마량의 호장이라면, 상것이라 하지 않았던가. 이토록 거침없는 논설 늘어놓을 줄은 몰랐다. 은근한 침묵에 잠시 망설거리다 궁금증을 토설하듯 조심스레 입을 열었다.

— 일본제국의 본토에서도 입춘절기를 모시지라우?

— 그야, 그럼. 말이라고 해? 제국에선 입춘 잔치로 고소한 콩을 먹지. 입춘 하

루 전날을 세쯔문 절분節分이라, 김밥이나 마키즈시를 먹지. 또한 콩을 던지면서 악한 것들 물리치고, 복은 안으로 들라고 하며 커다랗게 외치는 관행을 누린다. 그래서 일본에는 콩 제품들이 참 많지. 둥근 콩, 삼각형 모양 콩, 짠 콩, 매콤한 콩, 새콤한 콩, 다이아몬드 콩, 그야말로 대길 누린다는 말이지. 입춘대길이라 하지 않는가.

하지만 그 눈길은 어딘지 모르게 공허했다. 입춘대길에 얼핏 떠오르는 게 콩타령이란 말인가. 그럴듯한 문자가 떠오르지 않았다. 골치 아픈 춘사가 떠오른 탓이었을까? 하지만 여긴 다르다. 아닌 게 아니라, 풍성한 잔치판이 분명했다. 곳곳마다 활달한 문자, 엄연한 격식 재물이 쌓여있었다. 바지게는 떡시루가 분명하다. 조선의 대나무 석 짝에는 생선 대가리가 살아날듯 알차게 보였다. 대소쿠리에 사슬산적散炙이 먹음직스럽게 보였다. 그릇마다 음식을 담아내고 들었다. 아담한 선말댁은 동서 음전이와 들기름 부침개를 지져내고 있었다. 여인네들도 곰처럼 움츠리며 설쳐대고, 옹기 항아리에 콩나물이 향기를 풍기고 있었다. 정녕 이고지고 나선 상량식에 정성들인 일가친척이며, 마을 동민들 부조물이었을 터였다. 고개 갸웃거리며 눈을 번뜩이던 감독 겐타로와 석산의 사이조 히데키는 동시에 시퍼런 눈길이 마주쳤다

'요—오시' 하고 입을 앙다문 모양새였다. 바로 여기에, 입춘대길이 깃들이고 있는 셈이군. 대일본제국은 엉뚱한 춘사만이라, '고라 바가 야로!' 하고 본때를 보이리라 하는 속셈이 여실하였던 것이다. 춘사란 다른 것이 아니다. 한갓되이 허무다리나 집고 맹맹한 헛물이나 커댄다면, 고약하고도 어처구니없는 춘사가 아닐 터이랴. 대동아 공영권을 주창하는 오늘날, 제국 행차에 춘사란 가당치 않다. 어디에서나 우월하고 일본도처럼 번뜩거리며, 우선권을 확보해야 마땅한 터이다. 특등 제국 천황폐하 대일본의 첨병이 아니던가? 과연 아니 그러한가, 사이조 히데끼 군이여!

— 자리 잡고 앉으시지요. 이제 곧 상량 목 올리고 고사를 올릴 겁니다.

모처럼 최덕성의 입이 열렸다. 덕만 동생이 강 목수에게서 대패질로 잘 다듬어진 상량 목을 건너 받으며, 한지를 펼쳐들었다. 상량문이었다. 종가 어른의 선물이었다. 어른은 종내 나타나지 아니했다. 몸이 션찮다는 전언이었으나, 그러시려니 했다. 살아생전 내 눈으로 당질간이 선산 뒤지는 꼴을 보기 싫다는 뜻이었을 터였다. 스스로 국상 입은 산발머리가 해를 넘기고 있었다. 두문불출이었다. 대신 달포 전 입춘문자와 덩달아 상량문을 써 보낸 것이었다. 덕만이 하얀 무명포에 상량 목을 묶기 전 풀질을 하고 있었다. 상량문에는 상좌에 용龍자를 거꾸로 썼다.

아래 세로로 임오년壬午年 조춘早春 초십일初十日 입주立柱 상량上樑이라. 커다란 일필휘지였다. 과연 활달한 기상이 돋보이는 아려하고 고답적인 문풍이었다.

응천상지오광應天上之五光이라 하늘의 오색 빛이 감응하고, 비지상지 오복備地上之五福이라 땅의 오복이 준비하도다, 했다.

과연 하늘땅이 감복할 문장이라 하였다. 이윽고 흰 무명천에 묶인 상량목이 강 대목의 지휘아래 슬근슬근 올라서자, 반허리로 예를 올리던 역군들이 박수를 쳐댔다. 쳐대던 손길에서 무명천에 십전짜리, 오전짜리 지전이 팔랑거리자 박광수를 따라서 동척 감독들도 멋쩍은 기색으로 주머니를 열었다. 우박처럼 박수가 터졌다.

— 자리를 잡으시지요. 한잔씩 나누시면 광영이겠소이다.

— 지성이면 감천이라니, 어서 좀 좌정하시지요.

— 어서들, 궁색하오나 때 맞춤하신 발걸음에 저기로 좀 앉으시기라.

강목수가 주인장이듯 안내를 서둘렀다. 박광수도 삽살개처럼 연신 눈치를 살핀다. 하지만 휘휘 둘러보던 동척일행은 입주로 막걸리 한 잔 씩 벌컥거리고는 안주도 사양했다. 권면을 털어버리듯 우악스럽게 자전거를 털털거리며 떠났다.

— 조시다. 허나 한 가지, 우리들 제국과 손잡고 일을 하십시다. 집도 좋지만 강산을 넓히고 땅을 파고, 새 터전을 지어야 할 것 아닌가? 그런 말이요.

동척의 현장 감독 시미즈 겐타로의 진지한 언사에, 덕성은 저절로 고개를 저었다. 자전거가 울컥 울컥거리며 성질을 부렸다. 털럭거리며 쇳소리를 내질렀다. 선량한 백성들은 '네 죄를 네가 알렸다' 호통하는 사또 나리들을 전송하듯 송송 구구 절절, 그렇게 오련다는 샛바람에 영접이 없었으니, 스스로 물러가는 하늬바람을 붙잡을 까닭이 무엇이랴. 사기어린 객기를 털어버리듯 이어서 상량식 잔치가 푸짐하였다. 상량꾼 주객들은 웃고 떠들며 어느덧 합창 소리가 산천지축을 울렸다.

얼럴럴 상사祥事뒤야! 얼럴럴 상사上송뒤야!
이집 짓고, 큰 인물 나네. 집체만한 대장군이라
얼럴럴 상사上祀뒤야! 뒤풀이 상사 뒤가 좋을시고.
술맛이 좋고 오장 육부에는 떡 맛이 좋을시고,
살맛이 나고야 아들을 낳고 보면, 삼척 군자라.
딸을 낳고 돌아다본즉, 양귀비는 저라 가라니.

어느 결에 한 마음 한 무더기로, 소리하고 덩실거렸다. 으레 저절로 터지는 조선 백성들의 남녀노유 가리지 않는 산목숨 가락이었던 셈이다.

어-헐럴럴 상사賞詞뒤야, 인간 근심 세속 걱정
온갖 잡귀나 잡것들, 똥파리채로 휘둘러버려라.
후영 청 달 밝아 오는 디, 산천경개가 좋을시고,
집체만한 복덩이가, 기둥뿌리를 떡떡 버티고 노세.

얼럴럴 상사뒤야! 상사 詳事가 상사 贋賜 뒤로세,

얼럴럴 상사뒤야! 앞뒤 집에서, 상사가 날라리.

강찬진 대목의 즉흥 설 소리 타령에, 합창이 봉홧불처럼 창일하였다. 막걸리의 혼혼한 열풍에 신바람이 들썩들썩하였다. 미처 사물놀이 패거리는 당도하지 못했을지라도 기둥뿌리 부여잡고, 어우러지던 남녀노유 합창소리에 어느 결 기웃거리던 해가 신방 차리듯 서산을 붉게 물들였다. 부엉이의 우짖음이 유난히 청승스러웠다.

하지만 이날 밤, 사경四更을 지나며, 까닭을 전혀 알 수 없는 산불이 일어나 사 칸 겹집 기둥과 가림대와 서까래 상량 목은, 새벽 참 참혹한 몰골로 화하고 말았던 것이다. 산불은 새집 지붕과 서까래를 중심으로 동시다발로, 대보름 햇불처럼 옹골지게 타올라 솟구쳤다. 지붕에 올리려던 이엉과 진흙탕이 때늦은 물벼락을 맞았고, 듬성듬성한 주춧돌이 앙상한 이를 앙다물었다.

— 불이야! 불! 불, 오매—에, 저 징상한 놈들, 산불이랑께!

— 저 멧돼지 같은 종자들이 대체 어디로 튀긴당가? 저놈들 잡으랑께.

맨 먼저 움막에서 떨쳐 나오며 소리 질렀던 종수가 멧돼지 같은 두억시니 두 놈이나 보았다고 주장하였으나, 선말댁은 이만하기 다행이라고, 선산불로 옮겨 붙지 못하도록 선영님이 돌보셨다 하였다. 송진 지글지글 끓으며, 활활 타오르는 불길은 차마 손쓸 겨를도 없었다. 넋이 빠져버린 다섯 식구에, 대취하였던 강 목수는 그냥 발 동동 거리며 구경할 수밖에, 도대체 이 무슨 참담한 춘사이었으리? 꿩 매기를 두들기며 덤벼들었던 숙마골 사람들은 꺼진 불구경이 고작이었다. 물난리에는 뒤끝이 없으나, 불난리에는 햇불같이 활활 일어난다는 속설은 한참 먼 이야기였을 뿐이다.

여명이 밝아오면서, 얼금얼금한 얼굴에서 땀인지 눈물인지 흐르는 물탕을 수건으로 닦던 선말댁은 소리 질러 울지 않았다. 최덕성은 무엇인가 새기듯 멍청하게 하늘을 우러렀다. 선말댁은 도리어 엉엉, 왕왕 성난 부엉이처럼 통분을 삼키지 못하는 아들 종수, 종순에게 엄히 일렀다. 하늘 우러르다가, 서늘한 눈길이었다.

— 원수를 갚아야 할 것 아니랑가요? 나가 이라고는 죽어도 못 살아라. 저 살무사 같은 놈들, 하늘 끝까지 좇아가서라도, 워-매! 워-매 분한 거!

땅이 꺼져라 발을 동동거리며, 눈물바람 콧물 바람에 미친 듯 선불 맞은 산돼지처럼 털썩거리는 아들들을, 망아지 다루듯 얼러대면서 연신 중얼거렸다.

— 그것이 먼 소리랑가. 대체 그게 먼 소리여? 원수 진 일이 고것 뿐이랑가. 정작 무서운 일은 한울님 진노랑께. 순천 자는 흥성이요, 역천자는 멸망이라는 문자도 잊어부럿당가. 심은 대로 거두리란 말도 잊었어?

— 그랑께, 나가 이제부텀 저 원수 놈들에게 불벼락을 쏟아뿔라요.

— 불벼락이랑 게, 하늘에서 내리는 한울님 일이제, 어찌 사람 할 일이랑가. 한울님 덕분에 선영 산불을 막아주신 것도 감축할 일이요, 한울님 은택으로 목숨 줄 건졌거늘, 어찌 이리도 초라니 짓거리로 경거망동이랑가.

— 목숨이 살아났응께, 당당하게 살아야 쓸 거 아니랑가요. 저 동척인가? 도척들인가는 눈감아도 번한 원수 놈의 밤도적을 잡아서 콱 죽여 뿔고, 사내대장부답게 살아야 말이제라. 오매, 워 매! 분하고 징상한 놈덜이라니.

선말댁은 통분하는 아들들을 다잡아 다독인다. 장승처럼 굳어버린 쥔 양반을 어우르며 하늘을 우러러 본다. 한울님 삼신님, 보시고 아시지라오. 그 눈을 크게 뜬다.

— 사내대장부가 이깟 일에, 눈물 삼키지 못할까? 백성들 목숨이 갈대처럼 쓰러져가는 국파산하재 난세라 하지 않던가. 이깟 재앙에 사내장부가 원수라니, 비겁하게시리! 집이란 살다가 짓고, 또 더 크게 지으란 물건이랑께. 아니 그란

당가.

— 집이란 짓고 살다가 더 크게 짓는 그런 물건이랑가? 그랑께 적공들인 새집이라면 단 하룻밤이라도 자고 깨고 일하고, 살고는 봐야 제라. 저 원수 놈들.

아들 최종수의 우엉거리는 말씨에, 선말댁은 얼간을 누리며 거듭 타이른다.

사내장부라니, 그 말씨는 언젠가 아들들에게 들은 듯, 아니 훈장 어른 당숙이 호호백발의 상투를 잘라내며 국상이라고, 통절하게 흐느끼던 모습 바라보며 망연한 심정으로 선말 양반 덕성의 기를 세우고 들었던 소리였던 듯싶다. 그래, 사내장부가 그깟 원수를 갚다니, 대체 무슨 소린가? 집이란 살다가 철따라 바람 불고, 세월에 부대끼다, 늙고 병들면 허물어서 새로 짓고, 또 지으란 물건이랑께. 짓다가 밤새 불이 났다고 비겁하게 스리, 사내대장부들이 그라고 방성통곡이란당가? 결코 그렇게는 살지 말자, 그런 말이 시. 비겁하게 스리.

머릿수건을 벗겨 이마와 눈물을 훔쳐가며, 선말댁은 아들들 말을 곱씹어 삼키면서, 그리도 옹골지게 영근 말씨에 저절로 솟구친 생기를 빙그레 미소 지었다. 그려! 그러면서 사는 법이여! 사내장부들이라면, 마땅히 통분하고 억누르고, 중심에 옹이라도 자라고 그래야 하는 법이여. 그거이 바로 한울 삼신님의 하늘같은 공덕이랑께.

아홉 마당

하늘땅 울고 불어도

— 내는 이라고 똥개처럼 엎드려 살기는 죽어도 싫다. 그런 말이랑께.

— 그람, 도대체 어쩌고 살아야 한다는 말인고? 그 말을 속 시원히 해보랑께.

— 그런 말을 그렇게 쉽게는 못할 것이요, 안 그라요?

— 사람이라면 마땅히 사람답게 살아야 제라.

— 그랑께 사람답게 사는 짓이, 대체 멋이랑가? 그 말이여.

— 전에 통제사 이순신 장군께옵서, 사즉생이요, 생즉사라 하셨다고 일렀지요.

주거니 받다가 어미는 어간이 막힌다. 셋째 종순이가 의외로 어른스럽게 형을 대신하여 어미의 말을 받는다. 옹골지고 대견하다. 그런 말을 그렇게 쉽게는 못할 것이요. 안 그러 요. 그럼 어쩐다? 다잡아야 할 살림살이에 대책이 무엇이란 말인가.

— 우선 첫차는 원수를 갚아야 할 텡께. 꼭 갚고 말 것이오. 그라고 나서는 살 길을 찾아야지. 사내대장부가, 안 그래요?

토설하며 불끈 움켜쥐는 종수의 주먹을 보며, 선말댁은 가슴이 서늘해진다. 늠름한 얼굴에 힘줄이 실오리처럼 불거진다. 옥관자라도 씌어주고 싶다. 허나 아쉽다.

― 그놈의 원수, 원수라니, 어찌 그리도 속 좁은 밴댕이 소리뿐인가?

종수와 종순, 종연 세 아들이 어미를 마주보고 있었다. 며칠째 서둘러대던 화재현장의 뒤처리였다. 서산이 노랗게 물들어가는 일손을 멈추고 잠시 쉴 참이었다. 찐 고구마 두 알씩 먹어가며, 저 만치 앉아서 곰방대를 두들기고 있는 어른들을 바라본다. 선말 양반과 강 목수 어른, 그리고 호장 집사와 더불어 엊그제부터 합세가 된 이규진 씨라는 이십대 노총각이 나란히 앉아있었다. 구지레한 한복차림이 낡고 헐었다. 하지만 그 상투는 옹골지고도 당당하였다. 총각 무 덩그렇게 꽂은 듯, 하지만 더벅머리 총각소리 듣기 싫어 선 상투라고, 벌겋게 웃었던 것이다. 단발령은 죽어도 싫었다는 말이었다. 이제 곧 해질 무렵, 마무리 작업이 시작될 기척이다.

아들들 얼굴에도, 어미 선말댁 얼굴에도 얼룩덜룩한 검댕이 묻어있다. 자고로 근묵자흑近墨者黑이라 했던가? 사방이 검댕 속에서, 몇날 며칠을 살았던가.

이규진이라는 청년은 완도군 약산면인가, 청산도라 했던가? 섬마을에서만 살다가 좁다란 섬마을이 하도 답답하고 숨길 막혀서 대처로 나가려고 무작정 나섰다가, 원포 갯가에서 동산 밑으로 들렀다 했다. 나룻배 바다 건너, 발길 가는대로 나그네 길 바람 따라, 구름 따라 흐르다가, 난감한 일손을 보고 그냥 지나쳐 갈 수 없다는 진정으로, 어 야, 어 야! 부르시는 한잔 술 막걸리에, 사흘째 합세가 되었던 것이다. 키가 훌쩍 크고 아름차지만, 진종일 말수 없고 순진한 낯빛이 봉화산 수노루처럼 청아했다. 청아한 눈빛이 먼 하늘을 자주 우러렀다.

― 난 이렇게 똥개처럼 엎드려 살기는 죽어도 싫다, 그 말이랑께.

— 전에 통제사 이순신 장군께옵서 사즉생이요, 생즉사라 하셨지요?

— 이라고 똥개처럼 엎드려 살기는 죽어도 싫다.

거듭 되새기는 종수의 탄원보다, 암팡진 주먹이 당장 어미의 가슴을 내지를 듯 아찔한 심사였다. 원수를 갚다니? 밤불 산도둑의 원수를 갚겠다는 말인가. 물론 엊그제까지 애지중지 서너 달이 지나도록, 손발이 닳도록 청솔나무 자르고, 주춧돌을 나르고, 집터를 다지고 공들이던, 그리하여 마침내 대 식솔이 모여들어 상량식 뒤풀이 잔치까지 치렀던 사칸 집이 하룻밤 새 잿더미로 활활 타버렸다. 아니 숯검정이로 변해버린 기막힌 참사를 지칭하는 말일 터이다. 입춘대길 기둥도 상량 대들보도 짓궂게 타다만 숯검정이었다. 그 꼴을 지켜보면서도 선말댁은 헛구역을 삼키며 눈물을 삼갔다. 아이들의 울음도 선말 양반 남편의 한숨도 사위스럽다 하여, 허락할 수 없었다. 이런 세상에 울고 탄식만해서 될 일이 도대체 무엇이던가.

그 화염이 솟구치는 오밤중 울컥하고 속에 것이 치밀어 올랐기 때문이기도 했다. 그것은 오장에서 터지는 열화가 아니었다. 단순한 헛구역질이 아니다. 비린 것 기리는 소중하고도 성질이 다르다. 입덧이었다. 입덧이라니!? 이는 여인네의 거룩한 행사였다. 삼신께서 점지하신 목숨 씨알이 자궁에 착상하신 성스러운 증거였다. 움막의 아궁이 조왕신께 옹달샘 정화수를 떠올리며 비손 할 때마다, 그리 짐작은 하고 있었던 터이다. 이토록 거룩한 은총에 어찌 눈물바람에 한숨질이리? 낙향의 첫날밤, 사흘 길을 터덕거리며 걸어서 당도한 야밤에, 종가댁 훈장 어른께 시달리고 지쳤던 선말 양반의 옹결한 처신이 정녕 예삿일 아니었다고 짐작은 하고 있었다. 가히 비길 바 없는 풍성한 씨알의 잔치가 당연하고 분명하였으렷다!

산불이 났다고, 새집터전이 불꽃으로 사라졌다고, 죽고 삶이란 게 대수던가.

새 생명이란, 지엄 자애하신 한울님이 자상무궁하신 삼신을 통하여 점지하신 절기의 효시이다. 산불로 선산까지 불태워버리는 일도, 선영님이 막으셨다. 어찌나 소중 하감할 일인지. 삼신이라니 입을 조심해야 하고, 몸을 지중해야 하며, 눈짓을 삼가야 한다. 말하고 듣고, 운신하는 모든 일에 자애심이 깃들어야 마땅한 일이 아니던가. 이러한 거룩 지중에, 불이 났다고 집안이 잠시 무너진다고, 울고 불며 지지 볶으리오. 항차 원수라니? 아비 어미를 죽인 불구대천 원수라도 된다는 말이던가. 나라가 망조 들어있는 판국 아니던가. 아닌즉 그 원수를, 대체 이 어린 것이 어찌 갚겠다는 생각이었으리. 아니다, 어린 것이 아니다. 키가 훨씬 크고 검실검실해진 입가를 바라보며, 주먹을 움켜쥐고 우렁우렁 뱉어놓는 다짐이 가슴을 치고 저민다.

— 우선 첫차는 원수를 갚아야 할 텐께. 꼭 갚고 말 것이요, 잉!

　스스로 다짐하듯, 거듭 내뱉는다. 보통 하는 아이들의 비린소리답지 않았다.

— 그랑께 원수를, 도대체 멋으로 갚을 것이랑가?

— 원수를 먼저 갚고 살길을 찾아야제. 사내장부가 움츠리고 엎드려서 이라고 궁상스럽게 살지는 못 하겄당께라우. 저 불타버린 꼴이 안보이요, 그 수악한 멧돼지 두억시니를 때래 잡아야제, 그냥 두는가 보시오.

— 아들아, 잘 들어라. 멧돼지건 사악한 두억시니건, 까닭이 있었겠지. 하여간 작은 은혜는 한 잔 술로 갚아야 하고, 오달진 원수라면 물로 갚아야 한다는 옛 말을 듣지도 못 했다는 거여?

— 은혜는 술로 갚고, 오달진 원수는 물로 갚으라우? 그것이 먼 소리다요?

— 작은 은혜 한 잔의 술로 갚는 다는 일은 사람의 짓이고, 큰 원수 물로 갚는 다는 일은 한울님의 일이라, 그 말이여. 한울님이 세상 천지에 봄비도 주시고 여름 장마도, 가을 단비도 베푸시는 디. 좋은 사람, 나쁜 사람, 죄인이건, 악인이건, 살인자건, 도둑이건, 가리시던가. 큰 원수, 작은 원수를 가리시던가? 아

니지라. 나무나 곡식도 모두 한울님 주시는 물로 살고, 물로 갚아야 목숨들 부지되는 이치를 보란 말이여. 내 새끼, 내 사람! 종순아, 종연이, 너도 똑똑히 들었지.

그러다가 억! 하고, 울컥 치미는 헛구역을 삼킨다. 달포 전부터 이야말로 대수롭지 않은 일이요, 이제 두어 이레 가볍게 치르면, 씻은 듯이 맑아질 일이었다. 잘 알고 다스려가며 견뎌야하는 세상 어미들의 뿌얀 짓거리이다.

— 오매 우짠 일이랑가. 급체 하셨당가. 얼른 물 떠다 드릴까?

— 아니다, 괜찮다. 곧 나을 것잉께. 염려 말거라. 그라고 원수를 갚고 나서, 사내장부로 잘 살길이란, 대체 무엇이 당가.

— 원수를 갚을 라면, 나는 순사가 돼야겠다. 칼이랑 자전거랑 타고 댕김서!

셋째 종순이 느닷없이 고함을 질렀다. 원수를 갚을라면 나는 순사가 돼야겠다고. 칼이랑, 자전거랑 타고 댕김서? 그것이 살 길이랑가?

— 순사라니, 저 칼 차고 징-하게 철렁거리는 왜놈순사 말이여? 저 순사들이 지금 원수를 갚으러 왔당가. 오매-매, 생사람 잡것네. 잉!

열한 살배기 종연이 놀란 눈 크게 뜨며 반문한다. 순사가 되고 칼이랑 차고 원수를 갚는 일이 살길이런가. 대체 사람살림이 무엇이관데? 듣고 본 것이 그 뿐이던가. 문득 선말댁은 맹모삼천지교孟母三遷之敎라는 말이 떠오른다. 이래서 대처 행을 작심했건만, 쥐도 새도 다 놓친 격이 아니던가. 선산밑에서 살길 찾고 살림집을 얻으려다가, 이 모양이 된 터다. 새삼 아득한 절망감이 일었으나, 선말댁의 눈길이 하늘로 향했다. 저 아련하고도 새파란 하늘! 구름떼가 우르르 몰리고 저 너머 새떼가 날았다. 커다란 고니 떼거리 여섯 마리다. 누가 저리도 아름답게 길렀을까?

입소리로 말하며 선말댁은 얼굴에 홍자紅紫가 어린다. 다 큰 아들들 앞에서, 어미의 입덧이란 무렴한 짓이었다. 금-매에, 체하긴 단단히 체한 듯 싶당께.

그 말을 밀어 넣고 삼킨다. 이참에는 네 아들 다음이신께 딸을 주시 것제. 대처에 나섰던 첫 해에 배냇 것으로 날리고, 한동안 뜸했던 짓이었다. 오매 내 새끼, 이쁘디 어여쁜 공주님을 그리며, 취한 듯 얼큰한 고개를 주억거린다.

거기에 한울님의 크고도 선하시고 지엄 자애하신 눈길이 밤낮 지키고 계시지를 않는가. 그것이 선말 여인의 신앙이요, 말 한마디 눈길 한 번을 경홀히 삼가는 지극정성이었다. 날마다 세끼 식단을 차리기 분주하여, 두 손 비비는 조왕님이나 입덧 치르게 하시는 삼신님, 그 한울님의 조화요 지체라고 여기는 까닭이었다.

— 그래! 그라고 나서 살길은 도대체 무엇이던고, 무얼 찾는다는 말이여?

— 그야 나서 봐야지라. 전에 대처에서 부텀 눈여겨 봐둔 것도 있응께.

— 난 순사가 되면, 자전거를 타고 꼭 그럴 것잉만.

— 자전거를 만들고 고치고, 그 일도 좋지, 암튼 기술을 잘 배워야 할 팅께 말이여. 신식 기술이 모자라고 힘이 없은 께, 나라도 다 뺏기고 이 지경이라. 나는 전부터 사진사가 되고 싶었는 디, 멋들어진 유성기를 만들든지.

— 유성기를 만들어? 화상 그리는 사진사라. 어째서 날라리판이랑가. 기술 중에도 상 기술이 머 간디? 잘 심고 가꾸고 길러서, 열배 백배로 거두고 먹이고 기르며 살리는 일이 제. 난 선생님이 되고 싶은 디. 어쩌면 졸랑가.

— 한다는 소리가 결국 농투성이 아니덩가. 전에 토끼 오리랑 잡은께, 도한이 백정처럼 남의 살 탐하지 말랬지. 고기 잡고 배질하는 어한이 뱃사람도, 소금쟁이 염한이도, 사고팔고 속이고 사며 속는 상한이도 난사람 양반이 할 짓은 아니라고, 이제는 겨우 날라리 기술이라니?

— 그랗게, 그저 농자는 천하지대본이라. 문자는 그럴싸 한 디, 안 그런가. 제 땅이 있어 야제. 그랗게 난 꼭 선생님이 되고 싶은 디. 이 노릇을….

— 체! 천하대본 문자 땅이라니, 무식한 소리들이제. 안 그랑가?

기술이라. 날라리 기술이라. 순사라니? 선생님이라고. 이 노릇을 어쩔거나, 아들들이 주거니 받는 입질을 들으며, 어느새 머리가 커 생각들을 거침없이 나누는 짓에 새삼 눈물겹다. 영락없이 암탉에 노랑 병아리들처럼 지절거린다. 떠날 때가 온 듯싶다는 생각, 난 꼭 선생님 되고 싶은 디, 뒷말 열지 못하는 막내, 가슴 저민다. 내 한사코 막지 아니하리라. 때를 따라 설두하시는 한울님 지혜와 섭리를 굳게 믿는다.

곰방대를 털며 일어서는 어른들 앞에 터전은 말끔하게 치워져 가고 집터를 새롭게 잡을 듯하다. 불난 집터란, 절대로 버리지 아니한다고 하였다. 한번 실수나 망신은 병가지상사라. 불타오르듯 살림도 재물도 활활 쌓여 가리라. 오욕으로 재물이건 색정, 명예건, 칠정에 따른 기쁨과 노여움이나 슬픔과 즐거움, 사랑과 미움과, 욕심 근심과 놀람에 인재건, 화재건 횡액이건, 다만 목숨을 빼앗기지 아니하였다면, 다시금 일어서야 하는 법, 그것이 목숨의 살림살이다. 집이건 전답, 목숨이건 살리는 일이 산 사람들 짓이다. 대장부다운 사내는 두 번 다시 울지 않는 법이다.

집터를 선산발치에서 두어 장대 아래쪽으로 내리기로 합의하였다. 그 후로 선말 양반이며 장정 사내들은 저절로 얼큰해진 기색들이었다.

── 우리는 오리나 몇 마리 잡았으면 좋겠는 디. 산토끼라도 서너 마리….

── 그저께 놓아두었던 갯가의 오리치*가 궁금하당께. 안 그런가?

눈치를 살피듯 말하고 일어서는 종수를 따라, 선말댁은 다른 내색이 없다. 그저 저녁상에는 살진 고사리 무침에, 취나물에는 들기름이 좀 있으면 좋겠는 디, 두릅이나 데쳐서 초고추장을 상큼하게 맹글어 봐야지. 속셈이 분주하였다. 냉이만 어서 자라주면, 된장국 톱톱하니 끓여 당장 화색이 돌듯 싶다. 선

---

* 올가미의 방언. 편집자 주

말댁 냉잇국 솜씨는 사람 살맛이요, 참으로 기가 막힌다는 이력이었다. 그 솜씨란 다름 아니다. 그저 봄 냉이 자분자분 캐다가 칼 칼이 씻고 헹궈 된장 넣고 폴폴 끓이면, 제 맛이 아니랴. 그게 아닌 것이다. 봄꽃도 피워보지 못한 서러운 냉이를, 찬 맹물에 그저 칼 칼이 씻어버리는 일이 맛을 버리는 일이다. 이 어중때기들아, 그 잔뿌리에 옥다물고 머금은 살맛을 살려야, 제 맛이다. 잔뿌리 세 근마다 한 입씩 머금고 못다 올린 양분이 살아있다. 진흙만 살살 털어내고 아기 다루듯, 애제나 애호박 다루듯, 정성에 조심을 들여야 하거늘, 그 소중한 살맛 양분을 칼칼이 칼질을 해대고 무슨 제 맛을 우려낼 것잉가. 정갈한 흙내가 나야 한다. 정갈한 맛살을 살려야 한다. 그게 봄 냉이의 제 맛이요, 살맛인 셈이다. 달래나물만 해도 그렇다. 밭이랑이나 논두렁 어디서나 지천이다. 알뿌리가 크고 둥근 것이 매운 맛은 성하다. 알뿌리의 겉쪽 얇은 껍질 벗기고, 수염도 정갈히 씻는다. 되도록 생것을 무쳐야 제 맛을 내지만, 달래 전이나, 달래 생 무침, 달래 된장찌개 등이 얼마나 봄 입맛 돋우는가. 생각만 해도 의침이 꿀컥 넘어간다. 하지만 오늘 저녁도 겨우 세 가지 나물에 생된장국이니 이런 민망스러움이라니, 남풍아 어서 불어라. 한울님이여! 너그러이 울어 주소서. 하늘이 눈물로 울어야 땅이 춤추어 화답하고, 세상이 파랗게 살아납니다. 하늘이란 세상을 굽어보며 때때로 울어주시고, 활활 웃어도 주시는 대자대비이시다. 안 그런 가요!

보리쌀은 부조가 아직은 좀 남았으나, 쌀 웅지박이 다글거려서 가슴이 섬뜩하였다. 강 목수 대목이랑, 새로 오신 젊은이도 기신 디, 어쩌꼬? 잉. 한 손이 어려운 때에, 이규진 젊은이는 참으로 맹랑하였다. 큰 키에 엉금거리 듯 곰처럼 몸을 놀렸으나, 솜씨 재바르고 날렵하다며 마량 호장이 호탕하게 웃었던 것이다.

준수한 이규진 씨는 말수가 없었다. 수걱수걱 제 몫을 찾았고 일손이 적확했다. 특이한 노릇은 일손이 끝나면 꼭 몸을 풀어야 한다며, 숙마골을 지나고 원포 연동 돌아서, 마량포구 어디까지나 한 바퀴씩 달리는 일이었다. 쌩쌩 달리는 그 손짓 발짓이 척척! 척척 척! 아무렴 보통이 아니었다.

— 대체 무슨 짓이랑가. 지극도 정성이라지만, 왼 종일 일하고 안 뻗친당가?

— 몸이 뻗친 께, 한바탕 펄펄 달리고 나면, 산몸이 확 풀리지라오. 숨길도 열리고 잉. 이것을 마라톤이라 한당만요. 이제 두고 보시시오.

으레 그랬다. 그것이 뭔 짓인지 아는 이가 없었다. 천성 제 좋아서 하는 산고라니 사촌 괴짜라고만 하였다. 사슴의 넋을 타고 났는가? 그를 볼 때마다 다리를 절름거리는 종수의 눈치가 보이고 결국 채 한 달 지나지 못하여, 기술 배운다고 하며 집을 나설 때 선말댁은 마지막 남겨두었던 패물을 쥐어주고 말았다. 그날 밤 선말 양반은 말없이 밤 부엉이처럼 눈을 크게 떴다.

— 하늘같은 서방님이 대처에서 장만해준 선물 반지를 자식에게 뺏겼고만.

— 뺏기다니요. 알토란같은 아들이 도척, 강도란 말요. 오매 흉합소. 긴히 주었지라오. 서방님 사람, 자식 사랑인데 더 못줘서 한이라. 기술 배우러 대처로 나선다는 디, 뭐가 아깝껏소? 그라고 양해를 하시시오.

— 양해나 마나, 그 몸을 가지고 어디 가서 밥벌이나 할 것인가. 기가 막히네.

기가 막히기는 선말댁이 더했으리라. 그녀는 아들이 단봇짐으로 집을 나설 때, 붙잡지 않기로 했으나 구구절절이 일렀다. 물기 젖은 소리였다.

— 내 사람아! 잘 들어 보랑께. 예부터 말 글 배워서 되 글로 풀어쓰는 사람이 있고, 되 글 배워서 말 글로 써 묵는 사람이 있다고 했제.

그 손길이 아들 성문 뼈를 주물렀다. 왼편 무릎 뼈 밑으로 꺽쇠처럼 불쑥 튀어나온 칼 뼈로 인하여 하반신을 절름거리는 다리였다. 칼 뼈를 주물럭거리던 여인 눈에 푸른 기운이 돌았다. 꿀컥 단맛으로 삼키며 입을 열었다.

― 아들아, 전에 대처 양동 장터에서 콩나물 장시 할 때 들었는데 콩나물이나 곡식은 사람이 심고 기르고, 자전거 도락구나 유성기도 사람이 만들고 고치지만, 사람은 한울님이 기르시고 고치시기도 한다등만. 한울님 성경 책이라 등가? 성경전서에 한울님은 상한 갈대를 꺾지 아니하시고 꺼져가는 심지에 기름 부으시고, 또 뭬라드라. 그래, 야고비라는 사람은 몸이 성치 못해 절쑥거렸는데도 열 두 지파의 중시조가 되었다고, 야소교 사람들이 구구절절 이르더라. 양림동 언덕 주변에는 야소교 서양 의원이 있다는 디, 거기를 꼭 찾아가서 파란 눈 사람을 만나 보드라고 잉! 꼭 잊지 말고, 몸이 성해사 쓸 것 아녕가. 에미 말, 잊지 말고 잉! 야소교 성경말씀이다. 장부다운 얼굴에, 몸만 온전하다면 세상에 뭐가 겁날 것잉가 앙 그려?

― 전에 구약 성경책이라고, 전도부인한테 얻어다 줬었지요. 대충 읽었지요.

― 그려, 그려. 사서삼경보다는 쉽다고 했었지. 야소교 서양병원에 꼭 찾아서….

그 손가락에 끼지도 않던 금반지를, 저고리 안섶에서 꺼내어 밀었다. 지금 그 생각이 절로 난다. 잘해서 보냈다고, 새삼스레 느끼며 말을 이었다.

― 어찌 대장부가 밥벌이 걱정이랑가요. 아 삼신님이 이녁에게 몸 주실 때, 먹을 것 타고 난다는 말도 잊었소. 분복이 클 것잉께, 걱정은 마시랑께요.

움막의 구들장에서 선말댁의 말에 덕성은 몇 달만인지, 그 아랫배를 스물 스물 어루만지며 속으로 웃었다. 그라시겠지. 모두가 한울님의 일이신 디. 사내 대장부 자석 주시고, 우순풍조에 지 먹을 것 안주시겠는가. 안 그런가? 그래서 산목숨마다 제 몫의 밥은 타고 난다는 법이라 하셨지.

종수가 장남 종구에 이어 그렇게 집을 떠났다. 선말댁은 웃으며 동산 앞까지 전송하였다. 서너 번이나 돌아보고 또 돌아볼 때, 봉화산 자락에서 뻐꾹새가 유난스레 울었다. 훌훌 절룩거리며 떠나가는 뒤태가 애절했다. 하지만 긴히 나도 모르고, 저도 모를 앞길을 막지는 못하리라. 작심한 아침저녁 비손은 한층 깊고도 절절하였다.

월말 둑 제방공사장은 날이 가고 달이 갈수록 말이 많았다. 공사의 진척을 따라 일꾼들도 늘었지만, 아침저녁으로 마주대하는 함바집, 청초한 연동댁 서건 여인네들이 설치는 까닭인가. 여인네 몸에서는 으레 살맛 내가 물씬거린다.

말들은 자고새면 대가리가 솟아나고, 몸통은 살찌고 꼬리가 길어졌다. 길어진 말꼬리는 으레 느긋한 똬리를 틀고 봉긋한 머리에 자리를 잡는다. 그 똬리가 제 멋대로 지시를 하는가. 허탄한 듯하나, 옹근 씨알이 박힌 말귀를 못 알아듣는 겐타로 감독이 아니었다. 말로서 말 많으니, 말 아니함이 참 말인가 하노라. 말 많은 세상 살림에서 조선 백성들 지혜라고 삽살개 박광수 군은 괘념치 말라하였다. 말 많은 사람은 쓸 말이 적다고도 했다. 말 잘하는 사람은 말만 잘하고, 일 잘하는 인걸은 일을 잘하는 법이라고도 했다. 이 또한 언중유골 아니랴. 제방을 돌과 흙과 밥과 땀으로 쌓자는 것인지, 단지 허튼 수작처럼 말로 쌓자는 것인지 알 수 없는 지경이었다. 말씨들이 새싹처럼 무럭무럭 자라고, 살모사처럼 대가리를 쳐들었다. 저 건너편 산동네에 집터가 밤새에 모지락스럽게 불살라지고, 그 날 이후 살모사의 말씨들이 음흉한 눈길을 흘금거렸다. 도대체 뉘 소행이란 말인가? 귀신이 곡할 노릇이란, 세상에 없는 법이라 도깨비는 파랗게 일렁거릴 뿐, 결코 산불을 내지는 못한다. 또 한바탕 춘사를 치를 모양이라고 겐타로는 조마조마하였다. 이 무슨 꼴인가. 시미즈 겐타로여! 그대 결기와 담대한 용맹은 어디로 귀양을 갔다는 말인가. 그리도 맥을 못 쓰는가? 지천명 나이 탓인가? 이 마당에 그럴 수는 없다고, 두툼한 고개를 저었다.

뒤돌아보면 몇 마디 맥없는 말씨가, 이윽고 척척 알아서 돌아가는 꼴들 많이 보아오지 아니했던가. 그것이 시미즈 겐타로가 눈부시게 봐온 왕국 조선이라는 나라였다. 나랏일이건, 회사일이건, 크고 작은 사사건건 쌍둥이처럼 그랬다.

회고컨대 제국 군부에서 식민지에는 궁중이라는 게 잠잠하고 그러려면 거기 중심에 요물이 없어야 한다는 말들이 일었다. 그러자 사사건건 말썽을 피우던 왕후라는 여인네가 심야의 칼질을 당하고, 머리끄덩이 뒤로 붙잡혀 불사름으로 깔끔하게 처리되었던 것이다. 누가 그랬을까 그야 당연히 내우외환의 합작품이었다. 참담한 환난의 배후란 손바닥으로 시퍼런 하늘 가리기였다.

— 진충보국이란, 일로매진 사무라이 정신이라.

— 사무라이 칼이란, 베고 찌르고 휘두를 때마다 오로지 광영발이 나는 그거라.

— 거기 정의와 승리가 있고, 영광 빛나는 태양의 나라, 신민의 광영을 존숭하라.

일을 마무리한 몇몇 동료들은 그 후 당당히 전리품을 나누어 누릴 수가 있었다. 다름 아닌 대동아 공영권의 첨단에서 쟁취하게 되는 법도였다. 당연하지 않은가. 이것이 아침저녁 경배하는 히노마루 일장기의 기상이요, 새벽마다 봉창하는 기미가요 국가의 유지가 아니던가. 고난에 동참하라. 형설의 공을 세우라. 욱일승천의 깃발 휘날리고, 세세 무궁토록 기미가요의 광영에 주인공이 되리라. 일본제국을 위하여! 나라와 가문과 경영하는 회사를 위하여! 사심도 사욕도 털털 털어버리고, 대의에 헌신하라. 그리하여 대동아공영권 주인공이 되어라. 동양척식 신개척자 되어라. 대동 아시아의 대 영주요, 주인이 되리라. 알아들었는가.

이것이 거룩한 사무라이의 정신이요, 기상이 아니던가. 그날도 그랬다.

— 뭐야, 감히 제국 천황폐하의 대리 청원을 거부하고 중언부언으로 대척하련

다, 고개만 주억거리고. 그런 겐가? 제국의 간척 사업은 외면하고, 제 땅에 제
놈들 집을 따로 짓겠다, 그런 겐가? 말이나 되는 소린가?

─ 천만에, 만만입니다. 감독님, 무지 무명한 탓이지요. 깨워야 합니다.

털털거리던 자전거를 멈추며 삽살개, 박광수가 즉시 화응했다. 당연지사다.

─ 대동아 공영에 일심동인 일체란, 그 무지함까지도 우리의 부덕일진대 깨우
치게 하라. 그것이 바로 동양척식의 간척지 사업이 아니던가.

─ 당연한 은덕입지요. 깨우치는 데야 개 패듯 몽둥이가 약이라는 말이며, 아
니면 본때를 보이는 전략이 엄존하지요. 아니 그런가요.

─ 공을 세우라. 주인공이 되려거든 형설의 공을 모르는가. 형설이란 반딧불
의 적공이거늘, 지주나 마름이나, 공로를 따르는 법이거늘….

단지 몇 마디, 그랬다. 당당한 문자였다. 그랬거늘 이 무슨 괴변이란 말인가.
감독 겐타로의 모략이거나, 사이조 히데키가 상수자요 하수인은 번하지 않은
가, 말이다. 말들은 꼬리를 물었다. 말꼬리 진원은 봄날의 노랑 아지랑이처럼
오리무중이었다.

전에 본국에서의 절친, 기무라 겐이치木村 健–라는 동학은 말했었다.

조선 공영의 획책은 역사의 질곡이요, 인류의 치욕이요, 일본제국 불행의 씨
앗이 되고야 말거라고 한 그는 잘 나가는 교토대학 자랑스러운 교수였다. 지금
은 필리핀의 민다나오라는 남녘 오지에 파송된 일본국 장교라고 들었다. 인간
의 지성은 맹목의 충성을 멸시한다. 눈먼 충성은 현학의 지성을 꼴불견이라,
맹종이라, 졸부들 무지의 소산이라고 맹렬 협공하는 풍조였다. 이것이 대일본
제국주의 서글픈 자화상이다. 어찌할 수 없이 숨길 막히는 섬나라 백성의 근성
이던가. 크고 작은 화산과 지진은 땅을 뒤흔드는 천재지변만이 아니었다. 제국
의 병통 중에도 파랑새 해일, 봄 나비의 날갯짓 태풍이 일 때마다 떨고 움츠리
고 부대껴야 살아가는 살림살이였다. 급기야 너 죽고 나 살자는 풍토란, 너 죽

여야 내가 살리라는 발악으로 굳은 족속들….

　하지만 저 간척지 건너편 된재 밑, 산동산은 무사태평의 천국인가.
　쓸개는 다 빠지고 벨이라도 녹아버린 족속들인가. 한 물때가 지났건만 별다른 기적이 없다. 태연하게 아침이면 연기가 치솟고, 저녁에도 석양을 밝게 맞는다. 숙마(宿馬)골이라. 제주해협 바다를 건너와 멀미하던 말들이 잠드는 마을이라더니, 과연 그러한가. 잔디풀이 무성하고, 청채 하루나가 노랗게 춤추고 자운영이 앙큼한 꽃을 피우고, 갯가 한 여름부터 흐느끼는 으악새 울음을 청승떤다. 좋은 지방이다. 안온한 터전이다. 으레 설렁거리는 종마(種馬)들도 차분하게 잠드는 마을이라. 놈들 껄떡거리는 흘레짓은 세상이 알아주는 걸, 저걸 순순히 종마처럼 무릎 꿇리는 일부터가 우리의 사업이 아닐까. 봄날이 왔다. 봄날은 간다. 아! 조선의 봄이란 춘사요, 참담이요, 참척의 보릿고개란 말이 떠오른다. 세상에, 보릿고개라니. 보릿고개 넘기기 등짐지고 된재 넘기보다 힘들다. 사흘걸이 염병을 앓다가 산나물 캐기보단 어렵다는 속설이 있다고 들었다. 하늘은 매양 노랗고, 대낮 세상에는 샛별들이 번쩍 번쩍거린다는 소리도 들었다. 도대체 근대화의 개명신천지에 무슨 날거지 짓들이란 말인가.
　― 요-오씨! 이이-데스요, 고멘나 사이, 조타, 미안해요.
　시미즈 겐타로는 주먹을 쥐었다가, 활짝 사쿠라 꽃처럼 날개를 펼쳤다. 할 일이 번쩍 떠오른 까닭이었다. 하지만 잠시 뿐, 제 풀에 주저앉고 말았다. 부질없다는 생각이 앞장을 선 까닭이었다. 근자에 습성처럼 굳어지고 있었다. 말로서 말 많은 세상에, 모른척하고 말자. 봄날은 간다. 저녁에 석산에 들려 사이조 히데키 군과 더불어 청주 잔이나 기울이자는 속셈이었다. 으레 삽살개가 뒤따를 터다. 충직한 충견이 아니던가. 현지에 그만한 인물을 만나기도 쉽지 않은 일이라고 생각한다. 공사 중에나, 완공 후 수리사업이나, 간척지 관리에도, 얼마든지 활용할 수 있는 인물 아닌가. 그 역시 그래서 충성을 다하는 터이다. 약삭빠른 삽살개가 분명하다. 언뜻 눈을 들어본다. 바로 그가 헐떡거리며 인부들을 밀치듯 달려들고 있었다. 삽살개처럼 헐떡거리며 고함질렀다. 이제 곧 석산의 폭약이 터질 시간이 아니던가.

— 감독님, 시미즈 겐타로 감독님! 큰 일이, 큰 일이 또 터졌습니다.

— 큰일이란 뭔가. 세상에 큰일이란, 다 죽어버렸다.

— 주, 죽었습니다. 두 마리, 아니 두 사람이 죽었습니다.

전장에선 으레 하찮은 일일수록 호들갑이다. 갑호 비상이란다. 그렇게 숙달된 제국의 신민들이었다. 물 때 모를 지진이며, 파랑 태풍이며, 항차 전시체제가 아니던가?

— 아니, 도대체 뭔가? 수퇘지 두 마린가? 그야 당연하지,

— 아! 그게 아니고, 석산 총책 사이조 히데키 씨가 함바집 연동댁이랑 어제 밤에 사라졌는데, 저녁 물때에 넙치 송장으로 밀려 왔당께요.

그 순간 연속적인 폭발음이 터졌다. 당연한 일정 아니던가. 하지만 분명히 주, 죽었다고 두 마리, 아니 두 사람이 죽었다고, 기함을 하지 않았던가.

그랬다. 분명한 건 어제 저녁부터 두 사람이 각각 흔적도 없이 사라졌다고 했다. 함바집에나 석산에서 모두가 쉬쉬하였다. 곧 나타나겠지 하고 신실한 주인공들을 의심하거나 뒷조사를 하지 않았다고 했다. 차츰 거의 같은 시간에 오리 길을 사이에 두고 일손이 급한 때에도 나타나지 않아서 두세, 두세하고 있을 뿐이었다. 그러다가 만 하루가 지난 저녁참에, 갱치 돌을 가득 싣고 운항하던 중선머리에 커다란 덩치가 나타난 것이었다. 당겨본즉 엉겨 붙은 남녀의 시체였다고 했다. 산발한 머리채는 연동댁이요, 그녀에게 목줄이 엉긴 사내는 사이조 히데키 씨였다고, 총감 겐타로는 머리를 강타당한 느낌으로 휘청거렸다.

세상에 이럴 수가 없는 일이었다.

　숨결을 가다듬은 삽살개 박광수가 고자질하듯 중얼중얼 일렀다.

— 진작부터 사이조 히데키 씨가, 때마다 갯가로 불러냈던 모양입니다.

— 그야 아낙네가 꼬리를 먼저 흔들었겠지. 아니 그러한가?

— 그건 아닌 듯합니다. 사실은 저도 당했거든요. 은장도를 아시는가요.

— 그야 하도 구질구질, 더럽게 구니까 아예 잘라버리자는 수작이었겠지.

— 그건 아닌 듯합니다. 사실은 연동댁이 함바 밥줄은 잡았으나, 수절 결심은 분명한 듯 했습니다. 제가 겪어 보았으니께요. 조센징은 그런 경우에 보호를 합니다. 그것이 사람의 도리라고 봅니다. 한데, 사이조 선생이 그만.

— 겟고-데스! 겟고-데스! 됐습니다. 됐습니다. 사람의 도리라?

　제국 식민지의 동척 공사현장에서 사람의 도리를 설파 하련다? 억장이 좔아 든다. 시미즈 겐타로는 저도 모른 새 고함을 질렀다. 모든 짓이 사실이었다. 다만 그 사실을 사실로서 이해하는데, 난감할 수밖에 없었다. 이것이 도대체 어찌된 노릇인가. 그렇다하면 이건 정사情死인가? 단순한 익사溺死인가. 제국에 흔해빠진 춘사椿事인가. 조센징들 불상사不祥事라 한다. 동반 자살인가? 자연사인가? 엽기사인가?

　왜? 도대체 왜인가. 연동댁은 조센징 과부라 했다. 그리고 사이조 히데키가 제국의 홀아비라면 상사 뒤야로 한 판 잔치를 치르면 될 터 아니던가. 추적 추적거리다 은장도라던가. 칼침을 맞을 번했다던 삽살개 박광수가 저리도 발악한다. 제 발이 저린 탓인가. 시미즈 겐타로는 기가 막히지도 않았다. 그저 하이! 하이! 참, 어처구니였다. 어처구니는 개망신 망처亡妻구니라 했던가.

　불현듯 겐타로는 먼 설화를 떠올렸다. 대취한 왜장을 부둥켜안고 낙화유수처럼 진주 남강에 몸을 날렸다는 논개였던가? 품에 안긴 기생도 그처럼 고절했다는 말이던가. 제국의 혼신이던 백제가 망할 때, 왕족과 함께 낙화암에서

백마강에 몸을 날려 죽었다던 삼천궁녀 혼백이 나타났던가. 수군통제사 이순신이 혼백을 당겼던가? 아니면 마량 단골 원단이의 혼백이 당겼다던가. 원포 단골 삼월이는 말꼬리 앞세워 한바탕 작도 칼춤을 추고 암수의 살모사처럼 전신을 휘두르며 살풀이 신명내리라. 쟁강거리는 풍물소리에 산골이 등천한다. 귀를 후비고 싶다. 아! 대 제국 사이조 히데키 군이여! 이럴 수가? 이렇게도 허무한 인생이던가. 이제 곧 사쿠라 꽃이 만발할 터인데, 이국땅의 갯가에서 물귀신 되다니, 우리는 승전가를 불러야 할 대제국 군병 아니던가. 조선은 비록 패망국민이라지만 갈수록 두렵다. 조센징은 은근히 겁난다. 조센징의 여인들이란 특이한 종족들이다. 일본제국 여인들이라면 '이랏-사이'요, 이러 구려요, 이래저래, 긴 말없이 기모노 펼치고 가랑이 열어, 하늘로 눈을 돌리면 그만 아니던가. 남녀란 무엇인가? 음양이 무엇이던가. 하늘땅이란, 대체 무엇인가. 공존공생이요, 상부상조요, 상생상예가 제 격이라고 아니했던가.

진정 하늘땅이 울고 불어도, 시미즈 겐타로 심상은 도무지 시원치 못할 판이었다. 이처럼 번번이 골머리 치는 일들을 도대체 어찌 다스린다? 동양척식회사란 앞산도 첩첩이요 뒷산도 흐물흐물 망첩이로다. 제방 공사장은 기초부터 흔들거리는 입장이었다. 제국 본토에서 꽃샘바람 가양주이듯 흔히 맛보는 지진이 아니랄 수 있을 터인가. 계절풍 설렁거리듯 일상이 되어버린 섬나라의 강도 높은 지진에 진절머리를 치다가 동양척식의 현장 총감 시미즈 겐타로 상은 자라목을 설설 내저었다. 화산이 폭발한다. 지진계가 덜렁거린다. 일본 대제국이었다. 도대체 어쩌란 말인가.

열 마당

춘궁기春窮期 뿌리

땅 끝 마을 마량포구로 넘어가는 수인쉼터에서 신작로를 버리고 산길로 들어섰다. 강진 해안가 칠량면 접경에서 대구면소를 지나 거의 삼 십리 길이다. 공동묘지 터를 지나 곰방대 한 대 참이나 채근하듯 걷자, 연동부락 박 씨 문중 제각 모퉁이를 돌아서며 원포 들녘과 숙마골 갯가의 갯벌이 훤히 트였다. 한낮의 햇살에 번쩍거리는 갯벌을 중심삼아, 봉화산 자락에 안긴 삼동네가 부챗살처럼 들어선 형국이다. 이제 저기만 돌아서면, 청솔 동산 밑 선산 터전에 들어설 참이었다.

— 아이고매, 내 사람들아, 장대 같은 자석들 데리고 집도 절도 못 챙기고 이 참혹한 시절을 어쩔 끄나. 대체나 어쩌면 좋다는 말이냐 잉?

중천댁은 그다지 무거워 보이지 않았으나, 임질을 추스르며 장탄성조로 말했다. 선산밑에 자리 잡은 셋째 동생을 생각 만해도 숨결이 탁탁 막힌다.

— 어서 가자, 송아지야. 좋은 쥔 만나러 간다. 네 팔자 상팔자 될 것잉께.

할머니의 자탄에 강유진 손자가 의젓하게 화답한다.

― 그러고 말고 제라. 동상 종순이랑 종연이가 좋아 터져서, 환장을 할 것잉만
요. 날마다 새싹 풀 뜯어다가 배가 터지게 먹이고, 살이 통통 찔 것이요.

― 암만, 그러고 말고제. 꼭 그래야제. 요놈 송아지가 한 밑천 될 텡께.

― 배냇소란 그저 잘 길러서 새끼만 옹골지게 낳아주면 그건 횡재지라.

내내 송아지하고만 씨름하던 유진 손자가 모처럼 할머님 말씀에 거듭 응대
했다. 키가 멀쑥한 더벅머리 총각이다. 말수 없이 집안일이건 뭐건 홀어머니
뜻을 좇아 할머님의 말을 따른다. 순심 처자는 강아지와 사귀느라 다른 정신이
없다.

갯가의 산 비알 밭에서는 햇보리가 파랗게 솟구치고 있었다. 흰 꽃대가 피어
나고 알곡으로 익어서 이 보릿고개를 넘길거나. 저 보릿대가 누렇게 익어야 한
다. 보리알이 영글어야 푸심이라도 해서 절량농가들이 쑥 개떡이라도 쪄 묵을
터인데, 아직도 시퍼렇고 창창하다. 푸진 가을 농사조차 맛보지 못한 동생 선
말댁 전정이 까마득하다. 횟배 아롱거리듯 어지럼증으로 다가선 것이다. 사방
들녘이 창창한 보리밭이다. 햇살이 불화살처럼 쏟아지고 있다. 천만다행이다.
한울님 어서 익혀주소서. 풋바심 할 밭떼기라도 나눌 수만 있다면, 얼매나 좋
을꼬. 산 입에 거미줄 못 치겠지.

때마침 썰물 때라 황량한 갯벌이 중천 햇살에 노닥거리는데, 원포 앞 갯벌
에 한 사내가 벌벌 기어 다니고 있었다. 중천댁 노파는 머리에 똬리 대신 임질
한 보리쌀자루를 추슬러가며 사내를 주목했다. 키가 훨쩍 크고, 어딘지 낯익은
자태였다. 이마에 송골 땀이 맺혔다. 춘삼월이건만, 어느덧 중천 햇살이 다습
고 훈풍이 일었다. 낮참 전에 들어서야 할 텐디, 하고 내내 두 팔 휘둘러 온 것
이다. 댕기 자락 너풀거리는 강순심의 두 손길에서 강아지 두 마리가 고개를
내밀며 깜장 눈을 또랑또랑 거린다. 처녀의 동탕한 얼굴, 입술이 맨드라미처럼

뽀얗다. 머리에 자그마한 임질은 가뿐한 안색이다. 그 뒤를 따르다가 이제는 제법 앞장을 서고 있는 유진이는 송아지와 된 씨름에 지친 듯 털썩 털썩거리는 기색이었다. 허나 송아지도 이젠 거의 순응하는 걸음새로 어서 어서 가자는 주인장을 앞장서고 있다. 코뚜레를 뚫기 전의 애송아지다. 그 일행이 갯벌 포구에서 짤짤거리며 내닫는 참게새끼들을 바라보자 장단지에 개펄을 잔뜩 떡칠한 채, 껑충한 사내가 먼저 알은 체 한다. 총각무 덜렁 올라붙은 듯 당당한 상투, 갯것 갈대바구니가 제법 묵직하였다.

— 오매, 할마님! 그라고 봉께, 시 번씩이나 상면을 하는 고만요. 인제야 여기까지 오시겠는 가라우. 하루에 시 번씩이나, 상면을 하다니….

— 금-매에, 그라요 잉! 대체 어디까장 그라고 뜀박질을 하고 갔다 오겟소. 아척에는 대구면소 지나며 바람같이 뛰어가시더니, 아까는 수인고개에서 고라니 같이 뛰어가며 안 만났소. 배도 안 고프요? 여기 갯벌까장 와서 무얼 잡았능가요? 징-하게도 번갯불 맹이요 잉! 그건 또 뭐시요? 어디까지 또 펄쩍펄쩍 뛰어 갈 것이오?

  사내는 가벼운 중의 적삼에 짚신발로 뛰고 있었다. 무명수건 질끈 동여맨 모습이 영락없는 고라니 뜀박질처럼 날렵했던 모양이 눈에 삼삼하였다. 총각무 상투를 올렸던가. 유진이 한층 반가운 기색으로 송아지도 잊어버린 듯 넋 놓고 바라보았다.

— 지도 이젠 다 왔고 만이라. 오늘 아침은 내친 김에 대구 면소에서 칠량면 거쳐 강진읍까지 뛰어 뿌럿소. 60리랑께, 왕복 120리가량 되것 지라. 오랜만에 몸이 확 풀려 버렸소! 쩌그 선산밑에, 개간지가 지 일터요. 여기 갯것 잔 귀경하실 라요. 잔챙이들이라, 별로 보잘 것은 없소만.

  단참에 해치우려는 듯 끌어오던 갯것 바구니를 들추며 말했다. 중천 할머니의 부엉 눈이 커졌다. 환한 눈길을 마주보며, 상투쟁이가 말길을 이었다.

— 우리 아짐씨 한티. 야단맞을 것 같은 께, 쉴 참에 갯것 잔 해뿌렀소. 염소 맹이로 날마다 풀만 묵은께, 먼 심이 나야지라. 산낙지 세 마리나 삼키고 낭께, 눈이 부엉이처럼 번쩍 뜨잉만요!

— 머시라고? 선산밑이라고요?

— 그라 제라. 저 선산밑이 자나 깨나 일하는 제 일터라. 먹자거리가 영판 귀하제만.

— 그라면, 우리 동상네! 그렇게, 오-매매, 이 산낙지랑 문저리 짱뚱어랑 겁나요. 먼 손으로 이라고 잡는다요?

— 낙지가 열댓 마리에 문저리 짱뚱어가 서른 마리나 된 께. 우리 식구 한 솥은 끓이 것 제라오. 맨손인 께, 요렇게 밖에 못 잡았제. 낙지는 물때가 맞은 께, 뻘을 파고 구멍 질해 잡고, 문저리 짱뚱어는 뛰어봤자 벼룩잉께요. 맛은 상놈 맛이 아니랑께요. 보리 숭어랑, 회 깜으로 깔딱이랑, 살맛나는 쏨팽이랑 장어랑, 갯벌이 이렇게 풍성한 것도 첨보는 듯싶소. 배운 도둑질이라, 제 버릇 개는 못 준다고.

— 대체나 그란디, 아까 뭐라고 하겠소. 선산밑이 일터라고? 날마다 염생이로 풀만 먹었다고? 하긴 소나 말이나 염생이는 풀만 먹고도 살도 찌고 심을 쓰는디, 사람은 풀만 먹고는 못 살지라. 소증도 동하고 곡기가 부실하면, 맥을 못 쓸 것 아니요. 그렇게 댁내의 일터가 저그 제방 갯둑인가, 갯벌 공사판이 아니고, 선산밑이라고요?

— 지가 그 놈의 섬 말에서 늙어 죽을 것 같은 께, 맨 몸으로 대처를 행하여 나와 부럿는디, 또 그 섬놈들, 왜놈들 종살이를 할 것이요? 천만에, 만만에 말씀이지라오. 지는 저 집일 끝나면 곧 대처로 떠날 것잉만요. 글 안 해도 그 집 큰아들도 벌써 달포 전에 떠나부렀당 만요. 아무래도 큰물에서 놀아야지요. 저

섬나라 왜놈들 한다는 짓거리가 볼수록 기관이지라. 황금 같은 갯벌 어장을 방조제로 막아서 갯논 만든다고, 남의 나라에까지 쳐들어와서 저 염병들을 하고 나자빠졌는 꼴을 봄서, 생각이 많고 만이라. 하여튼 징상한 놈의 종자들, 두고보시오. 산은 산이고, 바다는 바다제, 순천자 흥이요, 역천자는 망조라는 훈계도 모르는 잡것들 아니요?

훌쩍거리며 화풀이하듯 갯물에 종아리 급히 닦고 나서는 이규진 씨를 향하여, 그 상투머리를 눈여겨보며, 중천댁이 일렀다. 눈길이 아늑하고 포근하였다. 고라니처럼 냅다 뛰는 꼴이 우습지만 열정이 훨훨 불타고 있었다.

— 금一매에, 그나저나 대처, 대처. 대처 좋아하지 마시랑께. 하여간 이것도 큰 인연잉 만요. 두 번은 고라니 같이 뛰어가다가 공사판으로 가신 줄 알았더니 바로 한 식구 아 닝가. 그 댁이 바로 알토란 동상의 댁잉만요. 선말댁, 최덕성 선말 양반, 동상의 댁 아제 라요. 세상에 법 없이도 살아갈 양반 댁네가 그놈의 대처 바람에 알토란 살림살이를 석 삼년에 몽땅 사기당하고, 저 꼴 아니랑가.

— 머, 머시라고요? 그 댁이 바로 동상의 댁이라고요? 양반 중에 상 양반이지라오. 저는 거그서 강 목수 데모도 조수로 일하고 있소만, 양반이 따로 있간디요. 말씨 바르고, 솜씨 곱고 심성 좋으면, 양반이제라오. 그랑께, 저 조카님들이랑, 강아지랑, 송아지가 바로 그 집 살림잉만이라. 허참, 살림살이에 훈풍이 돌것네요! 어서 가십시다. 송아지야, 잘 만났다.

— 그냥 배냇 송아지랑께. 배냇닭 보다야 낫제. 이삼년만 잘 키우면 지 새끼가 내 몫이 된께. 풀 좋고 아그들 좋은 께. 동기간을 생각다 못해 숭허물 없이 동네 송아지를 배냇소로 끌어 왔고만이라. 배냇소를 아시능가요?

명주실처럼 은빛 나는 머리에 임질을 챙기며 중천댁이 늘어놓았다. 사내가 설렁설렁 다가선다. 순심은 내내 외면을 하고 있었다. 강아지 오줌을 누이고

힐끔거리며 훤칠한 사내를 살핀다. 누린내 나는 사내들이란, 저런 것인가? 그저 냅다 뛰기만을 제 일로 삼는다는 말인가. 약혼에 결혼설까지 공공연하던 김정준의 만주행이라니, 청천벽력이었다. 내일을 기약할 수 없다 하였다. 하긴 그 건달기가 맘에 들었던 건 아니었다. 강유진이는 송아지에 정들었으면서도 갯것에 맘이 쏠렸다. 맨손에 이런 수확이라면 보통은 아니다. 신선 마을도 갯가에서 그리 먼 곳은 아녔지만 이런 솜씨란 놀라운 일이다. 창창한 바람 길을 앞질러 달리는 몸짓이며 늘씬 늘씬한 태깔이라니, 그것이 바로 제국 일본 앞다퉈 때려잡자는, 마라톤이란 운동이 아니던가.

강순심 처자는 문득 저 냇가 건너편 상정 마을에서 이어지는 망부석이 떠올랐다. 그 망부석이란, 김종만이라는 영감 선친의 묘소 망부석의 코를 갉아먹으면 아들을 낳는다는 속설에 망부석 코가 석 삼년 만에 닳아졌다는 실화였다. 만주 봉천의 대처로 떠나버린 김정준의 족벌네였던가. 그리도 아들 낳기가 소원이라는데, 도대체 딸은 무엇이고 아들이 무엇이란 말인가. 순심이 외면하던 눈길 슬쩍 돌려 고라니처럼 뛰어 달리던 사내를 훔쳐보았다. 경중경중 걸음걸이며, 늘씬한 키가 멀쩡하면서도 어딘지 끌리는 데가 있다. 눈빛도 날카로웠다. 대처로 나서겠다고? 건장한 사내가 어머님 말에 응답하며 다가선다. 어머니가 버릇대로 곰방대를 털었다. 영감님께서 세상에 남기고 떠나신 유일한 유산이라고 했다.

— 우리 쥔 양반 세상을 훌쩍 버리신 후에, 무슨 낙으로 살고? 했더니 이나마 시시로 곰방대를 물고 봉께, 꼭 입맞춤하는 생각이 나드라 말이. 숭헌 소리 같지만, 동기간 같은 께 나가 이런 말도 해본당께.

— 아면요. 그리고 말고요. 부부도 잘 만나면 친동기보다 낫다지요. 하여간 세상에 동기간 보다 더 좋은 사람이 있을라고요.

— 사람이란 동기간 챙길 줄 알아야 사람인 법 인디. 짐승이 동기간 챙긴 줄

압뎌?

— 동기간 말하면, 눈물밖에 없어라. 하룻밤 새 동기간도 아비도 태풍에 잃었으니 무슨 살맛이 나고, 세상을 견디는 일이 그저 한숨 뿐 입디다. 그래도 또 갯벌을 뒤지다니, 이것이 사람 살 짓인가? 산목숨이란, 이런 것인가? 와마 내 주책 봐라.

— 듣고 새기가 어렵소. 동기간도 우리네 팔 공주 동기간이야, 세상에 둘도 없었당께요. 허나 살림들 모두 짬짤 허니께, 제가끔 밥은 묵고 산다요만. 이 보릿고개에 동기간 돌아볼 틈이 있당가요. 맘만 쓰리고 함꾼에 일하신다니, 부끄럽소.

— 천만에요. 지가 신세지고 날마다 배우고 사는 디요? 사람 도리라는 게 평생 배워 사 쓴다고 안 헙디요. 선말댁 양주랑, 강 목수며, 호장어른이랑 제게는 현명하신 선생님이신 디라. 살맛이 난다 그 말이요.

앞장선 송아지 따라서 조곤조곤 일러가며 걷는 사이, 동산 발치 돌아 집터에 다가섰다. 이모님! 유진이 외치자, 선말댁이 펄쩍펄쩍 산꿩 날갯짓으로 뛰어내린다. 종순, 종연이도 큰 이모님 오신다! 함성을 터트렸다. 순심 품에서 강아지가 고개 휘둘러 옹알거리고, 송아지가 기겁한 듯 뒷걸음을 내질렀다. 유진이 한바탕 된 씨름을 치렀다. 선산 밑 각박한 일터에 때 이른 춘삼월 훈풍이 흥성하게 설렁거렸다.

함바집 맞붙은 간이 사무실에서 시미즈 겐타로는 관보를 뒤적거리고 있었다. 밥집은 팔십여 평, 사무실은 이십여 평이다. 판장사이로 구멍이 숭숭 뚫린 군대식 막사와 같은 바람막이다. 객 일꾼 삼백여 명은 밥도 먹고 잠도 잔다. 하지만 삼 세끼씩 식사 때를 제외하면, 거의가 텅 빈 공간이다. 제방공사에 전원이 투입된 결과다. 그래도 밤낮으로 득시글대는 현장이었다. 조센징 통변 박광수와 조수 겸 서기로 봉직하는 곤이치 와사마키가 썰렁한 사무실에 남아있었다. 곤이치는 나가사키의 고등 실업학교를 갓 졸업한 애송이였다. 시력이 약한 듯 두툼하고 동그란 안경이 영락없이 고릴라의 눈길 닮았다. 안색은 희고 맑았다. 측량기사로 건너왔으나 현장 실무를 익히겠다는 성실한 청년이다. 사무실에서 숙식하며 겐타로의 보조노릇을 잘하고 있었다. 잘 거두어 주리라. 열흘에 한차례씩 마량 우편소를 통하여 배달되는 동양척식 주식회사 관보였다. 현장의 시미즈 겐타로 앞으로 목포지사 사령장도 당도했으니, 석산의 총책 후임과 증파되는 직원들이 수일간에 도착할 터였다. 막중한 국책사업에 물러섬이란 있을 수 없다. 당연한 대책이고 신속한 결과였다. 눈길 사로잡는 건, 항구도시 목포 동양척식의 신 공작工作을 비롯한 일본제국 식민정책으로 지난 몇 년간의 실적이며, 전시체제 강화에 따른 전망이었다. 시미즈 겐타로 총감은 갯바람 설렁거리는 창밖을 잠시 살피다 시큰둥한 눈길을 보낸다. 갈매기 떼들이 날갯짓 소리로 끼룩거리며 유난을 떨었다.

  – 동양척식 주식회사는 대일본제국 천황폐하의 은총으로 설립된 대동아 공영권의 첨병이다. 이에 지난 역사를 고찰하고, 추후의 전망을 밝히는 바이다.
대일본제국은 역사적인 일한 합방이후, 동양척식주식회사를 설립한 1910년부터 1918년 사이 약 9년간에 걸쳐 조선 강토 전국에 걸쳐 토지 조사 사업을 실시한바 있다. 지대한 사업의 실시란, 건설적인 국가 경영을 위하여 자기 토지를 등록하지 아니하면, 그 권리 인정하지 않겠다는 지엄한 선포인 것이다. 등록기간이 촉박한 것은 사실이었다. 또한 신고절차도 무지한 백성들에게 복잡하여 평생 노력동원과 관아 탐관오리 수탈당하여 온 조선 동포들에게 어리둥절하였고, 자기들 토지를 강제 몰수당한 것으로 착각하고 일부 몰지각한 항변이 있었던 것 또한 사실이다. 이는 조선 총독부 졸속한 실책이었다. 이로 인하여 국토의 약 40%가 동양척식과 일본제국에 이월된 바 있다. 합리적이고 체계적인 지도 발전 위하여 불가피한 정책이었다. 이후 조선 농민들은 생활의 터전을 잃고 소작인으로 전락하거나, 화전민이 되거나, 만주 봉천 등 신개지로 이송하게 된 바, 이 어찌 충용 무쌍한, 일본제국 군대 승전국의 광영이 아니랴! 대동아시아의 공영사업이란, 무궁한 전진, 또 전진할 것이다.

천황폐하 만만세! 대일본제국은 자손만대 무궁한 광영을 누리리라!

대외극비 문서였다. 관보는 자상하고 철저하고도, 자랑스럽게 기록하였다. 무시로 천황폐하 만만세라. 대일본제국이라. 충용 무쌍한 대제국이라. 어쩐지 신물이 나는 느낌이다. 시미즈 겐타로의 눈길을 붙잡는 내용은 한층 자상한 사업적 통계수치였다. 와글거리는 창밖 내어다보던 눈길이 끼룩거리는 갈매기 떼들을 좇다가, 연초 한대를 피워 물며 학습하듯 가늘게 뜬눈으로 관보를 살펴 나간다.

– 대일본제국은 1911년–1915년 조선 강토 전체의 미곡생산이 1230 만석이었고, 그 가운데 제국 위하여 대략 95만석 정도를 정당한 대가에 의하여 방출된바, 해를 거듭할수록 종자 개량과 신 농법의 지도 편달을 통한 증산 사업이 일약 실효를 거둔다.

– 이에 1916년–1920년엔, 1410만석 생산에 220만석 제국에 수출.
1921년–1925년엔, 1450만석 생산에 434만석 수출하였고,
1926년–1930년엔, 1510만석 생산에 660만석 수출하였고,

1931년-1935년엔, 1580만석 생산에 846만석 수출 목표임.

겐타로의 눈길이 잠시 허공을 맴돌았다. 불화살처럼 찔러대는 활자가 춤을 추었다. 연초의 꽁초를 털며 표정이 얄궂게 얼어붙고 있었다. 수출이라. 수출 하지만 실상, 수탈이 아닐까? 1580만석 생산에서 846만석 수출이라면, 완전 반타작이 아닌가. 이야말로 조센징을 살리자는 것인가? 말려서 죽이자는 일인 가. 이런 것이 바로 그 자랑스러운 대동아 공영정책이란 말이던가. 시미즈 겐 타로는 잠시 멍해진다. 아주까리로 기름을 짜자는 짓이다. 아니, 아니다. 산 채 로 껍데기 벗기자는 노릇이다. 아, 아니다. 산천의 송진 기름도 발가벗기고, 사 자는 늑대를, 독수리는 부엉이를, 강자는 약자를, 맘대로 찍어먹고 수탈하는 적자생존의 처절한 밀림의 법칙일 뿐이다.

겐타로의 숨결이 썰물처럼 창밖으로 흘렀다. 시린 관보가 누렇게 익었다.

- 따라서 대일본제국은 1910년-1918년 식민지 수출 기반 조성 때

1. 삼천리강산의 전국적인 토지 조사를 실시하였다.

2. 조선에 회사 설립 령. 삼림 령 어업령을 반포하였다.

- 1919년-1931년 일본제국은 조선 식민지 수출 강화기로 설정.

1. 전조선의 산미 증산 운동을, 전국적으로 실시하였다.

2. 일본 본토의 자본 투입하여, 미개지의 땅을 개발하였다.

3. 제국 본토의 우수한 인력까지 파송하여 개발지도 편달하였다.

- 1932년-이후는 삼천리강산 전 조선을 대일본제국 병참기지로 활 용, 황국신민의 병참기지화하기로 작전에 몰입한다.

1. 전국에 군수기지 산업시설을 확충한다.

2. 산천에 지하 임산물 및 간척지 사업을 대대적으로 실시한다.

3. 지도 편달을 위한 경제체제 완비하는 3단계 경제정책을 실시한다.

4. 미개한 대동아의 공영발전 위하여, 선린우호의 정신을 발양한다.

— 따라서 대일본제국의 조선 총독부를 서울 요지에 두고 원산, 부산, 마산, 나진, 목포 항구에 해군 요새 지도를 만들고 부산, 마산과 함경도, 선진, 아래 제국 해군기지를 확립한다.

— 조선 총독부는 식민자원의 수출을 총 지휘하고 항만으로 증산된 백미와 각종 광수산품을 수출하게 한다.

— 석탄은 아오지, 길주, 천 내리, 영월, 포항, 광주에서 채굴. 철은 북청, 은율, 사리원, 양양 등지에서 채굴하며, 금은 압록강 유역과 평안, 전라, 충청 등지에서 채굴하며, 또 이를 이용할 화력, 수력, 제철, 제련소를 건설하고, 수출한 광물 자원으로 제국이 만든 건물에서 제조하거나 원자재 그대로 일본 대제국으로 반출하게 한다.

— 임산물, 광산물은 용암포, 천 내리, 길주, 청신에서 광산물은 기양, 목포에서, 백미는 군산, 인천, 목포에서, 반출한다.

— 오하! 참으로 철저하고도 자상하고나. 과연 식민 통치란 이런 것이다. 역시 대일본제국답구나. 하지만 어쩐지 왜 이리도 자잘하고, 꼼꼼하고도, 치밀한 장난인가. 도대체 이 나라 조센징의 팔도강산에서 무엇을 하자는 짓거리인가?

시미즈 겐타로 감독은 그 말을 연초처럼 씹으면서, 씁쓸한 미소를 지었다. 무언가 자신에게도 끊임없는 압력을 가해오는 듯 절박한 심사를 숨기기 어렵다. 동척은 치밀하다. 동양척식은 야심과 포부가 대단하다. 삼천리금수강산이라는 조선 천지는 그야말로 제국의 군수기지요, 황국신민 첨병이 되는 셈이다. 앞장 선 자신의 입장을 새삼스레 엿보는 느낌이었다. 맥없이 끌려드는 눈길이다. 망연해진 심사로 숨 가쁜 공사 현장을 둘러보다가 다시금 사로잡는 눈길을 좇는다. 까악, 까악 거리며 무상한 갈매기 몇 마리가 들창 밖에서 날고 있었다. 바다엔 고깃배가 몇 척 얼쩡거린다.

– 대미大尾의 요지는 대일본제국은 1910년 회사령을 선포하였다.
이는 조선 백성이 기업을 설립하려면, 총독에게 허락을 득할 것.
총독은 심사숙고하여, 조선 기업을 지도 지휘 감독할 것임.
제국은 또한 산림 령, 어업령, 광업 령, 등을 발양한 바.
강산의 산림 령에 전체의 약 50%를 지휘 감독하게 함.
어업령은 조선 해안 전체의 어장을 지휘 감독하게 함.
광업 령은 미개한 광산업 생산량 대부분을 지휘 감독함.
–이에 준하여 1920년 이후 제국은 산미 증산 계획 실시한바,
조선을 구휼할 뿐 아니라, 제국 내 식량부족분을 보충한 바,
내외로 조선의 쌀 생산량을 증가시키기 위하여 지도 독려한 바,
더욱 증산하여 더 많은 실적으로 수출을 장려한 바 있으나,
현하 계획량만큼 미곡 생산이 증가하지 못한 실정임으로,
내외가 합력하여 박차를 가할 것임을 천명하는 실정으로,
1930년 이후 제국은 대동아공영의 총 동원령을 발양한 바,
내외로부터 인적 산물 적, 전시 체제 강화 지도하여 나갈 것임.
충용 무쌍한 제국 군대여! 산업의 역군! 제군들이여 분발하라.
갈력 진충보국하라. 고난 후에 광영의 주인공이 될 터이다.
이 아니, 자랑스러운 황국신민의 은택이요, 복락이 아니리요.

— 하이! 오겡키 데시다까? 잘 지내셨습니까?

시미즈 겐타로는 저도 모르게 소리를 질렀다. 누군가에게 과장된 선포를 발설한 셈이었다. 황국신민 은택이요, 복락이 아니리요! 갈력 진충보국하라. 고난 후에 광영의 주인공이 될 터이다. 산업의 역군 제군들이여 분발하라.

― 하이! 겐타로 감독 상, 또 무슨 사건이 발생했습니까?

― 오이, 아닐세. 단지 천황폐하! 황국신민의 은택이 풍성함이라.

삽살개 박광수의 즉각 반응에 곤이치 와사마키가 멍청한 눈으로 바라본다. 그 눈이 누군가를 닮았다고 번번이 겐타로는 감지하는 터였다.

― 아아! 그래 충용 무쌍한 제국의 일본 군대는 필리핀 민다나오 남쪽 바닷가라 했던가?

― 하이! 옛 친구 기무라 겐이치, 갈력 진충보국하는가.

동학은 으레 토설했었다.

― 조선 공영의 획책은 그 자만에 취한 결과가 역사 질곡이요, 지구상 인류의 치욕이요, 일본제국 불행의 씨앗이 되고야 말거라고, 이는 눈에 번이 뜨이고 확연히 보이질 않는가. 학도들이여, 지성들이여! 사람의 눈과 귀를 열어라.

그는 유능하고 발랄한 교토 대학의 자랑스러운 자연과학 교수였다. 그러나 일본제국의 충용 무쌍한 장교로써, 지금은? 지금도 그리 생각하고 번민하고 갈등하는가. 오늘 이 관보를, 그대 코앞에 던지고 싶어지누나. 어떤 반응일까? 점점 미친 코끼리처럼 늪 속으로 달려가누나! 스스로의 힘으로는 멈출 수도 없겠지. 아니 그런가?

아아! 인간의 고매한 지성은 맹목의 충성을 멸시한다. 눈먼 충성은 현학의 지성을 꼴불견이라. 소경 맹종이라. 졸부들 현실안주 무지한 소산이라고 맹렬 협공하는 풍조였다. 이것이 대일본제국군군주의의 서글픈 자화상이다. 어찌할 수 없이 숨길 막히는 섬나라 백성의, 본성이 아니던가. 무시로 엄습하는 크고 작은 지진과 파랑새 해일과, 봄 나비의 날갯짓 태풍이 일 때마다, 떨고 움츠리고 부대껴야 살아가는 지정학적 살림살이 탓이라 할 수밖에! 우리의 운명인 것을, 기무라 겐이치 군이여! 부디 고난에 동참하여 광영의 주인공이 되어라 부디! 이토록 봄날이 왔다. 휘날리는 봄바람에, 봄날은 간다. 하지만 내가 그대를 기리고 생각하던 바로 그 시간, 석산 총책 사이조 히데키 군은 연동댁이라는 조센징 과부 품에서 목이 끌리어 남해안의 물귀신이 되고 말았던 셈이다. 들었는가? 어처구니 실정을 아시겠는가.

하지만 나 역시 뒷걸음질을 치며, 멍청한 코끼리처럼 막무가내로 끌려드는 신세라네. 어쩌겠는가. 대제국 일억 신민 멸사봉공의 운명인 것을! 하지만 얼이 빠지는 구나. 혼이 나간 듯싶다. 아니다. 무언가에 얼을 뺏기고 혼령을 앗아가는 거창한 세력 앞에서 안절부절못하는 듯싶구나. 바로 이럴 때 조센징들은 비장한 무기가 있지 아니하던가. 보리타작을 할 때마다 허공중에 활기차게 휘두르던 도리깨가 떠올랐다. 조선 백성들은 그처럼 무작스런 도리깨질 당하며 맨살 껍질이 몽땅 벗겨지고 있다.

삼천리강산을 철저하게도 제국 군대의 신무기와 군홧발에 침탈당하고, 백성들은 온통 남부여대男負女戴하고 저 만주 봉천으로, 시베리아 황량한 눈보라 땅으로, 전장의 터전으로 끌려가면서도 시시때때로 비장한 무기가 있다는 말일세. 그것이 도대체 무엇인지 아는가. 들어는 보았는가? 지성이여, 귀 기울여보게나.

농자는 천하지대본이라는 깃발 앞세우고, 징징-징 큰 징을 때리고, 쇠가죽으로 덩더꿍 북치고, 통 장구 두드리며, 꽹과리 꿩 매기로 날려가며 사물놀이로, 오하! 알 성싶다. 그게 바로 얼럴럴 상사뒤야! 라는 신명 돋우는 뒤풀이가 아닐런가. 그래서 나라도 뺏기고 혼령도 다 앗긴 듯싶은 이 강산에서, 저리도 신명난 가락을 시시때때로 즐기며 하늘땅에 앙청하고, 두둥실거리며 탈춤을

추어 가는가. 얼럴럴 상사둬야! 얼을 챙기고, 정신 혼령을 불러들이자. 들어라,
대제국 일본의 지성들이여!

　조센징이라고, 우리가 침탈하여 하대하는 조선이라는 백성들은 어진 사람
들이다. 천성이 그러하다. 배고프고 굶주리면 하늘을 우러르고 땅을 파서 물길
을 다잡을지언정, 어느 세월 어느 시절에 타국을 침탈하거나, 하늘땅을 진동시
키는 일을 도모하여 본 적이 있었다던가? 또한 결코 멍청이들이 아니다. 하늘
을 두려워하고, 백성들을 어려워하는 인내천 현덕군자들의 족속인 것을 우리
가 꿈에라도 잊지는 말아야하리.

　하늘 향하여 솟구치고, 대낮 발가벗긴 채 빼앗긴 땅에서라도 너나들이 어
울려 뒤풀이하자. 겐타로는 저도 모르게 펄썩거리며 일어서자, 두 팔 휘둘러
춤을 추었다. 춤사위가 해변 갈매기처럼 자연스럽다. 운명이라 탄식한들 어
이하리. 이윽고 자리에 앉자마자 마지못한 듯 남은 기록을 땡감 씹은 얼굴로
당긴다.

　남은 문건은 동양척식의 사령장과 간척사업의 진로 확장 지침서였다.

　얼핏 살펴본즉, 일본제국 경찰병력 1개 분견대를 파견하여 공사 현장과 주
변 산하의 경비 지도를 일층 강화하여 모든 불상사와 지연획책을 차단하고, 식
량 증산의 중차대한 간척 사업진로에 박차를 가하도록 특별 조치한다.

　이는 실상 총 감독 겐타로의 청원에 응한 발 빠른 조처였다. 지난 육 개월 간
의 동향 및 현장 상황보고서에 적절한 응답이다.

**　- 대제국의 동양척식 주식회사 항구 목포지부 사령장**

　1. 오자와 이치로 小澤 一郎 45세. -현장 부 감독 부사관 제국 군대
　　오장伍長출신. 현장 실무에 밝고 철저함. 나가사키 고등 보통학

교. 가족 3인.

2. 이야이시 에이지. 富石 榮治 45세. -후임 석산石山 총책. 군 공병工兵 하
사관 출신. 그의 가족 2인. 부인 미치코와 외동딸 가나코.

3. 무라기 히로마사. 村木 弘昌 43세. -석산 부책. 공병 출신. 유도 삼단.

4. 히라마츠 준코. 平松 純子 40세. 여인. 수납경리. 토교 고등보통학교.
철저한 독신주의자. 교양과 품위에 지극한 면이 돋보임.

5. 다무라 아키코. 田村 秋子 함바집 영양사. 수납관리. 40세 여인. 보통
학교. 일본군 전사 장병의 유가족. 독신녀 특별보호 대상임.

6. 아사다 지로. 殘田 次朗 52세. 현장 독려반장. 공병하사관 출신. 가족 3인

7. 요시다 겐고. 吉田 兼好 50세. 현장 인력 반장. 군 공병 오장 출신. 가
족 2인. 부인과 아들의 중등 교육문제 연구 중임.

— 히-하! 이야말로 치밀한 전투돌격대로군. 이 정도 군수 지원이면 문제없
다. 이 정도의 보충 병력이라면, 열정이 솟구친다. 사실 처음부터 그랬어야 했
다. 이렇게만 된다면 과연 대일본제국 신민지 정책의 자랑스러운 현장으로서
실감이 난다. '대일본제국 본때를 보였어야 했다는 말이다.' 하고 겐타로는 스
스로 목을 어루만졌다. 그간의 춘사들을 추찰할 때에, 자신의 목이 붙어 있다
는 사실이 실감나게 다가온 셈이다. 역시 봄바람 결에 사라져버렸지만, 본국의
장인 영감님 실력이 느껴지는 대목인 셈이었다. 칠십 노객인 영관 장교 출신의
나카야마 다이치中山 大地 장인은 동양척식 본청 국장급이었다. 흘러간 세월의
아련한 가락처럼 한때는 지독하게 사랑했던 하나코 짱이여, 그대는 어디에서,
잘 있는가? 시미즈 겐타로를 매우 든든한 사윗감으로 여기며 으레 등을 다독
거리던 어른이었다. 흑마 수염에 윤기가 흐르던 그의 튼실한 배경이 오늘날 나
의 현장에 크나큰 버팀 몫이었으리.

— 이거 뭐하는 짓이야? 이것이 도대체, 뭐하는 짓이라더니?

— 뭐하는 짓이라니, 그래 제국의 어진 사나이 세워주지도 못하는 여인네란 뭔가?

그래 끝내 날 일으켜 세워주지 못하고 기어이 파랑새의 날갯짓이었더란 말인가. 하지만 이대로 주저만 앉을 수는 없잖은가 말이다. 난 그런대로 하녀 사치코 짱의 지나친 보살핌을 받으며 잘 지내고 있다네. 엉큼한 봄날은 가고, 뻐꾹새 우짖는 바람에 사쿠라 꽃도 만발하였다가 우수수 져버렸지. 지저분한 세상이여, 그대도 가고 아! 텁텁한 막걸리 친구 사이조 히데키 군은 물귀신이 돼버렸지. 충용 무쌍한 대제국이여! 우리들 방자한 훈도시가, 우리들의 사랑스런 여인네 오색 기모노가, 이리도 태깔 좋은 춘풍에 허망한 엿가락이더냐.

겐타로는 느닷없이 솟구치는 사련한 감상을 스스로 주체할 길 찾지 못한 듯 울먹거린다. 이거 객고의 나이 탓인가. 이거 뭐하는 짓이라니…?

하지만 겐타로는 습관처럼 요-오시! 하고 벌떡 일어섰다. 새로운 사령 진용을 진두지휘하여 기어이 감내하리라. 허리 구부정한 장인 다이치 영감의 기대에 가일층 부응하리라. 자나 깨나 천황폐하 유시 받들어 대일본제국에 진충갈력 보국하리라. 대동아 공영 만국에 휘날리는 히노마루에 감흥 절창하여, 기미가요를 힘차게 봉창하고야 말리라. 진검승부로 사무라이 정수를 시미즈 겐타로 군이여, 이처럼 어둠침침하고 흘깃거리며 깡마른 세상에서 유감없이 자랑스럽게 보여주리라.

결단코 그리하여야, 무시로 심상 짓누르는 제국 일본도의 긴 칼을 맞고, 입에서는 새빨간 피를 쏟으면서도 영롱한 빛살 뿜던, 그 눈빛을 피할 수가 없구나. 맹렬하게 이글거리는 숯불 속에, 쪼그라드는 오징어처럼 꿈속에서도 그 눈빛 쏘이면 사지가 오그라든다. 그것은 생각할수록 인간성의 말살이요, 결코 사람의 짓이 아니었다. 왕궁의 짓이라니, 까맣게 지워야 한다. 봄날의 개꿈처럼 말끔히 잊어야 한다. 하지만 나의 제국 피 끓는 만용 청춘을 세상에서는 결코 씻거나 지울 수 없으리니, 어이하랴? 내 청춘 피비린내 흔적을 당당한 우국충정, 천황폐하 광영의 진충보국으로 승화시키고야 말리라. 난, 나는 대제국의 자랑스러운 진검 사무라이다.

열한 마당

세월의 열풍

이른 아침 수수바지랑대 엉성한 움막에서 밥솥이 들썽거렸다. 묵은 보리쌀 익은 내가 궁색한 움막 부엌에 등천했다. 기름기로 반질거리는 무쇠 국솥이 칙 칙 거리며 들끓었다. 구수한 고깃국 냄새가 움막 밖으로 서슴없이 들락거렸다. 대가리 크고 옹골진 문저리 서 뭇에, 짱뚱어가 네 뭇 가까운 분량의 생선국내 란 보통 아니라고, 선말댁은 오랜만에 흐뭇한 느낌이었다. 어제도, 그저께도 개간지의 흙을 털고 씨 뿌리는 작업을 오늘도 계속하리라. 모처럼 목구멍에 때 를 벗기는 옹골진 공덕은 규진 총각의 갯것 수확이었다. 이리도 맛난 내가 등 천하다니, 구수한 것만 아니다. 들큼한 살맛 내다. 새맑은 기름기가 둥둥 떠다 녔다. 오리나 토끼 고기맛과도 다르다. 담백하고 흐무지다. 고소하고 상큼하 다. 구린 입맛이 저절로 되살아난다. 중천 언니 이모님도, 순심이도, 유진이도 함께 먹었더라면 얼마나 좋았으리. 그 먼 길을 허우적거리며 벌써 두 차례나 오고가셨다. 다소나마 위안이 되는 노릇은 총각 규진 씨가 한 뭇이 넘는 산낙 지를 옹기에 몽땅 담아드리며, 몸보신 죽이나 끓여서 잡수시라고 수인사를 챙긴 일이다. 눈물겹게 아즘찮고 고맙고도 오졌다. 원포 강 목수나, 미량 호장이야 새참으로 한 사발씩 나누면 얼큰하고 흐뭇하리라.

— 아니 참말 총각이 맞기는 맞는가? 저 상투가 얼매나 당당한가 말이시.

— 맞기는 맞당께요. 지가 두 번, 세 번씩이나 물었고 만이라.

— 그란디, 부모님은 안 기시당가. 완도군 약산면이 고향이라며, 어찌 객지를 홀로 나섰을꼬? 멀고 먼 대처로 훌쩍 떠나지도 않고!

— 금-매 말이제라. 그랑께, 이 외도라진 곳에서도 앞뒤로 살피시는 선영님 돌보신 내 복이라. 그랬단 말요. 큰 언니, 정말 안 그라요?

큰 언니 이모님이 속삭이듯 거듭 물었다. 눈치코치 아랑곳없다는 듯 덜렁한 상투를 손가락으로 가르치다가, 그 눈이 크게 떠지며 선말댁을 바라보았다.

— 오매, 이제 본께나 동상, 자네가 큰일을 치렀고망. 삼신님이 복덩이 점지 하겠어잉. 오매-매 오진 거, 어쩌든지 인종이 불어야 후사가 편하단 말이.

선말댁은 중치자락 치올리며 붉어진 얼굴에 한결같은 소리로 속삭였다.

— 금-매, 이 판국에 쥔 양반 낙향 첫날밤부터, 주책을 떠시덩만, 우세스럽소. 잉! 그는 그렇고, 삼신님 분복대로 살아 보제라우.

그 놈의 떠꺼머리 총각소리 듣기도 싫고, 단발령을 치르기는 죽기보다 싫어서 제 손으로 상투를 틀고 동네 술잔치로 어른들을 달랬다는 말을 들려줄 때, 중천댁은 크게 웃었다. 생각만 해도 왠지 흐뭇했다. 눈치 살피듯 순심의 혼처가 봉천인가 대처로 떠나버렸다는 말을 하면서도 어쩐지 흐뭇했던 것이다. 대체나, 왜 그랬을까

하지만 그게 그도 고약한 액운이요 탈이었던가. 그런 저런 흐뭇한 심사로 조반에 막 솥뚜껑 밀치며 밥을 푸려던 참이었다. 치직거리는 국솥이 더 다급했다. 예정된 서글픔의 수순이었던가. 냄새 맡고 들이닥친 살쾡이 떼처럼 자전거 석대가 연신 들이닥쳤고, 순사들이 칼집 털썩거리며 움막 문을 밀쳤다. 밥솥을

열고 국그릇 정갈하게 펼치는데, 사내가 큰 소리로 왜장쳤다. 단칼에 베겠다는 투였다.

— 쥔댁들 계신가? 사람 꼴 좀, 보잔 말이여.

아침 하늘이 벌겋게 달아오르고 있었다. 움막이 수런거렸다. 강아지가 컹컹거리고.

— 빨리들 나오라고, 순순히 나오면 별 탈은 없을 터인즉.

그는 순사가 아니었다. 신마 박광수 씨였다. 그 뒤를 좁히듯 두 순사가 움막을 기웃거렸다. 제복 입은 한 사람은 칼을 빼들었고, 한 사람은 돔방총을 들고 있었다. 선말댁은 가슴이 털커덩했다. 사지육신이 부들거렸다. 입술이 덜컥 막혔다.

— 대체나, 무슨 일이랑가. 새날 첫새벽 부텀?

— 냉큼 나와! 따라와 보면 알 거야. 잔말 말고 나서라. 법대로 처치할랑께.

— 대체 법이라니, 무슨 법대로란 말이요. 무슨 죄란 말이랑가.

— 가 보면 알거라고 했지. 날마다 산불을 놓고, 맘대로 벌채를 하고, 더구나 국책 사업에는 나몰라 대척을 하는 셈인가. 국법도 모르는 무식쟁이가?

— 아니, 이녘 선산밑 화전민도 모른다, 그 말이요? 눈으로 안보이요?

선말 양반의 무거운 음성이 들렸고, 이어서 박광수가 통변하듯 짱알거리며 대꾸했다. 이규진 총각과 아이들이 건너편 움막 안에서 버스럭거리며 나서고 있었다. 냉큼 나서랑께, 법대로 처치한다, 날마다 산불을 놓고… 그 말들을 곰씹으며 움츠리던 선말댁이 밥주걱을 치켜들듯 펄쩍 나섰다.

— 당신들은 강도요, 도척들이요? 대체나 무슨 까닭잉가? 그런 말이요.

— 강도, 도, 도척이라니, 이 아낙네가 법도 무선 줄 모르고 세상 무선 줄도 모른 당가. 무, 무식한 아낙이….

선말댁의 되씨 고깔 호통에 박광수가 더듬거렸다. 더듬거리면서도 순사들

에게 아낙의 말을 성실하게 통변하기를 잊지 않았다. 나이 지긋한 순사들이 고
개를 주억거린다. 선산 밑 화전민이라. 두툼하고 동그란 안경잡이가 뒤로 물러
섰다. 동그란 안경이 영락없는 부엉이 눈알 같았다.

— 워-매! 이제 보니께, 댁내는 저기 신 마량 유지 어르신이싱만요.

— 금-매, 나 박광수요. 어른들 앞에서 아낙네가 이 무슨 망발이요. 더구나 분
견대장 순사님들 앞에서. 당장 저리 저만큼 비키랑께.

— 뭐시라고라. 유지 어른은 듣기로 일본에서 공부도 하신 분이신 디. 일본에
는 법도 없고, 상식도 없답디까? 이른 아침에 무슨 까닭이요. 당신들이 강도가
아니라면 임진란 왜병들이요? 갯벌탕에 난장질하는 해적이거나, 아니라면 한
성 대궐에서 명성왕후 살해하고, 불태우고, 도적질 일삼는 법이 제국의 천황
법이라, 그 말이요?

— 뭐, 뭐시라? 난장질하는 임진란 왜병이라? 대궐에서 명성왕후 살인이라
니? 민가 불태우고, 도, 도적질이 대제국의 처, 천황님 법이라고?

내객들이 불시에 꼿꼿해졌다. 부동자세로! 천황법이 튀어나오다니?

— 도-조 요로시꾸. 잘 부탁합니다. 도조 요로시꾸! 말을 삼가라 이런 말이다.

통변을 들은 동그란 안경잡이 순사가, 의외로 굽실거렸다. 선말댁은 스스로
놀라고 있었다. 애당초 가슴 털렁거리고 후둘거리던 약점이 순식간 사라지고
심장이 혼혼해졌다. 말썽난 아이들 잡도리하듯 혼을 내리라는 작심이 드는 것
이었다. 버릇은 단단히 가르쳐야 한다. 못된 버릇은 매라도 들어야 한다는 모
성이 솟구친 것이었다. 늙거나 젊거나 사람이라면 어미 아비가 있지 아니하랴.
사람의 종자라면 마땅히 예의라는 게 있고, 삼강오륜이 있지 아니하랴. 통변을
하면서도, 박광수는 기가 질린다. 머릿수건 질끈 동이며 나선 선말댁은 차분한
음성으로 타이르듯,

— 대제국 손님들이 오셨으면, 피차 인사가 있어야 사람도리가 아니요. 지금

이 어느 때요. 이제 곧 조반을 들고 일터로 나가야 할 때가 아닌가요. 아침진지들은 잡수겠소? 조반 드셨냐, 그 말이랑께. 찬도 없소만 생선국을 맛있게 끓였응께. 잔 앉으시오. 도망칠 사람은 하나도 없다, 그 말이요. 안 그라요? 죽일 사람이라도 강도나 강아지도 먹을 때는 조심을 하는 법이요. 조반이나 드시고 차분하게 죄를 따지든지, 법치를 따라 해야 사람의 도리가 아니랑가. 조선팔도 백성들도 천황폐하의 대동아 공영 일본제국의 신민이라면서요.

그 말을 치받듯, 느닷없는 고함이 일었다. 소년의 차랑차랑한 음성이었다.
— 에이 씨, 난 저 따위 순사는 죽어도 안 될랑께. 칼총만 차면 장땡인가?
— 그랑께, 법치도 모르는 그놈의 순사, 순사 소리 그만하라고, 안 해싸텅가. 형아 두 눈으로 똑똑히 봐 노랑께!
종순이가 충혈 된 눈으로 움막을 나서다가, 침을 뱉으며 겁 없이 고함쳤다. 종연이 타박했다. 어미의 엄연한 훈계에 힘을 얻은 듯, 엉뚱한 통박이었다.
한동안 짱알거리는 통변을 들은 순사가 동그란 눈 힐긋거리며 칼을 칼집에 꽂았고, 안경잡이는 담방 총을 내려놓았다. 이윽고 송간의 재목 다듬고 있는 집터를 둘러보면서, 느긋이 골연을 피워 물었다. 서로들 주억거리며 뭐라고 지껄였다. 박광수의 통변이 설렁거렸다. 어서 조반이나 드시라고?
— 좋소. 어서들 식사 하시오. 구수한 생선 맛 향기가 좋습니다.
— 자리도 변변치 못하지만 한 사발씩 대접을 할라요.
선말댁이 은근한 소리로 권했다. 하지만 통변 들으며 손짓을 저어댄다.
— 다이죠부 데스. 괜찮습니다. 사양합니다. 사양합니다.
— 시간 없소이다. 시간이 말이다. 강도나, 강아지도 밥 먹을 때라고?
그때 강아지 두 마리가 한쪽 움막에서 짤랑거리며 다가왔다. 종연이가 목줄을 당겼다. 강아지가 순사들 향하여 응얼거리듯, 우우하고 짓는 시늉을 했다.

종순이가 홱 돌아서면서 때깔 좋은 송아지를 끌어내고 있었다. 송아지의 커다란 눈알 유달리 파랗다. 아아! 사랑스럽고 평화로운 아침이로다. 순사들이 보얀 연기를 휘날리며, 암사슴 닮은 통실한 송아지와 강아지들을 보살피듯 야릇한 눈짓을 주고받는다.

하지만 거기 까지였다. 두세 두세하며 가족들이 식사를 마치는 동안 검댕이 뚜렷한 집터에 어슬렁대던 두 순사와 박광수가 덤벼들었다. 이골 난 솜씨로 포승을 엮어 두 손을 뒤로 묶고 선말 양반과 상투쟁이 총각 규진 씨를 끌어갔다. 한사리 때 밀물처럼 달려들었다가 썰물처럼 갯벌을 쑤석거려놓고 떠나가 버렸다. 뒤늦게 좇아온 강 목수와 마량 호장집사가 순사 두 놈은 자전거를 타고 털털거리며 달리고, 두 사람은 누렁이 개처럼 끌려 가더라며, 분통을 터트리고 발을 굴렀다. 선말댁의 자초지종을 듣고 뒤쫓듯 마량의 분견대 주재소를 향하여 서둘러 발걸음을 옮겼다. 그들을 떠나보내며, 선말댁은 버릇처럼 봉화산을 우러러 보았다. 불각시에 해가 솟구치던 하늘이 풋바심할 보리밭처럼 누렇게 익어버렸다. 맛살난 생선국을 먹다말았건만, 갑작스런 소증이듯 어지럼증에 휘청거렸다. 아아! 이럴 수가. 무슨 큰 죄가 있다고 아침부터 오라를 지워 사람을 몰아간단 말인가? 황당그렁하게 검댕이로 타다 남은 집 터전에는 고개 절렁거리는 송아지와 노랑 강아지와 두 아들이 투덜거렸지만 알아들을 수 없었다. 오매! 한울님! 우리 삼신님! 뭔 날벼락인가요. 다들 보셨응께 아시겠지라우. 보살펴주소서. 살려주소서. 선영 향하여 비손하는 선말댁의 손길이 으악새처럼 떨렸다. 순사들 앞에 당당하고 호기롭던 그 모습이 아니었다.

마량성의 호장 집사가 성량대로 이른 아침, 호장을 치고 돌았다. 줄초상이 났거나, 조금 물때에 태풍이 몰아칠 때처럼 서글프고도 다급한 외침이었다.

— 삼동 어르신네들, 다 들으십시오. 오늘 아침에 선말 양반 최덕성이 무담 씨 주재소로 붙잡혀 끌려갔답니다. 죄도 없이 끌어가서, 왼 종일 밥도 궁기고, 매를 맞는 답니다. 다들 들으셔야 합니다. 아!

새벽부터 온 마을이 들썽거렸다. 울력이나 공사판 동원령과도 달랐다. 통탄하고 호소하는 탄원이었다. 마을이 새벽부터 들썽대기 시작하였다. 마을의 개들이 닭소리 무지르며 하늘 향하여 길게 울었다. 마을 공동우물터가 분주해졌다. 훈장 댁의 며느리 음전이가 머릿수건을 휘두르며 앞장을 서서 하소연해댔다.

죄도 없이 끌려가 종일 밥도 궁기고, 매를 맞는 답니다. 아! 다들 들으셔야 합니다. 멍울소리가 아낙네들 입에서 입으로 널뛰듯 건너다녔다. 누가 보기라도 했다던가. 우리가 아는 선말 양반이 죄라니, 대체나 무슨 죄란 말인가?

— 저번에는 집짓기를 산불로 해살 놓더니, 이제는 생사람들 잡나 보랑께.

— 그랑께, 아나 원 뚝 방조제 쌓고, 갯벌 농사로, 팔자랑 고치겠다.

— 언제는 시에미 죽고 시누이 시집살이로 팔자 고치는 사람 봤다 등가.

— 차근차근 종문서 작성이랑께. 지네들 말 안 들으면 저런 꼴이 난다마시.

너나없이 말씨가 불근거렸다. 네 일, 내 일이 아니었다. 이구동성이라 할 터였다. 그런 가운데 상쇠 잡이 최덕만 부인 음전이가 앞장을 서고 있었다.

— 좌우당간 주재손가, 분견대 뭔가로 가봐사 안 쓰것능가.

— 이럴 때 훈장 어른은 어짜실랑가. 문자가 안 통하는 시상 아닌가.

— 언제는 문장 모자라서 한성양반들이 나라를 통째로 빼앗겼당가. 나라님 문장이 모자라서? 갑자기 웬 문장 타령잉가 몰것네잉! 밤새 안녕하시냐 던디, 참말로 아닌 밤중에 홍두깨가 따로 없당께.

— 아! 이러고저러고 문자 타령만 할 게 아니라, 싸게 싸게 조반들 묵고 주재소로 나서 보장께. 금번 분견대장이라 뭐라나, 순사가 새로 왔다 등만, 오자마자

생사람 잡는 꼴이라니, 조선사람 다 죽여불고, 아조 즈그들 시상을 만들 모양이시 그려.

때 아닌 삼동부락 동원령이었다. 신 마량 갯가로 나서던 방조제 공사판 일꾼들도 방향을 틀었다. 고금도를 마주보고 대척하듯 작은 석성처럼 싸여있는 주재소 분견대였다. 분견대는 근자에 파송된 순사들이 닥치면서 생겨난 칭호였다. 그 성곽머리에 시뻘건 일장기가 나풀거렸다. 건너편이 가막섬이라는 사철 푸른 숲 무인도였다. 황새 떼들이 유난히 나풀거리는 낙원이지만, 마량 사람들이 꺼리는 별천지였다. 까닭은 구렁이나 산짐승 뱀 가시가 득시글거리고, 밤마다 시퍼런 불 도깨비가 설렁 춤을 춘다는 소문 때문이었다. 근접할 수 없는, 하지만 후박나무 검푸른 숲이었다. 썰물 때는 그냥 걸어서도 담배 한 대 참이면 설렁설렁 건너갈 수 있다는…!

아침나절부터 모여들기 시작한 마량포구 원동 백성들과 공사판 일꾼들이 한낮 못 되어 주재소 앞에 장터를 이루고 있었다. 앞장에 철 이른 모시 한복을 갖추어 입은 훈장 어른이 서 있었다. 단아한 차림의 훈장은 여전히 국상을 벗지 못한 더벅머리 나라 잃은 선비의 처연한 자태였다. 허연 머리 눈부시고 시렸다. 가부간 말이 없이 여기저기 돌부리에 장죽을 털었다. 구장 어른이 옹위하듯 모시고 무언가 기다렸다. 이윽고 자전거를 털털거리며 동척 총 감독 시미즈 겐타로와 애송이로 보이는 조수 곤이치 와사마기가 안경을 번쩍거리며 도착하고 있었다. 그들은 서슴없이 주재소 앞으로 다가서자, 장총 두르고 섰던 순사가 통문을 화들짝 열었다.

분견대 안에서는 한 식경이 지나도록 아무런 반응이 없었다. 서걱거리며 눈부신 햇살을 즐기던 마을 사람들 가운데 누군가 외치기 시작했다.

— 제길헐 놈들, 도대체 무슨 꿍꿍이 속이랑가?

— 이대로 주저 물러앉으면 한사코 못된 버릇이 될 것잉만. 안 그려?

그러자 누군가가 소리를 질렀다. 소리가 연달아 반향을 일으켰다.

― 마량 주재소가 죄 없는 생사람 잡는 곳이랑가?

― 마량 주재소가 죄 없는 생사람 잡는 곳이랑가?

― 분건대 순사가, 생사람 잡을라고 왔다는 말잉가. 문 열어라. 문 열어!

― 분건대 순사가, 생사람 잡을라고 왔다는 말잉가. 문 열어라. 문 열어!

― 일본제국은 국법도 없고, 질서도 없고, 창칼만 있당가?

― 일본제국은 국법도 없고, 질서도 없고, 창칼만 있당가?

선창에 후창이 연신 따랐다. 여인들도 무수했다. 연달아 합창이 터지고 함성이 일었다. 어느새 득달같이 덤벼든 징소리가 징-징! 징 거리자, 장구가 두덩-덩 거리고, 쇠가죽 북이 등-다닥, 등-다닥 거리며, 울리자 꽹과리가 짜증스럽게 깨갱, 깨갱, 깨갱거렸다. 대 여섯 사람이 맴돌이를 시작했다. 상쇠 잡이 최덕만이 시퍼런 눈짓 주어가며 디딤 발로 앞장을 이끌고 휘돌았다. 온 마을이 순식간에 들썽거렸다.

주재소 담벼락 안에서 분건대장과 동척의 겐타로 감독이 팽팽히 맞서고 있었다. 분건대장의 신임 인사차, 청주 집 한 자리에서 거나하게 취하던 안색이 전연 아니었다. 시미즈 겐타로의 얼굴에 흥분한 기색이 역력하였다.

이건 법치나 불법이거나를 따지기 전의 정책의 문제 라거니, 그건 아니다. 첨부터 본때를 보이라는 상부의 지시라거니, 지시의 주체가 누구냐? 일본제국 우리의 당면 과업은 진충보국의 길이 국책 사업의 진도에 있다거니, 그런즉 국책 사업도 법치가 우선이라 거니, 입씨름이 길어지고 있는 사이에 산천풍악이 쏟아지듯, 사물놀이 판이 산새날치처럼 생기를 살리고 들었다.

― 이건 분명한 형사 사건이 아니라, 그 말입니다. 동양척식 현장의 민사사건인 바, 의당 정책적으로 판단한 문제입니다.

― 그건 억집니다. 동척 감독님, 우리는 조센징 모든 요시찰 업무가 막중해요. 불령선인이란 새싹부터 가차 없이 잘라야 하는 중요업무라, 그런 말이요.

― 이거 보세요, 여긴 국책 사업장입니다. 항구 동척의 민사사건이라, 그 말이요. 웬 놈의 요시찰이며, 정치적 불령선인을 들먹이는 거요. 보국증산이라. 진충갈력하라. 그런 말을 이해 못하시오? 따라서 현장의 총감독 내게 맡기고 물러서시오. 이렇게 협조가 없고서야, 도대체 분견대란 무엇이란 말이요?

― 그건 억지입니다. 분견대란 허수아비가 아닙니다. 정보 따라서 조사하고 나로선 조사 결과를 본서에 넘기고 나면, 끝이요. 그건 나의 의무요, 권리입니다. 시미즈 겐타로 감독님, 우리 한 번 상명하달로 잘해봅시다.

― 잘해보자고 이러는 걸 이해 못하시오? 여기는 저희 나와바리입니다. 동양척식 현장 지역이라, 그런 말입니다. 또한 현장의 총책이 바로 납니다.

― 동양척식이란, 대일본제국의 정책상 작전 구역이 아닙니까?

― 삼척동자라도 다 주지하는 정책을, 대체 왜 들먹이는 겁니까? 전시 작전입니까?

― 오이! 전시 작전이 아닌, 훈도시대의 유화 정책이라, 선치하라, 그런 논조시죠? 시미즈 겐타로 감독님, 감독님 보국충정은 잘 압니다. 허나 이 건은…?

마을 함성이 한층 격해지고 있었다. 이노우에 분견대장은 문득 학생사건의 전말을 떠올렸다. 결사반대! 이것이 내선일체란 말이냐! 동맹휴학! 결사보국! 이것이 대동아 공영이냐? 결사반대! 하지만 설 명절 지나며 몇몇 차례 귀가 시리고 따갑게 들었던, 생소하고 청량한 사물장단이 들썽거리며 맴돌이가 살아났다. 팽팽하던 주장을 멈추고 귀 기울였다. 진중하고도 청량한 생기가 솟구치고 들었다. 눈짓이 마주친다.

― 저 소리 들리지요. 저 소리가 뭔지를 분견 대장은 아시는가요? 저 소리를

이해할 때에 조선이라는 나라를 이해한다고 할 수 있을 거요. 아시겠소?

시미즈 겐타로의 은근한 물음에 분견대장 이노우에 다케히코는 두툼한 안경을 벗었다. 맨 얼굴 눈빛이 서늘하였다. 고뇌의 빛이 역력했다.

하지만 그는 첫 과업임을 실감했다. 이대로 물러설 순 없다. 그가 입을 열었다.

— 저건 대체 뭡니까. 조선 풍장을 치자는 놀이판입니까? 소위 말해 전통음악이라는 겁니까? 도대체 깽판으로 생떼를 쓰자는 겁니까?

— 제국 일본의 전통음악을 아시지요. 조선에도 역시 마찬가지입니다. 저 풍물소리를 이해해야 비로소 조선을 안다고 말할 수 있을 겁니다.

— 아다마다요. 음악이란 우아하고, 고상해야 합니다. 격한 마음을 순치하고 상한 마음을 감싸 보듬고, 애간장 달래고 슬픔과 설움을 상서와 기쁨으로 치환하는 아름다운 가락이어야 합니다. 샤미센의 청아함 잊지는 않으셨겠지요? 제국의 통일천하를 이룬, 위대하신 도요토미 히데요시께서 창제하신 악기입니다. 사쿠하치의 애간장을 녹이는 통소 가락을 기억하시지요. 특히 서민적인 사현 비와가쿠를 사랑합니다. 눈먼 소경의 길도 열어가는 아담한 가락을 듣고 노닐다보면 심정이 차분해지고, 가슴에 연민의 싹이 봄날의 새싹처럼 움터납니다. 그게 고매한 풍악이요, 음악의 힘이지요. 저건 싸우자는 겁니까? 때려서 부시자는 충동질입니까? 도대체 뭡니까?

— 아하! 이노우에 다케히코 소장님, 참 반갑습니다. 그처럼 해박하신 줄이야. 허나, 지피지기라. 나를 알고 저를 알아야 올바르게 아는 일 아닙니까. 전법에도 상위법이지요. 조선의 저 사물놀이, 저도 지난 삼년간에 듣고 배우는 중입니다만, 징-징 거리는 징소리엔 하늘의 거룩한 울림이 살아 오릅니다. 새파란 하늘 소리입니다. 쇠가죽 북소리에는 두-웅 두-둥둥, 사람의 가슴을 두드립니다. 양심을 깨우는 소리가 아닙니까? 동그당, 동그당, 동그당, 저 소리가 장

구소리입니다. 너와 내가 한데 얼크러져 울고 웃고, 주거니 받거니, 상부상조의 가락입니다. 깽깽거리는 소리가 꽹과리라 합니다. 길잡이 상쇠 잡이라 하지요. 휘몰이 상쇠머리를 하늘로 휘두르며, 천지와 세상과 인생살이의 온갖 시름과 설움과 탄식을 하늘로 치솟아, 단숨에 휘날려버립니다. 한 마디로 인생살이 온갖 신산고초, 빈부귀천, 사농공상, 생로병사, 천지현황을 한 마당 한 자락, 한가락으로, 단지 동서남북 네 가지 사물로, 생성하고 치유하고 아우르고 감싸 안아 살맛나게 하는 저 가락을 이해하지 못하고는 조선의 선치란 절대로 불가능합니다. 저 사물 가락 속에는 비록 쥐꼬리만큼 작은 땅, 무지몽매한 백성들이지만 우주를 품고 일월과 천하를 아우르는 혼백의 기상이 깃들어 있지 않습니까. 자, 보세요. 조선이란 어떤 나라입니까? 대일본제국의 꿈에도 열망인 대륙 진출의 교두보가 아닙니까. 하지만 중화 대륙의 청나라나 명나라 그 무수한 세월동안 침탈당하고, 조공을 바쳐 상국으로 섬기면서도 단일민족 문화를 대하처럼 유유히 이어가는 백성들입니다. 우리는 임진란 이후 참혹하게 벌거벗은 땅과 바다에서 삼도 수군통제사 이 순신 하나를 대척하지 못했습니다. 대제국 대동아 공영을 위해서도 우리는 결국 만주벌판을 누빈다던 이토오 히로부미 각하의 통탄할 희생을 막지도 못했습니다. 삼천리 강산 기미년 독립 운동을 기억하시지요. 총칼로 싹 쓸어버렸습니까? 아니지요. 호랑이의 숨겨진 발톱만 엿보고 말았습니다. 발상 전환이 긴요합니다. 지금이 살벌한 전쟁의 시댑니까? 민생 정치의 시작이 아닙니까. 국토를 개발하고 간척지 확보해서 양국의 식량문제를 해결하고, 그래서 저도 이 고생입니다. 정치란 선치요, 순화로 백성의 고뇌와 슬픔의 심정을 나누고 누릴 때에 진정한 대동아 공존공영이 시작될 거라, 이 말입니다. 우월감만으로 멸시하고, 다 까부시고, 짓밟아 죽이고, 이 땅에서 도대체 무얼 하겠다는 겁니까. 이해됩니까?

이노우에 분견대장과 동척의 겐타로 현장 감독은 서로 마주보았다. 막상막

하라는 말이 떠올랐다. 이란투석以卵投石이란 말도 떠올랐다. 하지만 열등감이 랄까. 피차 섬나라의 숨길 막히는 탐락을 숨길 수 없다. 이노우에 분견대장은 밀물처럼 문득 떠오르는 상념에 사로잡힌다. 스스로가 민망하다.

지난 주간 강진 경찰 본서를 출발할 때, 신고 차 만났던 서장의 훈시를 생각했다. 열 명의 파견대 신고 경례를 받기 무섭게 서장은 일갈하듯 했다
— 이랏 사이마세. 어서 오게. 매사 진중할 일이나 책임은 막중해. 처음부터 난장판이 된 현장을 철저하게 다잡으라. 이노우에 소장, 첫 시험대란 말이야!

아오야마 고쇼 서장이었다. 제국의 오장 출신으로서, 총경의 자리에 오르기까지 몇 년 새에 악명은 높았지만 지혜로운 처신이라고 소문이 자자한 직속상관이었다. 이제는 민심이다. 뭐니 해도 이제는 백성들 마음을 살펴야 한다. 그것이 식민 정책성패의 제 일의가 아닌가. 거기에 응당 동감하는 이노우에 경사였다. 또한 직접 현장을 살피려 나섰던 어제부터 상당한 충격을 받고 있었다. 박광수 통변이 전해준대로 어린 소년의 입에서 난 저따위 순사는 안 되겠다는 말이었다. 일본 순사가 되는 것이 소년의 소망이었으나, 아침부터 닥쳤던 요시찰 인물의 산막은 엄연함이 서려있었던 것을 절실히 느꼈다. 무지막지한 중치차림 아낙네의 당당함이란 무엇인가. 불현듯 열 살 때 세상을 떠나신 어머니, 다무라 아키코의 처연한 모습이 떠올랐다. 병약했으나 지엄한 어머니였다. 그후 외삼촌 집에서 중학교 전문학교를 다녔으나 항상 잊지 못하는 어머니의 손맛이요, 매서운 사랑이었다. 조선의 초라한 아침 밥상, 그 입맛 나는 생선 냄새란 또 무엇인가. 요시찰이라, 불령선인이라 너무 서둘렀다는 말이던가. 헌데 또 다시 거침없이 창창하면서도 두근두근 서글픔을 자아내는 소란이란, 그리고 선임자라 할 수 있는 동척 감독의 현란한 조선 음악에 대한 변론이란, 대체 무엇이란 말인가. 사농공상, 빈부귀천, 하늘땅을 아우르는, 산천초목 산 목숨들의 거룩한 가락이라니? 어간이 컥, 질리며 어질 머리가 아지랑이로 피어오

른다.

 벌건 한낮이 지나면서, 그리 상한 얼굴은 아녔으나 핼쑥해진 최덕성 씨와 이규진 총각 앞에는 두 장의 철필 문서가 펼쳐졌다. 두 손목 싸잡아 묶었던 포승이 시혜처럼 풀리고 있었다. 현장 범인의 죄목은 너무도 분명하지 아니한가. 불법 송림 벌채에, 불법화전이라. 일본제국 대동아 공영의 거연한 국책 사업에 막무가내 항변인가? 이러고도 온전할 것으로 판단했다는 말인가. 그들 눈길 앞에 한문이 뒤섞인 왜말과 조선 언문으로 표표히 다음과 같이 쓰여 있다고, 통변 박광수가 거들먹거리듯 설명하였다. 박광수의 눈빛이 벌겋게 달아올랐다.

  – 경고 서약문
  1. 우리는 일본 황국신민의 은택을 감읍하여, 신민의 책무를 다하겠다.
  2. 우리는 제국의 대동아 공영사업에 적극 동참하여, 동척을 따르겠다.
  3. 우리는 불법 산림벌채나 주택 건축에 철저한 신고와 지도에 응하겠다.
  4. 우리는 불령선인에 준하는 그 어떤 행위에도, 적법한 처분에 응하겠다.
  5. 우리는 금번 선처에 감읍하여, 국책 사업에 전면에서 동참하겠다.
                    상위 없음을 확인하고, 이에 서명 날인한다.

 선말 양반 최덕성은 멀뚱한 눈으로 한 동안 문서를 들여다보았다. 황국신민의 은택에 감읍하라. 신민의 책무를 다하겠다. 불법 벌채에 불법 화전민이라. 제국의 대동아 공영권에 항변이라. 도대체 어느 장단의 법치였다는 말이던가. 살길 찾아 겨우 제 선산밑 뒤지는 기가 막힌 세월에 뭐가 어찌되었다는 국법 타령인가. 그의 속셈은 분주하였다. 이규진 총각을 바라보며 앙가슴에 멍울지는 말을 삼키고 있었다.

아아! 조선국 나라님은 오백년 종사를 팽개치고 도대체 어디로 가셨땅가. 목구멍이 포도청이라 하던 디, 그 말이 참말인 것잉만이라. 우리 조상님 선산도 지 놈들 멋대로 하겠다는 말이랑가? 요시찰이요, 불령선인이란 대체 무슨 말이랑가. 감읍, 감읍하라고 해 쌓는 디, 대체 무얼 감사하고 읍소하라니, 어쩐단 말잉가. 어—아! 이규진 총각 자네는 무슨 말인지나 알겠는가? 나는 도통 앞뒤가 꽉 막혀버렸당가. 신 마량 유지 박광수 양반, 설명잔 해보시랑께. 알아듣기 쉽게, 잔 말해보시오 잉! 법치랑 게 도대체 무슨 소리랑가. 그러는 사이 끌어당기는 대로 손가락 내밀어 뻘건 지장을 눌러버렸다. 선말 양반 벌건 눈에 난생처음이듯, 닭똥 같은 눈물이 텀벙거리며 지엄한 제국의 문서 위로 떨어져 순식간 손살피처럼 번졌다.

— 와마, 이라고 살아도 살기는 살아야 할랑갑소 잉.

— 살아야제. 기어니 끝까지 살아야, 사람 사는 꼴을 볼 것잉께.

규진 총각의 탄식조에 덕성이 빙긋 웃으며, 스스로의 면구스러움을 털었다. 한낮이 지나면서, 결국 신임 분견대장과 동척 겐타로 총감독 합의 하에 강진 경찰 본서로 이첩 수송되는 대신, 이규진 총각의 상투와 선말 양반의 옹골찬 희끗한 상투에 무자비한 단발령이 집행되었고, 두 사람이 분견대 주재소의 문간을 나설 때, 꽹과리 신명 사물놀이가 장탄식의 꼬랑지처럼 중중머리에서 자진모리로 휘돌았다. 마을사람들은 환호성을 내지르며, 사리의 썰물 때이듯 제각각 짱뚱어 잰 걸음으로, 웅숭그린 갯마을 처소로 종종 걸음들을 쳐댔다. 멀뚱하던 하늘빛이 샛노랗게 익었다.

열두 마당

억지로 못사는 세상

봄날은 아지랑이가 충동질해서 몰아오는 산천파랑의 갯바람인 듯했다.

남녘의 바람결 갯가 파랑 비파와 보리피리가 살아 오르면, 이윽고 산천은 풍성한 종달새와 뻐꾹새가 시샘하듯 울어대는 것이었다. 사이사이 각종 이름 모를 산새들이 다투어 존재를 뽐내듯, 지지배배 지지지지하고 날카로운 소리를 지절거렸다. 무언가를 서두르라는 다급함을 알리는 전령사들같이. 그로부터 들녘과 갯벌과 산천이 인환人爨의 몸놀림으로 들썩거리게 마련이었다. 충동질하듯 아른아른거리는 아지랑이는 굶주린 사람들 서러운 어지럼증이기도 했다. 너나없이 노랗게 배고픈 절기였던 탓이다. 그래서 춘궁春窮이라, 보릿고개라 하였다. 그 어렵고 고달프고 허기진 세월이 어제 오늘 일은 아니었을 터다. 그래서 보릿고개란 하루 세 번씩 등짐에 짓눌리며 봉화산을 오르내리고, 저 늦은재에서 된 재를 타 넘기보다 힘들고 어렵다는 속설이다.

아니다. 봄날 왼 종일 디딜방아 찧다가, 저녁참에 쉰둥이 애 낳기가 백번 쉽다는 탄성도 들렸다. 아궁이에 거미줄을 치고, 애솔나무 송기, 개머리 쑥떡, 칡넝쿨 갈근탕에 장정들은 허리가 휘고, 댕기머리 숫처녀들 밑구멍 찢어지는 절 기라고도 했다. 도대체 그놈의 보릿고개 신세타령은 언제 적 풍상이던가. 섬나 라 도척들인 일정에 사로잡힌, 지금이 바로 그런 때인가? 삼천리금수강산 방 방곡곡을 무쇠 솥에 누룽지 긁어대듯 박박 수탈해가던 폭정의 역사는 언제부 터 곡진타령이었을까?

문득, 금준미주金樽美酒는 천인혈千人血이요, 옥반가효玉盤佳肴 만성고萬姓膏라는 춘 향전 이몽룡의 애가 한 대목이 떠오른다. 흥부가의 굶주린 배불뚝이 타령은 또 무엇이던가. 그토록 모지락스러운 세상이었다던가? 아니, 아니다. 어찌 그 뿐 이랴? 멀리 갈 것도 없다. 정 다산님 애절 양 타령이 우리 강진 갈전리 아니었 던가. 하지만 선말 양반 최덕성은 불각시에 훌훌 머리 흔들어 털어버렸다. 차 마 못 볼꼴이라도 외간에 들킨 듯, 하릴없이 남우세스런 심사였던 셈이다.

덕성은 개간지 마른 풀뿌리를 털다가 느닷없이 전신을 휘두르는 어질 머리 를 다스리려 한동안 눈을 감았다. 어지럼증은 쉽사리 물러가지 않았다. 메마른 풀뿌리에서 금빛이 번들거렸다. 눈을 다시 뜨고 머릿수건을 어루만지자 상투 자리 민머리가 맨들 거렸다. 저도 모른 새 민머리 더듬다가 하마터면 어지럼증 에 팔다리마저 휘둘릴 뻔했다. 나란히 선 채, 호미와 괭이질 타닥거리는 종연, 종순이를 훔쳐보듯 살핀다.

어린 것들은 오히려 보채는 기색이 덜 하는 모양새였다. 마른 풀 뗏장을 들 추고 젖은 흙덩이를 털어내는 일은 그 무게에 짓눌려 어린 것들에겐 힘들 일이 었다. 하지만 아랑곳없다는 듯, 이마에 송골송골 맺히는 땀투성이가 되어 열중하 고 있었다. 탁탁! 탁그탁! 탁탁! 타그탁! 부옇게 흙먼지가 일었다. 어서, 어서 털어야, 잔돌 골라내고 부드러운 화전에 씨알 뿌릴 수 있다. 씨알은 또 무얼 뿌 리나? 알 수가 없다. 실상은 대책이 없는 셈이다. 그게 아니다. 저기 땅이 속 깊 은 디는 하지감자부터 심어야지. 하지감자만 수확을 하게 되면, 살길은 열릴 터였다. 이쪽 여기는 가지와 상치며 대파를 심고, 저기는 쑥갓이며 마늘을 심고, 저 편에 봄채소 씨를 뿌리고, 이쪽은 강낭콩과 조생콩을 어서 심어야지. 벌써 대여섯 마지기 텃밭이 아니던가? 아무튼 고구마를 많이 심겠다. 예로부터 구황작물이던 고구마 수확 때까지만 견디면 산다. 마디 굵고 튼실한 넝쿨 싹이 문제다. 농사꾼은 죽더라도 씨앗자루는 걸머메며 죽고, 천하에 종자도둑은 못한다지만, 내 긴히 마량포구를 한 바퀴 인사차 돌아 씨알 동냥질이라도 마다하지 않으리. 섭섭지 않은 친구들 다 죽어버린 건 아니겠지. 안 그런가, 임자! 다소곳한 선말댁을 우러러 본다. 뱃구레로 숨을 쉬는지, 어깨가 들썩거린다. 불룩해진 뱃속 씨알이 무섭게 자라고 있다. 그 손끝에서 갈근거리는 갈근탕! 하고 한날들 진저리나는 갈근탕에 하지감자 몇 알씩만 곁들인다면, 조석 밥상이 그야말로 탁상이것지잉! 앙 그려?

열댓 걸음 떨어진 집터에서 꺽쇠소리가 찰각거렸다. 찰각찰각! 기둥을 깎고 다듬는 일에 열중이었다. 선산 주변에서 두 번째 속아낸 늘씬한 청송이며 바닷바람에 껍질이 굳어진 해송을 다듬는 서까래 작업이다. 이내 톱질소리가 설컹설컹 거린다. 제법 활기찬 기색이었다. 강 목수와 유일한 조수가 된 규진 총각의 작업장이다. 총각의 당당하던 상투도 목이 잘린 채, 맨머리 수건이 누렇다. 차라리 시원하다고, 호탕하게 웃어대던 모습이 눈에 선하다. 털갈이한 수탉들 꼴 말없이 지켜보던 선말댁이 숫처녀 눈빛으로 눈물 질금거렸다. 데모도로 나섰던 호장 집사는 새벽 참에 나타나, 다음 물때부터는 뵙기가 어렵겠다며, 보리쌀 한 자루 떨쳐 놓고 큰절하듯 물러갔다.

— 참말로 징상한 놈의 시상이랑께요. 그제께 부터 주재소에 끌려가 순사들이 닦달을 해쌓더니만, 어제는 마을 구장님이 단속을 안 해 싸요.

—그랑께, 도대체 먼 쪼간이라요.

—주재소 금지령이 내렸응께. 마을 벗어나면 절대로 안 된당만요. 그 대신에 신 마량 공사판에는 날마다 가얀 다고 험시롱. 참말로 지 몸뚱이가 지 것 아니랑께. 쇠고랑에 메인 종살이가 따로 있당가요.

울음 반 탄성조로 내지르고 사라졌다. 덕분에 서너 끼니는 보리 곱살미라도 잘 얻어먹은 셈이다. 허나 그 뒤로 몇 날 동안 아침저녁 보리 쑥버무리에 멀건 갈분탕이 다였다. 갈분탕은 먹을 때는 쑥버무리 잘 넘겨주고 오디처럼 달달했으나, 속이 아리고 쓰라렸다. 하지만 선말댁 눈치는 점심 저녁참마다 집터로 나르는 강목수와 규진 총각의 밥상은 제법 격을 갖춘 듯 했다. 아낙의 얼굴이 부석부석했다. 아마, 쑥버무리도 제대로 못 챙기는가 싶었으나, 아이들 눈치보여 아무 말도 할 수 없었다. 아! 이 보릿고개를 어찌하고 도대체 무슨 수로 넘을거나. 그렇다고 이 고개만 쑥대머리 걸귀신마냥 빨딱 넘어서면, 대체 무슨 수가 있다는 말인가. 풋바심할 보리밭떼기라도 있더란 말인가? 하지만 사촌들이 논을 사고 보리밭 풋바심 도리깨질이라도 타닥거려야 동냥질로 얻어서라도 먹을 길이 열릴 것 지라. 사촌이 논을 사면 배가 아프다는 말도, 이제는 한참 철지난 옛 말이다. 이 보릿고개는 참말로 사람 잡는 세월이다. 새삼스레 어제 오늘의 일이 아니다. 새삼 떠올리기도 민망하지만 벼슬길에서 날벼락을 맞고 물러나, 남녘 땅 갯마을 강진 귀양살이 시절 정 다산 선생님도 백성들 실상과 스스로 겪은 보릿고개 서러움을 진진하게 장 타령했으니 말이다. 어질 머리가 선소리를 끌어당기는 듯하다.

농가에 풋보리가 익기 전이라. / 농사꾼들 양식 걱정에 정신이 없네. / 본래는 양식위해 농사를 짓는다지만, / 도리어 농사짓기 위해 양식 걱정해야 된다네. / 양식과 농사가 서로 물고 맴도는 통에, / 이렇게도 허기져 살면서 늙기에 이르렀네. / 착한 성품을 닦기 위해 농사를 지었던가? / 그걸

로 이내 창자나 채우면 족한 것인지. / 세상 사람으로 천지간에 태어났다
면서, / 이토록 살아버리기, 너무 쓸쓸하지 않은가.

덕성은 불현듯 떠오르는 대로, 중중머리 사설조로 읊조리다 문득 앙가슴이
시렸다. 세상 사람으로 천지간에 태어났다면서, 이토록 살아버리기엔 너무 쓸
쓸하지 않은가. 아니 이것이 그냥 쓸쓸하기만 한 짓인가. 기가 막히고 서럽고
억울하고 분통이 터지고 치 떨리고, 눈앞 깜깜하고 아지랑이 샛노랗게 아롱거
린다. 봄날은 아지랑이 축제인가? 하고 본즉, 세상 사람으로 천지간 태어났다
면서 이토록 살아버리기엔 너무 쓸쓸하지 않은가, 하는 한 마디가 가슴을 저미
는 듯 긴 여운을 끌며 다가왔다. 아아! 이것이 이토록 그윽한 한시漢詩의 맛이던
가? 지고지순했던 선비처럼 덕성은 저절로 솟구친 절실한 가락을 음미하다가
새롭게 터전을 일군다. 탄빈歎貧이라는 한 살이 가난하고 보니, 라고 읊조린 한
시가 저절로 솟구치는 절창이었다.

안빈낙도安貧樂道하리라 마음먹지만, / 정작 가난하고 보니, 맘 편치 못하
네. / 마누라 한숨 소리에 문장도 꺾여 지고, / 아이놈도 굶주리니, 교육 엄
케 못하겠네. / 꽃과 나무들도 모두가 썰렁해 보이고, / 시구도 서책도 요
즘은 시들키만 해라. / 부자 집 담밑에 묵은 보리 쌓였다지만, / 들사람들
보기에만, 헛배로 좋을 뿐이라네.

이것이 도대체, 어떤 타령이었던가? 참으로 미청년에 과거를 치르고 초시
에 거푸 합격이었다. 회시에 장원급제로 합격하여 벼슬하고 정조 임금의 총애
를 입었던 양반이었다. 정약용 선생의 자당께서는 해남읍 고산 윤선도 양반 가
문의 후손이시다. 다산은 일찍부터 정조 임금께 중용中庸 강의를 바쳤다. 시경

강의 800여조를 바쳐, 임금께 칭찬을 들었다. 아이놈도 굶주리니 교육도 엄하게 못하겠네. 꽃과 나무도 모두 썰렁해 보인다. 시구도 서책도 요즘은 시들키만 해라. 이 설움을 어이하리. 이 탓이 세상천지 뉘 탓이랴? 사악한 불운은 거듭되었다. 참담한 세상에서 천주학을 신봉한다는 연좌 죄로 종3품 황해도 곡천 부사로 좌천을 당하였다. 노론벽파의 무고에 대해 자명소를 올리고 사직하려 했으며, 봄날 처자를 데리고 광주군 마재 고향의 시골집으로 내려갔으나 천주학을 위하여 중국에 보냈던 탄원 문서인 황사영黃嗣永 백서사건이라는 불운을 당하여, 또다시 붙잡혀 동짓달에 천리 길 전라도 강진 험산으로 귀양을 떠났다. 강진 에서도 석교로, 자하산으로 옮겨 다녀야 했다. 이때 유일한 낙으로 견뎌야 했던 잎차가 그래, 다산茶山이었다. 그해 둘째 형 약전은 완도군 신지도로 유배되었고 셋째형 약종은 감옥에서 죽었다. 이 일들이 그토록 영명하던, 청년 암행어사의 이력이었던가. 나라의 공훈은 그 뿐만 아니었다. 정약용 선생은 홍문관 수찬 시절 정조 임금 왕명을 받아 수원 성제를 지어 바쳤다. 이때 세상에서 기중기의 원리를 처음 연구하였고, 이를 실용하여 총 경비 10만 냥 중 무려 4만 냥을 절약한 공로가 있었다. 아버지 정재원 님의 탈상 후에는 청년 암행어사또로서 경기도 연천 지방을 순찰하였다. 이때 나라 백성들 형편 살피다가 굶주린 백성들을 돌아본 기민시가 수편이었다. 굶주린 백성들을 대신하여 한탄을 했던가. 울부짖었던가? 이 나라 백성들살이랑게 그토록 참혹했던란 말이던가. 덕성은 더듬거리듯 어질 머리로 되새겼다. 언젠가부터 눈만 뜨면 들추어 보던 다산 스승님의 시문이 눈에 익고, 귀에 젖었고, 심령에 새겨졌던가? 허긴 남녘 갯마을 사내나 아낙들의 한풀이 인지도 모른다. 동몽선습이나, 명심보감이나, 소학, 대학은 어렵고 번거롭다. 한물 간 느낌도 없지 않았다. 빈속에 시원한 먹자거리나 챙겨보자는 듯.

굶주린 백성들. 기민시(饑民詩)

사람의 생명도 초목과 같아, 물과 흙이 사지를 연명해주네
힘껏 일해 땅의 털을 먹고 사니, 콩과 보리가 곧바로 이것이건만
보리와 콩도 주옥만큼 귀해졌으니, 생기가 어디로부터 생겨날 것인가
마른 목은 따오기 같이 길쭉하고, 병든 살갗 기름져 닭살 같구나.
우물이 있더라도 새벽에 길을 틈 없고, 땔나무 있다지만 저녁 밥 짓지 못
해 사지는 비록 비틀어 움직인다 하지만, 혼자선 걸음걸이를 옮길 수도
없게 됐네.
넓은 들에 부는 바람 서글프기만 한데, 애처로운 저 기러긴 석양에 어디
로 가나. 고을 원님 어진 정사 베푼다면서, 사재 털어 굶주린 백성들 구
한다기에 걷고 또 걸어서 관청 문 앞 이르고 보니, 오물오물 입만 쳐들고
솥으로 모여드네.
개돼지도 버리고 차마 돌아보지 않을 것, 굶주린 사람 입엔 엿처럼 달기
만 해라 어진 정사 베푸는 것도 바라지 않고, 사재 털어 먹여 준대도 반갑
지 않아라. 관가에 돈 궤짝 남이 엿볼까 두려워하니, 우리들 굶게 한 것
바로 이놈들 아니더냐. 관청 마구간에서 아껴 기르는 살진 말도, 참으로
우리들의 살과 피가 아니더냐?
슬피 울면서 고을 문을 나섰다지만
하! 어지럽고 캄캄해서 갈림길을 모르겠네.
잔디 자란 언덕위에 잠시 머무르며,
무릎 펴고 앉아서 우는 아이 달래었네.
고개 숙여 어린 놈 서캐를 잡노라니, 눈물이 두 줄기 비 오듯 쏟아지네.

세상에 이런 그림이 어디 있을꼬? 이처럼 선연하고도 참람한 그림이라면, 그 뉘의 솜씨일꼬? 아아! 이토록 끔찍한 세월이 거의 백 년 전, 이 나라 백성들 꼴이었던가. 백 오십 년 전 장탄식이었던가. 하 어지럽고 캄캄해서, 갈림길을 모르겠네. 허나 지금이랴? 오늘날에야 그나마 나라꼴도, 임금님도 그 떵떵거리던 양반 선비들도 다 사라져 금수강산의 체통이 온데 간 데가 없는 백성들의 신세 아닌가. 바닷가 갯벌도, 들녘도 삼천리강산 선산 밑 산천도 다 빼앗긴 기민들의 한탄이라니, 참혹하여 무릎을 펴고 앉아 우는 아이 달래었네. 고개 숙여 어린 놈 서캐를 잡노라니, 눈물이 두 줄기 비 오듯 쏟아지네. 사나이 장부로 태어나서 기껏 할 일이 그 뿐이었던가? 덕성은 저도 모르게 눈물을 주먹으로 훔쳤다. 하다 보니, 장하다. 장하고 아름답구나. 탁탁거리며 연신 흙을 털고 있는 두 아들과 저 만치 움막 앞에서 칡뿌리를 다듬고 있는 선말댁을 훔쳐보면서 엉거주춤 일어섰다. 어질 머리가 잡혀있었다. 암내 난 암꿩의 울음소리가 꿩꿩거리며, 산천을 갈랐다. 썰물 갯가에 뜸부기가 울었다. 그 울음소리가 정신을 깨우치듯, 하지만 다시금 처연한 시구가 탄식처럼 다가왔다. 앙가슴 욱대기는 어질 머리를 대신하는 가락이었다. 시구가 진액처럼 몸에 절었다.

일전 강 대목이 대패질 설렁거리며 흥얼대는 가락이 새삼스럽게 떠오른다. 여유작작하여 제법 흥겨운 가락이었다. 듣다가 본즉 그 역시 갈 바이없는 기민시 타령 아니던가? 봉화산에 산새가 나르듯, 하얀 고니 떼가 먼 하늘을 질러가며 꾸룩 거린다. 암노루 거처를 탐색하듯 조심스럽다. ─천지간 큰 이치라 너무나 아득해서, 고금의 누구라고 말할 수 있겠나. 숲처럼 많은 백성 태어났다지만, 초췌한 얼굴에나 온 몸이 상처뿐이니 갈대처럼 약해진 몸 가누지 못해 떠돌아다니는 백성들, 거리마다 만난다네. 이고지고 나섰지만 오라는 곳 없어, 어디로 가야할지 종내 모르겠네. 부모자식 부양도 할 수 없으니, 액운이 너무

심하여 천륜마저 버리겠네. 좀 산다는 농가도 이제 거지가 되어, 집마다 문 두드려 서툰 말로 구걸을 하네. 가난한 집 찾아갔단 오히려 배고픈 하소연만 듣고 또 들어주고, 부자 집 구걸하긴 내키지 않아라. 새가 아니라서 벌레도 쪼지 못하고, 물고기 아니라 헤엄도 칠 수 없으니, 얼굴빛은 처참하고 흰머리는 실낱처럼 흩어져 휘날리네. 성현께서 어진 정사 베푸실 적엔 홀아비 과부 보살피라고 말씀하셨지만, 굶어도 자기 한 몸만 굶으면 되니까 홀아비 과부들이 오히려 부러워라. 가족에 얽매일 걱정도 없으리니 어찌하여 일백 가지 근심 생기겠는가. 봄바람 불면서 단비 몰고 오면 초목마다 꽃은 피면서 자라나리니, 생기가 충만해져 온 천지에 가득할 때 바로 이때 굶주린 자 먹여 살려야지. 엄숙하신 조정의 어지신 분네들 나라의 안위가 경제에 달려 있다오. 이 나라 백성들이 도탄에 빠졌으니 이들을 건져줄 자는 그대들뿐이라오. 그대들뿐이라오.

거듭 흥얼거리며, 강 목수는 허허 하고 웃었다. 그러며 하는 소리가 여기서 일은 하네만 가장 힘들고 어려운 일이란, 대목장이라고 끼니마다 밥상을 차려내는 아줌씨 선말댁의 고초를 모른 척 하는 일이라고 했다. 묵어야 일은 하것고, 눈 번이 뜨고서 어린것들 밟히고, 그러고도 밥이란 놈을 목에 넘기라하니, 나가 사람인가 짐승이란 말인가 싶기도 하고, 대체 식자우환이라는 어지신 탄식이 실감난다, 그 말씀이라. 왜 이리도 목 땜질하며, 묵고 살기가 어려운가. 고기잡이란, 어한이라. 도한屠漢이란 백정은 도한盜汗이라는 도척보다 천대하고, 장사군은 상한常漢이라. 농삿군은 농투산이라. 상놈들이라 천대하고 흘긋거리면서 정작 양반 반열에만 서면, 벼슬자리만 차지하고 나면, 그때는 세상 것들이 다 자기 것잉께, 손발에 물때 안 묻히고, 늘어진 옷자락에 흙도 안 묻히고 입으로 머리 꾀로만 떵떵거리고 살아가는, 그리도 어지러운 세상이라니, 그 꼴이 바로 이런 꼴이라.

아아! 하지만, 이 나라의 어지신 분들은 어디로 갔는가. 이 나라 백성들이 도탄에 빠졌으니 이들을 건져줄 자는 그대들 뿐 이라는데, 아아 하늘이여! 땅이여! 우러르는 하늘에서 느닷없이 바람결이 쏟아져 내렸다. 징징거리며 큰 징이 울었다. 하늘땅이 웅얼거리는 듯했다. 쇠가죽 북소리가 살아 오른다.

도대체 이 어지러운 판국에 이것이 먼 소린가. 농자 천하지대본의 깃발 휘날린다. 복구당, 복구당, 복 복 복구 당당! 탄식하지 말라. 한탄하지 말라. 꽹과리가 깨갱깨갱 짜증을 낸다. 장고가 딩딩 당! 딩딩 당! 딩딩 구당당! 점잖게 타이른다. 내가 보았느니라. 내가 알았느니라. 얼럴럴 상사뒤야! 삼월이면 삼짓날이라. 얼럴럴 상사뒤야! 사월이면 초파일이라니, 얼럴럴 상사뒤야! 오월이면 단오절이라. 지화자자 좋을 시고나. 얼럴럴 상사뒤야─라! 소리에는 만물이 따르는 법이라 했던가?

최덕성은 어질 머리 가운데 얼핏, 어깨춤이 들썩거릴 뻔했다. 나라 안위가 경제에 달렸다니, 허나 도탄에 빠진 백성들을 건져줄 엄숙하신 조정의 어르신들이여, 굶어도 자기 한 몸만 굶어도 되니까. 홀아비나 과부들이 오히려 부러워라. 눈앞이 아득하였다. 그거는 아니다. 이제는 저 동양척식 총감독을 바라봐야만 하는가. 그조차 아니라면? 분견대의 안경잡이 대장을 바라보고 선처를 기다려야 한다는 말인가. 천황폐하 크신 은총에 감읍하고 또 감읍하라 하였다. 그 길만이 이 백성들이 살아날 길이던가. 그 또한 길이 아닐 터이다. 그런즉 동병상련이라 했던가. 매를 맞아도 함께 맞는 이웃이 있으면, 상투 끝이 덜 아프다고, 질금거리던 오줌발이 성하다고 했던가. 어지럽고도 찬란하다. 다산 스승님 보릿고개 시구와 기민시들이 그러하였다. 동병상련이었다. 세상에 낳고 살다가 죽는 일이 어찌 사람만의 일이던가. 천명을 기다리는 것이 인생살이의 순리만은 아니었다. 순리라 한들, 순리대로만 살아지는 세상도 아니었다. 대체 어찌하란 말이더냐. 생각을 추스르며 자리에서 벌떡 일어서는데, 어질 머리로 휘영청 거렸다. 그때 이마를 마주 때리듯, 아이들 환호성이 들썽거렸다. 눈뜬 강아지가 앙알거렸다. 동산 모퉁이에 한 떼거리가 나타난 것이었다.

— 와마! 이 노릇 어쩔고 잉? 이참에는 유진 어미 동상의 댁이랑, 대체나 이것이 뭔 일이랑가. 상사랑가, 경사랑가.

선말댁이 탄식하듯, 엉거주춤하고 머릿수건을 벗었다. 환호성을 지르던 종순, 종연이 멈칫하다가 이윽고 주거니 받는다. 땀투성이가 번들거렸다.

— 큰 이모님의 지극정성이란 보통일이 아닌 듯 하당께.

— 언젠가 말씀했것다. 동기간 챙길 줄 아는 게 사람이라고.

— 짐승하고 사람하고 다른 법이란 부모 형제 동기간 몫을 챙기는 법이라고.

— 까치나 제비나 고라니도 끼리끼리 몰려 사는 걸 보면 아마 다르지 않을 걸?

— 그것이 다 한울님 사랑, 삼신님의 어지신 도리라고 안하던가? 어머니 말이.

사내 꼴 잡혀가는 형제가 왠지 모르게 서먹한 눈빛으로 마주보며 다가선다. 근자에 들어 으레 말수 없이 그저 일속에 묻혀 사는 형제였다. 말수를 잃어가고 있었다.

— 금─매, 나가 그래도 아직까장 숨을 쉬고 있응께. 나섰다 마시. 그란디, 이번에는 순심이 자가 먼 일인지 꼭 가얀 다고 앞장서서 서둘렀단 말이시.

중천 이모님이 명주실 같은 머릿결을 훔치면서 변명하듯 일렀다. 그 이마에 식은땀이 송알거렸다. 허위허위 삼십 리 길을 걸어서, 벌써 세 번째 걸음인 것이었다.

— 순심 애기씨 가라. 큰 이모님이 하도 성화를 끓여 싸신께. 성이 득득 가셨것지라. 잉! 그나저나 이 노릇을, 어서 잔 앉으시오 잉!

— 오매, 큰 이모님, 사람 좀 살고 봅시다. 생병 나시겠소. 우짜꼬잉. 머나 먼

길을 칠순 상노인 댁이 대체나 무슨 겁 없는 일이라요.

중천댁 큰 이모님과 강순심, 그 시누이 되는 손위동서였다. 유진이가 빠졌지만 머리마다 임질이 무겁다. 단단한 살림이 분명했다. 순심 얼굴이 유난히 붉었고 그 시누이는 뭔가를 살피는 빛이었다. 대체나 무슨 까닭이었을까. 그 머리에 임질했던 대소쿠리에는 고루 갖춘 먹자거리가 푸짐하였다. 내남없이 서러운 보릿고개를 나 몰라라 하는 시국이던가. 순심의 수발을 들어가며 집터의 강목수와 이규진 총각을 대접하는 걸음을 손위동서가 손수 치렀다.

종순, 종연이랑 강아지가 순심에게 촐랑 꼬리를 흔들며 아는 척 앙알거렸다. 송아지랑 왁자지껄하는 틈새로 큰 이모님이 사연을 풀어놓았다. 순심 저 애기가 지난 강진읍 장날에 소리없이 다녀오더니, 작은 이모님의 선산 아랫집은 지가 맡겠다고 나섰다는 소리였다. 대체 그게 무슨 말이냐? 어미 언니가 다그쳤으나, 지도 모르겠다는 구실이었다. 그래야 숨을 좀 쉬고 지가 살겠다고만 했다. 꼭 그래야 사람노릇이라고 했다. 네가 미쳤냐? 대체 무엇으로 그 큰일을 맡겠다는 생고집이냐 하고 다그쳐도 지도 모르겠다고. 그럼 무엇으로 감당할 테냐. 지가 시집갈 밑천을 다 팔고 내놨다고 했다. 서리서리 때마다 준비했던 자주색 옷감도 팔았고, 겨우 두 짝 장만했던 금반지도 팔았고, 그저 그랬다. 그것만이 살 까닭이요, 숨을 쉬고 살겠다는 말만한 처자의 주장이요, 이유였다. 큰 눈의 하늘이 울면, 땅에서는 단비가 쏟아지는 법이라 했다. 그것이 천지간 인연의 가락이었던 셈이다.

그 날이 말로 하자면 떡 벌어진 약혼의 날이었고, 규진 총각은 사연을 새기며 그저 입이 딱 벌어진 채 다물 줄을 몰랐다. 진즉 맘이 꽉 들어차 있었다고도 했다. 첫 눈에 맘이 꽉, 차버리더라고 털어놓았다. 불콰해진 안색을 감추려들지도 않고 털어놓았다. 사실은 지가 천하에 없는 불효자식인디라오.

전달 강진 읍장까지 뜀박질로 몸 풀었을 때, 올라가는 길 아가씨를 처음 보았고, 그 낭자 생각 중에 저도 모른 새 강진읍을 되돌아 숨 가쁜 줄도 모르게 내려오다가 다시 만나자, 꼭 뭐 시라도 나누고 싶은 일념으로 갯것 탕에 들었노라 하였다. 뻘 구멍 뒤지며 낙지를 잡고, 문저리 짱뚱어 쫓으며 갯것을 뒤지다가 생각해 봉께, 재작년에 아비와 동생을 함께 약산 앞바다에서 풍랑에 잃은 후 다시는 갯것들과는 원수로 살리라 하였다는 것이었다. 하지만 홀어머님 성하시던 눈이 안보여, 청맹과니 신세로 문간 앞도 더듬거리고 다니시는 어머님을 저버렸다고, 울멍거리며 털어놓았다. 그래 보다 못해 갯벌 탕에 대가리를 쳐 박는 심사로 밤 도망치듯 섬 구석을 떠났지만 선산밑에서 선말댁을 뵙는 순간, 그 그늘을 못 떠나겠더라, 하소였다.

— 긴 말할 것 있는가? 자네 나하고 처남 동생으로 인연을 맺음세. 으짠가. 외사촌 조카처남이면, 어떤가. 이웃이 사촌잉께! 바로 이촌 아닌가.

내내 빙글거리던 선말 양반 덕성이 단도직입적으로 내질렀다. 맨머리 두루두루 살피던 손위 동서댁이 고개를 주억거렸고, 순심이 아기씨는 피어나는 늦가을 꽃 동백처럼 얼굴이 한층 붉어지고 있었다.

그때까지 아무런 내색이 없던 강찬진 목수가, 곰방대를 털면서 너털거렸다. 그네 입이 막걸리 기운만이 아니라, 벌겋게 익어 있었다.

— 허참! 이것이 세상사는 맛이랑께. 속 시꺼먼 상놈들끼리도 반상 가려서 속상할 때가 많지만, 나가 이래서 집짓기를 천직이라 한당께. 어렵사리 초가삼간이건, 대청이건, 울담집이건, 올려만 놓으면 바지랑대에 호박 넝쿨이 올라가고, 가을에는 이엉지붕 박 넝쿨이야 새하얀 박꽃이야 앞뒤 마당에, 고추야, 오이, 가지야, 무, 배추야, 대추나무 연 걸리듯 사람살림 올라가는 맛이라. 그 뿐인가? 싸리문짝에 아기들 퍼런 솔잎이나, 빨강 꼬치 걸릴 때는 보아라. 내 솜씨가 세상에 무엇이라 할 텐가, 하고 산중에 심마니들이 심봤다! 쩌렁쩌렁 외

장치는 심사라, 그 말이랑께. 안 그랑가.

— 윤리 도덕이 따로 있당가. 용지用智법이라 거니, 예로부터 사람 살리는 법이 어지신 임금님 성덕이라고, 그랑께 딱, 이 마당에 이를 말이랑께.

— 아버님이랑, 동상이랑 뱃길에서 그리되시고 어머님 멀쩡하던 눈이 안 보이신다고라우. 그래 생사람 청맹과니라니, 오죽이나 절통하셨으면 그라실까. 하이고 참말로! 세상 천지간에 생판 남의 일 같잖소!

— 그라면, 어서 속히, 속히 가서, 모셔 와야지라우.

— 그게 대체, 도대체 먼 소리랑가?

— 사람 구실해보자는 소리제라오. 뱃길에서 주인어른 잃고, 자식 잃으신 어마님이 눈빛까지 잃으셨다니, 그 정상을 그냥 두고 봄시나, 무슨 사람값을 하리오?

선말댁의 나직한 탄식조에, 내내 잠잠하던 순심이 털썩하고 던져 놓았다. 연거푸 곰씹었다. 규진 총각의 눈이 활짝 뜨였다. 서천 하늘이 활짝 열리고 들었다.

이래서 천생연분, 인연이라고 했다던가. 천정배필이란 다른 것이 아니 거덩. 눈치 봐감서 얼추 익었다하면, 깊고 높은 궁리로 속궁합을 챙기고 짝을 지어서, 사람을 살리자는 삼신 한울님 조홧속이요 솜씨라, 그런 말이여.

강 목수가 긴말 할 거 없다는 듯, 한마디로 잘랐다.

— 와 따매, 처자 말 좀 들어 보소. 상객은 내가 나설 텡께. 집이나 서둘러야 할 일이랑께. 해산달이 낼 모래, 아니당가. 앙 그요? 선말댁 아줌씨. 서둘러 기둥세우고 상량하고, 여름 장마 들기 전에 이엉이라도 올려놔야 견디고 쓸 것인디. 집들이 하는 날을 신랑 각시 잔칫날로 잡읍시다. 그려, 용지 법이라 거니, 사칸 겹집이면 세집 살림도 충족할 텡께, 어서들 서둘러 보자고.

선말댁이 얼떨결에 중치 자락 옷깃을 여미고 섰으나, 둥실한 뱃구레가 뱅그레 웃듯 한층 난발이었다. 강 목수가 거 보란 듯, 호탕하게 너털거렸다.

― 오-매매, 저라고 벌써 텃밭이 다듬어졌당가. 강진읍 장터에 감자 씨가 지천이든디, 서둘러야 쓰겄네요. 고추씨랑, 마늘이랑, 고구마 넝쿨도 겁나 등만.

― 우리가 텃밭 주인이요, 대장인디라. 땅을 파고 상수리나무 맹감나무 뿌리를 캐고 흙을 털고, 날마다 새벽 부텀! 이 팔뚝 잔 보랑께.

― 내 팔뚝도 좀 보시랑께요? 이 손바닥에서 하루에 새 땅 두 평씩이 팍팍 늘어났다는 장땡을 모르신당가요?

강순심 낭자가 농가의 아낙이라도 된 듯 씨앗 걱정에 나서자, 종순, 종연이 어깨를 으쓱거리며 팔뚝을 흔들어 옹골진 알통을 자랑하며 늘씬한 몸매로 얼렁거렸다. 정녕 도토리 키 재기가 아니라, 피 먹칠한 듯 떡두꺼비 같은 손바닥이 눈물겨웠다. 암팡진 사내 꼴이 튼실하게 잡혀가고 있었다.

그날 저녁 상차림이 전에 없이 풍성했다.

오지가지 지극정성이, 시샘하듯 나선 셈이랄까. 상사賞賜바람이 설렁거렸으리.

중천댁 큰 이모님도, 세상에 한시름 덜었다며 산이면 어떻고 움막이면 어떠냐고, 황토 구들 짱에서 하룻밤 등이나 뜨끈하게 지지고 나서야겠다며, 움츠리던 몸을 풀었다. 인정이 살아있고 윤의지덕이 강녕하시면, 거기가 바로 사람 사는 맛이라고도. 날씨가 눅눅한 습기를 머금고 제법 훈훈해졌는데, 조금사리 물때로 다가서는 초저녁 달빛은 휘영청 은구슬뿌리며 능쳤다. 성큼 다가선 하늘에 청동 오리떼거리가 화투장의 흑싸리처럼 허공을 싸질러 누비며 잠자리를 찾아날았다.

열세 마당

봄날은 왔다가

청산유수靑山流水라. 세월 또한 물처럼 흐른다고 했것다. 바람 따라 물결 따라 지난 시절 수줍기만 하던 연분홍 꽃과 같이 흘러, 흘러서 가는 세월이란다. 하여 봄바람에 낙화유수와 같은 세월이라고, 그 뿐 아니다. 바람 따라 몰려들었다가 물결 따라서 흩어진다는 말이 맞을 성싶다. 바람 같은 세월을, 객향客鄕에서 맞이하는 풍찬노숙風餐露宿이 따로 있으랴. 허나 물이거나 봄바람이거나 하늘에 휘영청 밝았다가 스스로 가고 오는 달빛이거나, 제 각각 자기들 짓을 하는 바람이겠지….

시미즈 겐타로 감독은 생각을 모으려 했으나 생각은 뜻대로 모아지지 않았고, 자리를 넓혀가지도 못했다. 그저 아롱거리는 눈으로 보고 들리는 대상 따라서 잠시 잠깐 머물렀다가 사라지는 세월과 같이, 이러 구려 산다는 노릇이 매양 허무한 짓거리라고만 생각했다. 한세상 살아가는 사람 사는 이치란, 인생관이란 것도 단지 객관적 시야라. 하여튼 근자에 일상만사가 시들했다. 매사 의욕이랄지, 의미를 부여할 수 없다. 일상에 얽매여 아등바등 사는 맛이 부

실하기 그지없다. 이 아리송하고도 시들한 삶의 가락이 무슨 까닭인가? 대체
이 망연자실이라니, 어찌된 속셈인가? 서글프면서도 메마른 심사가 어디에 연
유하는 심상인가. 생각은 전개되지 않았고 풀리지도 않았다. 허겁지겁 살아 온
인생살이라니, 삶이란 이런 것인가? 그저 그렇지, 하는 정도의 자포자기 허망
감이었다.

하지만 방조제 간척지의 공사판은 엄청나게 확장되고 있었다. 건너편 숙마
골 갯벌 발치에도 산을 뭉개고 돌과 흙짐 져 나르는 일판이 활기를 띠고 있었
다. 본래 그곳은 관파구길關波九吉이라 했던가. 꼬장꼬장한 제국의 사업가가 간
척 사업을 착수했으나, 자본관계로 중도폐지하고 떠났던 곳이라 한다. 듣자하
노니, 세 뿌리를 잘못 놀린 춘사에 함몰되었다 하던가? 세 뿌리라니, 조센징의
구설에 의하면 세 뿌리란 입 초시에 여기저기 기웃거리고 넘보며 드나드는 발
길질에 좆 뿌리라 한다. 발걸음에 좆 뿌리라. 훈도시를 제멋대로 벗지 말고, 개
나 걸이나 휘두르지도 말라고 경고하는 법도렷다. 그 덕분에 동양척식이 국책
사업으로 끝장을 보게 된 셈이다. 나 또한 희생의 제물인가. 아니면 시험대란
말이던가? 지난 삼월 삼짇날에, 신 마량의 뒷산 밥봉재에서 마을의 회초會草가
열렸고, 이는 근동의 초군 머슴들과 온 마을 잔치로 돼지 한 마리와 막걸리를
푸짐하게 베풀었다. 사월 초파일에 마량 큰 산에 오르면, 근처에서 제일 높은
주봉으로서 바다 건너 약산과 고금도 해남 완도군 산천 등지가 훤히 보인다고
한다. 이처럼 훈풍이 아리스랑거리는 낼 모래면 오월 단오절이라. 이야말로
아낙네들 청포에 머리 감고 동백기름 때깔 자랑하며 그네 뛰고 춤춘다하니, 지
지고 볶는 먹자판이야 달리 무어라 하리. 갯가의 한샘 바위에서 날고 펄쩍거리
며 뛰고 노니는 황새들의 장관이라, 이는 그의 심상에 깊은 각인을 남겼다. 황
새들은 후박나무가 까맣게 우거진 가막섬이 주접住接이요, 한샘 바위는 춤추고
노래하는 놀이 터란다. 속설에 수랑배미에서 빠지면 고금도 용도리 끝에 솟구

친다 하였다. 황당하나 재밌는 재담들이다. 본토 제국에서는 시들했던 절기나 풍물들이 풍장구치는 봄바람에 한결 운치를 돋우는 듯했다. 이것들이 그저 먹고 마시며 스스럼없이 어울리는 사람의 살맛이라 할 터인가. 삼천리강산이란 조선은 그런 땅인가. 금수강산이라지만, 쥐뿔도 자랑할 것 없는 아지랑이 봄날 보릿고개나 헐떡거리는 절량농민 신세들이 아니던가. 옛 부터 구휼정책이나 기민선덕이라, 소리는 요란하지만 겨우 껄떡거리는 숨통이나 늘리고 보자는 노릇이다. 대동아를 향하여 공영의 기지개를 펼치고 드는 제국의 진흥振興이라거나, 식량 증산增産이나, 수산업, 광산업 등 토목 산업대책이라는 말은 들어보지도 못했다. 그저 현상 유지로 허겁지겁, 헐떡거리는 금수강산 백성들의 참담한 세월이다.

그런데도 흰옷 입은 조선의 백성들은 사시절기마다 춘궁의 살림살이에서도 신명을 돋우고 살맛나게 사물놀이의 잔치판을 하늘땅이 아울러지도록 두둥실거리는 짓거리라니, 난해한 족속들이라. 고개 갸웃했지만 어느덧 징징─징! 거리며 천, 천지 북가죽, 기름 발라 개가죽, 니나노 춤가락 발가벗긴 살가죽에, 저절로 어울리고 몸과 맘이 젖어드는 심사가 요상했다. 실상 자기도 모를 일이었다. 하지만 자나 깨나 그저 일속에 묻혀 사는 듯, 실상 진척도 없는 일판이 살판이었다.

신마 갯가의 현장에서 직선으로 약 1.2 킬로 거리, 저편에서 마주보는 공사판이 열린 건 달포 전쯤이었다. 느진재 밑 야산을 허물고 재촉하는 본청의 지시대로 양편에서 매립작업을 시작하였으나, 결과는 의외로 좋았다. 좁은 목 고금도를 마주보는 돈은 머리끝에서부터 온통 돌과 흙, 자갈이 얼크러져 석산이 따로 없어도 일판이란, 그저 산과 갯가 발치를 파다가 등짐으로 퍼붓기만 하면 진척이 되는 까닭이다. 칠십 여명의 날일꾼을 파송하였으나 흙 바지게 꾼들과 강치 돌 일꾼들의 목도소리가 진종일 남해안 뱃길 쌍 고동인 양 나란히 어울렸다.

거기서 활개 치는 십장은 원포마을에서 선발된 박중배와 김봉길, 김대진 군이다. 사대 째 터주 대감이라지만, 셋 다 상민출신이라 하여 대접받지 못하던 막일꾼들이었다. 실상 그 세 십장들이 작업현장을 맡고 있는 셈이다. 식민지 종놈들 주제에 양반이며, 상하 천민이 따로 있으랴. 이제 차근차근 접수하여 동원하리라. 조선 총독부 령으로 항구 목포 지점을 거치면서, 가슴을 윽죄이는 듯 국민 총 동원령이 하달되어지고 있는 낌새다. 남녘의 땅 끝 마을 파고드는 이 편과 저 편에서 마주보고 갯벌 매립해 나가는 작업도 날로 다부졌다. 건너다보면 불개미 떼들처럼 지게 지고 끌어당기며 발발거리지만, 으레 세월아 네월아! 하는 중중머리 타령조가 분명하다. 서두르거나 다구치 듯 분망한 기색이 없다. 노상 한가하고 여유로운 백성들이다. 하지만 사리나 조금 물 때 따라서 억지로 못하는 노릇이 많다. 한사리 때는 갯벌의 파랑 수위가 칠-팔 척은 넘나들고, 조금 때는 밀물이 가장 낮아 썰물이 썰렁하게 빠지고 나면, 갯벌은 별천지가 되는 난장이다. 새파랗게 번쩍거리는 햇살을 받아 물 빠진 갯벌에 그저 숨찬 듯 펄떡거리는 생물들의 세상이다. 바지락, 새꼬막, 석화라는 굴 등 무수한 조개류와 감태, 매생이, 생미역이랑 해산물 몰이며 우무가사리 등 해초류, 참게, 방게, 앞발을 치켜들고 뻘떡거리며 솟구치는 대게, 시뻘건 꽃게 등이며 끊임없이 흡반 내지르며 덤벼드는 산낙지 문어, 문조리, 숭어, 공중제비 날 갯짓 하는 껄떡에 모치, 갯장어, 짱뚱어들이 바라춤을 추어가며 지천을 이루는 것이었다. 그 융성하고 활달하며 장렬한 갯것 생물들의 축제라니, 썰물 때마다 펼쳐지는 갯벌의 축제를 아연한 눈길로 바라기하다보면 과연 여길 매립하고 갯물 막아서, 갯벌 수답水畓을 조성하는 일이 합당한가. 바다를 메워서 들녘을 조성한다? 노상 반복되는 의문이건만 멀쩡한 상전벽해를 역행하는 일이 과연 옳은가, 회오리바람처럼 솟구치는 자탄의 심상 피할 길이 없다. 난 지금 무얼 하고 있는가. 그저 허수아비일 뿐인가. 하지만 나의 판단 소관이 아니다. 그저 난 대일본제국의 일개 신민으로 진충갈력, 천황폐하의 근신 수족으로써 헌신 보국하는 국책사업의 하수인일 뿐이다. 내가 곧 대일본제국의 영명한 사무라이 한 조각이다.

하여튼 이런 심상을 눈치라도 챈 듯, 동척지점에서는 뒤늦게 파송된 분견소대와 제국의 사역자를 위한 주택 신축의 설계도 허락했다. 감읍할 일이 분명하다. 주재소 분견대에 두 채, 동척의 현장을 위하여 세 채로 도합 다섯 채의 건축을 서둘게 했다. 이 또한 현장 감독 건의에 즉각 응답한 실천이다. 일본제국의 대동아 공영사업은 한 치의 빈틈도 없어야 한다. 또한 저간의 세월 따라서 이웃 섬나라 필리핀은 단 숨결이요, 대만과 만주와 중국은 물론하고 러시아 접경 적지의 온갖 전황의 승전보에 따라서 오직 전진, 또 전진만이 있을 뿐이다. 대일본제국 천하 통일의 위업을 달성했던 16세기 도요토미 히데요시의 영웅 시절이 도래하였는가. 허나 그가 죽고 7년 전쟁이던 임진란으로, 그 꿈은 초라하게 무너졌다. 이제는 판도를 넓히자. 대륙을 바라보자. 따라서 19세기 후반 섬나라, 에도 막부를 무너뜨리고 중앙 집권 통일 국가의 새로운 건설과 자본주의 형성의 기점이 된 정치 사회적 변혁 과정의 물결이다. 감히 대동아 공영권이라 한다. 사무라이 정신으로 무장한 청년 장교들이 주축이었던 메이지 유신明治維新의 호기로운 깃발이라 한다. 저 유럽을 보아라. 저 신흥국가 미국과 섬나라 영국의 승승장구를 눈여겨보아라. 대동아 판도란, 사무라이 정신의 질긴 밥줄이 아니고 대체 무엇이랴.

하지만 왜 이리도 숨결 가쁘게 서두르는가? 세상에서 삶이란 잠잠하고 평화롭고 여유란 없는 법이던가? 허나 나는 어찌하여 이처럼 만사가 시들한가. 진지한 성찰과 사려 숙고의 진정성이 없다. 그저 막무가내로 돌격, 돌격대처럼 무지스러운 장총을 쏘아대며 휘몰아가는 형세다. 조선왕국을 비롯하여 바다 건너 필리핀과 대만 접경 중국대륙을 거쳐 대동아시아의 공영이라. 일 억 국 민 총 궐기라. 대동 신민의 총 동원령이라. 군부내각의 장엄한 전시체제라. 도 대체 무엇을 위하여, 누굴 위하여, 멸사봉공 분골쇄신해야 한다는 말인가. 덩 달아 창검을 휘두르며 칼춤을 추어대지 못하는 이런 심사는 도대체 뭔가. 간이 사무실에서 창밖을 건너다보며 겐타로는 스스로 수꿀했다. 지천명의 나이 탓 인가? 미지근한 성격 탓인가? 동척에서 간척사업 총 감독으로 파송 사령장을 받는 날만해도 제국의 척신戚臣 첨병이라 우쭐했건만!

  하달된 설계도를 들여다보며 곤이치 와사마키 군은 흥분을 감추지 못하는 기색이 역력했다. 두툼한 안경을 들추어가며 번득거리는 부엉이 눈길로 이거 야 말로 제국의 문화와 문물이 식민지국에 상륙하는 첫 조짐이라는 것이다. 뭐 니 머니해도 의식주가 제일의 과제요, 첩경 아니던가. 사람살이의 살림을 갖추 어야 한다. 온전한 가정을 이루어야 한다. 보금자리가 안정되어야 한다. 이제 야 말로 자신의 청춘도 꽃을 피우게 된 첩경이라 했다. 정녕 청춘의 꿈에 들뜬 음성이다. 봄바람 탓인가. 봄날은 조선의 개나리나 진달래, 봉숭아, 살구꽃처 럼 스스로 오고 가는 이치를 잊었는가? 제국의 저 장엄한 사쿠라 전설과 허망 을 맛보지 못했다는 말인가. 조치! 좋아, 그거야 말로 앞 못 보는 지까다비 청 춘의 특권이 아니랴? 거기에 어깃장을 놓아야 할 이유는 없다. 주장할 권리도 없다. 단지 나의 충실한 조수일 뿐이다. 조력자일 뿐이다. 철없는 젊은이여! 꿈 을 꾸어라. 아리고 서러운 꿈이 있어, 젊음이란다. 깨고 난즉 헛되다 할지라도, 내가 못 누리는 허황된 꿈이라 할지라도 탓하지 아니하리라. 왜 이런 체념에 어깃장 난 심사가 드는 것일까. 스스로 메마른 한숨 저절로 터진다. 그는 문득 골연을 피워 물었다. 황촉 끝에서 피어오른 제국 일본산 봉초의 희부연 연기가 솟구치자, 이윽고 도피처를 찾은 듯 까닭 없는 안도감이 들었다. 이래서 점차 딸기코의 싯누런 골초가 되어가나 부다.

그는 불현듯 춘사春思라. 춘정春情이라 하는 단어가 떠올랐다. 그렇구나. 이 까닭모를 시들한 일상사가, 아련한 망연자실이, 결핍된 허망감의 소재가 무엇인가? 삶이란 그렇게 허망한 노릇만이 아니다. 인생이란 그리도 망연자실로 허송할 세월만이 아닌 것이다. 이 아련한 허망감이란 춘정의 결핍 탓이 아니랴? 춘사라. 아아! 나의 첫 사랑 나카야마 하나코여! 그대는 잘 살아가고 있는가? 배경 좋은 장인어른 나카야마 다이치 영감은 안녕하신가? 나의 내실을 차지한 사치코 행자는 아무래도 정들 수 없다네. 그 눈치를 못내 새들하고, 서러워함인가. 이제는 나의 영접도 밤의 행사도 그저 시들해져 버린 셈이라네. 쓸쓸하고 아리송한, 망연자실일 뿐일세.

시미즈 겐타로는 불현듯 생각의 실마리를 부여잡고 있었다. 그렇다. 나의 춘사春史나 춘정이란, 실로 어이없는 춘사椿事라. 불상사가 대부분이었다.

이 국책사업에 파송된 이후, 저 하나코의 느닷없는 출분이며, 연이은 석산의 삯배 네 척의 침몰과 참사, 그 후에 마량 당골 원단의 비명횡사, 또한 석산 총책이었던 사이조 히데키와 함바집 연동댁의 정사情死랄까. 은장도와 칼침에 목이 비틀린 횡사橫死라 할까. 실로 꽃샘 비에 짓밟히고 숨겨버린, 그리도 지저분한 낙화분분이었다. 아! 그래서였던가? 이 가슴을 무시로 파고든 처량한 허망감, 민망스러운 시들하고 느끼한 감상이라니, 이제야 생각의 갈피가 스스로 음험한 제 모습을 드러내는 듯싶구나. 혼혼한 봄바람의 허망감이란 바로 그것이었구나.

— 어이, 곤이치 와사마키 상! 그리도 좋은 게야.

총 감독 시미즈 겐타로 상이 느닷없이 호통 치듯 불렀다. 젊은이의 동그란 안경 부엉이 눈빛이 놀란 듯 희룽거렸다.

— 도대체 그 놈의 설계도에서 뭐가 나오나 말일세. 돈이 나와? 명예가 나와?

— 세상에 거저 나오는 법이란 없지를 않습니까? 돈이나 명예가, 거저요?

동척 현장의 눈길이 부딪히고 있었다. 시들한 안색에 마주보는 청춘의 눈빛이다.

— 자네 눈빛이 그야말로 살쾡이 그 빛이라 말일세.

— 그게 바로 대제국의 사무라이 눈총이 아니고 뭐겠습니까?

— 사무라이, 사무라이, 사사건건 어찌 그리도 들먹이는가?

— 상무정신이라, 감독님, 하긴 전 언젠가부터 감독님의 그 낭만기질? 인간성에 정이 들어갑니다. 허나 제국 신민의 정통 사무라이 인고의 세월이 아니던가요?

— 인고의 세월이라. 하긴 여긴 이국땅, 식민지 백년 천년의 설계를 그리는 우리는 그 첨병이라 그 말이겠지. 천황폐하 성총으로 진충보국하라. 광영이 임하리라.

시미즈 겐타로 상관의 눈길을 조요히 받고 있던 젊은 와사마키가 새삼 입을 연다.

— 아! 아닙니다. 그리 거창하게는 말고, 그저 오랜만에 신축 건물 설계도의 신단과 다다미 목욕통을 보았더니 갑자기 몸이 근실거리는 데요. 이놈의 조선 땅에서는 도대체 목욕탕이라는 게 없으니 말입니다. 야만이 따로 있나요. 집집마다 산수山水를 즐기며 신불 모시고 조석으로 향촉을 사르며, 절하여 섬기는 아름다움이라니, 바로 이것이 일본제국의 위대한 위력이요, 상징 아니겠습니까? 그런 생각입니다.

— 정말 그런 생각뿐이라, 그 말인가. 깔끔한 다다미 신단에 향촉을 사르고?

타박하듯 어우르자 그 눈치가 당장 아리송해졌다. 집집마다 신불을 모시고 정신마저 아득해지는 향촉을 사르고 모시는 아름다움이 제국의 위대한 위력이요, 상징이라니. 아서라. 치워라. 사방팔방 천지에 보이는 모든 것들이 신불이요, 신단이요, 신출귀몰의 난장판 세상이 아니던가. 왼쪽 눈 가리고 오른편 하늘은 없다하여 흥흥거리지 말거라. 청춘의 향기 짙은 곤이치 와사마키 상!

— 오이, 와사마키 상, 제발 업무 처리에 입 발린 소리는 지겹지도 않은가? 우리 좀 사나이답게 솔직해지자고. 자네 요즘 신바람난 발걸음 행처가 어디던가? 나의 더듬이 촉수는 녹슬지 않았다는 걸 잊었는가.

— 아이! 겐타로 감독님, 그야 제 안경이 동그랗고 두툼하지 않습니까? 많습니다. 은근짜가 부지기수란 말입니다. 삼천리강산 봄바람, 살랑 거린지가 언젭니까? 조선이나 대일본제국이나 봄날은 왔다 하면, 갑니다. 찬란한 사쿠라의 아름다움도 단지 열흘뿐입니다. 자고로 화무십일홍이라.

그가 줄줄이 사탕으로 늘어놓았다.

— 여기는 뱃놈들 설치던 항구의 사랑촌이랍니다. 마도로스 파이프를 잊으셨나요? 저 서글픈 뱃고동소리에 애간장 녹아난다, 그 말입니다. 항구마다 쌍쌍 나란히 파닥거리는 갈매기는 구슬픈 뱃고동소리랑 합작하여, 봄날에 아롱거리는 나그네를 유혹한다, 그런 말입니다. 선창가에서 삼대를 이어온 고영자 집은 널린 게 니나노요, 다무라田村에다가 오 본토 상점, 그 옆으로 북문 주막에는 역시 대를 이어온, 장두옥 이라는 여인의 진간장 손맛 나물 맛이며 막걸리 청주가 제 맛인데다, 은근짜가 많아서 자고로 조센징 벼슬아치들 단골이라 합니다.

— 오이! 그리 해박한 와사마키 상, 그런즉 그 순례길이 심심산천 유람이더라, 그 말 아닌가. 세상에 그리도 무정할 수가 있단 말이렷다.

— 아이! 겐타로 감독님! 이국산천 봄바람을 나 몰라라, 그리도 얼어붙게 설한

풍으로 삼엄하시던 지존이 도대체 누구시더라.

그렇게 시작된 걸음이었다. 와사마키는 두툼한 안경의 콧대를 만져가며 연신 풀어놓았다. 부엉이의 눈길이 가물거렸다. 객향에서 객고客苦란걸 아시지요? 왜 인생이 나른하고 시들하다는 말입니까. 사대육신 팔천마디가 마디마디마다 얽히고설킨 진국 진액을 풀어내지 못하는 탓이랍니다. 풀어야 합니다. 마디마디를 풀어야 살맛이 나고, 살맛이란 결국 살풀이 맛이지요. 사실 조선 백성들만큼 반상 가리면서도, 살풀이에서 너그러운 은근짜가 없는 듯합니다. 제가 관심을 가지고 살펴본 결과요, 연구실적입니다. 상하빈천 불고하고 앞에서는 근엄 추상하건만 등 뒤로는 은근슬쩍 푸짐한 세월풍속이더라, 그런 말입니다, 하며 엉뚱하달 수 있는 논설을 풀어놓았다.

마량포구의 역사를 들추었다. 진진한 가락이었다. 작은 갯마을의 마량포구가 문헌상으로 처음 나타난 바는 고금도 바다 건너서 마량 만호萬戶진으로 15세기에 조선왕국의 병마절제사영兵馬節制使營이 탐진 읍성으로 이전되면서 부터라 했다. 그때 이미 이 마을에나 인근에 조선 수군 진영이 설치되었고, 여러 문서를 종합해보면 수군만호 종사품從四品이 주둔하면서 성을 축조하였다. 둘레의 길이는 약 900척尺이요, 신형 거북선 1척에, 병선 1척, 방선 1척, 사후선 1척에 군병 300여 명, 군향 곡으로 1830석이 쌓였다. 이로 인한 주둔군과 아녀자들 인력과 그에 붙좇는 장사치며 백성들을 셈하면 상당한 인구였던 것으로 추측할 수 있다. 마도 진성의 성지城址가 남아 있다면 더욱 확실한 기록을 볼 수 있겠는데 아쉬운 일이다. 단지 강진 읍성 해상을 통한 관문으로서, 완도군 동부의 제도와 해남군을 건너다보며 해상 교통과 상거래의 중심지로 약 600년 전에 제주 출신 양씨가 터를 잡았다. 조선왕조 12대 인종仁宗조에 수군만호가 마을 형태를 정비한 곳이다. 원마, 동마東馬인근에 신마神馬, 숙마가 터를 잡아나가

다 오늘에 이르게 된다.

— 어때요, 이쯤이면 지형지물 파악에는 아쉬운 대로 손색이 없겠지요? 이것이 바로 제국 사무라이들의, 상무尙武정신이라는 겁니다. 마두馬頭진성입니다.

그는 자랑스러운 눈길을 보내며 시미즈 겐타로 감독을 주목하였다. 역시 대일본제국의 창창한 젊음의 기상이 살아있다고 인정하지 않을 수 없다.

— 오이! 곤이치상, 요시이! 그래 그 자랑스러운 패기를 인정하겠다. 하지만 여기에 다 늦게 동양척식이 덤벼들어 만석 군도 못되는 갯벌의 주인이 되겠노라, 그건가. 우리는 그 아름다운 미명의 하수인 똥개들이라.

— 아이! 겐타로 감독 상! 비하가 지나치십니다. 하수인 개들이라니? 놀랐습니다. 역시 객고를 풀어야 하겠습니다. 단단히 맺혔다는 증거 아닙니까. 우리들은 대일본제국 신민정책에 일등공신입니다. 앞장선 제가 이등공신쯤 되겠지요. 맞습니까?

우쭐거리며 그들이 자전거를 멈추자 화사한 영접이 볼만했다. 노랗고 파란 치마 저고리였다. 멋쟁이 서방님 아저씨는 곤이치 와사마키 총각님이요, 현장 총 감독이라는 말에 작부들이 우르르 쏟아져 들었다. 방석을 잡고 술잔 돌리기도 전에 와사마키가 새롭게 풀어놓기 시작했다. 뭔가 머쓱한 기색을 내지르고 있었다. 사내들의 어깃장난, 권주가라 할까? 이내 장단을 들어 보거라, 하고 느짓이 풀어가기로 주객 모두가 귀를 기울인다. 살풀이로 한바탕 입가심이리라.

— 날마다 풀어야 할 객고客苦요, 그리하라는 객사客舍의 호롱불 영접이거니, 오너라. 나그네 집에서 객사客思란 객지의 잡생각들이 한숨 쉬던 사람을 잡습니다. 그런고로 객사客死는 기가 막히게도 서럽지요. 객사客辭는 청춘의 살맛나는 장광설 축사요, 이는 객사客使의 실력이요, 자랑이지요. 객점客店은 허리띠에 훈

도시 풀어 기모노로 몸과 맘 풀어 모시는 숙식이지요, 객석客席이라면 평안과 인식을 누리는 관객이요, 객과客科라면 백성의 한 살이 과업이요, 산천경계를 유람하는 객관客늘은 나그네의 하처 불 상봉이라는 신묘한 벼슬입니다.

듣다본즉 가벼운 살풀이, 입가심이 결코 아니었다. 스스로 고개를 주억거리며 뒤얽힌 실마리를 풀어가듯, 초연하고도 진지했다.

── 거기서 또 실마리를 풀어 가라는 객관客觀이지요, 이는 나 곤이치 와사마키 총각의 객관적 판단입니다. 객아客我란 나 스스로 자아의 대상인 홀로요, 객직客職이라면, 역시 나그네입지요. 객파客波가 홀로선 진장입지요. 객처客處의 서러운 인생이란 다른 것이 아니요 객적客敵이란 황당해요. 객혈喀血은 하루살이 폐병장이입니다. 객삭客朔이란 서러워라. 객강客江은 뜻도 없이 소리 없이 흘러라. 객거客居란 인생길 서럽고 고달파라. 객공客工은 한 살이 지겹고도 힘들어, 객광客鑛이라면 자고로 너나없이 주인만 많아라. 객군客軍은 자칫 한 눈 팔다가 객귀客鬼라니, 객금客衾을 어서 펼쳐라. 몸 풀어 눕고 둥글자. 이는 한 맺힌 사내들의 가벼운 객기客氣가 아니다. 객년客年은 힘들고 지겨웠다. 객담喀痰은 서럽고 두렵다. 객담客談은 살맛이요, 술맛이다. 객동客冬은 한결 더 춥더라. 객랍客臘이란, 옹골지게 내 것일 뿐이다. 지지고 볶아 놓으면 술안주가 최상입니다. 객려客旅를 하여간 박대 말라. 객례客禮가 어설프다고 탄식하리. 객론客論을 귀담아 듣고 숙고하라. 객리客裏를 서러워말자. 객반客反이 가엽구나. 객병客兵은 더 무자비하고 무섭다. 객비客費를 삼가 아껴라. 객살客殺을 설마 내가 당하리오. 객상客床은 가벼운 꺽다리라. 객상客商들은 담이 크단다. 객상客狀을 박대 말라. 객선客船은 쌓고 동이 울린다. 객선客善이 선덕지극하다. 객설客說을 거두어라. 객성客토이 외롭구나. 객성客省이 자상하다. 객세客歲를 엄수하라. 객수客水는 옹가슴 적신다. 객수客愁에 향수병이라. 객승客僧홀로 잠 못 드누나. 객신客臣을 영접하라. 객신客神은 더 무섭다. 객실客室을 청결히 하라. 객심客心은 지극하다. 객창은 심객疹客이라 상념

이 깊어진다. 객심客審 냉철하고도 비상하다. 객심客心이라면 심오하고도 숙고한다. 객어客語는 엄연하고도 시가를 자랑한다지. 객연客演을 즐기고 사랑하네. 객열客熱을 울어라. 객우客寓는 잠 못 이루고 더욱 서글프다. 객우客遇는 영접하는 나그네. 객원客員은 푸대접을 말라. 객월客月이라면 풍월을 즐긴다. 객의客意는 정중하게 존중하라. 객인客人을 정중하게 영접하여라. 객장客裝을 감상하며 색다른 문화를 칭송하라. 객장客將은 냉철하고도 용맹하다. 객정客亭은 세월을 자랑하는 시향일세. 객정客程은 나그네 먼 길을 동행하세. 객정客情을 한 잔술로 풀어보세. 객주客主가 주객을 마주하여 객주客酒를 대접하랴. 객죽客竹이 소슬하고도 청청하다. 객증客症은 얼핏 풀어야 할 소증일세. 객지客地를 떠나거라. 객차客車를 타고 보니, 객창客窓에 비 내리네. 객체客體를 존중하라. 객초客草는 타오르는 입심일세. 객춘客春에 춘사로다. 객추客秋에 한숨 짓어라. 객출喀出이 벌겋구나. 객침客枕을 높이 베네. 객탑客榻, 객토客土에 땅이 살아나 객하客夏를 견뎌보리. 객한客寒을 견디지 못하면, 객한客恨은 뼈에 사무치리. 객향客鄕에 객호客戶를 홀로 방문네. 객호客虎가 두렵다하되, 객화客火를 이길 소냐? 객화客貨를 덤으로 받고, 객황客況을 판단하라. 만단萬端 객회客懷가 무궁하구나. 이게 바로 한번 물었으면, 끝장을 보고야 마는 무사도입니다. 질기지 않습니까? 근성根性입니다. 섬나라 족속의 번영철칙 근성이라, 그런 말입니다. 자! 듣고 본즉, 과연 어떠하십니까? 이것이 지난 삼년간 조선을 드나들고 장래사를 궁구하면서, 제가 판단하고 공부한 이력인 것이외다. 조선의 객향이란 이리도 깊고, 오묘하고 신묘하더라. 특히 팔도강산의 조선이 말입니다. 이래서 저는 조선의 한량들이 자랑하는 금수강산이 정들었습니다. 하룻밤에도 만리장성을 쌓는 일이, 인생하처가 아닙니까? 일본제국에서는 그리 하찮게 건성이건만, 우리가 해마다 철마다 짓뭉개자는 조선이라는 나라가 이리도 깊고 심오하고 당당한 것을, 어찌 나 몰라라 할 것입니까? 하고보니 얼씨구절씨구 지화자 좋구나. 이리 보아도 내 낭군 저리를 보아도 내 사랑이 이리도 문장이요, 저리를 보아도 얼씨구절씨구라. 지화자 좋구나. 얼럴럴 상사뒤야. 상사뒤야. 뒤풀이입니다. 허나 이 수상하기 짝이 없는 뒤풀이의 가락을 알아야 합니다. 아니야, 그게 아니라. 아리 아리랑, 스리 스리랑 아라리가 났네, 나그네 이내 몸을 버리고 가시는 임은 십리도 못가서 발병이 나요. 십리도 못가서 발병이 나요. 청천 하늘에는 잔별도 많고, 이내 가슴엔 수심도 많다. 몸 풀어 맘 잡고, 나그네길 함께 가세. 이 은근짜 조센징의 정담이며, 가락을 들어보십시오. 이처럼 객향 객고를 소중하게 어루만지고 감싸는 세상을, 바로 우리의 대일본제국의 일시동인이라니, 감읍할 지경 아닙니까? 저는 이래서 요 땅에서, 시시 때때마다 어 헐 럴럴 상사뒤야! 불러가며 하늘땅 휘둘러 천년만년의 중시조가 될 작정입니다.

─ 오이! 곤이치 와사마키 상, 자네 벌써 취했나. 술잔에 입질도 대기 전에?

─ 아이! 취하지 않고 이 세상 어찌 살란 말입니까. 여기에 그 떵떵거리는 함바집 식권 열 장만 풀어놓으면, 맘 놓고 몸 풀고, 객고를 화악 풀어드립니다. 그냥 푹푹 말입니다. 우리의 영명하시고도 자랑스러운 시미즈 겐타로 총 감독님 안심하시지요. 지겹게도 끈질기다고 하시겠지요. 근성입니다. 양양하고도 창창한 히노마루 깃발 휘날리는 대일본제국이여, 천천 만만세로다.

─ 아니, 청주 몇 잔 마셨다고 그리도 정신을 놓다니? 이런 춘풍의 살랑 판국에 웬 놈의 항구동척 공사판의 함바집 식권이라니?

─ 그저 현장의 식권 열 장이면, 탁상이라! 그 말입니다. 서글프지 않습니까. 그리도 풍성한 인심, 넘치는 인정에 나그네를 보듬고 살맛나는 세상이 아닙니까. 조선조 대갓집에서는 아예 객관客館이 사랑채라 했답니다. 나그네 영접하여 대접하고, 특히 선비들을 환영하여 석 달이건 일 년이건 넉넉한 대접을 받아가며 밤마다 시화 풍월을 읊고, 산천 유람하고, 정치세속을 탁발도 하고, 그런 고고한 선비의 나라입니다. 하지만 역사적으로 제국 일본을 비롯하여, 명나

라 청나라 중국은 아예 대국으로 섬기면서, 고개를 굽신거리며 큰 절로 인의예절 공맹지덕을 인생의 도리와 국가 존망의 지존으로 삼아 오백년, 천년을 누려 온 이 나라 이 꼴입니다. 저토록 흰옷을 즐기는 백성들이 왼 종일 소처럼, 말처럼, 개처럼 일하고도, 현장에서 고작 하루 석 장 밥값이 식권 아닙니까? 보릿고개에 누렇게 밀려드는 일꾼들을 보셨지요? 그게 조선입니다. ─얼럴럴 상사뒤야! 북장고치는 조센징들의 한풀이 신세라 그 말입니다.

─ 난 그 현장 총 감독이라, 그 말인가. 동척의 충직한 똥개라, 그런 말인가?

─ 아아! 감독님, 총 감독님? 난, 그 감독님 소리가 제일 싫습니다. 뭘 그리도 감독하고, 감찰하십니까? 현장의 십장들 하는 짓거리를 감독하십니까. 일당 육십 전 하는데 함바집 식권 한 장이면 십오 전, 겨우 한 끼를 때웁니다. 십장들은 그 식권 흔들어가며 일꾼들을 호령합니다. 진종일 땀 흘리고 진액 다 쏟아 벌어, 그 날 그 날 목숨을 이어갑니다. 그렇게도 소중한 목숨이 아닙니까? 제발 몸을 풀어야, 객고를 맘 푹 놓고 풀어야, 목숨 줄 걸린 밥맛도 나고, 살맛도 날법합니다. 실정을 아시겠습니까? 아니 그런가. 어이 예쁜 아기야. 자네가 날라리 수심가 명창이라지? 우리 총 감독 서방님을 잘 뫼시라, 이 말이다. 네 속살이, 네 속살 깊은 매력이, 그 실력이 어떠하더냐? 날 잡아 코피 흘리게 잡숫듯, 그런 말이다. 잘 알아들었겠지.

허나 그날 밤 말라깽이 안경잡이는 눈썹 비틀고 빨강 콧물 넘치게 닦달하는 변강쇠요, 겐타로 감독 상은 그저 그런 지렁이나 고자축이라는 말이 그들이 언은 별명이었다. 별명은 꼭지부터 달랐다. 눈먼 강아지 탐욕스럽게 어미 개 젖무덤 빨아대듯, 달찬 송아지 어미 소 젖꼭지 치받듯, 말라깽이 안경잡이는 질기기가 무한정이라고 했다. 그런가 하면 겐타로 감독 상은 향내 나는 문전에 서성거리다가 저절로 지리면서 웅얼거리듯 한다는 소리가, 내 사랑 하나코 짱, 하나코 짱하고 선소리 주문만 몸서리치게 외우는 넉살에 술이 깨고, 몸은 식고 정나미가 삼천리로 떨어지는 바람에 정작 급살急煞풀이부터 해야 사내구실 하겠더라는 풍설이었다.

딸각쟁이 발도 없는 말씨란, 하룻밤에도 백리를 가는 법이라 하였다. 마량 포구 갯가의 홍사초롱 홀렁거리는 봄바람은 끼룩거리며 숙취를 털어버리려는 파랑새처럼 화사하게 오더니 홀러덩 떠나갔다.

열네 마당

갯벌타령

바다의 물때란, 신묘한 장난이다. 조금小潮과 한사리滿潮 때를 따라, 매월 두 차례 매일 두 차례씩 들고 나는 밀물과 썰물의 장관을 이름이다. 만삭 여인의 충만한 뱃구레 닮은 조금 때는 물론이려니와 음력 보름과 그믐께 한 사리 때의 그 엄청난 썰물 가락을 눈여겨볼라치면, 누군가의 신묘 망측한 장난이라고 밖에 달리 무어라하리. 오! 아니, 아니다. 망측한 장난이란, 그 얼마나 불경스러운 언사인가. 오히려 외경심 솟구치는 장관 아니었던가. 칠 척이나 팔 척 깊이로 갯벌 파랑파도가 순식간에 물러가는가하면, 이튼 날이면 충만한 파랑파도 앞세우고, 철썩철썩 거리며 무수한 수군들처럼 덤벼든다. 아침저녁 어김없고 끊임도 없는 두 차례의 조홧속이라니, 도대체 어디에서 그 문답問答을 찾아볼 수나 있다던가. 달님과 태양이 음양의 이치라고? 천지간에 오고가는 바람과 구름 탓이라고? 하늘땅 양과 음이 밀고 당기는 자력의 짓이라고? 살아서 호흡하는 우주공간 들숨 날숨의 생명 짓이라고? 그저 단순한 산곡의 높이와 바다 속 무량한 깊이가 끌고 당기는 조홧속이라? 옳은 말인지도 모른다. 하지만 사람들 말이란, 가소롭고 때로 가엾기 그지없다. 그 가소로운 인생의 언어, 말로 형언할 수없는 온전히 지구적이요, 우주적 신비의 조홧속세계다.

전에 제국의 교토 시에서 일찍부터 들은 대로, 천주학이라는 야소교당 사람들의 잠언서 경전에 이르기를, 천하 범사가 때를 따라서 이루어지나니, 심을 때가 있고 거둘 때 있으며, 살릴 때가 있고 죽일 때 있으며, 추울 때가 있고 더울 때 있으며, 울 때가 있고 웃을 때 있으며, 찢을 때가 있고 꿰맬 때 있으며, 사랑할 때가 있고 미워할 때 있으며, 전쟁할 때가 있고 평화할 때 있느니라. 시작의 때가 있고 끝나는 날 있느니라. 단지 일하는 자가, 그의 수고로 말미암아 무슨 이익이 있으랴….

이 모든 일이 하늘의 천주님이, 인생들에게 노고를 주시어 애쓰게 하신 것을 내가 보았노라. 이 천하의 인생만사가 천주님의 경영이요, 지극한 보살핌이라고도 했다. 진정 그러한가? 천주님 손길에서 오고가는 시기와 절기 그 변함없는 물때란, 그토록 신묘막측하고 엄중한 장난의 손짓이던가, 천주님의 손짓이던가? 그 손길이란 나로선 도무지 멀고 깜깜속으로 모를 일이다.

시미즈 겐타로는 이따금 망연한 잡상에서, 스스로 헤어날 길을 찾지 못하여 헐떡거렸다. 천성이랄까? 꺽다리만 멀쩡한, 단순정직일까. 갯벌 바다의 물때를 살피며 외경심에 사로잡히고 망연해하는 습성이 갈수록 더했다.

그런 때도 조수인 곤이치 와사마키는 아는 척을 했다. 그 천주당에서 서양 선교사들이 제일로 주장하는 두 가지 계율이 있다는 것이었다. 대체 뭔가? 으레 사찰이나 교당, 우리네 신사神社전에는 말이 많고 계율도 무수한 법이 아니던가? 허나 천주당에는 그렇지 않다는 거였다. 근본은 열 가지로 꼽는 이른바 십계명十誡命이 있지만 그건 옛날 계명이고, 신약시대에 와서는 단 두 가지로 축약한다는 주장이었다. 그 주장하는 눈길을 잊을 수가 없다. 나그네의 객고를 다스려야 한다는 저번 때의 진지함이 느껴지는 대목이었다. 진진하고도 끈덕진 객고풀이가 대단하였겠다.

그가 눈을 빛내며, 사무라이 정신을 설파하듯 말했다. 차분한 논조였다.

— 인생이란 때때로 쉬어야 합니다. 때를 따라 쉬고 즐기라는 겁니다. 따라서 그 하나는 네가 대접받고자 하는 대로 네 이웃을 먼저 대접하라는 것이요. 둘째는 오라! 와서 나와 변론하자. 인생들을 초청하면서. 야소라는 선생의 가장 큰 가르침과 주장은 -오라! 수고하고 무거운 짐 진 자들아 다 네게로 오라. 네가 너희를 쉬게 하리라는, 초청의 안식이라는 겁니다. 내게 와서 안식安息하라. 나를 만나고 믿고 따르면, 모든 죄악을 사하고 인생의 온갖 무거운 짐과 멍에를 벗겨주고 생명의 길로 인도하리라. 그 일을 위하여 대신 죽었다는 그들이 신봉하는 십자가의 역사적 사건이라는 겁니다.

알아들을 수 없고 까닭 없이 내 대신 누군가가 죽어 주었다는 말은 도무지 인간의 고상한 말이 아니었다. 그저 웃고서, 끄덕거리다 말 일이었다. 하지만 오늘날 그 바다를, 그런 거창한 물때의 갯벌에서 산자락을 뜯고 돌과 흙으로 매립해서 갯벌 무논을 이룬다. 수답水畓이라? 그리하여 찰진 조선 쌀을 증산하고, 조선의 백성들을 구휼할 뿐 아니라, 대 제국의 수요에 진충보국한다. 이것이 동양척식 사명이요, 대동아 공영권의 첩경이라. 하여튼 거창한 구호 아닌가? 허나 난 모를 일이다. 그저 현장 총책으로 감독하고 질책하고, 진도를 촉구할 뿐이다. 일꾼의 십장들 다구치고, 식권과 일당 지전으로 거래를 독촉할 뿐이다. 더 많이 파고, 나르고, 쏟아 부어라. 신 마량 갯가와 숙마 갯가 발치에서, 파고 날라 좁히고 밀치면, 금년 안에 물막이 공사가 마무리 될 수도 있다. 그것이 일차적인 목표가 아닌가. 그러고도 석공은 석축을 쌓고, 막일꾼은 둑을 쌓고 둑에는 풀밭 잔디를 입히고, 썰물과 밀물이 때를 따라 들고나는 수문을 설치하고, 수로를 확장하며 갯논을 풀어 농사를 짓기까지는 삼년, 오년이나 걸릴까. 무정세월이라. 도무지 선험이 없는 일이다. 지난 6, 7개월간 동향보고요, 현장의 결론이요 수확이었다. 겐타로 총 감독 군이여! 분발하라. 현장 사령관이여! 분투하고 정진하라. 장래사는 진충보국하는 신민의 헌신에 광영이 임하리라. 해를 거듭할수록 대동아 각처에서 승승장구하는 충용 무쌍한 대제국의 별들을 앙망하여라.

이것은 소, 중등의 학도들에게만 촉구하는 구호가 아니질 않는가. 일억 총궐기의 대동아 공영의 기치를 높이 쳐들고 전진 또 전진 돌격하는 자랑스러운 히노마루 일장기와 기미가요 국가가 아니던가. 거창한 합창의 전장 앞에서 망설임이란, 대체 무엇이라? 흔들림이란 무어란 말인가. 있을 수 없는 소의少義 망발일 뿐이다.

장마철이 시작되었다. 때 이른 여름장마였다. 월령가 명절이라는 유두절기 지나고, 하늘의 별바다에 견우직녀가 상봉한다는 오작교의 애틋한 전설 칠월 칠석을 전후하여 장맛비가 쏟아졌다. 줄기찬 장대비였다. 유두 절기에는 강낭콩 듬뿍 넣고 부드럽게 빚은 보리 밀개떡이 계절음식이라 했다. 담백하고 부드러운 떡 살맛이 짭짤했다. 먹어도 배가 불러도, 물리지 않는 맛이었다. 이에 빈속 채우고 곁들인 보리쌀 막걸리가 제격이었다. 하지만 호시절에는 특별한 음식도 별미라고 들었다. 수단水壇이라 하던가? 흰떡을 젓가락 만하게 비벼서 한 푼 길이로 썰어 마르기 전에 꿀물을 넣고 실백을 띄운 음식이란다. 요즘 같은 절기에는 엿물 조청으로 대신하겠지. 하지만 일본제국의 칠석 절이라면 마을마다 찬란한 대나무 잔치를 잊을 수 없다. 잔치란 먹자판만이 아니다. 허나 좀 염치없다는 생각이 든다. 일 년에 겨우 한 차례, 오작교를 건너서 만나고 헤어져야 하는 견우직녀 애틋한 사랑의 사연은 아랑곳없이, 그저 소원이나 들어달란다. 동구 앞에 푸른 대나무 잔뜩 세워놓고, 온 마을 사람들이 각자 소원을 써서 걸어 두 손 모아 성취를 비는 지극정성인 것이다. 오색 아롱진 단책短冊을 읽고 볼라치면, 그 새파란 눈길들 번쩍이고 살벌해진다. 하여간 제국신민이란 두 손 맞잡고 굽실거리는 데는 제격인 백성 아니던가. 요즘 같은 혼란의 시절에는 도대체 무슨 소원들이 풍성할까. 황국신민 국책사업이라? 갈고닦는 사무라이나 정신 좀, 어지간 작작 들먹이지 말고, 조용한 평화의 일상이라.

하늘이 낮게 내려앉았고 물먹은 구름은 산천을 뒤덮고 들녘을 적셨다. 장대비는 아침에도 내렸고, 숨길 돌릴 틈도 없이 저녁에도 쏟아졌다. 빗소리가 천지간에 안개처럼 그들먹했다. 장맛비는 밤낮을 가릴 줄도 몰랐다.

본국에서 으레 당하는 장마철 장맛비와는 유달리 지겨운 느낌이 들었다. 석산도 숙마골이나 신 마량의 공사판도 만사휴의였다. 단지 함바집의 젖은 땔감에 검은 연기만은 그칠 수가 없는 법일 게다. 송진에 불타오르는 조선 소나무는 불땀이 거세다. 쏟아지는 빗속에서 함바집의 간이 건물은 빗방울 난장이었다. 봉두난발, 더벅머리에 후줄근한 비를 맞고 수컷들 누린내 풍기며 삯군들은 아궁이 불가로 웅성거렸다. 끼니때마다 가마솥 검붉은 연기가 세 채의 함바집에 가득차서 연기속인지 빗속인지, 사내들인지 아낙들인지 분간하기도 어려웠다. 찌꺼기 뒤지던 똥개들도 비를 맞은 채 어기적거렸다. 조선 장맛비는 끈질기고, 시리고, 당찼다. 하릴없이 졸음이나 부르는 장맛비가 거침없이 쏟아질 때, 때를 만났다는 일군들은 모이면 여기저기에서 십이지종 화투꾼으로 소일한다. 화투짝 내다치는 소리가 창일하다.

문제는 갯벌이었다. 갯벌은 철모른 듯, 사리 조금 때를 가리지 못하고 벙벙거리는 물을 껴안고 있었다. 하늘에서 쏟아지는 민물과 해수 뒤엉켜 썰물과 밀물 작동을 멈춘 듯 했다. 해수와 육수는 적대하듯 뒤엉키지 못했다. 봉화산 골짜기에서 무섭게 흘러내린 연동, 원포 숙마골짝의 육수가 탐진만 완도 고금도 해남을 거친 해수와 대척했다. 싯누런 육수와 때를 따라 철썩거리며 밀려드는 썰물이 뒤엉키지 못한 채 맴도는 군병들처럼 앙알거리며 감싸고 맴돌았다. 만수의 갯벌 곳곳에서 수륙양군 맴돌이가 숨을 죽인 채 휘돌았다. 오아! 저런 걸, 명량 울돌목이라 했던가. 거기 진도, 완도를 거친 목포 어간 좁은 목에서 일본 제국 삼백 여척 삼 층짜리 전선들이, 죽다 남은 통제사 이순신의 열두 척 전략으로 치욕적인 완패의 역사를 남겼다던가? 조선국의 명량대첩이라 한다. 간척지 현장의 장맛비는 이처럼 질기고도 구리고 음흉한 태깔이라니, 도대체 조선의 해수와 육수의 탐색은 아무래도 수상쩍은 느낌을 지울 수가 없다. 하늘땅이 무언가를 맷돌질하는 느낌이다. 겐타로 감독은 저절로 터지는 한숨을 내버려 두었다. 습기에 젖은 연초에 불이 붙지 않았다. 조선 강산은 장맛비에 젖었고, 제국의 첨병들은 끈질긴 비에 질렸다. 빗줄기 바라보며 주재소 분견대장 이노우에 다케히코와 병사들을 생각했다. 그들이 앞세워 자랑하는 총칼로도 대포로도, 사무라이 정신이 발호하는 세상에서 그 무엇으로도 장맛비 앞에서야 속수무책이리라. 대동아 공영 자랑스러운 국책사업도 장맛비 앞에서야 무대책이리. 어쩐지 웃음이 터질듯 싶다. 가슴 후련해질듯 싶은 것이다. 별나고, 얄궂은 심사다.

　결국 생각지도 못한 일이 터지고 말았다. 이야말로 기습이었다. 전에 없이 물길 막힌 논둑 밭둑이 허물 벗듯 무너져 내린 것이다. 연동에서 원포 앞 들녘에 숙마골에서 갈증에 헐떡거리던 천수답까지 장맛비를 쏼쏼 쏟아내지 못한 채 논둑 밭둑을 허물었다. 곰처럼 움츠린 집집마다 산천이건 해변이건 싯누런 흙탕물에 잠겨들었다. 거창한 봉화산에서 훌렁훌렁 흘러내린 흙탕물은 멍청한 천지간에 범람했다.
　— 망할 짓이야. 천하에 몽땅 망할 짓이었당께!
　— 애시 당초에 상전벽해라는 말은 들었지만, 개펄 막고 물길을 막는 짓거리

란 역천자라. 순천지자는 아니었단 말이시. 뻔히 망할 짓이 있당께.

— 저 놈들 날치는 세상에, 무너지고 허물어진 우리 논밭둑 꼴을 어쩔랑가?

— 어디가 무너지고 허물어진 꼴이, 논밭둑뿐이랑가. 그께잇 거야…!

— 하늘이 무심하지 않다는 성현의 말씀은 천지불변이라. 여전하시당께.

— 목숨만 잘 부지하고 살아간다면, 정녕 좋은 꼴 볼 것이여. 흥망성쇠라거니.

— 그랑께, 얼럴럴 상사 뒤 야가, 살림살판이 아니랑가?

　막혔던 봇물 터지듯, 짓눌린 입들이 열렸던 셈이다.

　그렇게 칠 월 한 달을, 민물 갯물에 벙벙 잠겨있던 갯벌에 칠월 말 경 반짝 비가 개고 햇볕이 쏟아졌다. 햇볕은 불화살처럼 맹렬했다. 우짖고 줄기차게 지렸던 하늘이 열리고, 산천과 사람들의 눈길이 번쩍 뜨이고, 살맛이 열리는 듯싶었다. 사날 후에는 칠석 사리 때라, 갯벌의 물도 거짓말처럼 쭉 빠졌다. 시궁창 같은 갯벌이 드러났다. 갯벌에 햇불 창살이 꽂혔다. 하늘에서 쏘아대는 불화살처럼 쏟아졌다. 햇살 번뜩거리는 갯벌에서, 곰삭은 내가 물씬거렸다. 비린내와 고린내와 창자 썩은 내가 뒤섞인 음부의 냄새였다. 냄새는 아침저녁 함바집에서 유난히 기승을 떨었다. 비린내와 창자가 문드러진 이 썩은 내란, 한마디로 시즙屍汁이었다. 조개와 게들과 해초들, 생선들이 뒤집어지면서 내지르는 송장의 시즙이었다. 오오! 이, 장맛비가 넘쳐나던 갯벌에서 민물을 감당치 못한 바다 것들이, 갯물 감당치 못한 민물고기들이 비명을 내지르지 못하고 뒤집힌 것이다. 그렇다마다. 송충이는 솔잎이요, 갈잎은 날 때부터 몫이 다른 법이다. 해물에는 짠물 숭어, 민어, 갯것들이 주인이요, 민물에는 송사리, 붕어랑 민물장어 맹물 것들이다. 넘어서면 헐떡거리는 죽음이 기다린다.

　간척지 공사로 물길 막혔던 갯벌이 감당치 못한 장맛비 민물에서 두둥실 빠져나가지 못한 갯것들이 죽고 썩은 덜 죽고 허옇게 뒤집힌 바닷고기들은 냄새

덩어리였다. 햇볕 아래의 갯벌에 등천하던 시즙의 악취들은 마을이라고 꺼릴 것이 없었다. 숙마골 앞에서 고린내와 비린내가 봉화산 발치 원포와 연동의 집 집마다 부엌마다, 안방이나 사랑방이나 도무지 삼갈 줄 몰라라. 사흘 굶주린 마소 떼처럼 덤벼들었다. 난생 처음으로 세상 천지간에 첨 맡아보는 시취가 온통 콧대 무너뜨리고 골머리를 싸매게 들쑤셨다. 드디어 설치는 꼴이나 잠잠히 지켜보자던 원포 향반들이, 연동 아낙들이, 집집마다 검은 연기와 함께 한탄과 원망을 쏟아놓기 시작했다.

— 저 칠팔 대조가 몽땅 썩을 놈들, 하는 짓 보랑께. 이래도 안 뒤지고 버틸랑가?

— 애시당초 망할 짓, 세상천지 난생 보덜 못한 짓거리였당께. 요 고린내, 이 흉악한 송장 내가, 대체 어디로 갈 거여. 오매! 구역질 난거! 생각만 해도 속엣것이 홀랑 뒤집힌당께. 이 노릇, 대체나 어쩔 것이랑가.

— 아나! 갯벌 막아, 백설 흰쌀밥에 팔자 고쳐 보랑께! 고리 쩍부터 왜놈들 짓거리란, 도척 질에 침탈 살인에, 해적질이 본업이었당만, 앙 그렸어?

온갖 화살이 현장을 파고들었다. 동양척식을 겨냥하고 총감에게 집중되는 듯 날카로웠다. 함바집의 삯군들 눈길이 달랐고, 주모 세 여인 눈짓도 확연히 푸른 날이 서고 있었다. 참담하여 대책 없는 일이었다. 제멋대로 활갯짓하다, 공중제비 돌다가, 하늘에서 퍼붓는 장맛비에 죽고 썩어 풍기는 냄새를 도대체 어찌하란 말인가. 제국의 시미즈 겐타로가 갯벌 갯것들의 난장질 총 감독은 아니었으니 말이다.

— 난 아니야. 나, 아니란 말이야! 정말 아니란 말이야. 난 공사현장 감독일 뿐이야!

— 오이! 감독님, 겐타로 감독님! 무슨 일장춘몽이 그리도 요란하십니까?

그렇듯 부르짖고 변명할 수도 없었다. 아니 부르짖다가 깜짝 놀랐다.

일장의 춘몽이었다. 곤이치 와사마키 군이 큰 눈 부라리며 다다미 침대의 겐타로를 흔들고 있었다. 겐타로는 여전히 꿈인가 생시인가 했다. 후지근한 땀내가 비릿하게 풍겼다. 참말로 지독한, 악취의 꿈이었다.

― 오이! 그래, 꿈이었군. 지독한 악취로 세상이 전염병에 걸릴 수는 없겠지. 생선이야 으레 잘 죽고, 잘 썩는 비린 물건이 아니었던가.

겐타로는 스스로 민망했다. 하지만 악몽에서 깨어난 일이 후련했다. 요란 떨 일은 아닌 것이다. 꿈결처럼 변명하듯 입을 열었다.

― 오이! 분견대 전사들은 건투중인가? 다케히코 청춘 분견대소장 말이야.

― 물론이지요. 지역 상황파악은 종료라는데요. 허나 근자에 인심이 흉흉한데 처음 제시한 파견근무를 고려하라는 채근입니다. 또한 목포 동척지점 사령으로 곧 건축 자재며 다듬어진 목재가 당도할 겁니다. 일산 가옥 설계 따른 완전한 재료들이 당도하면, 뚝딱뚝딱 단지 조립하는 과정이니까, 아마 한두 달이면 끝날 모양입니다. 역시 제국의 신속성, 정확성이 입증되는 사건이지요.

― 그야, 자네가 하루라도 급한 일이라 하지 않았던가. 소원성취 하겠군. 하지만 그 파견근무라는 짓거리는 절대 사양일세. 병졸의 장총을 들려서 간척사업 촉진한다니, 서글픈 일 아닌가. 민망한 일이고, 안 그런가? 곤이치 와사마키 군? 제국 가는 곳마다 총칼이라. 어떤가, 내 생각이 틀렸나?

곤이치는 응답 없이 부엉이 안경을 추슬렀다. 맹하고 난처하다는 표정이었다.

현장 감독 겐타로는 입맛을 잃었다. 아니 무시로 솟구치는 구역질을 견딜 수 없었다. 이런 일, 저런 일에 구역질은 순식간에 전염되었다. 너나없이 함바집에서나 간이 침상에서 현장 갯가에 엎드려 내지르는 구역질이 전염병처럼 솟구치고 있었다. 겐타로만의 질병은 아닌 듯 했다. 급기야 함바집의 가마솥이 불질을 거부하는 듯싶었다. 구역질이 앗아간 입맛을 회복하기란 어려워보였다. 세상천지에는 조선 상가 집에서도 없는 일이라 했다. 도대체 천지간, 춘몽 속에서 시시로 구역질이 치솟고 갯것들 시즙 가득한 그악스러운 세월을 어찌하면 견딜 수가 있다는 말인가?

하지만 그런 염증도 한 물때가 바뀌기 전에 저절로 사라지고 평상을 회복하였다. 밀물과 썰물이 주거니 받으며, 역시 짠물 바다의 해초 정화작업이요, 민물에는 예부터 연꽃 뿌리와 수초가 시궁창을 견디게 하고 썩어가는 물을 정화하는 천혜라 하지 않던가. 연못 속에서 줄기가 무성한 마름 수도 있다. 마름과의 한 해살이 풀로 연못이나 늪에서 자라며 시궁창 진흙 속에서 싹이 나고 민물위로 솟구쳐 줄기가 뻗는다. 삼각형의 잎은 여름에 흰색이나 연자 색의 작은 꽃을 상큼하게 피워 아름답고, 까만 껍질을 깨보면 우유가 솟구치듯 하얀 열매는 밤송이처럼 연하고 달콤하다. 물속에서 줄기만 거두면 꽃과 열매가 줄줄이 올라온다. 허리물속 연동의 연못가에서 빨가벗고 물놀이 하는 조센징 더벅머리들을 여러 번 만난 적이 있다. 마을을 돌아보다가 자전거를 잠시 멈추고 내려다보면, 으레 노랑고추를 덜렁거리며 덤벼들었다. 그들의 관심은 사람이 아니라, 그저 일제의 자전거였던 것이다. 그들은 겐타로의 자전거를 둘러싸고, 처음에는 더듬거리다가 금세 와자하여 웃고 떠들며 깔깔거렸다. 출장 때에는 항시 착용하라는 대제국 일본도 칼집이 부끄러웠다.

연뿌리와 마름 수초 뿌리와 각종 수중식물, 플랑크톤이라는 자생 생물들은 민물의 정화조요, 민물고기의 보금자리라 할 터였다. 청량한 바다 갯벌이야, 그야말로 짭짤한 소금으로 간을 절인 터에 달리 무엇을 거론하리.

하여간 갯것 풍성하던 갯벌은 상처 깊은 사자처럼 누워있었다. 갯가 쉬파리떼가 까맣게 들끓었다. 갯것들 활달하던 갯벌은 썰물 때면 가뭄 탄 광야이듯 맥없이 엎드려있다. 왜가리, 물떼새, 청동오리 떼가 검은 안개인 양 하늘 맴돌다가, 이내 깔따귀처럼 몰려가버렸다. 황새나 고니 떼도 몇 마리씩 기웃거리다가 퍼덕거리며 자리를 떠버렸다. 먹잇감이 사라져버린 탓이었다. 갯벌에 민물고기인 메기, 붕어, 잉어, 가물치가 떼거리로 썩어 뒹굴었다. 새들은 썩은 고기를 결단코 입질하지 않는다.

갯벌은 좀체 풍양하던 생명력을 회복하지 못했다. 창창한 햇볕아래 시커먼 개펄로 늘어져 버린 듯 죽어갔다. 골골이 갯골을 이루며 밀려들었다가 흘러가는 해수에 갯것 생선들이 몸 사리듯 철썩거리며 공중제비 돌았고 깔따귀들만 먼지 안개처럼 맴돌이 잦았다. 갯벌은 죽처럼 퍼져 엎드렸다. 시미즈 겐타로는 쓸쓸했다. 정 붙일 곳 잃은 듯 집에서나 현장에 나와서도 갈 바이없는 신세라는 허망감이 들었다.

전에 없이 지겹던 장맛비로 민물과 바닷물이 휩쓸고 간 갯가에 살아남은 건 아무것도 없으리라는 절망감이었다. 시취는 여전히 가실 줄 몰랐다. 하지만 그런 낌새를 눈치 챘다는 듯 곤이치군이 나섰다.

— 자연은 생명력의 원천입니다. 햇빛과 물과 바람만 설렁거리면 되는 겁니다.

— 그야 그럴 터이지. 하지만 그 자연을 능멸하고, 햇빛과 바람을 훼상한 생명들의 상처는 깊고도 모질다네.

— 자연을 훼상하고 능멸하다니요. 잠시 거스를 뿐입니다. 염려 마십시오. 세월이 약이라는 문자를 잊으셨나요? 세월과 자연은 세상과 인생을 고칩니다.

— 세월과 자연과 햇볕과 바람이 생명약이라? 그야 그럴 터이지.

— 태풍이 설렁거리면 잠시 움츠리고, 지진이 드렁거리면 눈치껏 엎드리고, 그것이 길들여진 자연의 순응 섭리가 아니던가요?

— 움츠리고, 엎드리고, 자연의 순응이요, 섭리라.

시미즈 겐타로는 시들했다. 하지만 실상 겐타로만 그럴 뿐이었다.

며칠 후, 활기차게 와글거리는 작업현장을 갓돌아 갯가를 살피던 겐타로의 눈길을 사로잡은 건 경이감, 그 자체였던 것이다. 간척지 작업장은 결전지가 되고 있었다. 겐타로는 이따금 그곳 현장에 다가서서 거리를 두고 살폈다. 누런 물이 다습다. 시커멓게 죽은 듯 누워있는 갯밭에, 갯바위 갯돌에는 이미 무수한 벌레들이 꿈틀거리고 있었다. 먼저 눈길을 사로잡은 건 갯버들이었다. 강장 동물의 한 종류인 놈들은 각질 줄기 부분에 황갈색 비늘을 번쩍거리며 물속을 들락거렸다. 윗부분 양쪽에 엽상체가 번들거렸고, 자갈색 갯충이 나란히 열을 지었다. 갯지네가 갯벌 속에 터를 잡고 있었다. 놈들은 민물과 갯물이 만나는 바닷가 개펄 속에 서식하는 낚싯밥 아니던가. 세 치나 네 치씩 되는 갯지네. 8, 90개의 고리마디 환형동물인 갯지렁이, 아! 장차 수문이 들어설 갯고랑에서 갯장어가 굼실거렸다. 저놈의 맛을 내가 안다. 몸길이가 구척이나 되는 놈도 있다. 살갗은 반드럽고 비늘이 없으며 등은 거무스름하고 배는 희다. 그 고소한 맛에 비길 바가 무엇이랴? 저 놈들이 살아남았다면 갯것들이 몰려들 것은 단지 시간문제다. 안 그런가? 겐타로 군이여! 비릿하고 서늘한 갯바람이 설렁거리며 아귀처럼 묻고 있었다.

갯밭이 형성되고 개흙밭을 조성하기 위해서는 작업을 다그쳐야 한다. 본격적인 갯바위 거석ㅌㅎ의 투척잡업이다. 대선박과 중선들 대거 동원될 판이다. 돌을 머리끝 발치에 무진장 산적해있다는 거석 갯바위로 합수머리를 틀어막고, 바닷물과 저수지 민물은 술렁술렁 드나들 터이고 시월상달이 지나 동짓달 전에 갯가나 개천에 널린 흙 자갈을 집중적으로 투척하면, 금년 목표를 너끈하게 달성하는 셈이다. 갯골을 따라서 갯것전 쉬파리 떼들이 웽웽거린다. 오이! 저 갯가재를 보아라. 이런 기분일 때 조선의 상쇠 잡이들은 얼럴럴 상사뒤야! 하고, 사물놀이 탈춤을 추어대는 걸까? 새우와 비슷한 갑각류로서 목 길이가 세 치이며, 머리위에 크고 작은 두 쌍의 촉각과 일본 낫 모양 다리가 한 쌍이고 몸빛은 담갈색인데, 등에는 붉은 줄이 뻗어있다. 굽거나 양념에 섞어 찌면 해안의 진흙 속에 서식하는 살맛이 입맛 돋우는 물건이다. 현장의 총 감독 겐타로 군이여! 분발하라.

마량 포구 갯마을에서 예정했던 주택 공사가 발주되었다. 일산 가옥 다섯 채였다. 후박나무 이파리 까맣게 익은 가막섬을 등거리로 건너다보는 주재소 옆에 두 채, 선창머리 갯가에 세 채였다. 건축은 툭탁거리는 보리타작처럼 빠르게 진척되었다. 일산 트럭 다섯 대에, 한가득 실어온 주택 목재와 함께 열 명의 공병대가 투입되었고, 공사 현장에서 총감독 특명으로 데모도 이십 명이 조력에 나섰다. 그들은 불시에 함바집을 떠나 갯가의 임시 막사에서 등걸잠을 자고, 등걸 짐을 져 나르며 작업은 속결속전이었다. 주택 공사의 현장 책임자는 동척의 곤이치 군이 자원하여 나선 셈이었다. 잘 마름되고 설계대로 다듬어진 일본의 삼나무 목재와 부드러운 일본 갈대 다다미, 신불전의 잡다한 문물이며 무쇠 목욕통을 자랑스럽게 여겼다. 드디어 대일본제국 주택 문화가 형성되어 선도의 식민 문화정책이 꽃을 피우게 되는 첩경이라 했다. 인간의 삶이란 태양의 치열한 일터로부터, 달빛 은은한 쉼터 보금자리로서 진정한 인생의 의미가 부여될 거라는 낯간지러운 논지였다.

사나이들이 세상 일터나 사업장 격전장에서 땀 흘리며 분골쇄신, 진충보국하는 마당에 일단 퇴근하면 무엇을 할 것인가. 집안에 들어서는 즉시 해탈이라는 것이다. 살벌한 밀림지대 적자생존 경쟁의 현장이 아니다. 부드럽고, 다습고, 아늑하고, 먹음직스럽고, 화사 찬란한 향기로 아름다운 여인이 고대하는 곳이다. 정성이 깃을 들이는 곳이다. 안겨들고 보듬어 주물러 두드리고, 오대육신 멍든 삭신 풀어주며 앙가슴에 살맛, 살림 맛으로 입맛과 사람 맛에 흠뻑 젖어야 한다. 쏟아야 한다. 가슴에 멍울도 풀어야 한다. 이런 쉼과 회복과 충전의 보금자리가 주택이요, 가정이요, 인생의 낙원이 아니랴? 거기에서 안식하고 안심하고 안택을 누리고 충족할 때, 밤의 향연 만끽하고 충만하여 새날 마지로 세상에 나설 때, 새로운 전장에 당당하게 나설 때, 사업도 사회도 국가도 제국도 대동아의 공영권도, 치국평천하의 웅지도 펼쳐지는 수신제가인 것이다. 이것이 실용주의요, 전에 잠시 거론했던 천주학이란 것도 첫째가 안식일 시작이요, 빛나는 태양의 나라 일본 대제국이야 말로, 그 여인들이야 말로 세상에서 가장 부드럽고 향기롭고 인자하고 굽실거려 싹싹하고 예의 바르고 자상한 족속이 아니던가?

보라! 오늘날 중국 중화中華의 나라가 무엇이며, 아침의 나라 조선朝鮮이란 무언가. 본래 저 신생 아메리카 대륙의 쌀 나라 미국米國, 아름다운 미국美國! 저 대륙에 진출하고, 하지만 일본의 제국에 비기랴? 태양의 날 일日, 달의 날 월月, 불의 날 화火, 물의 날 수水, 나무의 날 목木, 쇠붙이의 날 금金, 흙의 날 토土요일이다. 일, 월, 화요일, 수, 목, 금, 토면 다시금 일요일이다. 천지간 일본 대제국이 기본 아니랴? 그 큰 이상과 욱일승천旭日昇天의 표표한 기상을 잊지 말자. 대동아 식민지 경영으로 바다를 메우고 간척지를 확장하여, 갯논 이루어 미곡을 증산하고 생산 독려하여 평천하한다 한들, 안식처인 가정이 온전치 못하다면, 도대체 사나이 삶이란 무엇을 기대할 수 있다는 말이던가.

하지만 청년 곤이치 와사마키, 그에게는 국가 총 동원령, 징병 영장이 대기하고 있었다. 선창의 주택 공사가 끝나기 무섭게 떠날 예정이었던 것이다. 그 일은 그의 의지나 소망 사업이 아니었다. 대동아공영 제국이라는 거창한 구호의 지엄일 뿐이었다. 그것은 조선 청년들에게도 하사된 일시동인 천황폐하의 성은이라 했다. 갯마을 숙마골에서 순수한 정인情人으로 집짓기에 몰두하며, 시시 때마다 십리, 백리 길의 뜀박질로서 앙가슴을 달래고 스스로 알 수 없는 미래로 도약하려던 이규진 청년에게도 피할 수 없는 광영의 길이라 하였다. 그것이 봉화산 솔숲마저 누렇게 단풍드는 가을 추수가 시작되기 전, 추석절기에 해수海水가 창궐하는 만조 무렵의 징글맞은 일이었다. 스멀스멀 소리 없이 밀려드는 갯벌의 밀물처럼.

분견대 소장과 삼인의 병졸들이, 담방 총을 들이대며 저녁을 짖는 개처럼, 동산 밑 숙마골의 느려터진 삼간집 기둥뿌리를 넘보고 들었다. 분홍빛 석양을 차분한 눈길로 전송하던 둥실한 선말댁, 그들을 먼저 발견하면서 파랗게 질린 한숨이 터졌다. 저절로 속엣 것이 넘치듯 내지른다. 오매! 저, 징헌 사람들! 그 곁에는 벌써 석 달째, 덩실하게 배부른 이모님의 부엌살림과 강 목수와 이규진 총각의 삼간집 성주 뒷바라지를 스스럼없이 자원하고 나섰던 순심 낭자 눈빛이, 암탉 볏처럼 벌겋게 물들여지고 있었다. 옥다문 입가가 굳어졌다. 검은 머릿결 간추리는 눈가가 번쩍거렸다. 제법 웃자란 강아지가 컹컹 짖었다. 소나무 숲속에서 소꼴 망태를 어깨에 걸머진 종순이 어기차 고삐를 끌어내는 통통한 송아지가 힘차게 고개를 털럭거리며 쉬파리를 날렸다. 쉬파리는 잠시 날았다가도 꿀벌 떼처럼 새카맣게 연신 덤벼들었다.

열다섯 마당

한가위

둥실 달이 명경처럼 맑으면, 세상은 밝아지기 마련이었다. 대보름달이, 밝고 맑게 떠올랐다. 장마철을 견디고 솟아난 들녘이 누렇게 익었다. 가을바람이 서늘하다. 더구나 한가위가 펄쩍 다가선 휘영청 밝고 맑은 보름달이면, 두 말할 나위가 무엇이랴? 수정같이 밝은 달에 명경처럼 맑아지는 살림들은 한 해의 농사 결실에 풍성하기조차 했으니 말이다. 새삼 풍흉이거나 유산무산을 가릴 까닭은 없는 법이다. 우선 곯았던 배를 불리고, 깡마른 등창에 붙었던 등을 두드릴 수 있으니 말이다. 빈부귀천을 가릴 일도 아니었다. 하늘이 베푸는 천심을, 세상의 인심이라 했으니 말이다. 광문廣問에서 인심 나고, 쌀독에 천심이 깃들인다 했으니 말이었다. 봉화산 숲 마을에 인심이나 천심은 인생살이에 실상 유다른 것이 아닐 터였다.

천공하늘과 낮게 내려앉은 아늑한 땅이 우순풍조의 때를 따라서 아우르는 살림살이의 짓이었다. 어찌 사람뿐이랴. 삼라만상에 풍윤한 한울님의 은택이 베푸시는 선물인 걸! 정녕 그러하지. 이를 깨닫는 일이 도통일 터였다.

선말댁은 달처럼 부풀어 오른 배를 어루만지며 고개를 주억거린다. 달을 바라본다. 처연하던 눈길이 한결 부드러워진다. 한가위 때면 훨훨 창공을 날아 그네뛰기가 선말 낭자 정소례의 장기였다. 땅을 박차고 뛰어올라 하늘을 건너질러 훨훨 날아오를 때, 앙가슴은 활짝 풀리고, 막막하던 세상이 화들짝 열리게 마련 아니던가? 널뛰기 또한 사푼사푼, 하늘을 향해 치솟고 얄궂은 세상을 발끝으로 쥐어박는 맛이라니. 하지만 지금은 아니다. 옴도 뛰도 못할 땅강아지 신세라 할까? 그저 우러러 앙망할 뿐이다. 새하얀 달빛 속에 깃들이고 있는 거무스레한 샌님들이 뚜렷이 드러났다. 흔히 토끼 방아타령이라고 일렀지만, 모자가 함께 앉아 무언가 두런두런 나누는 모습이라고 생각했다. 달아 달아, 밝은 달아! 이태백이 놀던 달아, 했건만 이도 옛 말이요 옛 노래일 뿐이다. 모자가 나란히 앉아서 주거니 받는다. 그 아들은 대처의 장남 최종구였다. 눈앞에 어린 듯 다가서다, 아련하게 멀어지기도 한다. 아들아! 어서 와서 마주 앉아 보렴. 어미를 두고 대처 어디에서 무엇을 하련다는 말인가. 조석은 어찌 꾸리는가. 꾸리기는 했는가. 장성한 배를 굶고 좋은 절기에도 그 살벌한 대처에는 살가운 살붙이가 있는가? 네 동생 종수가 집을 떠나 간지도 벌써 반년이 지났다네. 그 아들을 생각할 때마다 이리도 한층 마음이 시린 것은 몸이 성치 못한 까닭이다. 저기 동능재에서 그리도 무작스럽게 내리 굴렀던 성문에 골절되어 절름거리는 몸이란다. 그 앞길을 다시는 가로막지 않기로 작정을 했으니.

— 이라고는 죽어도 못살겠다는 탄원이었지. 금지옥엽으로 생떼 같은 자식들 버리고 대체 어미가 무얼 하자는 노릇인가. 대보름달에도 마주 어울려 방아 찧는 저 모습, 아들도 보고 있겠지. 이태백의 시가를 노래할 한가한 시절도 아니지 않는가? 내 아들 종구, 종수, 안쓰러운 종순, 종연아, 저 어린 것들은 뛰어놀기도 잊은 듯 큰 일꾼들이 되었다네. 이는 내 말이 아니라, 강 목수님이라고 원포 어른의 칭찬이네. 종수가 있을 때는 어울려 오리 잡고, 토끼도 잡더니 요

새는 그럴 틈도 없다네. 성주일이 워낙 다그치니까! 중천댁 순심 누나도 한 식구 일꾼 되어버렸지. 어미가 그대들 위하여 무엇을 할꼬? 두 손 모으고, 자나 깨나 비손할 뿐이구나! 한울임! 삼신님이 명줄 주시고, 저리도 장하게 자라게 하신 한울님, 보살펴주옵소서.

그때 불끈 뱃속에서 내지르는 뱃구레, 웃으며 아우른다. 아가야! 네가 어미 말을 알아들었다는 거여? 어미의 심사를 알아들었다는 말이여? 그 손길에 부드럽고 자상한 정감이 일었다. 낭자 강순심이 작은 이모의 큰 뱃구레를 어루만지고 있었다. 보드랍게 조신스럽고도 포근한 손짓이다.

저 만치 하얗게 발가벗은 듯 세워진 기둥 집 옆에서는 감자와 쑥버무리로 저녁을 치른 종순, 종연이 하얀 달빛에 의지하여 마름을 엮고 있었다. 옆에 볏짚 다발을 늘어놓은 채, 두 손 놀리기에 서로 분주하다. 한 줌 집어 엮고, 또 한줌 집어 휘둘러 엮고, 아마도 경합이 시작된 모양이다. 정녕 강 목수 입김일 터였다. 늦장마가 또 올런지 몰라. 하루가 급하다. 상량에도 마름준비가 끝나야 제격이다. 낮에 네 장씩 엮었지만, 저녁에 누가 먼저 한 장씩을 더 엮어 내는가? 어린것들 작은 손으로 야물게 엮어가는 이엉 마름을 올려야 지붕집이 되는 법인가? 전에는 숙마 원포마을에서 간신히 끌어 모았던 이엉 쉰 장을, 기둥 밑에 세워 둔 채 불살라 버렸다. 저렇게 경합해서 이기는 사람에게는 옥수수 두개를 상금으로 내리리라, 하고 강 목수는 원포마을로 돌아갔다. 아침에 올라오는 지게에는 마을에서 거두어들인 볏단이 한 바지게씩 실려 있을 터였다. 볏단에서는 구수한 햅쌀 내가 풍겼다. 살진 메뚜기의 상큼한 냄새도 배였다. 달밤의 강아지들 순심이 가랑이에 엉겨들었다. 순심 아기씨, 고맙고도 서린 조카의 손 부여잡은 선말댁 눈이 부시다. 자주색 댕기로 묶어 넘긴 머릿결이 곱다. 은빛 달이 봉화산 숲과 온 세상위로 앙큼한 그림자를 내렸다.

― 오매! 이 배 터지겠네. 이 노릇을 우짤꼬 잉. 이내 입방정, 내입 잔 봐.

― 숨을 자주 쉬어 준께, 터지지는 않을 거이네. 걱정은 마소!

― 보름달님이 하도 걱정 시렁께, 훤히 들여다보고 기신당가?

― 걱정이 아니라, 이리도 닮았다고 자랑 시렁께, 명경을 비추고 안기신가?

― 또 아들인가? 딸님이싱가. 달님은 다 아실 것잉만.

― 아셔도 모른 척 하실 거네. 그 일이 삼신님의 한결같은 사랑이라 말이.

― 사랑이라? 한결같은 사랑이, 대체나 머시 당가.

― 자네가 하고 사는 일이, 바로 사랑잉 거여! 내 눈은 절대 못 속이네. 잉?

― 오매! 워-매, 사람 잡지 마시오, 잉.

― 남녀 간 사랑이 눈멀어서 생사람을 잡는 법이 랑만. 자네들도 안 그렁가?

    그렇게 시작된 이모 조카 사랑스러운 정담을 달님은 두둥실 귀 기울이고 들었다. 휘영청 달빛 속에서 차랑거릴 듯, 이슬처럼 내리는 서광이 산천을 휘두르고 무슨 소리인가를 응답할 듯 귀를 기울이게 한다. 달빛에 새삼 눈이 부시다. 서로 말을 잃는다. 말들이 마음의 소원 싣고 하늘로 나르는 것이다. 그래서 달님에게는 세상의 온갖 소원들 풍성해졌다가 밤새껏 빌고 빌어 다들 이루어지면 홀쭉하니 텅 비워 지는 법이던가. 그래서 조금 때는 벙벙하게 만삭이다가, 사리 때는 썰물로 썰렁하게 빠지는 파랑바다를 보아라. 한동안 말을 잃었던 숙질간의 대화가 문득 이어진다. 부엉이의 울음이 차랑차랑한 까닭이었을까? 늑대울음이 화답하듯 산천을 들먹였다.

― 우짜면 저라고 세상이 다들 보아라, 방아질인가. 송편방애가 분명하겠지?

― 지 눈에 뵈기는 디딜방아 아닝가? 저그 서중 벽수골에서는 흉한 전염병이 돌때마다 디딜방아를 거꾸로 세워놓고 여자 속옷을 입히고 돼지 피를 발라서 예방을 했다지요? 이내 속옷도, 아니 내 피도, 워-매! 오늘밤 나가 와 이란당

가? 처자의 이런 입방정을 어짜꼬잉…!

그 벅수골 맞은 편 사장 등에는 마도진의 사정射亭, 사대射臺장이었다. 소나무 숲이 짙은 그곳에서 군장들은 활쏘기며 시합을 하고, 흉흉한 전쟁을 막았다하건만 우환고초로 살인하고 사람살림 짓밟는 흉악한 전염병을 향하여는 활쏘기도 아니하고, 창칼질도 아니고, 기껏 겉보리 디딜방아 여인네 속곳이고, 검붉은 돼지 피가 방책이더란 말인가? 조상 풍속의 심상들, 참말 궁색하고도 매가리 없다.

— 아기씨 입방정이 아닐 터요! 사랑을 배워야, 부부간 운우지락 맛으로 사랑씨를 품어야, 복중의 큰 복을 누린다 그 말이네! 자네도 곧 알게 될 것잉께!

— 대체나 복중에 큰 복이라 했소? 숨결 가쁘고, 볼수록 답답하고 아플 거 같은 디.

— 숨결이 가쁘게 괴롭고 서러운 아픔을 겪어 봐사, 인명人命이 소중한 걸 알고 살맛을 알게 된다, 그런 말이시. 신산고초, 생로병사가 운우지락잉께 흉한 병이 돌때마다, 목숨 줄 이어주는 겉보리 디딜방아라도 세우고, 속옷을 입히고 피를 발라야 하는 심정이 자석 기리는 어버이 맘이요, 서방님 그리는 아낙네 맘 아니랑가?

선말댁은 숨결이 차올랐다. 그 덩실한 모습을 마주보며 안쓰럽고 장하다는 조카의 눈빛이 다습다. 어쩌면 부러운 속내의 표정인지도, 궁금증인지도!

살림살이 신산고초라 하였다. 들고 보니 지난 달 장맛 빗날 진통이 새삼스레 떠오른다. 생로병사에 운우지락은 잘 모르겠지만, 워-매! 생각만 해도 징-하고 산다는 일이 정나미가 뚝 떨어졌다. 제 집에 살 때는 맛보지 못한 신산고초였다. 맵고, 시고, 쓰라리고, 그 어려움과 괴로움이라니!

— 아기씨는 제발 친정집에 가서 있다가 장맛비나 그치면 오시오 잉.

— 그게 먼 소리다요. 동고동락이라고 안 하던가요? 고와 낙을 함께 하라고.

— 멀라고 사서 헛고생을 한다 말이요?

타이르며 졸랐지만 순심이 끝까지 버텼다. 산막의 아궁이부터 물바다였다. 진흙 구들장이, 물탕이었다. 수숫대에 짚 마름을 듬성듬성 입혀놓은 초막은 장대비에 젖고, 산새들 움츠리는 그 꼴로 버티는 수밖에는 도리가 없었다. 사람이란 물속에 사는 법이 아니었다. 젖은 땔나무는 어찌 불을 때고, 조석을 끓여야 했던가? 젖은 몸은 어떻게 말려야 했던가. 잠자리는 어디다 발을 뻗고, 손을 모으고, 머리를 둘러야 했던가? 젖은 몸들은 쉰내가 진동했다. 눈물인지, 콧물인지, 빗물인지 알 수가 없었다. 하루도, 이틀도 아니었다. 사흘, 나흘도 아니었다. 열흘, 스무날도 아니었다. 한 달 내내 칠 월 장맛비는 아침도 저녁도 몰랐다. 열흘이 지나자, 서로 불쌍하고 애처롭고 서러운 눈치가 보였다. 깜찍한 해가 떠오르며 지나고 나자 장하다는, 대견하다는 기백이 살아났다. 그 지경에서도 빗길을 달리고, 뛰고 설치며, 아이들을 추스르는 규진 총각은 땀으로 말리고, 스스로 땀으로 씻고 몸의 열기로, 호탕한 허청 웃음으로 식구들을 감싸고 들었다. 아! 시원하다. 이리도 시원해! 춥지 않으니, 얼마나 다행인가? 산천초목이 날마다 짙푸른 녹음방초라. 가슴을 활짝 열어가며, 하늘 향하여 부르짖었던 것이다. 그 기상과 기백이 당차고도, 과시 아름차게 아늑하고도 오졌다.

— 우짜면! 이모님은 하시는 소리마다 그리도 옹골지고 이치가 꽉꽉 여물었을꼬, 잉. 저 보름달님이 하얗게 시샘 하시겠소.

— 달님은 햇볕처럼 눈 따갑게 시샘하는 분이 아니시라네. 그냥 다 품어주신다네. 안 그랑가? 그랑께, 낮에는 사람마다 아무소리도 못하고 그냥 헐떡거리다가 밤이 되고, 달님이 밝으시면, 너도나도 소원들이 풍성해지고, 세상에 살 맛이 나는 법이랑께. 사랑도 속삭이고 말이시. 자네들도 앙 그랑가.

가쁜 숨결을 다스려가며 소리마다 옹골지다. 이치가 꽉꽉 차게 여물었는지도, 햇곡이 저리만 여물었으면, 걱정이 무엇이랴? 겨우 댓 마지기의 화전농사 옹골지게 여물었어도 여섯 식구 밥짓기라는 살림 꾸리기에는 어림없는 셈이다. 그래서 탄식하고 심려가 깊은 어머니 중천댁의 심정을 헤아려 이리 된 셈이다.

— 오매! 워-매매, 또 사람 잡는 선소리랑가.

— 아니, 자네 눈이 명경이라, 그런 말이시. 저 규진 총각 참말 잘 보겠소. 잉! 변덕 없고 씩씩하고 근실해서, 자식을 낳아도 큰 사람을 낳을 씨란 말이시.

— 워-매, 지가 먼 사람을 좋아했다고 애먼 소리 요 잉! 그냥 이 고픈 세월에도 숨결을 가다듬어가면서 십리건 백리건 착착-착 착! 착! 착! 뛰어가는 그 모습 장하다고 한 것 뿐잉만! 앙 그라요, 이모님?

— 어찌 안 그려? 그랑께, 그 낭군님 품에 꼭 안겨보고 싶다, 그런 말이제!

— 오매, 워-매 금세, 나 몰라요. 또 생사람 잡소 잉.

— 그랑께, 흉한 세상 일수록 검붉은 돼지 피가 아니라, 처자 옷에 낭자님 월경꽃이 사람 살리고, 살림을 살린다. 그 말이랑께! 전쟁에, 염병 창칼을 휘두르고 총을 쏘고 대포를 터트려도, 사내들이란 제 짝을 못 만나면 아무 짝에도 쓸모가 없다는 말이시. 그저 보듬어 다듬고, 감싸주고 세상에서 시달린, 눈부터 꾹꾹 눌러주고, 못된 소리 다 들은 귀 후벼주고, 악취로 지질린 코를 감싸주고, 구린내 나는 입을 다독거리고, 늘어진 팔다리 주물러서 생기를 살려주고, 발바닥 주물러 씻고, 조물조물 쥐었다 펴서, 사대육천 기맥을 살려서 대감으로 세워줘야, 당당한 구실한다 말이네.

— 그랑께, 울 어머님 중천댁은 막내딸이라고 아무런 배움보다는 그냥 감싸고 들기만 하 싱께, 나가 이모님한티 엉겨 붙은 것을 눈치로 모르시것소. 하여튼 그라고 저라고 나면, 안방 아낙은 혀가 빠져 뿔것소.

— 그런 염렬랑 말라는 말이시. 서로 좋아서 하는 짓잉께. 심은 대로 거둔다,

그 말이네. 곡식 뿐잉가? 자석 농사도 그리 정성들이고, 서방님 좋은 씨알 심은 대로, 몽땅 내 새끼 아닌가. 그 말이여, 사람살이가 그리 단순한 게 아니랑께? 섬기는 일이 얼매나 많은가? 전에 가신家神을 섬기고 모시는 일만해도 그래, 성주님 섬기며 빌고, 지신께, 조상신께, 삼시랑께, 조왕신께 빌고, 외양신께 빌고, 뒷간 신님께 빌고, 우리만 그런 당가? 저 왜 사람들 팔만 대장신이요, 지금 살아있는 임금도 천황신이라며, 인신人神으로 조석으로 절하며 섬기라는 난리굿장이 아니랑가.

— 오매! 워-매, 그리고 보면 산다는 일이 그리도 징상한 노릇 아닝가요?

— 어찌 죽고 사는 일이 사람의 짓이랑가. 다 한울님의 크나큰 사랑인 것을. 그랑께 사랑을 배워야 사람이 된다, 그 말 이제. 사람 살기위하여 곡식 살리기도 하고, 서로 죽이기도 하며, 아귀다툼하는 한 살이를 어찌 징-하다? 전쟁에서도 잘 싸우고 이겨야 산다고, 그래서 생각나는데 우리 강진포구의 다산 스승님께서 손자병법을 읽고 쓰신, 노래가 있지. 들어볼랑가?

천지는 그대로 늘 있지 않고 / 도덕도 언제나 높여지지 않는 법이라 / 이 세상 조화가, 미묘하고도 찬찬하니 /누가 능히 그 연원을 살필 수 있으랴. / 신룡神龍이 머리 한번 흔들면 / 갯가 연못의 잔고기 시름에 잠기고, / 온갖 잡귀신들 거리에 날뛰다가도 / 푸른 바다에 아침 해가 돋아 오른다네. / 이런 이치가 때로 어긋나기도 하리니 / 나의 운수가 막힐까, 그게 두려워라. / 편안한 마음으로 인륜의 가르침 따르리니 / 이 즐거움 어찌 다 말로 할 수 있으랴!

— 신들과 용이 머리 한번 흔들면, 갯가 연못의 잔고기들 시름에 잠기고 온갖 잡귀신들 거리에 날뛰다가도, 푸른 바다에 아침 해가 떠오른다네. 이 대목이

절창 아니 당가? 난 그래서 삼신과 조석끼니 베푸시는 조왕신님에, 정화수 비손으로나마, 그저 한울님만 바라 본당께. 한울님만을…!

── 오매, 이모님은 언제 그리도 신명나는 가락을, 줄줄이 낭송을 하시오 잉. 그러하시면 이런 노래도 들어 보실랑가요? 손자병법 읽으시고, 두 마당을 펼치셨다지요.

독손무자 讀孫武子 - 1

인생은 먼 길 가는 나그네라 / 평생토록 갈림길에서 헤매 인다네. / 육경六經을 즐기는 게 근본이지만 / 구류九流도 두루 엿보고픈 생각이 드네. / 강개한 마음으로 병서兵書를 읽고 / 만고에 한 바탕 휘둘러볼까 했지만 / 이런 생각 참으로 지나친 것 같기에 / 책 덮고 또 한 번 길게 탄식한다네. / 나 배운 것 자본삼아 이용하잘까 두려워 / 호탕한 선비는 가까이도 못하겠네. / 나 배운 것 얻으려고, 스승삼잘까 두려워서 / 용렬한 사람과도 가까이는 못하겠네. / 초연히 내 갈 길을 홀로서서 걸어가는 게 / 내 생각엔 오히려 쓸쓸한 위로가 되네.

── 인생은 먼 길가는 나그네라. 평생을 갈림길에서 헤맨다는데, 저리도 앞장만 바라보고 철썩철썩 뜀박질하는 사람은 장하지라. 육경이라면 역경, 서경, 시경, 춘추, 예기, 악경의 여섯 가지 경서요, 중국 한나라 때의 9학파로, 유가, 도가, 음양가, 법가, 명가, 묵가, 종횡가, 잡가, 농가로, 그 온갖 뒤풀이가, 바로 우리네 월령가, 십이지장 후렴이라. ─얼럴럴 상사듸야! 아니던가요?

── 그랑께, 궁이야 장이야 맞서다가도 합궁이 제일이라는 거야. 안 그런가? 그래 난 천주학은 잘 모르지만 햇빛 주시고 단비에 낳고 살다가 죽게도 하시는 삼신 한울님만 바라보고 섬기면서, 합궁이라. 한 남편, 자석 사랑하고 한 세상

단순하게 살자는 노릇이 이리도 고달프면서 재미가 오고지네 잉.

── 그저 한 남편 섬기면서 합궁이 그리도 재미고 오져라오? 합궁이라니….

── 기왕 말 나온 짐에, 자네 귀를 잔 빌리세. 아그들 귀가 밝은께. 합궁이라, 흔히들 궁합이 잘 맞아야 한다고 하지. 이런 이치가 무궁하등만. 합궁 잘 하려면, 먼저 사주팔자로 생년일시에, 음양오행을 잘 짚어봐야 하겠지만, 뭐니 해도 속궁합이 제일이라. 여기에는 무엇보다 진정과 정성이라. 혼인식에서 합근合졸이라. 술잔을 주고받니. 합금合숲이라. 첫날밤 금침이 천금이거늘, 그리한 후에 합궁合宮이 아닌가? 전에 임금님은 합궁 때마다 구중궁궐九重宮闕이라, 당상 시중을 중심하여 궁중의宮中醫, 여의女醫, 시녀侍女등 각각 세 사람씩, 아홉 명이 지키고 듣는 가운데 거행했다는 거, 참말 우습지. 혹시라도 합궁중 변이라도 생길까 저어한 탓이지. 지나치면 복상사라, 흉측한 소리 들어봤는가? 우리네 촌것들이야 얼마나 간편한가? 긴 소리 할 것 없이 그저 몸이 흐르는 대로, 맘이 쏠리는 대로 순응하면 상책이라고 보네. 그래 운우지락이 아니던가? 구름에 비를 품는 일은 한울님의 마련이 아니던가? 합궁하면 자연 그리되지. 이윽고 뇌성벽력이 치고, 천지개벽 따르고, 백화만발 벌과 나비, 꿀과 향기에 취하여 탈춤을 추다가 무산지몽巫山之夢이라니, 입방아가 터지면 감청을 지르고 아래가 열리면 물큰물큰 흡족히 달고 마시고, 너도 없고 나도 없는 일, 이 가경佳境은 가경佳景이라, 가경嘉慶은 가경歌罄이 터지고 가경加敬이 지극정성이라. 가경可驚은 경탄驚歎 가경家慶이라. 이야말로 가화만사성 아니겠는가? 이때 얼씨구절씨구, 지화자 좋구나, 좋다! 하고 덩실 춤추고 양반 자석 이 도령 따로 없고, 기생 딸 춘향이 내 아닌가? 얼럴럴 상사뒤야! 북장단 사물놀이가 상쇠 잡이 앞세워 하늘땅 아우르는 점입가경이라. 이 아니 재미로운 세상이랑께. 구중궁궐 탐할 손가. 타고난 몫 짓기 나름이요, 섬기고 가꾸기 나름 상천하달 월령 아니던가.

아낙들 숙질간 주거니 받거니 타령조가, 가쁜 숨결도 잊고 부끄럼도 털었다.

밝고 맑은 보름달이, 명경 같은 중천 상달이 숲속에서 얼렁거리며 조요히 엿들었다.

혼담은 그리도 자상하게 누렇게 익어지고 있었다. 거기에 기름을 붓고 부싯돌 불을 켜대는 사람이 바로 첨부터 강 목수였던 터다. 그래 더욱 서두르는 기색이었다. 겨우 삼 칸 집일 망정 상량하고 지붕을 덮으며, 첫날밤 신방으로 치르자는 거였다. 이런들 저런들, 언감생심 감지덕지 하는 사람은 제 손으로 틀었던 상투를 주재소에서 잘라버리고 풀려 나온 이규진 총각이었다. 총각의 일상 짓거리를 유심히 엿보고 들으며 허연 명주머리 중천댁도, 꼼꼼한 시누이도 둥실한 막내를 맡기기에 천생연분 안심이라고 작심이 되고 있었던 셈이다. 몸이 흐르는 대로, 맘 쏠리는 대로 순응하면 상책이라. 알아서 하게 하라. 그런 세상이닝께! 한때 잠시 상심에 들었던 막내를 떠밀었던 셈이다. 그 일 바짝 다가선 잔인한 세월이었다.

느닷없는 서찰이 왔다. 오랜만에 마량 호장이 고주 말 추스르며, 헐레벌떡 전해 온 것이었다. 강진읍 소장수라는 인편이라 했다. 소장수 인편이라는 말을 듣자 말자 선말 양반 최덕성의 앙가슴 속에 불길이 솟구쳤다. 그가 벌컥 일어섰다.

— 소장수라? 그 인편이 들렀다면, 내 긴히 그놈의 꼬리를 사로잡고 말리라. 꼬리가 길면 잡히는 법이라. 대처 부청에서 내 살림 들어먹고 꼴을 감췄던 사기꾼이 아니랑가? 왓따 매, 절치부심하던 내 때가 왔당께!

— 오-매 쥔 양반, 먼 소리랑가. 뱀도 꼬리는 안 붙잡고, 호랑이도 모가지를 붙잡고 등을 타야 산다고 안협디여? 사기꾼 꼬리 붙잡아 무슨 덕을 본당 가요? 지발 맘부터 잡으시랑께요. 좀 앉으시오. 좋은 소식 일 텡께, 아들 소식일 것, 어제 밤에 나가 오진 꿈을 꿨단 말이요! 큰 사람은 큰 맘을 잡수시란 말인가요.

앙 그라요.

벌컥거리며 황소처럼 일어서는 덕성을 주저앉힌 선말댁 차분하게 호장을 살폈다. 그 기색이 양양했던 거였다. 서찰을 전한다는 핑계 김에 햇곡이 바지게로 한 짐이었다. 원래 동량의 절기였다. 마을의 하천들, 호장 노릇에 해년마다 가을이면 햇곡을 거두어서, 구장과 유사와 단골에게 나누어주는 풍속이었다. 이를 상부조요, 동계갈이요, 동냥이라고도 했다. 마을의 큰 잔치에도 쓰였다.

햅쌀에 고구마, 옥수수, 콩, 팥, 붉은 수수, 감, 밤, 대추까지 주렁주렁 거리는 정성에 하이고 머니나! 막걸리 한단지가 없지 못할 지정이었다. 하지만 낭자 순심에게 뒷일을 맡긴 선말댁은 정신이 아득하였다. 도대체 이 무슨 사연이랑가. 대처로 절름거리며 떠났던 둘째 종수의 서찰이었다. 어미 선말댁은 눈물부터 솟구치는 걸 어쩔 도리가 없었다. 무슨 주착이랑가. 사삭스럽고 청승맞게, 하지만 어미 눈물은 인정사정이나 말귀를 알아듣지도 못했다.

덕성 씨와 규진 총각은 꺽쇠로 참솔 서까래를 다듬고 있었다. 이삼일 간 선산 뒷벌에서 베어 나르고, 껍질 벗겨 옹이 다듬어 세우면 처음 보다 한 칸이 줄어든 삼 칸 겹집의 서까래는 얼추 충당할 수 있으리라. 덕성의 꺽쇠질은 듬성듬성했으나 규진 총각은 손놀림이 잽싸다. 이마에 땀이 솟구치고 열성이었다. 둘 다 말수가 줄었다. 나름대로 딱히 비밀이랄 수 없으나, 그저 입 다물고 싶은 사연이랄까. 잔인한 세월 탓이었다. 벌써 보름 전에 저승 야차들처럼 덤볐다가 협상을 마치고 돌아간 분견대의 병사들과 동척의 시미즈 겐타로 감독이었다. 그 날 신 마량의 유지 박광수 씨도 동행하여 앞장을 섰다. 담방 총에 칼집 털렁거렸으나, 처음부터 타협적인 어투로 분견대장 이노우에 다케히코의 논조를 박광수 씨가 통변했다. 겐타로 감독은 멍한 표정으로 외면하듯, 곤이치 군과 연초를 피워 물고 있었다. 그 눈길이 이엉 엮기로 분주한 두 소년의 손놀림에 쏠려 있었다. 컹컹거리며 가련한 소리로 짖어대던 강아지들이 체념한 듯 소년의 주변을 옹위하며 맴돌았다. 박광수 씨가 조곤조곤 냉철한 말씨를 귓속으로 밀어 넣었다.

— 오 잇! 두 손 받들고 잘 들으시라. 명예롭고 영광스럽게 받들어라. 내선일치 대제국의 자원병으로 출두하라신다. 이건 어디까지나 강제가 아닙니다. 앞으로는 국민 총 동원령에 의하여, 개병召兵제가 곧 시행될 수 있다는 말입니다. 그러니 마랑만호 성 지역의 선발대가 되라는 거랑께.

이규진 군에게 일본제국의 징병에 자원입대 하라는 요구였다. 천황폐하 성은에 의한 내선일체 정책의 첨병이라는 거였다. 신성한 승승장구 대제국의 병사가 된다. 일단 제국 육군 훈련소에 자원입대하면 영광스러운 가문이 되고, 일 년 후 환국하여 약 4, 5년간 특명에 의거 복무하게 될 거라는 통보였다. 장기 복무를 청원하여 제국의 충용한 군관이 될 수도 있다는 설조였던 것이다.

— 아무튼 양양한 전도 앞에서 망설임 없이 자원입대 서를 제출 하시랑께.

— 생각해 보겠습니다. 하지만, 당장은 어렵습니다.

— 왜요? 뭐가 어렵다는 겁니까? 제국 군대란 말만 들어도 떨리고 가슴 벅찹니까? 이건 특별한 성총의 호기입니다. 도무지 망설일 이유가, 없질 않습니까?

— 보시다시피, 성주 일손이 다급합니다. 늦장마 들기 전에….

— 오호! 건 사사 일이요, 국가대사 앞에 특례자원서 가지고 온 걸 모르시오?

반 강제였다. 아니 앞뒤가 꽉 막힌 외곬이었다. 이것이 내선 일체 동인시의 성총이라니, 급기야 조곤 조신한 타협점은 한 달간의 말미였던 것이다. 약산 섬에 가서 홀로 계시는 어머님 만나 뵙고, 성주 공사도 마무리를 짓고….

— 오이! 그건 안 될 말입니다. 오늘부터 현장을 벗어날 수 없습니다. 지역 출

타는 불가합니다. 이건 지엄한 제국의 국법입니다.

하고 들이민 용지는 징병 자원서가 아니라 징병 명령서였던 것이다. 결국 한 달간의 말미는 허락하겠지만, 배를 타거나 목탄차를 탈 수는 없고 분견대에서 일인 경비가 항시 동행하게 될 거라는 것이었다.

— 따라서 사이 상 덕성 씨 당신은 책임을 져야합니다. 영광스러운 제국군대 자원입대의 보증인이 되시라는 겁니다. 명심하시겠지요?

— 아니, 이게 무슨 자원입대랑가요. 개처럼 모가지를 끌어가는 강제 아닌가?

— 말귀를 잘못 알아듣는가. 내선일체 진충보국의 지원병 광영인 것을….

— 사이 상 덕성 씨, 우리 현장에도 좀 나오시오. 설마 조선인민들의 사촌이 논 사면 배가 아프다는 그런 심사는 아니겠지요. 적극 협조바랍니다.

— 천만에요. 하지만 보시다시피 이리고 경황이 없응께요.

결론이라도 내리듯 내내 집터에서 전망을 살피던 겐타로 총감독이 입을 열었다. 사이 상이라? 대꾸하는 덕성의 심사가 똥물이라도 삼킨 울상이다. 그렇게 속에서 연신 타오르는 검붉은 불길을, 꾹꾹 다물어 다잡고 있었다. 일본국의 총알받이로 전쟁터에 끌려가야하는 신세였다.

규진 총각은 참으로 천사와 같은 친구였다. 법이란 세상에 없어도 암튼 좋았다. 이 집칸이 마무리되면 순심이 처제와 혼사를 서두르고 뒤대어 이웃사촌의 성주에 착수하겠다는 소박한 속셈이 밤새 불타듯 무너져버린 판이었다. 선심이라도 쓰듯 한 달간의 말미가 한 조금도 못 남았다. 또한 보증인의 책임도 벗어날 길이 차단되었다. 아내와 처조카 순심에게 도대체 뭐라고 해야 하는가? 입을 열고 말을 씹을 수 없는 앙가슴 속에서 서까래나, 꺽쇠질이나, 상량이거나 먹고 마심에 도무지 신명날 까닭이 없었다. 앞뒤가 갯바위 절벽처럼 꽉 막혔다. 뿐만 아니었다. 날마다 뜀박질로 숨통을 틔우던 이규진 총각의 마라톤 숨결도 사흘째부터는 차단되었다. 자전거 타고 쫓아도 뒤를 따를 수가 없다는 분건대 병사 정보에 의한 조치였던 것이다.

그런 때 들이닥친 생각지도 못한 서찰을 받고 들으며, 양주 간에 실랑이가 일었던 셈이다. 선말 양반은 만사에 기가 꺾이고 있었다. 사기꾼의 꼬리 잡아서 무슨 덕을 볼 터인가. 백번 천 번 맞는 말인 것을! 허면 도대체 어찌하란 말이던가? 그냥 못 본 척, 못들은 척, 남의 다리 긁기로 넘어가야 한다는 말이던가? 꿀 먹은 벙어리들은 서로 앙가슴만 터지기 마련이었다. 터지는 앙가슴을 부둥켜안고 살아가는 살림이란, 기가 막히고 미치고도 환장할 세월이었다. 그런 세월을 견디고 이겨가는 데는 가양주 막걸리가 살맛 돋우고 제격이련만, 처자식 알 배를 골리는 마당에 그런 마련이란, 맨땅에 고개마저 틀어박는 고역일터였다. 철부지한 하늘은 이따금 청천에 황달이 든 듯 샛노랗게 익어가고 있었다.

열여섯 마당

미치고 환장해

– 부모님 전상서

　천고마비 중추가절이 다가오는 호시절에, 양친께서는 일향만강 하오신지요?

　고집 센 둘째 아들, 최종수 문안 올립니다. 어제 저녁부터 단단히 맘을 묵고 시작은 착실히 했는데, 막상 먼 말씀을 드레야 할지, 통 생각이 안낳께 그냥 필묵 가는대로 써볼 랍니다. 지금 여기는 사진관이지요. 지난 춘삼월 기막힌 심사로 집도 절도 없는 산막에서, 양친님 슬하를 훌쩍 떠나 대처로 올라 온지 반년이 지나고 있습니다. 어마님의 손을 놓고 원포, 연동부락을 지날 때 뻐꾹 뻐꾹, 뻐꾹새 소리가 지금도 귀에 쟁쟁합니다. 이틀 만에 광주로 올라와서 두 달 동안 병원 생활을 했습니다. 그리고 야소교당에서 다리 수술을 하였고, 이곳 사진관에 온지가 벌써 넉 달이 지났습니다. 그 동안 풍파가 많았습니다.

사진관이라고, 들어보셨지요? 사농공상士農工商 첫 사자는 아니지만, 의사醫師 변호사辯護士, 사진사寫眞師는 스승 사師라, 선비 사士라. 상등 기술로 옛 부터 나라에서 뇌먹인 도둑이라는 말이 있답니다. 신선 노름에 도끼자루라는 말도요. 오매! 그라고 봉께, 지가 사진사 자랑을 먼저 해 부렸네요. 사랑하는 동생 종순, 종연이도 건강 충실하고 잘 있는가요? 중천댁 큰 이모님이나 순심이 누님, 유진이 형에게 안부도 못 드리고 떠나왔습니다. 강찬진 목수님은 평강하시고 여전하신가요?

여기 와서 맨 처음 생각나는 일은 종구 형님은 잘 기신가. 어디에 기신가 하여 옛날 살던 남산 밑 동네를 찾아 봤습니다만, 눈물만 앞을 가렸습니다. 때마침 사내대장부 함부로 눈물 보이면 젬병이라는 어마님 말씀 생각나서 얼른 눈물을 씻고, 꼭 찾아보라고 당부하신 야소 교당이 있고 서양 병원이 있다는 양림동이 생각나 물어물어 찾아갔습니다. 남산에서 약간 올라가니까 십자가 교당이 보이고, 기독병원이라는 곳이 서양병원이라 알게 되었습니다. 그 병원 앞에서 자전거를 타고 내려오던 키가 크고, 코가 당근만한 어른을 만난 것입니다. 그 분이 다짜고짜로 어딜 가느냐, 누굴 찾느냐 조선말로 또록또록 물으시길래 깜짝 놀랐습니다. 겁도 났지만 설마 제국 순사 보다야 났겠지, 하고 어머님 허락을 받고 이 몸도 고치고, 기술도 배울라고 강진 마량에서 왔다고 큰 소리로 말했지요. 그럼 자기를 따라와서 병도 고치고 기술도 배우고 공부도 할 맘이 있느냐고, 또다시 또록또록 조선말을 하시오. 맘은 굴뚝같지만 돈이 없어라우, 있는 거란 이 금반지 하나 뿐이요 항께, 파란 눈을 크게 뜸서 슬래끼, 슬래끼 보이? 하고 소리를 치등만요. 먼 소리요? 항께 훔친 것 아니냐고? 도둑놈 아니냐고? 천천만만이요. 우리 어마님이 마지막 남은 선물로 주신 아버님의 폐물이라고 말할랑께, 또 눈물이 나 번지요. 날 도둑놈 취급을 하다니요? 그래 다시는 상면을 안 할라고 돌아섰더니, 자전거를 끌고 따라 옴서나, 아임 소리! 아임 소리? 사죄를 합디다. 큰 오해를 했다고 함서나, 용서해 주라고 안하요.

그 분을 따라서 그날, 바로 기독병원에서 검사한 결과 무릎골절 성형수술을 해야 한다고요. 그래서 처분대로 맡기겠다고 했더니, 곧 수술이 시작되었습니다. 그냥 한숨 폭-단잠자고 났어요. 기브스를 한 채 두 달간 병원에 있다가 곧 바로 야소교당 장로님이 관장이신, 이 사진관에 들어오게 된 것입니다. 금반지는 잘 보관해서 어마님께 꼭 드리라고 하여 깊이 간직하고 있습니다.

그 서양인 선교사를 헨리 빌립 씨라고, 그 분이 사죄하는 뜻으로 자기가 본국에서부터 쓰던 사진기도 한 대 선물했습니다. 한 달간 사진관이서 청소도 하고 물도 긷고, 마당과 골목까지 싹싹 쓰레질하고, 관장님 뒷바라지만 하다가 두 달째부터는 사진관 조수가 된 것입니다. 사진관 조수는 높은 자리는 아니지만 관장님 말씀과 헨리 빌립 선생의 말씀을 들으면, 앞으로는 초상화나 글씨나 그림만 그리는 시대가 아니라 사진기 시대가 온다, 특히 사람이나 짐승이나 모든 기계 사물들이 살아서 움직이는 것처럼, 활동사진의 시대가 온다는 것입니다. 의사나 변호사처럼 사진사가 선생님 소리를 듣게 된다는 것입니다. 이제 넉넉잡고 넉 달만 더 공부하고 배우고보면, 지가 사진기계를 갖고 현장 촬영을 하고 현상 작업도 하게 된다고 합니다. 현장 촬영이란, 사람을 앞에 두고 직접 찰칵하고 사진을 찍습니다. 현상 작업이라는 건 그 사진을 물속에 넣었다가 다시 물속에서 살살 살려서 건져내는 일입니다.

너무너무 재미도 있고 신기한 일이지요. 참말로 어마님의 한울님이 도와주신 것이 분명하다고 생각합니다. 어마님 아버님께, 이라고 큰 절을 올립니다.

그런데 원체 시간이 딸려서 다른 공부는 엄두도 못하고, 야소 교당에서 경전 공부를 잔 하자고 하는데, 천주학 때문에 귀양살이 하신 정다산 스승님의 생각이 나서 별 염사가 없습니다. 어마님의 다산 서책이 보고 싶습니다. 선교사님 따라서 미국 말 공부도 잔 하고 싶지만, 우선은 기술이 제일잉께 속으로 맘만 먹고 있습니다.

혹시 그 간에 종구 형님 소식은 왔는가요? 집짓는 일은 잘되고 있는가요? 강 목수님, 호장 어른, 지가 꼭 은혜를 갚을랍니다. 두고 보십시오. 사내 대장부말은 중천금이라고 했지요. 현장에 나가 사진을 찍기 시작하면 초상화 대신 인물 사진, 가족사진, 혼인사진, 영결사진 등 쌀 석 섬씩은 달마다 벌수가 있습니다. 장마철에는 굉장히 걱정이 되고 어마님 허리 병 도질까봐 맘이 슬퍼졌지만 이제 천고마비 호시절잉께, 끼니 굶을 걱정은 없것지라오. 세상인심이 그리 팍팍한 것만은 아닝께요. 또 야소님, 아니 한울님이 꼭 보살펴 주실 것을 지는 믿습니다. 어마님 정성을 봐서, 지성이면 감천이라. 참 이규진 형님은 아직 안 떠나셨는가요. 그 형님 착착 착! 뛰는 덕분에 지가 좀 울화통이 터져서 훌쩍 떠나버렸지만 추호도 후회는 안합니다. 지는 잠을 자도 사진관이요, 밥 세끼를 먹어도 사진관에서 자취를 합니다. 음식 값은 관장님이 자전거로 한 번씩 실어오고 또 헨리 빌립 선교사님도 가끔씩 들여다보심서 필요한 거 없냐고 하십니다. 지가 꼭 은혜를 갚을 것입니다. 아참! 그라고 봉께 은혜는 술로 갚고, 원수는 물로 갚아야 한다고 하신 어마님 말씀이 펄쩍 생각납니다만, 여기선 술은 절대 금물 잉게 생각중입니다. 뼈를 수술한 지 성문은 거의 멀쩡합니다. 다만 날 이 굿을 때나 성질이 좀 나면, 상당히 근지럽고 어떤 때는 참말로 미치 고 환장을 하게 근질그릴 때가 있습니다. 수술 자리에 새 살이 차오르 고 혈관이 굳어서 그런다는 디, 이 정도는 참아야겠지요. 지 잘못잉게 요. 할 말은 많고 이제 잠자야 하는 시간잉게 그만 그쳐야 하겠는 디. 양친의 얼굴, 동생들 얼굴, 순심이 누나랑 친척들 얼굴이 차꼬 떠올라 서 끝낼 수가 없습니다. 부디 강건히 기시고 조금만 기다리시면, 어머 님 아버님 꼭 호강을 시켜드릴 겁니다. 형님 소식 왔으면 꼭 알려주시 고, 참 이 편지는 병원에서 잠시 만났던 소장수 한 씨 아저씨를 통해서 인편으로 보냅니다. 아무 때나 당신이 꼭 잊지 않고 찾아오겠다고, 신 신당부를 하시둥만요. 친고되는 분이 입원을 해서 문병 왔다고 겁나 게 당황하시덩만요. 원수는 큰물로 갚아야 한다는 어마님 말씀이 영 락없는 것 같았습니다. 그럼 오늘은 이만 그치오며, 이번에 관장님이 찍어주신 지 사진 부치려고 했는데 지가 실수를 해서 그만 먹통이 되 야부럿습니다. 기술이란 그렇게 쉬운 일이 아닙니다. 다음 번에는 정 말로 멋진 사진도 보내겠습니다. 이제 대처나 읍면 지역마다 우전부 가 설립되어서 통신이 활발할 거라고 들었습니다. 거듭 당부하오니, 양친님 건강하시고 동생들, 온 집안 가내가 만사태평하시기를 축수합 니다. 끝으로, 감사합니다! 하느님이 축복하십니다. 이것은 새 시대의 서양식이랍니다.

양친님 둘째 아들, 최종수 상장上狀. 무술년 팔월 초순.

— 워매! 워-매, 잔 싸게 싸게 읽으시지만, 구구절절 육자배기 진양조 가락으로 읊으싱게, 나가 속이 다 터질 뻔 했당께요. 간이 저리고 애가 탄다는 말, 미치고 환장 한다등만, 빈말 아닝 거 같당께. 그 서찰 이리 잔 주시오.

선말댁이 때 아니게 체신 머리 없는 한숨 터트리고 쥔 양반에게, 두 손을 벌리며 실눈을 흘겼다. 품속 둥지 떠난 자식 기리는 어미의 애탐일 터였다.

— 아니, 어찌 그라고 성급하당가? 내 아들 이 문서가 그냥 대충대충 읽어야 할 문선가. 차근차근 곰씹어도 살맛이 낭만, 앙 그라요.

— 아니, 그 문서가 어찌 그리도 미치고, 환장할 소리랑가요. 와-마 잘났네. 내 아들 잘났어! 와마 내 아들 장하고 출세했다고, 삼동에 알려 징 울리고 꽹과리 때리고 북치고 장구를 쳐도 모자랄 판인디. 앙 그라요?

개간지 집터에 벌거벗은 소나무 기둥들이 늘편했다. 서까래들이 녹진한 송진내를 풍기고 서있는 자리였다. 노란 강아지들도 촐랑거리며 살맛을 누리고 설쳤다. 강 목수의 추임새에 규진 총각도 화들짝 웃으며 껴들었다.

— 금-매 말이요. 그 난중에도 강 대목님 은혜 갚을 문안이며, 양친님은 물론 종순, 종연 큰 이모님에 순심 낭자에, 나그네인 나까지 덕을 봉만요. 살맛나게 잔치할 일이제, 애간장이 타고 미치고 환장할 일은 참말로 아닝만요.

— 워-매 워 매! 어찌 애간장이 안 타겄소잉. 병원에서 수술하고 두 달간이나 있었다니 간이 털썩, 금반지 땜에 도척으로 몰릴 뻔 했다니 쓸개가 털렁, 야소 교당에 들고 코큰 선교사에게 잡힐 뻔했다니, 심장이 펄렁! 아! 싸게 싸게 나 읊었어야 미치고 환장을 안 허지라오. 인자사 눈이 잠, 훤해 징만요.

때마침 호장이 짊어 들인 동냥아치로, 점심 겸 중참이 푸짐해졌다. 부싯돌을 때려 피운 쑥불이 곧 살아 올랐다. 소나무 대패 밥에 메마른 장작은 불땀이 거셌다. 종순, 종연이도 신바람이 났고, 순심 낭자는 가슴 치밀고 울컥거리는 억장을 삼키느라, 입술을 앙다물며 눈물반웃음 반이었다. 보름달 체 받은 세상이 환해지는 듯싶었다. 하지만 선말 양반 덕성이 문득 생각 난 듯, 아니 무질러 참았다는 듯 입을 열었다.

— 저 자석 겨우 종가 훈장님 덕분에 동몽선습에 명심보감밖에 못 읽었는디, 어짜면 졸랑가. 갈쳐야 사람노릇을 할 것 인께. 참말로 속만 터지요.

— 아니, 사람이 사람을 갈친다고, 사람노릇 다 한다요. 천지만물이 사람을 갈치고, 사람을 세상에 내신 삼신 한울님이 때를 따라서 갈친다고 합디다. 또 말 글 배워서 되 글도 쓰고, 되 글 배워서 말 글 써 묵는 디, 우리네 아들은 섬 글로 써 묵을 텡께, 너무 걱정 근심은 마시오.

선말댁이 숨결을 다스려가며 조곤조곤 타이르듯 말했다. 서로가 고개들을 주억거린다. 지붕 위에서 뒤뚱거리는 암탉 보듯 안타까운 눈으로 살피던 최덕성이 입을 열었다. 뭔가 작심한 듯 저 건너편 간척지 공사장 갯벌이 하얗게 번쩍거렸다.

— 와마! 큰 스님 났네, 큰 스님! 되 글 배워서 석 섬 글로 써 묵을 자식 아닌가. 그래서 자석 농사하나는 똑 소리나등만, 하여간 운수가 좋아야 한 평생이 대통이라. 비색하다보면, 용빼는 수가 없질 않던가. 선말댁 봄여름 농사는 어쩌든가? 어디 한번 판단을 해보시랑께. 강낭콩부터 봄배추, 고추, 상치는 진물 고시 랑요, 오이며, 가지, 마늘, 대파는 가뭄에 초라니처럼 말라가더니, 고구마랑 참외, 수박은 장맛 통 물찌똥이더니, 가을배추며 청무, 당근, 노랑수수, 햇곡은 도대체 어딜 가서 꼴이라도 볼 것잉가? 쥔 양반이 다 말아 자셨응께, 앙 그런가? 그렇다 한들 정 씨 가문에 임자가 수시로 사사하는 다산님의 몇 대손손 자녀싱께, 양반 서손이라고 한숨 쉴 세월 있당가. 조모님은 주막집 주모였다. 임자 덕분에 낭송가락은 즐기게 되었지만, 고진한 최 씨 가문 명필 어른의 방계손이요, 차손이 아니던가. 그저 운수만 비색하지 못하도록 비손을 게을리

말아주시랑께. 지성이면 감천이라, 그 말 아닌가.

선말 양반의 느닷없는 긴 사설에 선말댁은 숨결이 턱 막힌다. 맞장단이 없으랴.

— 워-매, 워-매 선말 양반, 술도 한잔 안하시고 어찌 그라신당가요. 그란해도 평생 얼굴을 못 들고 사는 마마 손 댁에게, 그리고 난박 살을 주시면 숨이라도 쉬것소잉! 지발, 빌고 또 빌라요. 봄여름농사 망쳤어도, 하지 감자는 다섯 가마나나 캐서, 여름살이 살지게 안 시키덩가요. 뜀박질에 당당하신 규진 총각 보내시고, 낭자 순심을 보내서 살림 살게 하시고, 한울님이 하시는 일 이지라오. 농사가 올해뿐이고 자석 농사가 한 생애뿐일 랍뎌? 부부자식 인연이란 억만창생이라니!

— 와마! 그라고 봉께, 못된 송아지 엉덩이에 뿔부터 난다고, 임자에게 속 풀이부터 하 싱만, 못난 속 풀이! 호사다마라고, 차라리 이럴 때 꿩 구워먹은 사내 속이나 홀쩍 털어 놔야 쓰것당께!

— 도대체 먼 소린디, 그라고 꿀 먹은 벙어리 맹키로 가슴속 창알이를 혼자 하싱가요? 숫총각 먼산바라기로 가슴 애피 터지것네잉.

급기야 선말 양반은 강 목수 역성에 힘을 얻은 듯 바짝 다가선 규진 청년의 징병 약속을 터트린 것이었다. 열이틀을 앞두고 있었다. 내가 꼭 술잔이나 마셔야, 오죽 못난 술주정 하게 생겼는가. 맨 정신 주정이 더 무선 것이네. 제발 덕분에 내 기를 잔 살레주소. 나를 단잠 들게 재워주라는 그 말이라고, 사내가 기죽고 맥 빠지면 과부 아낙은 부지깽이도 의지가지 된다고, 봉화산정 도인처럼 깨우치지 않았던가.

게다가 자원입대 보증 책임지라고 윽박지르던 분견대 소장의 번뜩거리던 동그란 안경이 떠올랐다. 더 이상 나 몰라라 감추어두고 느닷없이 병아리 채갈 독수리 맹키로 들어 닥칠 일을 기다릴 수만은 없는 일이 아니던가. 무언가 진중한 의논이 있어야 할 일이었다. 그런 의논에 나서자고 속내만 새기던 울화김에 말길을 열어본 짓이었다. 누구도 설핏 입을 열지 못했다. 이 풍랑 절기, 미치고 환장하게 보름달 휘영청 세상에 차오르는데 옥토끼 금 방아질로 송편을 빚고, 떡과 술을 담그며 명절을 준비해야 마땅한 절기다. 상서롭지 못할 일은 사물놀이 깽깽 두들겨가며, 얼럴럴 상사뒤야! 뒤풀이로 넘겨야 하늘땅 아우르던 살맛의 지혜가 아니던가?

그렇다. 정녕 어김없는 일이었다. 한다면 반드시 하고야 마는 족속들이다. 한번 죽인다면 삼대까지 내려가서라도 끝내 죽이고, 그 원수를 갚고야 마는 독종들이다. 빼어든 칼은 그대로 질러 꽂는 법이 없다. 칼은 찌르라고 빼는 법이다. 사람이건 짐승이건, 선대이건 후대이건, 가릴 이유란 없다. 중화의 나라 손자병법을 차용하고, 육경 구류 따질 때가 아니다. 삼강오륜이나 사서삼경에 윤리 도덕이나 인정사정이란 대장부 사내들 짓이 아니다. 군법이요 군율이란 더없이 지엄한 존재 이유였다. 그것이 황국신민 일본제국의 훈령이요, 천기누설이었다. 그리하여 대동아의 공영을 꿈꾸는 일억 신민 천황은 신인神人이신 천륜일 뿐이다.

하여간 사나이 훈도시는 벗으라고 채운 것이요, 화사 난만한 기모노 또한 그러하라고 입힌 것이다. 에도 막부의 권좌로부터 명치유신의 통일 대업을 이룬, 군졸에 이르기까지 사무라이 무사정신이라 할 터였다. 동척의 시미즈 겐타로는 일본 주택 준공식에 나서며, 두서없는 생각의 갈피 추스를 수가 없었다. 안주인 행세를 분명히 하며 화려한 기모노를 차려입고 나서려는 하녀 고바야시 사치코를 바라보며 더욱 굳어진 상념이었다. 그녀는 공식적인 하녀였다. 오이! 내 사랑 나카야마 하나코의 빈자리 대신하고 있을 뿐이다. 저 생글거리며 으스대는 꼬락서니는 무엇인가? 이거 대체 뭐하는 짓? 오랜만에 밤일이 그럴

듯하게 풀린 탓이라고 셈해보는 쪽이었다.

무서운 족속이라는 느낌이 분명해진 것이다. 불과 석 달 만에 도쿄 산장의 그림처럼 완성된 일본 주택에 기가 질린 탓일까. 지난번에 최후의 통첩처럼 들렸던 숙마골 개간지의 초라한 조선 초가 소나무 기둥들을 보면서, 그 느러터진 진척 속도에 서글픔을 느꼈던 탓이랄까? 벌써 두 번째 허방을 쳐버린 일터전인 것을, 꼭 그랬어야 했을까? 무자비하게 본때를 보여야 했던 것일까. 하긴 나야 뭐, 그저 당연한 한마디를 내밀었던 것뿐. 뒷일은 저절로 굴러가게 마련이었다. 요시찰 조센징이다. 정중한 초청에도 가부간 응하지 않았다. 현장의 총 감독으로서 비 협조자를 응징하는 것은 당연한 일일 터. 대일본제국의 오늘을 있게 한 원동력이요, 정신이라 할 터다. 좁아터진 섬나라에서 대동아 공영 부르짖는 천황폐하 성덕이 아니랴?

오늘은 시미즈 겐타로, 내가 주빈 중에 상 주빈으로서 할 일이 많다.

오랜만에 거의 반년 만에 마루야마 겐지 군수도 만 날 터이다. 그 떨거지들도 나서겠지. 이노우에 다케히코 분견대장이 하늘같이 섬기는 서장 나리도 출장 하실 터다. 오이? 뭐였더라. 그래 아오야마 고쇼 서장님이시다. 그 마나님, 시미즈 사치코는 동성 오라비라고 히히거렸지. 하여튼 좋은 날이다.

잘들 먹고 마시고 코를 싸쥐고 가져라. 일본제국의 참맛은 참치 사시미에 있다. 조선의 살맛은 뭐니 뭐니 해도 요즘이 한 철인 민어와 농어 맛을 알아야 한다. 그 연어 탕국의 맛이라니, 부유스름한 살색이요 살맛이다. 생각만 해도 정신이 현란하고 황홀해진다. 뿐만 아니지. 막걸리에 청주 맛을 새길 줄도 알아야 제 멋이다. 군수 영감님, 서장 나리, 오늘은 본때들을 보여라. 제발!

시미즈 겐타로는 뭔가 기대에 차고 넘치는 심사였다. 일정의 항구공작 동양 척식 대표하는 현장의 주빈이 바로 나, 겐타로이다. 바다를 막고 석산 짓이겨

동천경지의 거창한 장관들을 보고 놀라라. 입들을 벌려라. 다물지는 못하리라.

하루의 일정을 새기면서, 제복의 단추를 잠가주려는 사치코 입술을 오랜만에 쪽! 하고 맞추었다. 하루만이라도 홍복일지라. 일 년이면 어떻고 십 년이면 어떠리? 하긴 지난밤 말랑한 뱃구레에 손길을 끌어당기며 앙알거릴 때부터 겐타로의 심상은 달라지고 있었다. 지천명의 세월에 새 생명, 나의 종 자손, 가문의 광영! 새겨듣던 소리들이다. 거룩한 손들이 아니고 무엇이랴. 화사한 기모노 아름다운 여인이 되어라. 오하! 나의 사랑 하나코는 영영 가고, 염치도 없는 사치코는 이렇게 다가 왔는가.

하지만 오늘이 지나가면 또 다시 떠나가는 사람이 있다. 와사마키 곤이치 군이여! 그대는 진정 어디로 가려는가. 살 곳인가, 살리려 가는가? 죽으려고 떠난단 말이던가? 오이! 내가 아침부터 까닭 없는 센티멘탈리스트가 되었더란 말이던가? 그대는 준비의 현장으로 먼저 떠난다고 서둘러왔다 갔었지. 겐타로의 충직하던 조수여! 변치 못할 충정이었다. 지난밤 객고 타령이며 만취몽사는 어디로 갔다든가.

― 가야지요. 가라면 가고, 오라면 와야지요. 떠날 때는 미련남기지 말고 뒤돌아보지도 말고 가야지요. 살라면 살고, 죽으라면 죽어야 마땅한 제국의 장부로서 여한은 무엇이며 유감이란, 도대체 무엇이란 말입니까?
― 가고 오는 일이란 어찌 사람만의 수작이리요?
― 옳은 소리고 말이지. 전에 도요토미 관백님도, 군병을 움직이매 천시_{天時}와 인시_{人時}와 지시_{指示}를 따르라고 어명을 내리셨거늘, 사무라이의 근본인 셈이지라.

일본 삼나무 주택을 짓고, 다다미 신불을 모시고, 목욕탕을 개설한들, 간척지 공사를 감독하고, 수답을 조성하고, 백미 증산을 독려하여 삼천리강산 조선 쌀에 살맛들인들, 제국신민이라면 변치 못할 멸사봉공의 정신이 아닙니까? 미치고 환장할 세월에 아무런 미련을 남기지 말아야 합니다. 그건 불충입니다. 절대로, 가련한 불충이지요. 동척의 시미즈 겐타로는 간밤의 와사마키 곤이치의 설움을 대신 읊어보는 심사였다. 그래, 자네는 다행일세. 나의 첫 사랑 하나코와 함께 벌 나비처럼 사라져 버린 나팔수 요시가와 다이치 군보다, 함바집 연동댁의 은장도를 맛보고 물귀신이 되어버린, 석산의 사이조 히데키 보다 백 배 천 배나 다행이란 말일세. 여전히 남아서 꼭두각시 노릇에 단잠을 못 이루는 이 총감독보다 백 배 천 배나 낫다는 말일세. 아니 그런가? 여기는 이국땅, 일시동인이란 빛 좋은 개살구, 사쿠라 오디 맛만도 못해. 오백년 전통, 반만년 단군 역사를 자랑하고 긍지를 잊지 못하는 단일 민족이란 말일세. 흰옷을 자랑하고 윤리와 도덕을 숭상하는 백의민족이라, 아니 그러한가.

제국의 트럭 두 대가 검은 연기를 내뿜으며 툴툴거리고 당도했다. 오전 10시경이었다. 군수와 경찰 서장과 대구면장인, 오꾸다 히데오와 동부인들이 정복과 기모노를 추스르며 내렸다. 히데오는 실상은 조센징이요, 양조장 출신 무식쟁이라고 들었다. 관보를 들고 거꾸로 보다가 호적주임한테 들켰다던가? 자네 위한 봉사정신이라고 허허거렸다던가? 창씨개명을 한 건지, 아예 제국 귀화의 광영을 누린 셈인지, 알 수가 없다. 그 부인 나카무라 준코는 순수한 제국의 딸, 멋쟁이요 자랑꾼이라고도. 그 자랑은 변강쇠로 날마다 죽여주는 면장의 밤일에서 비롯된다는 풍문도 자연스레 파고들었다. 화려한 웃음꽃이 피었고, 앞장에 고바야시 사치코가 설치고 나섰다. 현장의 영접사인 까닭이었다. 오늘 동척의 접대부인 셈이다.

— 안녕들 하시지요? 조선 민중들은 무섭고 두려워요. 눈빛들이 어쩌면 그렇

게도 매서운지, 이 오지에서 어떻게들 견디시지요. 오랜만에 본토 친척들을 만나는 거 같아, 참 기뻐요. 시미즈 겐타로 감독님!?

— 게다가 추레하고 더럽고도 누린내가 많이 나지요.

— 아니 코를, 감싸 쥐는 코들을, 어디다가 파견했는가?

— 코를 감싼다 한들, 동서사방은 조센징 천지가 아니던가요?

— 저 잘난 맛에, 제멋대로 살아보자고, 불원천리로 나선 길이 아니던가요?

— 터진 입들이라고 그리도 씹어쌓는가? 항시 전장에 진충보국인 것을.

역시 물꼬를 튼 건 서장 부인, 시미즈 사치코였다. 겐타로의 사치코가 냉큼 받았으나, 되받아치는 부인에게 무안을 당한 듯 고개를 돌린다. 이내 기세를 살리려는 듯, 묘하게도 시미즈 겐타로 상과는 동성이요, 고바야시 사치코 짱하고는 동명이네요, 하고 밝히며 입을 가리고 환히 웃어보는 한마디에 눈 녹듯 안색들이 풀렸다. 거의 일 년 만에 다시 만난 군수 마루야마 겐지와 수인사를 나눈 직후였다. 첫 부임 때 군청에서 신임서장과 대면을 했던 것이다. 아오야마 고쇼 서장도 갓 임지에 협조를 구한다며, 경례를 치렀던 것이다. 군 오장 출신으로 몸에 밴 습관이라고 꺽꺽, 기묘한 소리로 웃었던 기억이 난다. 돌아가면서 수인사들이 야무졌다.

이윽고 차일 앞으로 모여들자 동척 겐타로가 영접했다. 주재소 전용 세 채의 일산 가옥 정면이었다. 양양한 눈빛으로 영접하던 곤이치 군이 기다렸다는 듯 현황 보고를 시작했다. 굳어지는 얼굴에 부동의 자세였다. 군수 서장을 중심으로 면장과 겐타로 옆에 이십 여명과 거류민들, 유지 등 삼십 여명이 진을 치듯 술렁거렸다.

— 진심 환영하는 바입니다. 제국의 주택건축 상황 대충 보고 드리겠습니다.

하고 입을 연 이내, 와사마키 곤이치의 열정이 솟구치기 시작하였다. 대충의 보고가 아니었다. 저 아득하게 멀고도 먼 천황폐하 성은이(이 대목에선 으레 꼿꼿해진다) 등장했으며, 충용 무쌍한 제국 군병들의 승전고가 울려 퍼졌으며, 이에 뒤질세라 동양척식을 중심으로 전국적으로 펼쳐지는 조선국 개발정책이며 식량증산 계획에 이르러 첨병의 진충보국 동량이 대두하였다. 간척지의 현황에 접근하기 시작할 무렵, 총 감독 시미즈 겐타로는 낯이 붉어졌다. 허나 금세 말을 돌려 목포항구 동척의 투자로 주택 보급의 실황이 전개되려는 순간, 겐타로가 개입하였다.

— 오-하! 자자! 그만 하면, 됐습니다. 이제 곧 시찰 할 터이니까. 모두가 성은이 넘치는 행정관서의 협조입니다. 아 참! 저 젊은이는 금번 일산 주택 공사의 책임자였습니다. 끝까지 충성 다하고 이 행사가 끝나는 대로 귀국하여, 대 제국의 충용한 장교후보생으로 자원입대하게 됩니다. 박수로 격려와 심심한 위로를 부탁하는 바입니다.

그러자 상황은 일시에 흥분의 도가니처럼 바뀌었다. 박수와 환호가 터졌다.

— 자자! 뿐만 아니라 오늘은 특별히 대륙의 육기로 누린내 구린내가 아니라, 조선 청정해역의 상큼한 비린 것들 정성껏 준비했습니다. 역시 우리 체질을 많이들 즐기시고 본토 고향의 해변이 그리울 때마다 찾아오시기 바랍니다. 주재소에 한 채, 저쪽 동척사택 두 채는 객사용으로 활용할 작정입니다. 귀빈들 객사용말입니다. 모쪼록 갯마을 풍경에 잘들 아시겠지요?

또 다시 상황은 순식간에 우국충정으로 들끓어 버렸다. 삼나무 냄새가 상큼한 주택에 들어서면서, 긴 낭하와 깔끔한 다다미방에서 찬탄 앞세우고, 이제야 진정한 보금자리의 기대에 넘쳐서, 기모노와 지까다비, 당꼬 바지와 백의의 옷자락 사이로 일본도가 차랑거리는 인환人寰의 훤소가 들끓었다.

— 오아! 이리도 산뜻하고 훌륭하게 지었으면? 한 채나, 한 자락씩 차지하고,

알들 살뜰 보금자리를 꾸며야 제 격이 아닌가요?

— 천만에요! 하지만 품위와 격식을 갖추지 못한, 이 풍랑의 뜬─세월입니다.

— 오아! 이 풍랑 뜬 세월 아무래도 난, 잔인하다는 생각을 지울 수가 없네요.

— 천만에요! 고마운 말씀이십니다만, 그건 대일본제국 청년의 기본이 아니지요.

— 대제국청년의 기본이란, 인간의 본능하고는 어떻게 다른 겁니까?

— 가야합니다. 가라면 가고, 오라면 오고, 살라면 살고, 죽으라면 어디 가서나 죽어야 합니다. 그것이 황은의 본능입니다. 대동아공영의 깃발인 것입니다.

— 진정으로 존경하고 감탄사를 금하기 어렵습니다. 하지만, 하지만요.

삼나무 주택을 큼큼거리며, 다다미 신불 앞에서 무쇠목욕통을 들여다보며 정감이 달구어지고 있었다. 정감어린 여인들의 부나비 들뜬 호소였다.

— 대체 누구를, 무엇을 위해서인가요. 무엇을 위하여 가라면 가고오고, 살고 죽는다는 말인가요? 이해할 수 없어요. 난 이해할 수 없어요.

— 이해하고 주장하라는 세월이 아니지 않습니까? 이해하라는 것 아닙니다. 오직 진충갈력하는 멸사봉공입니다. 대의멸친입니다.

— 오아! 자랑스러운 대제국의 연인이여, 눈물로 피로서 갚아야할 황은이여! 우리의 무엇을 드리리. 대체 나의 피 끓는 이 한 몸 무얼 아끼리요. 하지만 이렇게 미치고도 환장하는 세상에, 여인들이란 무얼 할까요. 무엇을 할까요?

소곤소곤, 기웃기웃, 천성의 연인들이다. 양편에서 엉겨들었다. 곤이치의 얼굴에 벌건 사쿠라 열꽃이 만발하였다. 미주에 취하고. 초로의 군수부인 야마구치 게이코의 울먹이는 소리가 감청으로 변하고 있었다. 서장 부인 사치코의 화사한 미소가 붉어진 뺨을 어루만졌다. 사람들이 미치고 정인들이 환장할 세월이라. 섬나라 일본이 미치고, 대동아의 공영에 환장하는 세월이라. 그런 생각은, 그런 따위 소리는 진정한 불경이었다. 불충이었다. 하지만 속셈이 터지는 노릇을 꾹꾹 눌러 삼키고, 몰라라, 난 아니야! 하고보니 헛소리요, 헛웃음이요, 과시 허황된 탈바가지 표정들인가.

와사마키 곤이치는 문득, 헐헐거리는 눈앞의 여인을 다다미에 내동댕이치고 눈 딱 감고 짓밟고 싶은 충동이 일었다. 그러라고, 제발 그래 달라고, 색색갈 기모노를 살랑거리며, 이리도 미치고 환장하게 붙잡고 늘어지는 셈인가. 펼쳐라, 펼치리라. 나의 녹슨 닛본도, 길들여지지 못한 훈도시 속에서 숨죽인 놈을 활짝 꺼내들고 푹푹 찔러라. 푹푹! 푹! 오 잇! 그리하라고, 자랑스러운 사무라이의 기모노!

어느덧 대제국의 자랑스러운 동행들이 신 마량 갯가 거닐다 함바집 기웃거리며 오찬을 나누고 돌아설 때에, 성주풀이 집터 다지기 조센징들의 사물놀이가 징-징 거리며, 깽 꽹꽹 거릴 때, 곤이치는 저절로 비질거리는 눈물을 훔쳤다. 여인들은 잠시 벌겋게 달아오른 눈길을 주고받으며 귀를 막았다가 어느 순간, 어깨며 엉덩이를 옴짝거렸다. 꼴불견을 비웃듯 상쇠 잡이 최덕만이 눈웃음치며 하늘향하여 상두머리 휘두를 때, 환장하고 미친 눈물은 저절로 쏟아졌다.

열일곱 마당

성주풀이 씨받이

대명절의 뒤풀이 사물장단 소리가, 산천에 쟁쟁한 여운으로 남겨진 가운데 상량식이 열렸다. 하늘이 맑게 내려앉았고, 저 멀리 갯가의 삯군들 목도질 소리가 여울지고, 사리 때의 갯물이 찰랑거렸다. 철새들이 화살표를 갈 지之자로 그리며 하늘을 수놓았다. 선산 개간지 상량식은 강찬진 목수의 격려와 충동이 컸다. 덕성은 넋 잃은 듯 말이 없고, 선말댁은 새벽부터 순심 낭자와 더불어 잔치 준비에 여념 없이 서둘렀다. 먹잘 것 없는 잔치, 소리만 요란하다 했던가? 하지만 숙마골의 수캐 한 마리를 잡았고, 마량 동냥이며 부조곡식이 푸짐하고 인심은 넉넉했으나, 종가 어른의 와병이 근심이요, 큰 걸림이었다. 추석 전부터 몸살기로 누셨다는 종친 훈장님은 노환이라 할 터였다. 인생 칠십은 고래희라. 종가 덕만은 그리 알라면서, 단지 서운한 노릇은 끝내 상량문 명필을 받아 내지 못한 일이다. 이는 가문의 불운이라고 하였다. 노환이라 하여 경홀히 하랴. 어버이 목숨 줄을 한시라도 더 붙들기 위해서라면 엉덩이의 속살저미고, 엄지손가락 생피를 대령하는 등 자애가 엄연한 호시절 아니랴. 눈밭에 늙은 어미를 위한, 어미가 입맛 다시며 찾는 여름과일 수박을 찾아 헤매다 눈사람에 홀려죽었다는 속설은 고사가 아니었다. 차마 그리는 못할망정!

— 용지법用之法이라, 어쩔 것잉가. 시속 형편 따라서 궁리할 밖에…

하고 보니 할 말이 아니었다고 그리 쉽게 체념을 하다니, 덕성은 찔끔했다. 마치 병들고 늙어죽는 일을 당연한 수순처럼 받아 드린단 말인가. 그것은 불효요, 가문의 망발이랄 수밖에. 시린 눈치가 서로 간 망연자실하였다. 용지 법이란, 글자 그대로 시속에 형편 따라서 적용해 쓰는 게 법이라는, 실용문이라고 할까? 용지불갈用智不竭이라 대꾸한다. 적용해 쓰고, 고쳐 쓰고, 만들어 쓴다면 아무리 써대도 없어지지 아니할 것은 당연한 일일 터 아닌가? 아무튼 당면 과제는 이제 곧 들이닥칠 부조꾼들을 영접하기 전에 상량문을 챙기는 일이었다. 새집에 상량문이란 가풍이요, 그마저 빈천박색이라면 수치요 민망한 처사가 아니랴.

— 용지법이라니! 허긴 아버님께서 늘 이르시던, 교훈이싱만이라.

최덕만의 말에 덕성 양반이 응수하기도 전에 강찬진 목수가 흔연스레 나섰다. 모두가 기다린 듯 귀를 쫑긋 세운다. 도저한 기백을 엿보고 있어온 셈이다.

— 한 마디씩 호사 문구를 새겨보고, 택일하여 새겨 넣으면 상책일 거라.

— 아 면요. 지당하고도 옳으신 소견이싱만요.

덕만의 응수에, 가주 최덕성이 반색한다. 내심 문자새길 솜씨도 그에서 벗어나랴? 부전자전이리니, 내친김 덕만 씨가 서슴없이 주견을 말했다.

— 그저, 부귀다남富貴多男이 상복이겠다고 생각항만요. 지가 당해봉께.

어허! 그리고 보니 그 슬하는 아직도 고적강산이었다. 불혹의 세월이 다가왔건만, 손이 귀하다는 탄식이 가슴 아리게 스며든 심사였던 것이다.

— 용지법인디, 개문만복래開門萬福來요, 소지황금출掃地黃金出이 어떨까요? 입춘

대길이 항상 열리는 집안잉께라우!

규진 총각이 뜻밖에 입을 열었다. 귀 기울여 듣기에 자심하여 으레 닫혔던 입이었다. 그리고 보니 그 옷차림이 근자에 유달랐다. 하얀 미영 옷일망정 풀솜이 사락거렸고, 시침이며 바느질 음전한 기색이 역력하다. 아! 이것 봐라? 옥양목 태깔 좋은 중의 바지 차림이 아닌가? 입춘대길이 항상 열리는 집안이라, 했것다. 단 숨결이 샛바람처럼 부엉이가 울고, 어스름 사위는 설렁거릴 듯했다.

― 하아! 초가집 상량문치고는 명문이랑께. 허나 조매 궁색스럽지 아니한가? 입춘문자를 상량문으로 차용해 쓰기에는… 금―매 말이라!

강 목수가 일견 찬탄하면서도, 뒤를 사렸다. 주억거리다가 의견을 진술한다.

― 그저 흔한 소견대로, 가화만사성이라면 어쩔랑가?

강찬진 목수의 한마디였다. 그 속셈에도, 속 아림이 엿보인다. 가화家和하지 못하여 자식도 아내도 다 잃어버린, 홀아비의 몸피가 시린 처지였다.

― 가화만사성이라, 참으로 실감이 나요. 그게 바로 이 집 상량문이것네요. 상량문이란 세세대대로, 삼신 한울님께 비손하는 정성이 아니겠능가요?

선말댁 정소녀가 숨결을 다스려가며, 쥔 양반 덕성의 눈치 살피듯 동의를 구한다. 그렇게 귀결이 나자, 최덕만이 못 이긴 척, 붓을 치켜들었다.

― 지는 붓 잡이가 아니라, 상쇠 잡이가 상사이닝께, 흉은 잡지들 마시랑께요.

― 가화만사성家和萬事成 ―무진년 팔월 스무 하룻날― 입주상량立柱上樑!

묵직하게, 단숨에 휘갈긴 필체였다. 붓 잡이 아닌 상쇠 잡이라더니, 묵적들이 낱낱이 살아서 꿈틀거리는 듯했다. 후렴 입주상량은 상머리 휘두르듯 하늘로 솟구치는 송죽의 기상이었다. 가만히 붓을 내리며, 푸휴―하고, 한숨을 실토한다.

— 용지법에? 용지불갈에 가화만사성이라니, 문장 따로 없고 명필이 바로 여길세. 보더라고들 아니 그러한가? 과연 부전자전이란 말이시.

선말댁 부부의 눈길이 마주치며 환하게 밝아지고 있었다. 강 목수가 손수 마련한 무명베 닻줄을 챙기는 동안 벌써 상쇠 잡이는 너 댓의 길라들 거느리며 꽹과리를 쳐들어보았다. 징 잡이인 마량의 유사가 고깔을 성큼 둘렀다. 상량문이 올라가고 삼동이 모여든 성주풀이가 시작되려는 마당이었다. 화락하던 선말댁의 입에 절로 움실거리는 송축가락이 살아나면서도, 짚신 발걸음이 잦아졌다. 허리로부터 엉덩이도 살아서 굼실거렸다. 뜻 없는 가락이 아니었으니, 신명이 난 모색이다. 하지만 느닷없이 그녀 입에서 터진 가락은 ―술지述志라는 정 다산 스승님의 탄식조였던 것이다. 어찌 하필이면 이같이 흥겹고도 길상吉祥한 상량의 날에, 남의 것들 본뜨기에만 정신없으니 하는 앙가슴저린 탄식조였을까? 추석 명절에 못다 부른, 강강술래를 읊조리는 속셈이던가. 강강술래! 강강 수―월래!

구슬 퍼라. 반도강산, 흰옷 입은 백성들 / 보리 자루 속에 갇힌 듯 너무나도 외졌어라. / 두둥실 삼면은 푸른 바다로 둘러싸이고 / 저 아득한 북쪽엔, 높은 산맥 주름졌어라 / 서린 몸 팔다리가, 언제나 굽어만 있으니 / 맘속에 큰 뜻 있다한들 무엇으로 채울 건가 / 많고 많은 성현께선, 수만리 밖먼 곳에 계시니 / 그 누구시라고, 이런 슬픔에 어둠 열어주려나 / 머리 들어 인간 세상, 두루두루 살펴보아도 / 밝은 맘, 큰 뜻 품은 사람 보기도 드물고 / 자나 깨나 남의 것들, 본뜨기에 정신없으니 / 정성껏 자기 몸과 맘 닦아볼 틈이 없어라. / 무리들이 어리석어, 바보 하나를 떠받들고 / 낮과 밤에 야단스레, 다 같이 숭배케 하니 / 웅대하고 질박하였던, 단군님 세상

/그 시절 단동십훈, 풍습만도 못한 듯해라.

이는 때 아닌 억지였다. 역설이었다. 생각지 못한 불경不敬이었다. 정말 생각지 못한 역설이요 불경이 절로 터지는 옹달샘처럼 솟구친 것이었다. 성주풀이 이런 자리엔 어울리지도, 생각지도 아니한 가락이었다. 그 반대편이라 소리치고 싶은 충만감에서 절 시구 터진 소리가, 저절로 솟구친 가락이었다. 행여 누가 들었을까? 눈치 살피며 스스로 눈물겨웠다. 저 멀리 어스름 솔숲 봉화산정 앙망하던 성주터 밟기 사물가락이 중중모리에서, 자진모리로 올라 치닫고 있었다. 먹자판이 무르익어 들었다. 통개 한 마리 잡자던 강 목수 주장에 선뜻 주머니를 열던 순심이가, 한층 붉어진 낯빛으로 국그릇 챙기며 분주했다. 종가댁 동서 음전이가 종순, 종연과 함께 시중에 바빴다. 하지만 선말댁은 여전히 불룩거리는 숨결을 다스리고만 서 있다.

— 아아! 조카님, 한울님, 이리도 내 맘을, 아리게 하싱만요!

그녀는 감정 누르듯 울대를 눌렀다. 세상에 그릴 것도, 아쉬운 일도, 꺼릴 일도 없을 듯싶었다. 하지만 종구야! 내 아들, 종구야! 대처 어디서 이런 잔치를 맛보랴? 이 잔치 끝에 오늘 밤에는 순심 누나가 초야를 치른단다. 하지만 아직 중천 큰 이모님 댁에 소식이 없구나. 낼 모래면 이규진 총각이 떠나간단다. 끌려가야 한단다. 제국군대의 자원병이란다. 종구야! 너 씨받이라는 말 들어봤디야? 그 일을 순심이 가련한 누나가 자청을 했다는구나. 상투를 자작으로 틀었다가 억지로 잘렸응께. 이제는 총각신세 면하게 하고, 나도 처녀 댕기를 풀어 버릴라요. 먼 소린지 알것능가? 이 성주풀이는 강 목수님이 꾸민 자리 같지만, 실상 한울님 마련하신, 삼신님 거룩한 자리라고, 그럴사 생각을 할란다. 목숨 줄 베푸실 라고 그리하싱만, 삼신한울님이 내게도 먼저 주신 복덩이 생명, 골 고루 골고루 나누어 주실 라고!

길고 긴 징-소리가 하늘에 고하고 잔치가 한창 무르익고 온 마을 사람들이 들떠 있을 때, 선말댁은 슬슬 아파오다가, 불근불근 치받는 뱃구레를 다스리고 있었다. 아까 참에 다산 스승 고조부님의 술지가 떠오를 때부터 얼핏 시작된 짓이었던 듯싶다. 조선 백성 이 나라 어찌하여 이지경이 되었는가? 임금님, 나라님, 잘난 양반네들 어디로 가셨는가? 백성들 목숨 개 끌어가듯 하는 세상에, 아아! 그래, 그랬구나. 그리도 역설이 기승을 부렸었구나. 역설은 가설이 아니다. 억지 춘향이의 생떼란다. 타고난 제 나라, 제 것들 제대로 가꾸지도 못하고, 제 각각 탐욕대로 살다가 이리된 백성들 죽지 못해서 내지르는 앙가슴 솟구치는 갈구란다.

내 아들 최종구야, 네 동생 종수는 서찰을 인편으로 보내 아비를 울리고 어미를 웃게 하고, 동생들을 신명나게 했단다. 네 서찰도 오고 있지야? 핏덩이 동생이, 아무래도 눈짓이 이상하다! 너는 모르것지? 어미가 천지간 세상에서는 제일로 먼저 아는 법이다. 이 법은…! 삼신, 한울님의 지고 지선한 법이랑께.

상량목이 올라가고 먹자거리가 끝나자, 부조꾼들은 삼 칸 지붕에 연신 서까래를 올리고 갯가 갈대를 올린다. 한편에서는 진흙탕에 들러붙기 시작했다. 물을 붓고 삽과 괭이로 치대고 밟던 흙을 손으로 수박덩이를 만들어, 웃샤! 웃샤! 장단에 맞춰 올린다. 단참에 이엉까지도 올려버리도록 강찬진 목수의 독촉이 연달았다. 일이란 손 있을 때 거덜 내는 법이라고, 세 사람이 열흘 궁싯거릴 때, 열사람이면 단참에 해치우는 법이라고, 세상에는 나라도 국법도 다 망가졌지만, 용지법이라. 호사문자로 상량을 올렸것다. 가화만사성이라, 용지 법으로 성주풀이를, 아예 치러야 한다. 그는 속셈이 분주하였다. 미리부터 궁리가 다양했던 터였다. 누군가 고함을 질렀다.

― 아니 이규진 총각, 자네는 어째서 갑자기 구경꾼이 돼야 버렸당가.

― 금―매, 저 사람이 아까부터, 갑자기 몸을 사리네. 선말댁네처럼, 대체나 먼 일이랑가? 자네가 요즘은 뜀박질을 못해서 몸이 근실거린 담서. 오늘 뜀박질처럼 몸이나 풀어 보시랑께! 그런 뜀박질이 도대체 무슨 짓이랑가.

서까래를 나르고, 지붕 이엉을 올리고 진흙탕 쳐올리기에 정신이 없던 사람들 어느 순간 일손들을 멈췄다. 정말 아까부터, 으레 맨 먼저 서두르던 규진 총각이 흰 옷을 거들어 쥐며 몸을 사리는 꼴이 역력했던 것이다.

― 그려! 그람 지금이라도, 한 바탕 뛰어부러려 심이 나것능가. 그래 보드라고, 하여간에 그 뜀박질이 무언가, 해명부터 해보소들, 안 그랑가. 거기서 대체, 쌀밥이 나 온가. 동지섣달 단팥죽이 나온 당가.

― 그건 마라톤 이라고요. 다름 아니라, 전쟁의 승전고 소식을 달려가는 인편으로 보내는 일인 디라. 지가 그 일을 세상에서 꼭 한번 이룰 것잉 만이라.

하고 규진 총각은 눈길을 휘둘렀다. 잠시 일손 멈추고 귀 기울이는 어른들 앞에서 서슴없이 속내를 풀어놓았다. 자기도 약산면 젊은 훈장님께 듣고 새긴 풍월이라 하면서. 아테네와 페르시아라던가 동양과 서양에서 전쟁이 수년간 계속되었다. 아테네 젊은이들이 다 끌려가 죽고, 병신 되고 나라가 결딴이 날 지경이었으나, 승전고는 들려오지 않았다. 온 시민들이 승전고와 종전 소식에 목이타고 가슴이 멍들었다. 드디어 승전의 날이 다가왔다. 그 소식을 누가 먼저 달려가 전할 것이냐? 양국의 병력차이가 열배나 열세였던 동양 아테네가, 마치 조선 통제사 이순신 장군처럼 학익진을 펼치고, 명량의 울돌목처럼, 임진란 왜군을 대파하듯 이겨버렸던 것이다. 적병은 약 6000명이 죽었고, 아테네 시민군은 190명이 희생되었다. 이 슬프고도 기쁜 소식 전하기 위하여 나선 병사가 달리기 선수이던 페이디피데스라는 아테네 병사라고, 그는 죽을 판 살판 가리지 않고 42킬로 약 백리 길 달려가서, ―아테네 시민들이여! 우리가 승전했다! 승리했다! 한마디를 전하고 탈진하여 죽었다는 것이다. 얼마 후 다시금 침공하는 적군을 물리치기 위하여, 일만 명의 병사들이 진멸당할 가족과 동포들 희생을 막기 위하여 중무장하고 달려가 전쟁을 막았다는 겁니다. 이 일을 기념해서 기미년 독립운동처럼, 해년마다 전 세계 선수들이 마라톤 대회로 실력을 다툰다. 승리의 영광 면류관을 쓰게 되는 것이다. 아마 2, 3년 후에는 미국이라는 태평양 대국에서 세계 선수들이 마라톤 대회를 치르는데, 우리나라에서도 김 아무개와 권 아무개랑 파송이 된다고 한다. 나는 그 일을 해보고 싶다. 죽어도 우리나라가 대승 거두었다는 승전고를 전하고 싶은 거요. 나는 아무리 달려도 숨 가쁜 줄 모른다. 작년 추석절기에 완도군 보통학교에서 일등했을 때도 다른 사람들은 헉헉거렸어도 나는 운동장을 세 바퀴나 더 돌았어도 심심하더라. 조선의 승전 소식, 내가 못 전하면 내 아들이 전하게 될 것이랑께.

하면서 번쩍거리는 눈길을 돌렸다. 거기 강순심이가 귀 기울이며 낯붉히고 있었다. 선말댁이 장승처럼 숨결 다스리며 서서들었다. 이것이 전 세계적으로 동서양간의 첫 번째 일차 충돌이었다고 한답니다.

몇몇 사내들이 투덕거리며 박수를 치다가 보리 뜨물처럼 잦아들었다. 천지가 고요하고 선들 바람소리가 살아 올랐다. 일손들이 부산해지기 시작했다. 진흙이 올라가고, 지붕에 이엉을 덮고 삼 칸 겹집이 아늑하고 찹찹한 모양새를 갖춰가고 있었다. 내내 동산 같은 몸을 추스르며 구경하듯 선채로 순심조카 품에 기대고 있던 선말댁이 다가섰다. 그녀가 검푸른 산천에서 눈을 돌리며 단내 나는 입을 열었다.

— 낼 모래는 우리 총각님이 군대를 간답니다, 일본군 징병으로. 그 말이랑께.

— 징병이라고? 시방 일본제국 군대의 징병이라 하겠소 잉?

선말댁이 부르짖고 비틀거렸다. 그 음성이 악다문 울음이었다. 이제는 알듯

싶다. 왜 그리 억지소리를 하고, 그리도 탄식조의 가락을 읊었던가. 용지법이라, 용지불같이라 하겠지. 이 선산밑 개간지 가난한 성주풀이가 이제는 씨받이 잔치가 되어야 할 판 인디라오. 참 좋은 씨랑께요. 내가 이런 기막힌 세상에서 억지라도 한 속내를 못 털어 놓겠소. 이제는 아시것지라오?

성주풀이 새집은 벽을 채 바르기도 전이어서 어성성하기 그지없었다. 이제 사방 천지에서 푸른 달빛이 스며들리라. 사랑 빛이 속살거리리라. 일을 추세는 분은 강 목수였다. 어지간히 진척 되었다는 듯 손을 털며 호장을 돌아보았다. 강찬진 목수가 어느새 새물내 나는 한복으로 갈아입고 호장이 청아한 학처럼 길게 고했다.

— 신랑新郎으-은 추-울㞞! 어서 속히, 뜀박질로 나오시오.

그럼 그렇지. 속셈들이 있었기에, 그리도 능청이었던가? 내내 일손을 피하듯 몸을 사리던 이규진 총각이 성큼성큼 새 터전으로 다가선다. 누군가 박수를 쳐대자, 다투듯 손바닥을 때렸다. 중중모리로 높낮이가 길었다.

— 시인-부新婦가 추-울㞞! 어서 속히 나오시오. 조심조심 나오시오 잉!

수모 음전이의 부축을 받으며 강순심이 사뿐거리고 나섰다. 그 차림이 옥색 저고리에 백단치마로, 성스럽다. 오매, 우-째 소복맹이로 백단 치마랑가? 아따 신식은 다 그란다 등만, 뭐라더라. 하얀 드레스라든가? 용지법이라.

중천댁 큰 이모님이 오시기로 약조는 되 는갑데. 날짜를 잘못 알았는가? 그나저나 원체 시간이 없은께. 선말 양반 덕성이 종순, 종연이랑 힘을 써가며 뭔가 끌어오고 있다. 새까만 이파리를 빛나게 거느린 동백나무였다. 방울꽃이 방실거렸다. 꺾어낸 동백이 아니라 흙덩이에 뿌리 덩그렇게 뭉친 화분이었다. 두 분재였다. 아아! 저리도 정성을 들이고, 적공을 들였더랑가!

실상 선말 양반 최덕성은 속셈이 분주했다. 이 경사판에 솜이불 둘둘 말아 단속해둔 유성기로, 이 풍진 세상을 만났으니 - 신식 축가 양노래 선보이고 싶다는 생각, 아 이건 객기다. 무수리 객기다 하여 다잡았던 셈판, 적공이라.

— 자자! 황소가 씨암탉보드끼, 넋을 놓지나들 마시오. 잉! 신랑, 신부가 각각 재배하고 한 잔 씩, 받으시오. 달콤한 합금合金주라.

신랑 이규진, 신부 강순심이 고개들을 깊이 숙인 채 땅에 머리를 박았다. 땅 속의 속내를 탐하듯, 길고도 긴 큰절이다. 세상이 두루두루 멈춘 듯 했다.

— 자자! 신랑 신부가 함궁에 새집들이 삼신 조왕님께 재배 하시오. 합궁合宮배 이라. 자자! 신랑 신부가 마을 어르신들에게 큰 절로 인사 올리시오. 잔치는 밤 새껏, 양껏 마시고 즐기고 축수를 하시오들! 낼 모래면 승전고를 인편으로 전 할랑께, 급히 떠날 거잉께! 아시것소, 들?

그는 스스로 달아오른 심사였다. 세상이 이천만 동포가, 시일 야 방성대곡이 라. 나라도 없고 조정도 무너지고, 임금도 양반도 제 각각 살길을 찾지만, 삼신 님은 일을 멈추지 못할 것잉께! 무슨 말인지들 아시것소? 무당 불러서 성주풀 이 하는 때가 아니란 그 말잉만, 사모관대에 칠보면상 족두리 갖춰서 예는 못 다 올리지만, 날마다 새벽마다 정화수 떠올리고 비손하는 선말댁 집안잉께라 오. 저리도 곱고 밝고 맑은 신부댁 강순심은 진주 강姜 씨, 강찬진 우리 문중잉 께. 지가 당숙뻘잉만요. 뒤미처 성주풀이 타령이 저절로 터져 올랐다. 마량 호 장이가 텁텁한 탁주 소리를 쏟아낸다. 밀물에 썰물이듯, 이런 순? 이게 바로 용지법이던가?

> 에라 만수, 에라 대신이야 아! 낙양성 십리 허에 —
> 높고 낮은 저 무덤 — 으은 영웅호걸 몇 몇이냐 — 아아?
> 절세가인이 그 누구냐 아아! 우리네 인생 한번 가면 —
> 저 모양이 될 터이니, 저어 건너편 잔솔밭에 솔솔 기는
> 저어 포수야 아! 저 산비둘기는 잡지를 마라 아아!

몇몇 남정들이, 장단 두들기듯 손바닥을 때린다. 힐끗 살피던 강 목수 뒤 댄다.

　　나무 한주 넘어 간다 아! 그 나무가 넘는 소리 라ー아.
　　하늘에서 천동하고 땅에 울려 진동할 때, 화살같이 곧은 먹줄
　　굽은 나무에 먹줄 놓고, 옥황에 옥도끼요, 금황에 금도끼를
　　용왕님 전 바칠 적에ー에, 용왕님 전에다 바칠 적에ー에이...!

어쩐지 삼동이 아는 청아한 가락이 아니었다. 곧장 울음으로 이어질듯 추루하고 청승맞다. 흥이 솟구칠 리가 없었다. 날 좀 붙잡아, 날 좀 달랑께! 날 조매!
── 와마 참말로 용지법인께. 대단하싱만요. 지금 이리 거룩한 잔치 흥이 넘쳐 나닝께, 암만해도 한 가락 해야 속이 안 풀리것소.
하고 나서는 이는 숙마골에서 청춘가 한가락씩 뽑는 김동술이었다. 그의 아비는 쪼깐이라는 별칭의 키 작은 사내였지만, 쟁기질이며 새끼 꼬기 신실한 가정이었다. 둘째 양술, 희심, 은심 등 사남매를 거느렸다. 손놀림에 쉴 틈이 없었다. 자칫 우울한 잔치판이 활짝 열리는 안색들이다. 그가 거침없이 감청색을 풀었다.

　　짜증을 내어서ー어, 무엇 하나. 성화를 받치어 무엇 하나ー아
　　속상할 일도ー오, 하 많으니ー이, 놀기도 하면서 살아가세ー에,
　　니나노 닐리리야! 닐리리야! 닐리리야, 니나노ー오오! 오오!
　　얼싸 좋아 하! 얼씨구 좋다 아하! 저절 시구라!
　　벌 나비는 이리저리 휘 훨훨, 꽃을 찾아서 날아든다. 아...!

이른바 태평가였다. 박수가 터졌다. 진정어린 축포라 할 터였다. 휘파람이 쏟아졌다. 은근짜라 할 터였다. 그러자 넘실거리는 막걸리의 탁한 소리가 나섰다.

상쇠 잡이 덕만의 아낙, 음전이었다. 평소 말수 없는 아낙이언만 길흉사간 마을의 대소사에는 으레 앞장을 서는 내숭이 일색이었던 터다. 잠시 서린 목을 추스르던 능청이 이어진다. 소리는 뻐꾸기처럼 가파르게 살아서 치솟고 올랐다.

인간이별 만사 중에 헤, 독수공방이 상사 날이란다. 아!
좋구나. 아! 매화로다 아! 어 야 더 야! 어 혀야 에 – 디여라
사랑도 매화로다. 하! 안방 건너 방 가로닫이 국화 새김에
완자 하, 창문이란다. 얼싸 좋구나! 꽃 붉은 매화로다 아하!
사랑도 매화로다. 하! 안방 건너 방 가로닫이 국화 새김에
완자 하, 살문이란다. 얼싸 좋구나! 꽃 붉은 매화로다. 아하!

더 크고 요란한 박수가 터졌다. 솟구쳤다가 스러지는 감축 속에서 가락들이 울근불근 허리를 틀었다. 이별가에 베틀가, 사발가에 몽금포 타령 없지 못할 흥취였으나, 맑고 밝은 달빛이 뒤숭숭한 천지를 넘나들고 있었다.

선말댁이 숨 가쁘게, 간신히 한마디 남기려 들었다. 신신당부 조였다.

— 어 야, 음전이 동서, 저 선산발치에 장승맹이로 달포간이나 지키고 서 기신 저 순사 보초들, 안주 갖춰 잘 좀 대접하소. 저 양반들이 무슨 잘못이랑가. 참말로 지극 정성으로 지키시덩만, 나라 국법이 저래야 허는 법 인디!

정말 그랬다. 선산발치에 날이면 날마다 장승처럼 서있는 분견대 병사였다. 두 명이 조를 이루었다. 선 채 연초를 피워 물었다가 낌새를 느낀 듯 서둘러 불

을 죽였다. 온 축객들의 눈길이 그곳으로 쏠릴 때, 선말댁은 다급하게 우중충한 움막으로 숨어들고 있었다. 큰일을 치르려는 조신스럽고도 단호한 동작이었다. 시작을 내내 견디고 있었으나 때가 다급한 것을 알았다.

— 아가야, 아가야 참 좋은 날이다. 아들이면, 또 아드님? 아니지. 따님이면! 따님? 최 윤심이어, 막내 윤심, 그랗께! 삼신님! 오매에, 삼신 한울님…! 나잔, 붙잡아 주소! 이리 급 하시당가. 새 사람들 신방을 돌봐 얄 것인디. 으응! 응 아이 고매…!

그렇게 순산을, 하고 있었다. 낌새를 느끼고 맨 먼저 달려간 이는 선말 양반 덕성이었다. 손길에 잡힌 산모는 안심하며, 눈을 감다가 크게 떴다. 응앙앵! 응앙앵! 응아! 소리가 천지간 어둠 몰아내듯 애련하고도 청아하였다.

산방産房에서 내몰리듯 쫓겨난 두 사람은 신랑 신부였다. 손에 손 맞잡고 있었다. 손길에 땀이 엉기고 들었다. 중천이 유난히 밝고 맑았다. 하순으로 접어드는 기웃 달이었다. 이제 곧 달도 기울리라. 이규진 신랑은 맘이 차분해졌다. 달처럼 기웃거렸다. 신부 순심은 초조했다. 어딘가로 숨고 싶었다. 세상 끝까지 숨고 싶은 생각뿐이었다. 바다 끝, 하늘 끝, 숨 가쁘게 달리던 임의 손을 부여잡고 함께 내달리면, 천지간에 따를 이가 없을 듯싶었다. 그렇게도 소원이던 승전보의 마라톤이었다니, 새삼스레 눈물겹다. 하물며 자랑스럽다. 이 사람은 분명히 살아서 돌아오리라. 살림 소식을 전하러 달려오리라. 그렇고 말구지. 하지만 오늘은 좋은 날이다. 삼신님이 택일하신 날이다. 낼 모래면, 아니 이 밤 가고 낼이면 떠나신다. 어디로? 대체 어디로? 나도 모르고, 저도 모르는 그저 먼 곳이라 한다. 제국 군병 자원이라 한다. 천만에, 끌려가고, 저리 버티고 지켰다가 병아리 채가는 독수리 발톱 맹키로, 이리 붙잡혀 가는 이런 법이 세상 천지에 설치는 누리란다. 하지만 삼신님 더 큰 법, 영원한 생명의 법이 이 밤을 허락하신 잔치였다. 어머님 중천댁, 어머님 중천댁 설마 무슨 일을 당하신 것은 아니지라오. 말이 없는 오라비여, 눈이 밝아지던 시누이여! 나는 이라고 한 세상을 달리고, 이 풍랑 뜬 세상에 실려 가는 팔자랑가요?

그래도 이 손길이 이리도 다습고 뜨겁고 아리당께요. 어머님 용서하시오. 사람하나 잘 봤다고 어머님도 시누이도 고개를 끄덕였었지. 이 사람은 수두백이, 수두상기垂頭喪氣라니, 어쩌면 좋을란지 토—옹 모르는 갑소. 잉! 암만해도 먼저 힘을 보태야 쓸랑 거시오. 잉! 먼저 입을 열고 맘 열어야 하것지라오. 맘을 다 줬는디, 몸이 아깝것소. 몸을 먼저 못 드리것소. 몸 다 빼앗겼어도, 맘은 손톱만치도 손을 못 댈 것이요. 저, 야차들, 저 왜놈! 신부가 입을 열었다. 신랑이 흠씬 놀란다.

— 분명히, 분명하게 약속하셨지라오.

— 야, 약속? 무, 무슨, 약속이랑가요. 난 그냥, 아무 심이 없는 디라.

— 아! 승전고 약속이라. 승전보를 올리기 위하여, 달리고 또 달릴 거라고!

— 와—마, 그리고 말고제, 그리고 말고제라.

— 그라면 됐어라. 그라면 다 됐다, 그 말이오. 잉! 서방님, 내 사랑!

— 와마, 그렇지. 그럼 그렇고말고, 순심이 내 사랑! 선녀 같은 내 사람아!

그건 누가 먼저랄 것이 없는 일이었다. 위아래 가릴 새도 없는 짓이었다. 누가 가르치고 듣고 자시고가 없는 일이었다. 몸이 요동치고, 맘이 충동했다.

아무 힘이 없다던 그 손길에, 신부가 하늘로 솟구치듯 날렸다. 엉덩이, 가슴, 허리, 훨씬 쳐들어 둥실 두둥실 봉산탈춤을 날린 것이었다. 암팡진 엉덩이가 물큰하고, 불덩어리 가슴 두둥실거렸고, 잘록한 허리가 흠씬 안겨들었던 판이다. 승전 약속이라? 와마 그리고 말고제잉! 한마디에 만사가 태평가였다. 만경창파 연꽃 속에서 피어오른 심 황후 향락의 시작이었다. 땅을 디딜세라, 흙탕에 닿을 세라, 물길에 젖을 세라, 금지옥엽에 가물 들세라. 암내 향기가 등천하자 수컷 꿀벌이 창황하게 서둘렀다. 촌각이란 영세불망이었다. 가슴에 안기고 몸에 실린 채, 달빛이 열어주는 대로 어느덧 날아가고 있었다. 어딘지 모를 듯 싶었으나 송진내 물큰 거리고 흙내 풍성한 새집이었다. 상량이 올라가고, 서까래가 걸리고, 흙탕이 질펀거렸고, 이엉이 덮이고 그래서 어성성하지만 찹찹하게 가라앉은 삼 칸 겹집이었다. 몸을 내리고 맘을 챙기고 본즉, 이엉마름 한 장이 덩그렇게 서있었다. 신랑이 냉큼 들어 안방에 두르르 펼친다. 멍석 한자리가 순식간에 펼쳐졌다. 꽃 신부를 거기에 모신다.

숨죽여보던 하현 달빛이 벌겋게 물들어 비추고 밤나무 숲속으로 사라졌다.

신랑의 손길이 분주하다. 신부가 서둘러 벗고, 임도 풀어준다. 숨 쉴 새 없이, 보듬고 옥죄이고 겁내며 오지랖 넓히고 풍당거린다. 자맥질한다. 달 토끼방아, 연자방아, 사랑방아가 아랑곳없다. 새콤달콤한 숨결이 꼴깍한다.

그리도 숨 쉴 새 없이 사흘 밤을 심 황후 두둥실 사랑놀이에 취하다가, 앞장서서 당당하게 순사들 이끌고 가듯 새집터를 떠나, 갯마을 갓 돌아 가물가물 사라졌다.

그로부터 한 조금 후에, 허겁지겁 당도하여 망연자실하는 어머니 중천댁의, 단지 사흘도 못 지내고? 하는 자탄을 들으며, 강순심 새댁은 고개를 힘차게 내저었다! 섣달 동백꽃처럼 벌겋게 붉어진 그 입술이 서슴없이 열릴 번했다.

— 오매! 워-매? 말도 마시시오. 이내 몸을, 심 황후마마 맹키로, 그냥 세 번, 네 차례씩! 그 말을 강순심 신부는 꿀컥 삼켰다. 달콤한 콧물이 물큰물큰 넘어왔다.

열여덟 마당

객고풀이

　북향인 봉화산 하늘에 검푸른 구름이 느린 걸음을 디디고 있었다. 노화를 시름시름 앓기 전에 방지나 하려는 수작인가? 게으르고도 나태하다. 하지만 잠시 바라보는 사이 그들 진로는 남향으로 분주해지고 점진적이다. 푸르던 하늘을 순식간에 석권하려는 모양새였다. 구름은 살았고, 저절로 번식했으며, 서로 넘나들어 영토를 넓혀가듯 멀쩡한 공방을 먹어들어 간다. 상층에 중위 하위의 권운층으로 둥실거리며 맴도는 성층은 다양하다. 무질서의 난맥 속에서 엄연한 질서를 유지하며, 바라다보는 눈길에 안도감을 주었다. 그래서 세상은 태평하고, 산천은 유유히 만산홍엽으로 물들어가고, 저 늠름한 봉화산은 목하 휴직중이라 할 터였다. 하긴 봉화산이 황황히 불타오를 일 없다면, 조선은 태평천하라 할 법하다. 하지만 남향인 완도 쪽 청산의 하늘은 그야말로 청산 가락이라도 읊고 굼실거리는 듯 밝고 청명하다. 무언가 끊임없이 술렁거리며 음모를 꾸미고 있는 듯하다. 고금도로부터 저 산을 넘고 넘으면, 거칠고도 모진 바다건너, 대제국이 연면한 숨결을 억누르고 있을 터다. 야심에 들끓는 울근불근한 기척을 내면에 장착하고 불길처럼 살아 오른다. 평화와 복락이라. 광영의 평등세상으로 제국은 번영하리라! 오로지 천황폐하의 성은아래, 진충보국하라. 섬나라 제국의 내일은 태평가, 대동아시아의 백년대계가 전개되고 있다는 셈인가.

이제는 그 정도에 머무르지 않고, 가 일층 약진을 촉성하리라고, 이시하라 유지로石原 裕次郎 군은 차랑거리는 청주병을 흔들며 주장했었다. 방책이 무엇인가. 약진의 촉성이란, 도대체 무엇이란 말인가? 뭐니 뭐니 해도, 조선족 식민 통치를 위해서 헌병제도를 강력히 부활시켜야 한다는 주장이었다. 자신이 헌병군조 출신으로 십여 년간, 일심갈력 진충보국했었다고.

── 아무래도 청주는 고상한 일본제국 술이요. 허나 조선 막걸리는 흐리터분 텁텁한 맛이며, 한 사발씩 들이켜는 꼴이 야만스럽고 영락없는 조센징들 농사꾼을 닮았단 말이요. 무지막지한 막술이라고나 할까?

청주는 고상한 제국 술이라. 사케가 그립다는 속셈이겠지. 아서라. 조센징들의 무지막지한 막걸리라. 영락없는 조센징들 농사꾼이라고? 이 녀석은 술을, 고상한 취미삼아 마시는가. 손아귀에 사로잡힌 청주 잔을 움켜쥐고 넉살떠는 꼴을 지켜보다가, 그 심사를 헤아려보듯 시미즈 겐타로는 울컥거리는 말을 짓씹고 있었다. 이내 유지로 군은 막걸리 잔에 벌컥벌컥 따르라며 주모의 손을 덜컥 사로잡았다. 황당한 듯 오연한 주모가 뿌리치자, 잠시 눈살를 찌푸리다가 젊고도 낭창한 겐타로 곁의 여인을 끌어 당겼다. 막무가내 한 짓이었다.

그가 중얼거리는 소리가 탑탑한 입 기운으로 술 찌기처럼 사방으로 퍼졌다.

제국의 헌병 군조로 그 때는 신명나게 일할 수 있었는데, 기미년 만세사건 이후로 헌병경찰 통치는 빛을 잃었다. 기백이 사라져버렸다. 오! 이건 퇴보다. 퇴폐요, 퇴영이다. 천하무적 사무라이가 휘두르던 태양빛의 칼날을 칼집에 슬그머니 질러 넣다니, 정신 나간 새끼들? 꼴불견의 간나이새끼들이, 일시동인의 민생정치라. 통치란 순치라니? 말 좋으나 먹으라지. 거들먹대는 꼴이 거나 해지면서 본색이 드러나는 불상놈이었다. 저런 녀석이 동양척식의 중간급에 현장의 부책으로 파견이 된 것인가. 겐타로는 심란한 심상을 지우기 어려웠다. 곤이치 군이, 제국군대의 충용 무쌍한 장교의 길이라니! 이 아니 광영이랴? 흰소리 치다가 정작 울먹이면서 떠난 후임으로 파견된 인물이다. 제국 군대의 장교란 눈물부터 거두는 훈련에 잘 적응하리라. 하지만 거꾸로 가는 정책, 거꾸로 설치는 억지가 상통하려는 현장인가.

하긴 순리로 되는 일이란 없다. 현장의 공사 진척상황이 말이 아니다. 석산이건 숙마골이건, 신마의 현장이건 그저 덜 죽어서 굼실거리는 꼴이다. 강력한 촉진책이라. 그 첫 걸음으로 오늘 자전거를 끌고 놈을 안내하여 삽살개 박광수 통변 앞세워 둘러봐야 할 현장이 아득하기만 하다. 왠지 짜증스럽다. 이시하라 유지로 군은 소풍이라도 나선 차림으로 철석거리며 자전거를 끌어오고 있었다. 간밤 벌개 진 얼굴로, 기어이 객고를 풀어야겠다며 낭창한 허리 껴안고 지전을 휘두르며 사라지던 꼴이라니, 영접 자리부터 어처구니였다. 저리도 흔연스레 똥 돼지 빛 얼굴이다.

분견대장 이노우에 다케히코 군이 유난히 번쩍거리는 자전거 끌고 합류했다. 그와 유지로의 칼집에 숨기지 못한 듯 일본도가 철렁댄다.

신 마량 함바집 연기가 하늘하늘 솟구쳐 오른다. 불땀이 센 송진내가 향긋하게 퍼진다. 밥내가 살아서 피어오른다. 흰소가 살아난다. 하루의 시작이다. 아무튼 저 곳부터 손봐야 할 필요는 절실하다. 갈수록 성행하는 화투짝 노름과 소주 막걸리 판이 넘쳐나고, 쌈질이 하루가 멀다. 아낙들이 붙어나지 못하여 결국 분견대의 출장 감시체제로 들어갔다. 나날을 흙과 갱돌 더미 속에서 땀과 누린내로 들떠가는 삯군들, 일당이란 겨우 육십 전에 식권 석장을 제하면 십오

전이 남는데, 그 식권과 잔금이 온통 노름밑천이요 술과 연초와 군것질로 사라진다. 공사판이 끝나면 산천의 멧새들처럼 어딘가로 떠나갈 빈손들인가. 저것들에게 갯논의 미래를 설득하며, 희망을 안기는 일이란 허구였던가. 내외로 선정선치란 유치한 환상이요, 소아기적 향수병일 뿐이란다. 조센징이란 그런 족속들인가. 개 패듯 때리고 다그쳐야 한다는 걸까? 소처럼 먹이고, 똥강아지처럼 달래고, 생풍맞은 계집처럼 어르고 추슬러야 살진 맛을 풍기려나? 모르겠다. 갈수록 헷갈릴 뿐이다. 시미즈 겐타로여, 넌 이제 지쳤는가. 문득 너털거리며 자신을 추겨 세울 장인 나카야마 다이치상을 떠올리며 낯이 달아올랐다. 오! 내 사랑 하나코여! 그대는 지금 어디 강산에서?

— 총 감독 겐타로 상, 과연 장군복 차림입니다. 마도로스 파이프에다…?

삽살개 박광수가 오랜만에 만났다고 반갑다는 안색을 비치며 농을 건넨다. 뒤미쳐 자전거를 세우고 눈길 휘둘러 가며 유지로 군이 덥석 받는다.

— 총 감독 겐타로 상! 오늘 일정에 기대가 큽니다. 동양척식 총 감독님의 빛나는 현장이 아닙니까. 소졸이 잘 받들어 진충갈력하겠소이다.

— 어디로 모실까요? 제 생각에는 현장 중심으로 바람도 쐴 겸 한 바퀴 비―잉 둘러보심이 어떨까요? 받들어 모시겠습니다.

오하! 이것들이? 느끼한 심사가 드러나던 겐타로는 앞장을 섰다. 간이 사무실을 갓돌아 함바집이었다. 일본의 전통 요리사라는 다무라 아키코가 메기입을 닦으며 맞았다. 두 아낙이 중치마를 거머쥔다. 검은 끄름이 더께더께 달라붙은 판자 집에서 아키코는 무얼 하련다는 주장인가. 주재소와 현장에 자주 드나들게 된 본토인을 위하여 동척에서 파송한 영양사라나. 달포 전부터 자전거로 출퇴근하며 300여명 함바집 현장 식권을 쥐고 경리를 담당하고 있었다. 모처럼 둘러본 그곳에서 겐타로 일행은 구수한 숭늉을 대접받고 나왔다. 서중댁은 특히 숭늉 솜씨가 좋았다. 조석으로 으레 차 대신 내놓는 숭늉 맛이 갈수록 구수했다. 누룽지 국밥이라는 멀건 사발도 쓰린 속을 다스리는데 일미였다. 으레 말없이 숫처녀의 연서懸書처럼 내민다.

— 식량 조달이 저렇게도 어렵습니까? 현장의 부식 조달은요.

— 대 제국 군대의 군량에 절대로 못 미치지는 않을 텐데요. 어떻소이까?

— 제국 군량이라니, 허긴 이 추수절기에도 갈수록 긴축이라, 대동아 공영 대업을 위하여 긴축 긴축하라니! 가는 곳마다 입김만 거세집니다. 안 그렇습니까?

— 바로 그래서 우리의 사업이 지중한 일입니다. 박차를 가해야겠지요.

겐타로는 멋대로 지껄이는 삽살개와 유지로를 알아서 따르라는 듯 연동 쪽으로 방향을 잡는다. 반짝이는 갯벌에 썰물이 철썩거리고 해풍은 파랗게 설렁거린다. 연동에서 원포로, 간척지 해안을 한 바퀴 갓 돌아서 오랜만에, 아니 맛보기 겸하여 동산 밑 선산 개간지를 돌아보고, 늦은재 밑 숙마골의 현장도 둘러볼 작정이었다. 그곳 현장을 선말 양반이라는 최덕성에게 위임해보려는 속셈으로 벌써 세 차례나 초청했으나, 요지부동 요시찰 인물이다. 간척 사업 완공 후에도, 동척의 마름으로 현장의 관할에 적합하다고 끌리고 있었다. 양양한 흰 소리, 헌병 군조의 철석 같은 충절로 무장한 이시하라 유지로와 첫 대면이 어떤 꼴일까. 한 발 물러나 맡겨버리고 싶다. 부책이란 대체 무엇이랴. 네 대의 자전거부대가 일렬로 달린다.

연동지역을 돌아보려면 으레 서중마을에서 공동묘지가 자리 잡은 잿등 골짜기를 지나야 한다. 대숲이 우거졌고 호랑이가 출몰했다는 전설이 무성하다. 한밤중 들이닥친 호랑이, 인연이 설렁한 중년 부부가 대나무에 머리카락을 묶어 불을 피웠더니 물러갔다는 속설이다. 그 후 호랑이 출현을 두어 차례나 겪은 뒤로 냉철하던 부부는 뜨거운 열정을 회복했다 하던가. 죽을 맛 살맛 톡톡히 봤다는 인과응보였으리.

하지만 잿등 너머 염전 후면의 물 가막섬에는 으스스한 전설이 자욱하다. 애송이들이 죽으면 으레 후박나무나 참소나무 가지에 망태를 달아맨 채 걸어두었다는 것이다. 상여집도 허름하게 자리 잡아서, 날이 궂으면 애송이들의 기괴한 울음소리가 밤새 흥얼거린다는 곳이다. 조센징 백성들은 강아지처럼 흔하게 낳고 백일이나 돌잔치 고개를 넘기기가 어렵게 많이 죽었다는 것이다. 그래서 살아남은 백일잔치며, 돌잔치가 경사라는 모양이다. 이젠 아예 공동묘지다. 박광수가 자상스레 통변한다. 앞장서 가는 시미즈 겐타로를 허겁지겁 뒤따르며 박광수는 속셈이 분주했다.

아무래도 시미즈 겐타로의 수명이 길지 못할 예감이 든 것이었다. 무엇보다 본인이 맥 빠진 낌새다. 벌써 현장의 인수인계 수순이 아니겠는가. 앞으로도 2, 3년은 더 잡아야 할 간척지 공사의 마무리는 후임이 결정판이다. 장사는 계속해야 하겠고, 후에도 간척지 마름권이나, 이백 만평에 달하는 만석꾼 살림은 어찌된다는 셈판인가. 꼬리를 잘 잡아야 몸통을 삼킬 수가 있는 법이다. 몸통을 삼키려거든 꼬리 향방을 잘 챙겨야 한다. 동척의 공사판은 여기저기 지속적으로 확장될 전망이라 한다. 뒤숭숭한 난세에도 살판이 열린 셈이다. 군수기지다. 단단히 한 몫을 잡아야 한다. 그것이 몸통이요, 꼬리의 향방인 셈이다. 박광수가 목이 타는 듯 신열을 올린다.

차경나무 솔밭이었다. 넓은 면적은 아니었으나 위열 창창한 솔밭이다. 싸늘한 송진내가 풍겨 오른다. 청파란 솔잎들이 가시새처럼 나풀거렸다. 청학 칠팔 마리가 한가하게 파닥거리며 날갯짓이다. 하지만 저것들 생업이란 들뱀 살모사나, 쥐새끼나 민물 송사리나, 달팽이나 우렁이나 닥치는 대로란다. 먹이 좋아 사는 삶이란 결코 한가한 노릇이 아닌 모양이다. 차경나무 솔밭이라고 박광수는 넋 나간 듯 지켜보는 이시하라 유지로 군에게 다가서며 살갑게 이른다.

— 대단하지요? 아마 한 이 삼백 년은 넘었을 겁니다. 원포의 강 목수 선조라는 진주 강 씨 영종氷踵 씨가 이조 철종 임술년에 열심히 심고 가꾸었다는 전설의 솔숲이지요. 마을에서 성지로 보존하고 초군들이 땔감을 채집하거나 산나물 캐는 아낙들 쉼터로만 즐기는 곳이지요. 화살 두어 바탕 거리에 해남 윤 씨네 터주 대감들이었습니다. 재미있는 애기는 어느 날 산사 스님이 탁발 나섰다가 시주를 비웃는 옹고집을 만납니다. 스님이 흔연스레 저 건너 학 머리 같이 생긴 산등 쳐내버리면 발복하리라, 하는 말을 듣고 마을 울력을 일으켜 학대가리 부셔버린 후 시난고난, 폐가하여 마침내 저 산동 골짜기로 쫓겨 갔다는 것입니다. 저주 받은 셈이지요. 지금은 연동 마을 입구의 두루봉이라는 작은 선산에 윤 씨들 문중 제각만이 자리 잡고 있지요. 솔밭 학 머리는 세세로 융성하지만, 저주 받은 백성들은 지탱을 못한다는 겁니다.

— 그 따위 속설이란 우리 본국에도 흔해 빠졌지. 허지만 저 솔밭은 대단해. 대단하고말고. 창창하게 하늘로 솟구친 기상이며! 바람 길이 솔솔 트인 여유만만이며, 청동빗살무늬 같은 기름진 솔잎! 청홍의 우람한 배색이며, 중국의 산수화가 따로 없을 듯싶군, 조선팔도는 곳곳이 숨은 절경 삼천리금수강산이라.

차경나무 솔숲에서부터 무언가 압도하는 분위기였다. 압도당한 심사였다.

마을에서 개소리가 몇 번 캥캥거렸다. 닭소리는 들리지 않았다. 어미 소가 긴 울음을 울었을 뿐이다. 내다보지도 않는 인심이랄까. 하얀 민심이랄까? 나그네의 영접이란 옛 풍습일 뿐이다. 애송이들 몇몇이 자전거를 향하여 눈길을 보냈으나 겐타로는 지나치고 말았다. 길섶 해바라기가 꽃송이를 할랑거리고 텅 빈 앞 들녘에는 가을보리 심기가 한창이다. 구장을 만나보고 인사 시키고, 허튼 수작인 것을 안다. 우리 소관이 아닌 것이다. 이윽고 일행이 연동을 지나며 원포마을 입구에 들어서며, 누구랄 것 없이 멈춰 선다. 자전거는 으레 땀나기 운동이다. 늘어선 채 귀를 기울인다. 다소 해방된 느낌이 살아난다. 하지만 저건 청개구리 소리인가? 흔히 개골거리는 수답의 개구리는 분명 때가 아니다. 학들의 사랑 놀음인가? 먼 하늘 철새인 큰고니 떼들의 날갯짓 소리인가. 마구리들 장타령인가. 마을로 다가서자 청아한 소리는 한층 기승을 부렸다. 온 마을에서 한꺼번에 쏟아지는 청강수처럼 다투듯, 시샘하듯 넘실거리며 타령조가 솟구치다 착지하고, 착지했다가 솟구쳐 오른다. 문자 그대로 낭보였다. 무언지 모를 상승가락이었다. 폭포수 같은 사물놀이 상사뒤야도 아니다. 농가 월령 후렴으로, 으레 ─얼럴럴 상사뒤아는 상승기백으로 솟구쳤다, 막걸리 술기운이 하향하는 대로 내리막길은 절경인 것을, 겐타로는 흔히 맛보았다.

하지만 저건 아니다. 저 낭랑한 청송가락은 도대체 무언가? 박광수를 돌아본다. 그가 입을 열었다. 기색이 전에 없이 유다르다. 청학처럼 환하다.

— 저건 단순한 학동들의 낭송이 아닙니다. 글 읽기 대회라 할까.

— 글 읽기 대회라니? 도대체 무슨 말인가? 무슨 날인가?

— 책거리 날이라고, 아시는가요? 대일본제국에도 있겠지요.

— 책거리 날이라고? 도대체 무슨 말을 하려는 게야.

— 책거리, 책씻이 날이라고, 한권의 책을 다 외거나 필사가 끝나거나 하면 심사를 마치고 훈장님과 동료들에게 한턱을 내는 겁니다. 초년반의 천자문이나 동몽선습, 중급반의 명심보감, 소학, 대학 등 때마다 서당 잔치로, 훈육으로, 격려로, 떡과 살코기 돼지도 잡고 막걸리 마시고 갖가지 산채로 맛과 흥취를 돋우지요. 서당학문의 소소하지만 융성한 발달사가 되는 겁니다.

입맛이 가시는 표정들이다. 한 말을 잊은 듯, 망연한 심상들이었다. 신임 유지로와 이노우에 군이 칼집을 어루만진다. 겐타로도 처음 만난 장면이다. 눈치를 살피던 박광수가 새롭게 들이 밀었다. 아연 양양한 낯빛이었다.

— 십여 년 전, 기미년 만세 운동을 전후하여 헌병대 수색작전이 있었지요. 그때 향교의 고문서며 고서적을 윤 씨네 소유로 지게에 댓 짐을 져다가 숨겼다는

정보가 발각되었지요. 족보는 따로 숨겨 챙겼고, 대단한 꼴통들입니다.

— 허면, 대략 삼사 십 가호는 돼 보이는데, 무얼 먹고 살지요? 주업이 뭡니까?

— 아마 저 들녘과 솔숲 봉화산 물산이 생업일 꺼요. 갯가에는 어한이 뱃사람이라 하여 잘 밝히지를 않습니다. 수구꼴통들은 그저 산발치가 터전이지요.

— 신선놀음이 따로 없군요. 청학清學동문이라더니.

— 그러니 산업에 무슨 발전과 진보에 눈이 뜨이겠는가. 무지한 족속들이라.

— 그리 단정하기는 어렵지요. 살림이라는 게, 사람 구실이라는 게….

박광수의 가락에 이노우에 군과 동척의 유지로가 한마디씩 주거니 받는다. 살림이라는 게, 사람구실이라는 게… 하던 박광수가 또 한마디를 보탠다.

— 수십 년 전, 마을에 해적들이 기승을 부린 때가 있었지요. 그때 조 씨 문중에서는 주인과 머슴들이 각각 짐을 지고 봉화산에 올랐는데, 헐레벌떡거리며 가고 보니 모두가 책 짐이요 책 보따리였다는 전설이 있지요. 주인마님이 탄성을 터트리다 너나없이 할할거리고 춤추듯 웃었다지요. 저기 저 동산은 거북선 등성이라 합니다. 숙마골 앞에, 보이지요? 창살 끝 같은 소나무 동산!

— 뭐라? 거북선, 거북 등성이라. 그 놈의 거북 귀선이라면…?

분견대장 이노우에의 말에 침묵하던 겐타로가 한 마디를 건넨다.

— 자네들 듣고 보았겠지. 저 연동 마을이나 원포마을 공통점이 무엇인지 아는가. 마을에서 한 두 사람 제외한다면, 우리 동양척식 공사 현장에 꼴도 안 보이는 반골인 것을, 아니지. 정녕 지조요, 결벽일 거야.

— 겐타로 감독님, 그래도 연동댁은 함바집에서 식당책임자로….

— 그래, 그리하여 석산 총책 사이조 히테키 군, 치근거리다 덩달아 물귀신이 되고 말았다는 이야기를 주절거리고 싶은 게야?

박광수의 긍정에 실정파악이 끝났다던 이노우에 군이 화급히 치고받는다.

취한 듯 질린 듯, 비실비실 피하며 걷던 자전거 길이 어느덧, 숙마골을 지나고 있었다. 열 댓 가구의 수줍은 마을이다. 동백나무 숲이 우거져있었다. 새파란 대나무 숲도 살랑거렸다. 유자와 감나무가 빛나고 설렁거렸다. 마을은 고요했다. 잠자고 있는 말들의 숨소리조차 들리지 않는 듯싶었다.

— 어머님, 그라싱께, 새삼 눈물이 낭만요. 걱정 마시오! 그 사람은 머잖아 철썩! 철석거리며, 승전보를 가지고 꼭 나타날 것잉께라우.

— 어째 눈물이 없것나잉. 우선 보고 싶어 헐레벌떡 거리며 쫓아 왔다가 날짜도 못 맞추고 사람도 가 번지고 말았다니, 시상에 이런 꼴이.

— 형님도 보고 싶었어라. 지도 이상스레 정 들었든가 봐요. 아침저녁 눈에 밟힌다 말이요. 저 아그는 사흘째부터 해지기만 기다링만요. 가심이 다 아리요. 저 길바닥을 넋 놓고 바라봉께. 집들이 조왕에 정화수 자리를 챙겨 줬고만요. 참말로 지극정성잉만. 난생 첨 봤소!

— 오매−매, 먼 소리랑가. 대체나 누가 갈치고, 누가 보여줬당가.

— 하나는 자석 사랑 비손하고, 또 하나는 새서방 사랑 찾아 비손하고, 잘들 논다. 잘들 놀아! 하기는 여인네란, 그래야 허느니. 객지에 객고란 사람의 힘으로 못하는 노릇잉께로. 한울님께 비손하고말고제.

이제 막 한탄이 식어들고 새 물때였다. 유진이랑 삯군 머슴 하나를 데리고 이고지고 나선 길이 막 당도한 참이었다. 늙은 귀가 어두워서 아직도 한 달포는 남은 일로 착각을 하고 있었는데, 강진 장거리에서 소문 듣고 놀랬다는 큰며느리의 채근에 혼숫감 일체를 서둘러 챙겨온 길이었던 것이다. 이미 반타작은 집짓기에 들였지만, 막내딸을 여위는 일이었다. 홀어미 정성, 집안 정성 어우러진 새댁 살림이다. 새집들이 작은 방 신접살림이건만 주인을 잃었다. 총각 주인은 겨우 사흘 밤 신방을 치르고 떠난 지가 달포가 되어 간다는 기막힌 사연이었다. 들이고 챙기면서 내내 탄식하던 중천댁 눈길이 말씨에 젖어들면서 차라리 안도한다. 토설하는 말씨가 위로가 되고 가락을 찾은 셈이었다. 그리도 무심했더란 말인가. 시간이, 숨 쉴 시간도 없었당께요. 상량식 성주풀이 한날, 기둥세우고 지붕 올리고 혼사까지 치르고, 세상에 못 당할 일을 치렀다는, 하지만 격식 의례는 시늉이라도 다 갖췄다는 세정을 낱낱이 주고받는다. 어지러운 세상이었다. 사흘도 아니고 겨우 사흘 밤이었다고라. 그 사흘 밤마다 세 차례, 네 차례씩, 기양 이 몸을 심 황후 마마처럼 연꽃에 두둥실 하늘 끝에서 용왕 전까지 들락 거렸당께요! 말을 삼키며 새댁 강순심이 울컥거리는 낭자머리 그리움을 앙가슴으로 새겼다.

세 여인네가 불현듯 말문을 닫는다. 화급히 젖은 눈들을 시친다.
내내 칭얼거리지도 않고 눈을 말뚱거리던 아기가 갑자기 쨍하고 울음을 터트린 것이었다. 무언가 물어뜯긴 소리다. 순심이가 재바르게 보쌈을 챙긴다. 오매, 아가야! 내 얼룽아가야. 하지만 자지러진 울음은 쉬 멈출 기색이 아니었다. 당황한 새댁 순심이가 산모 이모님께 얼핏 내맡긴다. 강아지들이 자지러진다. 연신 이리 뛰고 저리 뛰며 캉캉거린다. 두 마리의 우짖음이 다투듯 소란했다. 그제야 건넌방에서 짐들이 챙기기에 여념이 없던 유진이, 종순, 종연이랑 나서는 모양이었다. 되돌아서면서 눈이 커졌다. 울렁거리는 유진이 목소리가 여인들을 사로잡는다. 서로 의지하며 문간을 나서자, 시커먼 야차들이 넘보고 있었다. 철커덩거리며 삼 칸 새집을 기웃거린다. 저 만치 새 자전거가 번쩍거렸다. 한 동안 피차 어간이 막힌다.
— 가내 어른들은 도대체 어디를 가셨는가?
박광수가 고함치듯 캐묻는다. 한동안 어간이 막힌 듯 말이 없다.
— 우리가 어른이요. 댁들은 누구를 찾소.

— 오아! 최덕성 씨랑, 강찬진 목수랑 안계신가?

— 모처럼 출입을 하겠소. 대체 댁들은 누구싱가.

박광수가 단호한 음성으로 추궁하듯 입을 놀린다. 제국 신민들은 눈치만 살핀다. 그렇게 또 다시 다가온 것이었다. 여인들의 눈앞이 캄캄해진다. 우리가 어른이요. 댁들은 누구를 찾소? 중천댁의 음성이 달무리처럼 창연하다.

이윽고 집안의 문간을 넘보는 객들에게 선말댁의 청랑한 음성이 높아졌다.

— 이런 무례한 인사들 보았는가. 사람이 사람의 집에 들었으면, 먼저 신원을 밝히는 일이 사람의 짓이 아니던가. 도대체 어디서 배워먹은 술객들인가.

— 나, 신마에 유지 박광수요. 도통 몰라서 묻소?

— 신마 박광수 어른이 통변인 줄도 잘 아요. 그렇께 하는 말이요. 또 무슨 사단이란 말인가 그 말이요. 이번에는 누구를 채갈 작정인가 그런 말이요.

— 아! 아니, 그 말이, 그런 말이 아니 고라.

박광수가 완연히 황당한 안색으로 뒤를 사린다. 시미즈 겐타로는 눈이 부셨다. 우리가 어른이요. 댁들은 누구를 찾소? 첫 마디가 의연한 때부터.

오장 출신 이시하라 유지로는 꼴값한다는 계집들이 가소롭다는 눈빛이다. 분견대장 이노우에 군의 눈길은 둘레둘레 사방의 솔숲을 탐색하고 있었다.

우리가 어른이요. 서슴없이 말했다. 명주실처럼 백설 머리에 인 듯 숙연한 낯빛이다. 철지난 세모시 치마저고리가 잠자리 날개 빛이었다. 단아한 콧날이 서늘하다. 숭모상의 부처가, 살빛누린 듯 곱다랗게 그려진 두 눈길이 자애롭기 그지없다. 안쓰러운 눈빛 엄정한 목소리, 아아! 신선이란, 이런 모습 아닐 터인가. 어머님! 사람이란 남의 폐를 삼갈 줄 알아야 비로소 사람구실이라던 어머니! 촛불 속에 넘실거리던 그 모습이다. 무례한 인사들을 보았는가. 인종이 사람 집에 들었으면 인사를 밝히는 일이 도리 아닌가. 엄위한 음성이 청학처럼 살아 오른다. 늘씬한 허리, 두루 봉실 달덩이 젖가슴이 풍성했다. 산모일까?

부숭한 얼굴은 달무리처럼 하얗다.

우리가 어른이오. 이런 무례한 인사들 보았는가. 인종이 사람 집에 들었으면 먼저 인사를 밝히는 일이? 엄위한 그 음성은 말썽꾸러기 자녀를 꾸짖는 듯, 부드럽고도 안타까운 소리였다. 그 음정은 곧 종아리를 걷으라고 채근이라도 할 듯 엄정함이 짙은 어투였다. 단호하고도 냉철하여 빈틈이 없었다.

낭자머리 아아하게 틀어 올린 젊은 여인 눈길이 어처구니없다는 듯 서늘할 뿐이다. 추호의 당황한 기색이나 두려움이 배제된 의연함이, 오히려 가소롭다는 아니 가련하다는 처연한 빛이었다. 낭자머리에 동백기름인가! 자르르 빛깔을 뿜는다. 명민한 기운이 맴도는 아미가 깔끔한 가르마를 거느린 듯싶다. 어딘가 본 듯한 기품이다. 어디선가? 오하! 문득 떠오른다. 구중궁궐의 그 여인? 칼을 받으면서 터져 나오던 핏줄, 하지만 의연하던 그 여인? 이따금 꿈에 보였다. 시미즈 겐타로는 사지에 맥이 풀린 듯 삶이 가소롭고, 사람 짓거리가 제국의 처사가 대동아 공영이란 허상이 나날이 돋보이는 심상이라 할 터인가. 어림없다. 백정의 칼잡이 노릇으로는 짓밟아 늑탈하려는 짓거리다. 또 다시 한마디가 결정적으로 동척의 총감 겐타로를 공략한다.

— 그래, 가내 어른들은 어디로 출타하셨는가요.

— 그리 일러도, 못 깨치오. 그럼 자상히 이르리다. 쥔 양반이 강 목수를 타일러서 공사 현장에 나가셨소. 사람이 미우나 고우나 내 땅에서 객고를 치르는데 이리도 인사가 없고서야, 도리가 아니랑께요. 그리고 타일러서 모처럼 숙마골, 늦은재 밑 현장을 둘러, 인사 치르시기로 가신 것이랑만요.

— 오이! 공사현장에, 동척 현장에 나가셨다고? 인사를 치르러 가셨다고?

시미즈 겐타로는 순간 온 몸에 맥이 쑥 빠지는 느낌이다. 저들은 사람구실하고, 제국의 충용 무쌍한 우리들은 대체 무엇이란 말인가. 진충보국이 무엇이란 말인가. 객고란, 어머니의 자애로운 눈길의 결핍이다. 객고란 순정한 여인의 불타는 연정의 갈증에 다름 아니다. 동척의 총감 겐타로는 한마디를 저도 모르게 내뱉고야 만다.

— 아하! 섬나라 청춘은 구슬퍼서, 아름다워라.

언젠가 듣고 새겼던 타인의 소리가 절박한 심사로 가슴을 치고 든다.

— 오아! 재수 없는 날이다. 갑시다. 이제 현장으로 더럽게도, 이만하면….

— 타시지요. 됐잖습니까. 이만하면, 인사를 치르러 갔다니…! 앞발 든거지요.

인사를 치르러 갔다니, 앞발을 든거지요. 아닐 거다. 그게 아닐 게다. 그리 쉽게 앞발을 쳐들고 앞장을 서거나, 간척 사업에 동조할 인물들이 아니다. 그렇다면 겨우 삼십분 거리인 이 일터를 찾아, 인사를 치르기까지 거의 일 년이 걸렸다는 말인가. 저 연동 부락이나, 원포를 지나면서 보지 못했는가? 반골의 냉랭한 기질에 오연한 삶의 가락을, 그 낭랑한 글소리를 벌써 잊었는가. 겐타로는 속셈을 추스르며 입을 맞추는 동척 유지로와 안경잡이 분견대 이노우에를 찬찬히 주목했다. 대체 무엇이 저들로 하여금 의기투합하게 하는가. 저들의 사업이란 무엇인가. 인생사 경영의 기백이란 무엇인가. 알듯 모를 일이었다. 겐타로는 자전거를 챙기며 여인들에게 저절로 고개를 숙였다. 여인이란 존재의 집, 생명의 근원이라. 신성한 목숨줄이 아니던가? 텃밭이 아니던가. 세상은 여인이 있어 지탱한다. 산천 무너지고 나라가 망해도, 임금이 도망질을 해도, 저 여리고도 낭랑한 여인들은 뒷일을 감당한다.

그때였다. 의연하기 그지없던 새댁 순심이 울컥거렸다. 급히 아랫배를 움켜쥐며 못 당할 꼴이라도 숨길 듯 주저앉는다. 구역질은 아닌 듯싶다. 조금도 추저분한 신색이 아니었다. 연신 울컥거리며 안으로 피한다. 그 뒤를 따라 선말댁이 등을 두드린다. 연거푸 두드리며 급기야 감탄의 입이 열린다.

— 오매, 삼신, 한울님! 이라고 좋은 소식 주싱만이라. 이라고 오지게도 영글

었고만이라. 오매, 내 사람아! 요리도 이뿐 입덧이랑가. 형님, 저 양반들 대접을 못해서 어쩌까라우. 내 집에 오신 객공들인 디. 즈그도 다들 어미아비가 기실 것잉만, 부모 없고 자식 없는 사람이 세상에 어디 있것소.

겐타로는 쫓기는 심정으로 자전거를 돌려 아랫길 늦은재 숙마 현장으로 방향을 틀었다. 무지막지하게 웃자란 잡풀 길이지만 자전거로는 단지 십여 분간 거리다. 허겁지겁 헤쳐가자면 넉넉히 만날 수 있을 터이다. 산비탈에서 솟구친 하늬바람이 쉰 소리로 쌀랑거리며, 석양으로 번들거리며 물들어가는 황량한 갯벌을 태질 하듯 설치고 있었다. 귀에 쟁쟁한 여인의 음성이 자극한다. 그리 일러도 못 깨치오? 그럼 자상하게 이르리다. 쥔 양반이 강목수를 타일러서 공사 현장에 나가셨소. 사람이 미우나 고우나 내 땅에서 객고를 치르는데, 이리도 인사가 없고서야… 내 땅에서 객고를 치르는데… 나는 뭔가? 우리는 대체 무슨 짓거리인가? 닭 쫓던 수캐가 저 멀리 초가지붕을 올려다보듯, 황당하고 처량한 심사로 광활한 갯벌을 훔쳐본다.

열아홉 마당

청춘가

시미즈 겐타로는 불현듯 조급증이 일었다. 무언가 쫓기듯 그가 앞장서자 뒤에서 자전거 석 대가 부지런히 페달을 밟아댄다. 내리막이지만 왕성한 잡초 우거진 샛길이다. 자전거로는 부적절한 솔숲 길이었다. 그래도 겨우 연초 한대 참, 늦은재의 현장에 당도하고 보니, 김대진 십장이 영접했다. 그는 타처 사람으로 원포마을 출신이다. 그를 처음 대면하면서 원포를 염두에 두었던 일손의 중용重用을 생각했다. 그 뒤를 따라 최덕성 씨가 강 목수와 함께 어색한 눈빛 보내고 있었다. 이제 곧 중참을 치르려는 듯, 철렁거리며 일손들을 놓고 있었다.
— 이처럼 공사현장에서 만나게 되니 반갑습니다. 대단히 반갑습니다. 선산 개간지를 방문했더니, 먼저 가셨다기에… 뒤쫓아 만났습니다.
— 먼저 찾아뵙지 못해서, 아무튼 인사가 늦었습니다. 객고가 크십니다.
덕성이 진중한 모색으로 예를 갖추며 인사했다. 깡마르고 피폐한 안색이다.
겐타로가 까닭 모르게 반기며 활짝 손을 내밀었다. 마지못한 듯 그 손을 잡으며 수인사를 주거니 받자, 금세 자리가 소란해졌다. 역군들이 너도나도 알은 체하며 선말 양반, 반갑습니다. 참말로 오랜 만입니다, 하고 설치며 최덕성을 감싸고돌았다. 주객이 온전히 전도된 입장이었다. 하지만 겐타로의 생각에는 나선 김에 건너편 현장으로 나서리라 마음먹고 있었다. 아무래도 어색한 자리였다. 자리 수습하려다 문득 생각났다는 듯, 박광수가 강 목수 앞에 나서며 겐타로에게 새삼 소개했다.

— 총 감독님, 아까 우리가 지나왔던 연동에 차경 솔밭 선조 강 씨 문중 후손이라고, 강찬진 대목장입니다. 목수 기술보다는 숨은 문장가지요.

— 오하! 반갑습니다. 참말로 반갑습니다.

시미즈 겐타로 감독상이 환하게 열린 얼굴로 거친 손길을 마주잡고 흔들었다. 이에 제국신민들은 하나같이 감탄의 말을 쏟는다. 분견대 이노우에 다케히코가 안경을 들추며 손을 내밀었고, 이시하라 유지로도 나란히 나섰다.

— 오하! 대단했습니다. 조선 소나무질의 고결한 아름다움이랄까, 기상이랄까? 낙락장송에는 청천백송清泉白松이라, 하지요.

— 대단한 조상들입니다. 일본제국에도 그러한 가문이 많습니다. 진충보국이지요.

진충보국이라. 사사건건 오로지 진충보국으로 살아간단 말인가? 산천초목으로도?

덕성이 강 목수와 눈길을 마주했다. 그런 족속들인가 보다. 그런 민족들인가 보다.

— 워-매, 말씀만 들어도 부끄럽습니다. 조상님 음덕을 가리지나 않고 살아야 할 거인 디. 항시 죄송스럽당께요.

강 목수가 조선 솔밭이라도 된다는 말인가. 이렇듯 아연 분위기가 달라지고 있었다. 강목수도 간척지 공사현장은 처음 걸음이었다. 그 활기찬 역동감이 내심 놀라웠다. 한걸음 물러나, 동태를 살피던 겐타로 감독이 입을 열었다.

― 오이! 김 십장, 이렇게 아니라, 저 중선을 댕기지요. 이쪽으로 당기란 말이요. 건너들 갑시다. 잠간 둘러보시고, 여긴 뭐 마실만한 게 있겠어?

― 어 야, 마량 정남이, 박정남이 자네 배잔 돌리소. 배잔 돌리란 말이시.

김대진 십장이 기다렸다는 듯, 파란 바다를 향하여 삽을 휘두르며 고함을 쳐댄다.

느릿느릿 돌짐 부리고 돌아서려던 중선이 서서히 뱃머리를 돌린다. 인부 네 명이 한조로 배를 부렸다. 신마 석산에서 강치 돌을 실어 나르고, 오고가는 뱃길이 부산했다. 대선과 중선, 삯군 배인 뗏마가 섞여 이십 여척 씩 연락부절로 들락거린다. 돈을 머리에서 산발치를 무너뜨린 개흙이 지게에 실려 연신 오고간다. 사이사이에 목도꾼들 발맞춰, 오이어이! 오이어차! 합창을 내지르며 꼬리에 긴 꼬리를 물었다. 찰랑거리는 갯벌이 흰소에 들뜬 모양이다. 갯가의 공사현장은 전에 없이 손맞이로 아연 활기를 띠고 설쳤다. 밀물이 설렁거리며 달려드는 느낌이었다.

신임 이시하라 유지로 부감독의 공략이 일단 성공적이라고 겐타로는 인정했다. 전면적 도급제를 실시한 까닭이었다. 하루 벌어 하루살이는 광야 짐승들의 생존 방식이라는 거였다. 최소한 하루 벌이가 이틀은 보장해야 속셈들이 살아난다는 집중 공략이었던 셈이다. 전장에서도 때론 소도 잡고, 돼지도 때려서 속살을 할랑 벗기고, 배터지게 먹입니다. 돌격전에는 그것도 한 대씩 피우게 하지요. 아시겠습니까. 허리 낭창한 양귀비 꽃 봉오리 진액이지라오. 그것을 돌아가며, 한 대씩 말입니다. 사람이란 제 정신만 가지고 못하는 일 많습니다. 그것이 창파 같은 인간사입니다.

물론 전에도 우께도리라는 제국식 도급제를 실시해보았다. 그러나 별다른 진척은 없이 말만 많았던 기억이 새롭다. 유지로의 주장은 그게 아니었다. 대포가 필요하다는 거였다. 통 크게 잡도리를 해야 한다는 거였다. 십장아래 서너 명씩 도급 조를 맺게 하고, 일당 두세 배를 제시하여 할당하면 죽을 판 살 판이 열릴 거라는 거였다. 언제 노름하고, 어느 참에 술타령이랴. 속셈을 챙기기 시작한다. 가정을 지닌 자는 눈을 붉히고 열심 내게 마련이다. 아낙들을 그리게 되고, 자식새끼들을 떠올린다. 그것이 사람의 짓이다. 막걸리란 일하기 위한 새참일 뿐이다. 홧김에 일하고, 술김에 일하고, 열나게 잠자고 일하여, 소망을 셈하며 먹고 마심이 결판날 거라 했다. 그것이 일판 노가다의 생리라는 거였다. 하루살이 막장의 생리였던 셈이다.

삐걱삐걱 노질하는 중선에 실려, 신마 현장으로 돌아가다가 아예 마량포구로 나서자는 게 신참 유지로 군의 배포였다. 겐타로는 그 의견에 서슴없이 따랐다. 대낮이건만 기왕에 한잔할 작정이라면, 제대로 갖춰보자는 것이었다. 최덕성은 오랜만에 실려 가는 뱃길이 차분했다. 푸른 물살을 가르며 공사 현장을 떠나 내내 제방 둑의 매물지대를 따라간다. 양편의 물굽이 합수合水머리에서는 멀찍이 갓돌아 피해간다. 수위는 깊지 않았고 합수머리는 길지 않았다.

이제 서너 달이면 마주보던 양편 공사장 제방 둑이 합창하고, 갱 돌을 쌓아 올릴 듯싶었다. 갯가에 흙탕물이 맴돌았다. 민물과 썰물이 마주치는 갯가에서 일꾼들은 밥 때를 찾아 몰려가고 있었다. 갈매기가 이따금 쌍쌍거리로 머리 위를 가볍게 스치며 아양 떠는 듯 날았다. 노질하는 중선배가 마주보고 다가오다 슬쩍 스쳐갔다. 연락부절이었다. 해안은 살아서 갓 잡힌 생선처럼 펄떡거렸다. 신마 현장을 지나고 석산 갯가를 돌아가며, 박광수가 무언가를 열심히 통변하였다. 유지로와 이노우에 분견대장이 흥미롭게 들었다. 정녕 석산 주변의 수군통제사 이순신의 황당한 발자국 전설이며, 거길 발포하여 뭉갠 후 마량 단골의 참사며, 석산 총책이었던 사이조 히데키 망측한 춘사일터라고 시미즈 겐타로는 주억거렸다. 전설이나 참사란 세월이 가면 갈수록 빛이 나는 것일까.

그것이 하찮은 인생살이의 역사가 되는 까닭인가. 할 일은 많고 세상은 넓고 모진 터에 갈수록 빛나는 전설이란 듣고 당한 사람들 의식을 파고든다. 잊을 수 없는 추억으로 살과 뼈에 피를 바르며, 살아나는 까닭이 대체 무엇인가. 산천의 잡풀처럼 우거진다.

마량 부둣가에 가까워지자 여인네와 갯마을 사람들이 안태 바구니의 꽃게들처럼 들고 나는 모양새가 낯설지 않았다. 어서 오라! 어서들 와서, 함께 먹고 마시며 이 밤을 놀아나 보세, 하고 영접하는 자락이 펼쳐지는 해안의 추루한 풍경이었다.

하지만 막상 선창가 주막에 자리 잡고 선참 막걸리 한잔씩을 마시고 나자 최덕성은 성급히 자리를 뜨고 말았다. 숭어회에 민어탕을 끓이고 사시미도 고루 갖춘 차림이었다. 살맛 내가 진동했다. 덕성은 동척의 겐타로와 나란히 자리했던 주석에서 머리 숙여 사죄하노라, 하며 강 목수에게 일렀다. 겐타로는 어이없는 심사였다. 대제국의 성의를 다한 접대를 무시할 수도 있다는 건가. 이것이 조선 땅, 조센징들 법도더란 말인가. 그가 뱃머리에서 주막으로 들어서며, 넌지시 내뱉은 말씨가 살아 올랐다. 사이 상 최 씨, 하고 온화한 표정으로 말했던 것이다. 난 현장에 부임한 이후, 사귈만한 조선 사람을 찾고 있었소이다. 헌데 선산밑에서 화전을 시작했다는 소문을 듣고 처음 찾아갔을 때, 마주본 순간 실례입니다만 사이 상은 꼭 조선의 막걸리 맛 같은 사람이란 생각이 들었소이다. 텁텁하고 시원하면서도, 술술 잘 넘어가고, 그러고 나면 든든하게 새 힘이 솟구치는 막걸리 맛입니다. 물론 우리네 사케라는 청주하고 비기기는 그렇소이다만, 허나 왜 그리 거리를 두시는지, 섭섭했소이다. 때마다 말을 넣었고, 사람을 보내고, 이렇게 세 번째 겨우 자리가 어우러지다니요. 아니 그렇소이까? 순정한 조선의 사이 상.

— 워—매, 참말로 듣고봉께, 송구합니다. 참말로 송구합니다.

— 오이! 그런 인사 아니라, 막걸리 맛이 어떻소이까. 텁텁하고 시원하면서도 술술 자알, 사귀고보면 서로 든든하고, 힘이 솟구치는 사람, 우하하! 우리 앞으로 잘해봅시다. 사이 상!

그리 했었거늘, 도대체 이럴 수도 있다는 말인가.

— 참말로, 송구항만이라. 지가 꼭 찾아뵈어야 할 자리가 있어서요. 강 선생 부탁 항만요. 어른들 뫼시고, 제 대신 대접을 치러주시오.

너무도 곡진한 청원이었다. 진정이 엿보이는 겐타로 일행은 겨우 한잔을 더 마시게 하고 붙잡지 못한다. 강찬진 목수가 설렁해진 자리를 수습했다.

— 과공은 비례라지만 하여간 사람일이란, 그럴 수도 있는 법이지라.

— 아니 도대체 무슨 일이라, 그 말인가. 이런 인사가 있는가?

박광수가 제국신민들을 대신하여 힐문하자, 강 목수가 차분하게 일렀다.

— 정녕 종가댁에 훈장 어른을 문병할 셈잉가 항만요. 그 어른이 노환으로 득병하신지 서너 달이 지나셨다는 디, 짬을 못 냈응께요. 서너 달포 전 상량식에도 못 나오시고, 가문이 흉흉 했응께요. 양해들 하셔야겠습니다.

— 해도 그렇지. 어찌 이런 인사가 있다는 말인가. 지가 도대체 뭐시라고.

박광수가 막말을 터트리고 있었다. 총감독 겐타로가 눈을 크게 떴다. 그와 이시하라 유지로의 안색을 살피던 강 목수가 차분하게 일렀다.

— 그 가문 가훈이, 고高 선조 때부터 강기剛氣 윤리요, 덕불고 필유린德不孤 必有隣이라 근동에서 이해들도 떠르르 유명합니다. 강직하나 덕망으로 외롭지 아니하리라. 논어에서 교훈하는 어지신 가문의 한 부인 언행이지요만. 그 집안 인척 형제들은 최덕만이, 덕칠, 덕성, 덕길, 덕문, 덕신, 덕수, 덕님이, 덕인德仁자 돌림이지요.

덕불고라! 멋진 말이지, 개인이건 국가건 귀담을 말이라고, 시미즈 겐타로는 고개를 주억거렸다. 역시 가문의 혈통이 느껴진 까닭이었다. 그 여인들 의연함이라니, 궁색하고 처량해 보이지만 조금도 비루함이 없었다. 갑작스러운 방문에도 겁을 먹거나 두려움도 못 봤다. 어머니, 할머님의 긍지가 엄위하게 살아있었다. 헌병군조 이시하라 유지로여, 이노우에 군이여! 보았겠지. 재수 없는 날이 아니다. 기분으로 따지거나, 업신여길 일 아니란 말이다. 뭔가 김이 샌 듯 싱거워진 술잔 주고받으며 이론이 창황해졌다. 여우처럼 눈꼬리가 사나운 이노우에 분견대장이 입을 열었다.

— 여인네들 꼴값하고, 그 방자함이라니, 대제국의 모욕이요, 불씨입니다.

— 모욕이나 불씨라기보다 본래 여인의 모습입니다. 대제국 국가의 경영이란 불씨도 때론 필요한 법이지요. 여인은 약하지만, 어미는 강하다. 목숨의 터전인 어미들이란, 그래야 합니다. 일본제국의 여인들이 더 강해져야 합니다.

— 더군다나, 그 젊은 여인네는 애국부인입니다.

— 애국부인이라니, 도대체 뭘 말하자는 거요?

— 잊었다는 말이요. 대일본제국군, 징병 자원부대 제1호가 아닙니까. 남해안 땅 끝 마을에서, 애국부인들에 대한 특별 관리 지침도 내렸지요.

— 오이! 제국군병 자원부대라. 시범 케이스가 될 터입니다. 애국부인이라면 장차 무진장한 대제국의, 인적자원이 될 터이니 말입니다.

동척의 시미즈 겐타로 해명에 신임 부감독 유지로가 감탄했다. 이노우에 분견대장은 여전히 떨떠름한 눈빛으로 차아 술이나 마시자! 하고 채근하였다.

그런대로 자리가 무르익자, 기분 좋게 취하고 싶었다. 취할 때 맘껏 취하고 깨고 나면 아무튼 일은 잘 풀릴 성싶었다. 동척의 현장은 잘 돌아간다. 연동마을에 이어 원포 호족들도, 숙마 샌님들도 차근차근 동조하고 흡수하는 입장이 되고야 말리라. 더 이상 무얼 기대하겠는가. 역시 부감독인 이시하라 군은 잘

왔다. 항구 동척의 공작에 적격임이 분명하다. 그렇게 느글느글 얼큰해지고 있었다.

최덕성은 곧바로 종가댁에 들렀다. 해가 바뀌면서 문안 문병도, 사람 구실도 도무지 못했던 터다. 먼저 반기는 이는 종제 덕만의 아내 제수였다. 핼쑥한 얼굴로 웅지박을 든 채, 방을 나서고 있는 참이었다. 정녕 병수발을 마치고 나오는 양이었다. 단순한 노환이라지만, 칠순이 훨씬 넘으신 어른이시다. 단순한 노환이란 없는 법이다. 고운야학孤雲野鶴이신즉 고래희古來稀라, 이렇게 가시는 길이 아니겠는가. 가슴이 철렁해진다. 외로이 떠도는 구름이요, 고고한 산천 학처럼 백 권 천 권의 서책을 평생 벗 삼아 숨어사신 은사隱士이셨다. 무슨 수로 잡을 터이며, 막간 뜬세상 목숨 줄 잡아본들 무슨 낙이 있으리. 대청 서당은 썰렁하고, 죽창 밀치며 들어가는 발길이 후들거렸다. 돗자리에 엎드려 절하자 누린 흙내가 물씬 풍겼다. 돗자리가 반들거렸다. 먼지와 먼지로 빚은 진액과 놋쇠 화로 불내가 버무려 살 냄새로 빚은 터전이다. 자리를 옮기실 터인가. 북망산천이 먼 줄 알았더니 삽짝문 밖이, 예로구나!

백설 같은 노안이 눈이며, 코며 입술이 뭉개어진 듯 꺼져들었다. 더벅머리처럼 빗겨 넘긴 은빛 머릿결이 풀죽어, 가만한 숨결을 새김질하는 듯 뜨물처럼 자자든다. 강기와 윤리를 선조의 혈맥이라 하여 긍지와 고고함으로 지켜 오신 칠십 평생이 잦아들고 있었다. 시월상달 시제 때마다, 근동의 한비한 자손들을 대할 때마다, 근본을 들추어 훈도하시던 어른이시다. 근동의 훈장으로서도 선조 죽계竹鷄 후손의 긍지를 심고, 죽비처럼 일깨우시던 어른이시다. 스스로 국상을 입으시고, 상투를 자르시던 국파산하재 시절에 보리쌀 뜨물처럼 잦아드시는가. 눈에 더운 이슬 어린다.

어느새 그림자처럼 다가온 덕만이 조용히 손을 옮겨쥔다. 신 마량 현장에서 선말 양반 덕성 형님이 총 감독님이랑 분견대장이랑 마량포구로 배에 실려 가셨다는 소문을 듣고 부랴부랴 나섰다고 소곤거렸다. 의외로 좋은 사람들이라고 마을의 상쇠 잡이는 향도이싱께, 십장으로 일을 추려야 한다고 권면해 싸서 지난여름부터 억매여 중책을 맡았다고도 했다. 형님네 성주 일에 소홀해서 생각할수록 송구항만이라. 마을 호장도 뒤질 새라 들이닥쳤다. 현장에 억매여 선말 양반 댁 성주를 보살피지 못해서 안달하던 호장이었다. 궂은일은 아녔지라오. 암먼요. 당숙은 성성한 국상 백발에, 백수 가지런히 모으고 중천 우러러 눈을 감았다. 이승을 버린 신선이었다. 단아한 고승의 선종이 임박한 듯 맑고 고운 모습이 새삼 눈물겹다.

— 글안해도 엊그제 까지 이따금 눈을 뜨시면, 선산 형님을 들먹이시더니.

— 곡기는 잔 하신가. 왜 좀 진즉 알리지 않고?

— 어디가요. 곡기 놓으신지 벌써 보름 때가 지났고 만이라.

— 대소가에 다 알려사 쓰것네. 칠량이랑 강진읍 까장. 영암군 대 종산 문중에도. 거기에 꼭 사람을 보내사 쓸 거잉만,

— 막상 일을 당하고 볼랑께, 도통 두세를 모르겠어라우. 항용 살얼음이나 걷듯이 조심스럽기만 하고요. 영암군 대종大宗산에는 갈 시향時享에 마지막으로라도 꼭 참예를 하시 것다고, 포한으로 다짐해 싸셨는 디.

그런저런 서릿발 정담을 나누는데 이른 밥상이 들어왔다. 음전이의 정성이 찹찹하게 깃 들인 상이었다. 입맛이 살듯 당겼으나, 어디선가 시즙이 후욱 끼치는 듯했다. 저리도 정갈한 모습이건만, 이승의 줄 놓아버린 당숙님! 잔정을 모르고 살았으나 새삼 울컥하고 앙가슴이 치민다. 사람이라면 마땅히 두용직하고, 족용중하며 수용공하라 하시던 말씀이 새록새록 떠오른다. 저 모습이던가. 그리 진중하게 한 생을 살아오시더니, 이제는 그마저 버리시는가. 하늘이 검붉어 지며 낮게 내려앉고 있었다. 습습하고 파랗게 훌렁훌렁한 하늘이었다.

정녕 갯가 비바람 짓을 서두르는 듯하다.

간신히 한술 뜨는가 싶던 덕성이 곧 자리를 일었다. 하룻밤 주무시고 가시라는 권면을 듣고만 있을 수 없는 심사였던 것이다. 호장 앞세우고 마을을 나서다가, 동구 밖에 납작 엎드려있는 오두막을 찾는다. 홀아비 호장집사의 거처였다.

— 와마, 와마! 어쩌실라고, 상것의 거처를 들리신다요.
— 와마, 오랜만에 왔는디, 상것이라니. 워째서 그 잘난 반상 그리도 챙기신당가. 한잔해야 나가 안 섭하제라.
— 그라고 말고요. 그란디, 참말로 어쩌까. 대접할 것이 씨가 말랐당께.

호장의 호들갑이 새삼 곰살궂었다. 스스로 상것이었다. 마을에서 단골 무부나, 백정 도한이나, 염한이보다 한결 낮추어 서슴없이 하대했다. 마을의 공동 머슴이었다. 궂은 일 좋은 일에 탓하지도 억울한 기색도 없으나, 언행심사는 추루한 빛이 없어 덕성은 일견 애석해하는 편이었다. 두 차례 들락거리던 정지에서 개다리 밥상을 들였다. 주춤거리며 뒤란을 더듬더니, 이것 봐라! 항아리도 어른 알아 모신당께, 하며 국화주를 꺼내왔다. 상객접대였던 셈이다. 청자 도기에서 쫄쫄거리며 솟구친 향기 등천하는 국화주가 혀끝을 맴돌았다. 덕성은 실로 오랜만에 맛보는 맑은 국화주였다.

— 겐타로 당가, 일본 감독 양반은 날더러 텁텁하고, 시원하고, 든든하고 새 힘이 솟구칠 듯 조선 막걸리 같은 사람이라던디, 향기등천하다니. 허—허참!
— 감독 양반이 참 잘 봤지라. 암만요, 암만 그렇고말고. 갑장, 선말 양반이라니.

마지못한 듯 주고받자 울대가 서둘러서 앞당겼다. 앙가슴 속까지 당기고 끌었다. 가자미 회가 미나리에 뒤섞여 상큼하였다. 오독오독 씹을수록 생선미가 우러나왔다. 내리 넉 잔을 마시며 서로 말을 잃었다. 말없이 일어서는 선말 양반 덕성에게 깜짝 놀라며 곧 소나기라도 내릴 듯 우중충한 하늘을 가리키다가 이내 따라나섰다. 등성이 만호 성곽의 검은 석성 모퉁이까지 배웅했다.

오매, 참 등경이라도 챙길 거 인디, 하고 돌아서는 호장을 돌려보내며 덕성은 홀가분한 기분이 살랑거렸다. 자고로 산 사람 입에 거미줄 치랴만, 나그네는 시장기가 제격이라 했다. 오랜만에 얼큰하고, 아랫배는 든든하고 두둥실 떠가듯 호탕했다. 버릇처럼 한 가락이 설렁거렸다. 바람타고 부슬비가 선뜩선뜩 이마를 적셨다. 서중마을 잿등 넘어서며 울울한 대숲 살바람처럼 서늘한 가락이 저절로 터져 올랐다.

가을 바–아람 불어와, 검붉은 구름을 몰아내니
푸르른 하늘에 그림자 하나 없어라. 어디로 가고
갑자기 이내 몸 가벼워져서, 두둥실 떠가는 나그네
먼 길 가는 바람처럼 이 풍진 뜬세상 사라지고 싶어라.
먼 먼 길 가는 하늬바람처럼, 산을 넘고 물길을 건너라.

어허! 이건 무언가. 이런 청승이라? 그러고 보니, 으레 흥얼거리던 흰 구름이었다. 자작시가 아닌 다산 선생의 탐진 농가라는 촌지가 아니랴. 하지만 너무 허무하여 부질없다. 공연히 민망하다. 아내에게 민망하고, 저리도 날고뛰는 철부지한 자식들에게도 미안한 타령이 아니던가. 어린것들, 철없다 하면서도 선산을 일구고, 조석으로 신바람 감추지 못하고 삼간 겹집을 앞장서 짓고, 때때로 오리를 잡고 토끼를 사냥하여 소중을 풀어주고 아비어미 못지않게 제 구실들을 톡톡히 해낸다. 아들아, 대처의 장남 아들 최종구야! 종수는 한 가락 서찰로 어미 울리고, 아비를 두둥둥 거리덩만, 해가 저물었거늘, 무소식이 이리도 희소식이란 말이던가.

이내 새순 가락이 뒤를 잇는다. 생활의 철편이었다. 실사구시의 정서였다.

무논에서 물 뽑은 뒤에 보리심고 / 풋보리 베고 나면 곧 이어 모내기하려
네. / 선산 뒤진 내 땅을 하루라도 놀릴 수 있으랴 / 봄가을 푸른색 누른색
이 철따라 아름다워라. / 저리도 옹골찬 논둑 밭둑에 아낙네들 치맛자락
이 / 얼시구 조쿠나, 지화자 좋아라. 얼럴럴 상사뒤야.

어찌 때 아닌 상사뒤야라? 이내 겨우 이런 가락인가. 스스로 민망한 궁상이
느껴진다. 그리저리 허겁지겁 살아서 무얼 하겠다는 장난이던가. 내 속엔 내
시조 한가락 없을 손가? 이래서 무식을 한탄하고 찰떡 메떡 방아타령에 내 자
식들 그런 모멸 털어버리고 살게 하리라 했건만, 세상은 갈수록 가멸찬 돌풍이
었다. 해풍은 으레 짜고, 비리고, 썰렁하기 그지없다. 객지 바람, 한결 시고, 비
리고도, 맵고, 구리고도 멀쩡한 날강도였다. 이내 한숨인 듯 저절로 터진다.

이 풍진 세상을 만났으니, 너희 희망이 무엇이랴. 부귀와 영화를 누렸으
면 족할까. 푸른 하늘 밝은 달 아래 곰곰이 생각하니, 세상만사가 춘몽 중
에 또 다시 꿈같도다.

정녕 새 가락이었다. 엄벙덤벙 주색잡기에 침몰하야 세상만사를 잊었다면
희망이 족할까. 실로 어처구니없는 뜬세상에서, 양림동 고개를 오르내릴 때마
다 귀 기울여 듣다가, 급기야 유성기에 손을 대고 말았다. 일본제 유성기에서
는 때마침 유행하듯 희망가가 새 시대 탁류처럼 흘러넘치고 있었다. 그 희망가
란, 서양노래라고 했다. 야소교의 찬송가라고도 했다. 어느덧 귀에 익었고 맘

이 차분하게 설렁거렸다.

저리도 떠나시는 종친 어른아! 훈장님 어르신 그 꼴을 들으셨다면 얼마나 기함을 하셨을까. 험한 세상에 잘도 배우시고, 사시고 남기시는 일이란 대체 무엇인가요. 저리 가시다니 어디로 가셔야 한당가요? 북망산천 먼 줄 알았더니 대문 밖이⋯ 하다 보니 어둠 가득한 등잔 고개지나 멀찍이 연동마을 불빛 아른거린다. 가벼운 내리막길이었다. 공동묘지 터전을 지난다. 바람처럼 구름처럼 둥둥 떠가며 심상에 펼쳐드는 대로 늘어놓는 흥취가 절창이었다. 부슬 빗속에서 서늘한 가락이 살아 올랐다. 날선 비린내가 음흉스럽게 후─욱 끼쳤다.

— 함 꾼에, 가십시다. 날도 서럽고 나그네, 서러운 심사잉가요.
— 그대가 뉘신 디, 날도 서럽고 나그네 서럽다하고 허물이 없소?
— 푸지고도 징─한 시상을 쫀쫀히 맛본, 서러운 나그네라 안 허요.
— 너도 나그네, 나도 나그네라면, 뜬─세상에 어울릴 한 물때가 아니것소.
문득 얼큰한 장난기가 살아 올랐다. 밤길에 서러운 나그네 여인네라, 이건 무엇인가. 어질 머리를 다스리는데 한숨 같은 여인의 소리가 살아났다.
— 어울리는 나그네 정인이라면, 그 인연 질길 것인 디, 인연을 맺을라요.
— 그라고 봉께, 와마 요리도 새카만 달밤 소복 여인이면 정조가 있을 터, 어찌 생전 외간 남자를 이리도 땡기시오.
— 남녀 간, 땡기고 밀고, 둥실거리고, 가라앉기는 그 일이 상사가 아니리요.
— 상사相思가 따로 있소. 인연 닿아서 만났으니, 얼떨결 상사뒈야! 가 날 밖에요.
요상하고 얄궂다. 하지만 자꾸만 서늘한 냉기가 엄습한다. 최덕성 야릇한 심사로 한 마디를 보탠다. 나그네가 서럽다는 검붉은 하늘이었다.
— 상사가 나려거든 몸이 뜨거워져야제, 어째 갈수록 냉기 칼바람이랑가.

— 푸지고도 징–한 세상 맛, 바로 그럽디다. 내 설움, 네 설움이 칼바람이오.

— 칼바람 끝에 춘풍은 오거늘, 어째서 그리도 정나미가 서푼 짜리랑가.

— 세상 칼바람 모질고 설운 이팔청춘 칼바람, 서방 잡고, 새끼 세 마리 잡고, 저승길 하늘 떠도는 서러운 나그네 춘풍이라오. 아아! 으악새 슬피 우니, 가을 인가요.

앗차! 이마를 스치며 시리고 비린 칼바람이 시즙 몰고 왔다. 시즙이 냉기를 온 몸에 적신다. 아하! 이게 바로 소복 귀신이로고! 이것이 바로 헛것 도깨비에 홀린 맛이로구나. 호탕불기하던 심사가, 급기야 머리로부터 발끝까지 칼바람 치기가 치솟고 떨렸다. 저도 모르게 고함이 터졌다.

— 더럽고 살 냄새난다. 썩 물러가라. 썩 꺼져버려. 이 헛것아!

그러자 비린내가 물씬 풍기며, 찬바람이 훌렁 불어왔다. 훌렁거리며 전신에 끼쳐왔던 것이다. 덕성은 하마터면 펄썩 주저앉을 뻔했으나 털썩거리며 냅다 뛰었다. 뛰면서 생각을 추슬러 정신 차려야겠다고 다짐한다. 아하! 규진 총각, 아니 새신랑 자네 같았으면, 신명 바람나게 잘도 뛰었을 터인 디…! 한참을 뛰다가 보니, 불쑥 더운 바람이 훗훗 끼쳐왔다. 헉헉거리며 뛰다가 맛보는 불길 같은 열풍이었다. 멈추며 살펴본즉 연동마을 대견스러운 차경 솔숲이었다. 강찬진 대목 종가의 울울창창한 소나무 숲에서 활활 타오르는 불길이 훌렁훌렁 꼬리를 끌었다.

와마, 와마! 하는 순간 불길은 숲속으로 할랑거리며 춤을 추었다. 영락없는 봉산탈춤이요, 세상을 휘젓는 불춤이었다. 하지만 동지섣달의 찬바람 춤이다.

강 씨 문중의 차경 솔밭이라면, 이 일을 어찌할꼬. 저 산불 어찌할꼬? 하고 나서자 희 까닥 불길은 사라지고, 히히덕 히히덕 거리는 웃음이 솟구친다. 순식간 장난이었다. 아하! 이것이 바로 도깨비들 헛것 장난이로구나.

― 네이 헛것들아, 물러가라. 헛것들, 썩 물러가라. 난 선말 양반 최덕성이로다.

호통을 치는 순간, 불길은 훌렁 사라지고 불춤 긴 꼬리를 끌었다. 덕성은 스스로 어처구니없는 웃음을 호탕하게 웃었다. 앙가슴에서 절로 터지는 웃음이었다. 참을 수 없는 가락이었다. 하지만 다시금 귀를 기울여야 했다.

어디선가 철거덕거리며 방아질 소리 살아났다. 디딜방아였다. 여인네가 소곤소곤 거린다. 때 아닌 달밤에 디딜방아라. 부슬비 부슬거리는데 달님에 숨어버린 토끼방아 메떡 방안가! 강순심이 혼사 방안가. 성주풀이 단골 방안가. 동지섣달 설한풍, 시고 달고 얼고 푸짐한 팥죽방안가! 이 방아 저리 곱고 저 방아 이리도 고우니, 이팔청춘이 아니나 놀고는 못가리라. 덕성은 언젠가부터, 제자리에 맴을 돌고 있었다. 앞으로 한 치도 나아가지 못하는 헛발질이었다. 이 또한 속임수다. 어하! 이것들이 바로 떡방아 귀신이던가? 도깨비 불장난 방아던가. 꿈인가 생시인가. 깨고 본즉 꿈이로다. 너도나도 뜬세상 꿈이로다. 제 멋에 겨운 듯, 가슴앓이 타령이 절로 나왔다.

― 오매! 선말 양반 아니시오. 웬일로 이라고 진펄에 앉아 기시오.

― 아니, 이 사람 누구랑가. 그냥 몸에 기신이 쭉 빠져서 잔 쉬어가니라고.

― 저를 모르시것소, 잉? 저는 원포 단골, 삼월례잉만요.

― 원포 단골 삼월이라. 어인일로 이렇게 한밤중 어디를 갔다 오시능가.

― 밤새껏 동당 바가지 신명내고 춤추고 뛰놀다. 이제 돌아옹만이라. 어제 밤 서중 부락에서 큰굿 하니라고요. 지는 항상 양반님을 맘에 모시고 사는 디, 이라고 몰라보시오! 지 마음 평생 소원이, 양반 손이라도 한번 잡아보고 싶었당께라오. 오―매, 이라고 오지고도 화끈한 손을, 오매오매…!

― 매화 철지난 늙은 손을 잡아서 대체 무얼 할랑가.

― 오매, 오매! 동백꽃 이팔청춘 따로 있당가요? 워―매 이 손, 따순거.

앗! 차다. 싸늘했다. 하마터면 소리가 터질 뻔했다. 수탉 소리 길게 울었다. 개가 짖었다. 숙마골 동백마을 살아나고, 새벽 닭소리는 정겨운 가락이었다. 어둠새벽에 선산 밑 삼간집 문턱을 들어서는 덕성은 땀으로 맥을 감았고, 맥 놓고 있었다. 그날 밤, 새벽부터 내리 사흘을 앓았다. 물도 못 마시고 미음도 고개를 저었다. 모질고도 헛것 같은 나그네 하룻밤의 길고 질긴 여독이었다. 아무런 말도 하기 싫었다. 누구에게도 속내 보이기가 싫었고 무언가 엄청난 비밀을 숨기고 있는 듯, 시리고 새콤달콤한 심사였던 것이다. 하지만 말은 절로 살아나고, 말씨란 스스로 번져가면서 싹트고 똬리를 틀었다. 밤바람 절로 퍼트리는 수다풍설이었다. 똥그랗게 뜬눈 느글거리는 뱀 대가리처럼 슬렁슬렁, 풀섶을 파고들었다. 실상 인간사란 그런 셈이었다.

만사가 속임수요, 한 바탕의 꿈결이었다. 덕성은 말수를 잃고 있었다. 내면의 성숙이었다. 그래서 불혹이라 했던가. 서러운 청춘은 가고, 불혹으로 치닫고 있었다. 밤새껏 안녕하신가, 하고들 문안하였던 터이다.

— 그날 밤 선말 양반, 귀신에 홀린 거여. 보통 사람 같았으면 영락없이 줄초상이 났을 거여. 아! 혼을 뺏기고, 얼럴럴 상사相思, 상사詳事, 상사殤死뒤야 짓거리로 정신마저 놓아버렸으면, 황소 등에 올라탄 천하장사라도 별 수 있간디?

— 그게 바로 처녀귀신이랑께. 얼러 꼴레리 남자는 몽달귀신이라 하는 디.

— 아녀, 생과부 댁 귀신잉께, 사내한티만 죽자 사자고 덤비는 거여.

— 사내들이란 내남없이 맘속에 품었던 시앗들이 때를 만나면 그리고 덤빈다네. 그랑께 열두 계집을 마다는 사내란, 눈꼴도 없다는 거여.

— 아녀! 아녀, 귀신 아니라 도깨비 장난이랑께. 도깨비한티 홀린 거여. 그라고 나면 사람이 반등신이 되기 십상이지. 저 사람 말수 없는 거 보랑께.

— 도깨비하고 춤춘 사람은 산목숨 명줄이 잘해야 반타작이랑만.

— 그라고도 단 사흘 만에, 툴툴 털고 일어서는 걸 보면 보통사람 아니랑께. 그

뱃장 그만 헌 담력이면 하늘을 찌르고 세상을 뒤집고도 남제.

― 먼 그런 일, 첨이랑가. 흔해빠진 소리들이. 얼럴럴 상사뒤야! 거니. 상사란 게 어디 한두 가지 짓거리랑가. 상사相思, 상사殤死, 상사喪事, 상사常事여.

― 그건 그려. 첨이 아니라지만, 살아생전 당했다는 사람 만나본 사람이 있다 하던가. 맨 뒷소리, 입만 나불대는 정신없는 소리뿐이었제, 앙 그리어?

― 더 두고 지켜봐야 할 것잉만. 살아생전에 당했다는 사람이 왜 없을 것인가? 그야 이승과 저승을 오락가락 한 사람이닝께.

숙마골에서, 연동과 원포마을에서, 입들이 신바람 나게 지절거렸다. 남녀가 따로 없고 노유가 별다르지 않았다. 말씨들이 갯벌꽃게처럼 거품을 물었고 팔 딱거리고 일어서며 갯마을을 휘도는 말끝마다 살맛을 돋우는듯했다.

하지만 선말댁과 새댁 순심은 맹랑하고 요망한 소리를 입에 담지 않았다. 그 런 맹랑하고 요망한 낭설들은 커다란 비밀이라도 터트리듯 알싸한 춘풍처럼 덤벼들었으나, 거기 와서는 바닥을 드러내고 말았다. 별다른 소리로 붙접지도 못하고 그저 심심지경이었다. 아무런 뒤탈도 없었다. 단지 눈에 뜨이게 입단속 하고 몸을 사렸다. 원포 단골 삼월이 항시 마음에 품고 살았던 터라. 하룻밤 선 말 양반이랑 상사뒤야! 질탕하게 놀았다는 소리라니, 새댁 강순심이 보드라운 낭자머리 곱게 다스려가며, 숫처녀인 듯 맘씨 다잡아 사리고 겁나게도 몸을 아 꼈다.

스무 마당

일월日月의 실상

만산홍엽滿山紅葉으로 활활 불타오르던 봉화산 주봉이며, 거기서부터 사자의 허리춤을 자랑하는 된 재에서 늦은재까지, 아득한 시야가 나날이 헐벗고 있었다. 단풍의 절기가 가파르게 몰아친 것이다. 십일홍을 발가벗긴 산들이 허옇게 드러나는 실상이 오히려 부질없다. 저 두 재를 넘으면 장흥군 땅이다. 산골에 엎드린 상분과 하분 터로 나뉜다. 관악이요, 청룡산 줄기가 되는 터이다. 이름값 하느라고 관악과 청룡은 험한 바위산이요, 학 마을이 펼쳐진다. 마량의 가막섬에 깃들었던 청학들이 저 등성을 넘나드는 까닭은 무엇인지. 아침저녁으로 그 산들을 우러르며, 사랑가를 부르듯 순심은 노래를 불렀다. 선말댁의 순산은 백일이 지나고, 빨간 고추도 없던 삼간집 마당의 간짓대 금줄에 검정 숯과 소나무 잔가지 이파리를 떼어내면서, 사랑가는 한층 무르익었다. 고추는 사내의 자랑이지만 검정 숯은 재액을 물리치고, 파랑 소나무 잔가지는 아녀자의 구실을 기다리는 따님 음모였다. 개간 터에서 마주 대하는 동산은 변함없이 푸르렀다. 아담한 거북선 등 청솔 밭이, 백 년 천 년이 가도 변할 리 있으리. 어느덧 중개로 자란 복실, 복남 강아지들은 품안에서 멀어졌고, 종순의 애송아지는 투실투실 기름진 살이 올랐다. 이제 곧 코뚜레를 뚫어야 할 때가 온 것이다. 선말댁 부부는 날이면 날마다 개간 밭에 마른 풀뿌리 털어내고 가을보리 심기에 바빴다. 부엌살림과 막내 아가는 온전히 새댁 순심의 몫이었다.

― 아가야, 까꿍! 까꿍―
― 도리도리 짝짜꿍, 까꿍!

한번 입이 열리면 좀체 멈추지 못한다. 그 흥겨운 가락이라니.

― 섬 마, 섬 마! 아가야, 이리로 손 내밀고, 섬 마! 섬 마!
― 까꿍! 짝짜꿍, 도리도리 까꿍, 아가야!

창가가 시작되면 애가 터지고 입술이 바작바작 타오르는 듯, 혼을 빼앗겼다.

사촌 최윤심은 아가와 친해지려는 노력이었다. 그것이 일상의 주무였다. 윤심은 선말댁이 부른 아이의 태명이었다. 또 아들이랴? 딸이라, 서운하지 않소. 오―매, 머시 서운해라. 세상에 아들 없는 딸이 어디 있고, 딸 없는 아들들을 어디다 쓸 것이요. 나는 사형제나 주셨고, 이리도 예쁜 공주님을 주신께 대복 아닌가. 삼신 한울님이 세상을 살펴 가심서 공평 정대하게 베푸시는 일인디라. 그런 뒤 밭일에 몰두하는 선말댁이었다. 그 밖의 집안일은 나 몰라라 부엌살림 챙긴 후에, 전에 없이 순심은 제 몸 사리기 일쑤였다. 입덧이 주는 변화였으리. 얼굴은 핼쑥하고 핏기가 가셨지만, 머리에 윤기가 자르르 흘렀다. 뒷머리 낭자가 아담하고 옹골졌다. 하루 댓 차례, 갓난이가 입가심을 놀리면 오매, 내 아기 배고프신가. 살들이 보듬어 안고, 산밭으로 나선다. 선말댁 네 식구가 들러붙은 화전 보리밭이다. 늦가을 전, 기어이 떼기 흙 다 털어내고 터진 일구어 찹찹한 보리밭 푸른 들녘을 일궈 내리라, 작심한 듯 어른 아이 할 것 없이 땀투성이로 정성을 쏟았다.

― 와마! 순심이 누나가 꼭 새 애기 엄마 같소. 잉.
― 시집가고 장가가서, 첫날밤을 치르면 뒤따르는 대사가 멋이랑가?

― 그야 아들 낳고 딸을 낳고, 그렇게 연지 곤지 찍어감서 호강을 시킨대야.

― 첫날밤에, 첫날밤에! 그게 먼 소린지나 아는가? 흐흐흑! 신랑 신부가? 글안 해도 금방 아가 엄마가 될 것잉께. 지금 연습중이시랑만.

아기를 품고 나선 순심이 누나를 먼저 발견한 종순, 종연이가 반기듯 소리 친다.

늦가을 땡볕으로 타고 이글거리는 얼굴들이다. 엊저녁에 가위로 긴 머리를 잘라주었던 잘생긴 인물들이다. 새댁을 발견하면 으레 선말댁은 댓 그루의 밤 나무 그늘 밑으로 자리를 옮긴다. 이파리가 헤실바실한 밤나무는 그나마 선바 람을 품었다. 선채로 젖통만 내놓아 등에 업은 아가에게 물린다. 땀내 절인 몸이 미안하단다. 풋 아가 이마에 흐르는 땀을 순심이 닦아준다.

― 새댁 누나를 그리고 함부로 이름 불러대면 쓰것능가. 조심성 없이….

선말댁이 퉁을 놓자 낯붉히며, 부르라고 주신 이름인 디요, 한다.

― 그라제잉. 아가, 윤심 아가야 많이 묵자. 어서 묵자. 까꿍! 까꿍!

― 오매! 조카님 새댁아, 까꿍은 아직은 때가 이르단 마시.

― 머가 이르고 늦고, 빠르기가 있당가요. 이라고 이쁘고, 오-매, 까꿍! 눈웃 음치고 사람 죽이는 디라. 까꿍, 도리도리, 짝자꿍…!

엄마의 젖을 물리고 곁에 붙어 서서 단 한참 눈길조차 빼앗기지 않으려는 듯, 까꿍 도리도리다. 부러운 안색이요, 안쓰럽다는 기색이 여실하다.

― 까꿍, 까꿍! 그래 싸신 게, 애기가 행여 정신 다 빼앗기것소!

― 어디로 정신을 다 빼앗기라우. 눈정신을 여기로 차리라는 까꿍! 인다라.

― 금-매, 그렇게 하는 말이라. 아직 알아 묵을 때가 아니란 마시. 그 문자가 어떤 문자인데, 그런 말이여.

― 문자文字라고? 대체나 어떤 문자랑가요. 그냥 까꿍, 도리도리 인디라.

젖을 빨리며, 선말댁이 타이르듯 조곤조곤 깨우친다. 합궁을 말하고 비밀스럽게 운우지락雲雨之樂을 일러주던 날들이 엊그제 같다. 이 서방님은 잘 기신당가.

― 그랑께, 까꿍도 뭔지 모르고, 그냥 노래나 부르겠소. 까꿍은 각궁覺躬이라고, 자신을 깨달아 생각을 깊이 하라는 주문 아닝가요. 그랑께, 이리도 어린것이 아직은 한참 이르단 말이요.

― 자신을 깨달아, 생각을 깊이 하라는 주문이라고? 도리도리는요.

― 도리도리道理道理는 또 머시것소. 머리를 좌우로 흔들듯 이리저리 생각을 깊이 하여 하늘 이치와 천지 만물 가운데, 사람의 도리를 깨달아 찾고 다하라고. 그런 도리가 어찌 보통 이치라고 하것소.

― 그람 짝짜꿍은 또 머이라고요. 오매―매 사람하고는 못 살것네!

― 짝짜꿍은 작작궁作作宮이라고, 음양을 결합하는 천지조화 속에 흥취를 돋우라는 뜻으로, 두 손바닥 마주치며 박수를 치는 것이제라.

― 잼잼, 섬마, 섬마는 또 머시라고요? 그라고 봉께 언젠가 어머님한티 잠깐 들은 듯싶은 디, 뭐였더라. 아마도, 단동십훈檀童十訓이라고?

― 잘 아싱만. 잼잼은 지암지암持闇 持闇이라 쥘 줄을 알았으면, 펼 줄도 알아라. 내 손에 것이라고, 다 내 것이 아니다. 내 것을 펼쳐 남을 섬길 줄도 알아야 사람이라고요. 새댁 이모가 안 그랬소. 섬마섬마는 서마서마西摩西摩라니, 남에게 의지하지만 말고 스스로 굳건히 살라는 뜻으로 아기를 손바닥 위에 올려 세우는 시늉을 하는 법이지라. 또 머시더라. 그래 어비어비業非業非는 아이가 해서는 될 일과, 안 될 짓을 이를 때 하는 말로 커서도 일함에 도리와 어긋남이 없어야 함을 강조한 말이지라. 그라고 아함 아함이 있소. 아함아함亞含亞含이라니, 손바닥으로 입을 막는 시늉을 함서 아자의 모양으로, 입조심하고 살아야 한다는 가르침이제라. 이라고 어려운 문자를 벌써부터 날마다 한꺼번에 주문하면, 아기

가 정신 있것소, 없것소? 정신 못 차리것제라. 오매 내 정신 좀 봐라. 어서, 가 봐야제.

— 아무리 바쁘고 정신이 없다 해도, 젖을 주실 라면 통젖을 주셔야제요. 먹다가 말면 쓸 것소. 나가 이렇게 잘 듣고 지금까지 일곱 가지 뿐이요.

— 그럼 나머지 세 가지가 머지요? 오매! 시상시상이 빠졌네. 곤지곤지하고, 시상시상侍想 侍想이라, 사람 형체와 마음은 태극太極에서 받았고 기맥氣脈은 하늘에서 받았으며, 신체는 지형에서 받은 것잉께, 아이의 한 몸이 작은 우주다. 그때문에 우주를 내 몸에 모신 것이니 늘 조심하고 하늘 뜻 우주의 섭리에 순응하라는 의미에서 아이가 앉아 몸을 앞뒤로 끄덕이게 하는 짓이지라. 그만큼 몸을 귀히 여겨서 함부로 놀리지 말라고, 지금 새댁이 꼭 그 짝이요! 태중에 아이를 모신 몸잉께, 곤지곤지坤地坤地는 오른손 집게손가락으로 왼쪽 손바닥 찍는 시늉을 하며 땅 곤坤 깊은 의미를 알라고, 이 땅에서 모든 먹자거리 목숨이 땅에서 나오지 안덩가. 그라고봉께 끝으로, 질라 라비 훨훨이 빠졌네! 지나아비 활활의支娜阿備 活活議라니, 아이의 두 팔을 잡고 영과 육신이 골고루 잘 자라도록 기원하고 축수하면서 함께 춤을 추는 모습이제라. 결국 천지자연의 모든 이치를 담고 지기地氣를 받은 몸이 잘 자라나서, 때마다 작궁무作弓舞 춤추면서 즐겁고 복되게 살라하심이라. 이렇게 우리 조상님이신 단군시대부터 높고도, 존귀한 가르침으로 백성들을 훈육하신 민족이 세상에 어디 있것능가요. 만물에 때가 있은즉, 한때 어렵다고 움츠리지 말고, 기죽지 말고, 가슴을 활짝 펴고 하늘땅 우러러보며 살아라, 한울님 다보시고 들으신다, 그 말이요. 그라고 보면 누추한 몸에 천지조화 속에서 한울님 생명을 품고 그 핏덩이 하나가 고물고물 자라고, 푸진 젖꼭지 물리고 빨아서 굼실굼실 자라다가 저렇게 장성한 사람 구실하는 이치를 생각만 해도 기가 막히고, 신비롭고, 감탄이 절로 터져 어깨춤 훨훨 안 추워진가. 이것이 바로 사물놀이 얼럴럴 상사뒤야 라고, 오매 그라고봉

께 오늘은 새댁이 아기 엄마가 잘 되어부렀네요. 그랑께 두고두고 윤심이랑, 우리네 낭군 이규진 신랑에게도 잘 베푸시오!

하고 조카의 아랫배를 두들긴다. 훨쩍 놀라는 시늉이지만 홍당무가 익는다.

— 그라고 말고제라. 사람 사는 이치가 갈수록 존귀하고도 어려워지네요.

말하며 정작 떠나가시던 사흘 저녁을, 그리도 세 차례, 네 차례나 심 황후 마마라며 땀을 쏟고 목숨씨알을 쏟았지, 하는 소리는 울대로 눌러버린다.

— 왕장상의 씨알이 따로 있당가요. 우리 약속만은 꼭 지키실 거지라오!

그 말은 두 입술 마주칠 때마다 주거니 받았던 사랑의 창가였던 셈이다.

대일본제국 징병 자원부대 이규진 청년은 연일 닦달을 당하고 있었다. 마량 분견대에서 간단한 신상파악 절차가 끝나고, 즉시 이송되었다. 강진읍 경찰서, 하루 만에 광주 본청에 들이닥치자 반복되는 문초는 신병확인이라 했다. 강진에서는 열일곱 명이더니, 본청에서는 거의 이백 명 넘는 자원병이었다. 닷새 만에 항구 목포에서 군선을 타고 부산으로 실려 갔다. 부산 헌병대 기지창이라는 곳에서 본격적인 작업이 시작되었다. 실로 어처구니없는 문초였다.

— 자원병 이규진 군, 호적지는 어딘가.

— 전라도 완도군 약산면, 상동부락 인디라오.

— 그대는 진정 대일본제국의 군병이 되기를 자원하는가.

— 그, 그랑께 그 일이, 그랑께….

— 조치! 문제는 그 이름으론 안 되지. 어떤가. 그대는 여기에 또… 그러니깐… 다나카 이치로田中 一郎가, 순수한 농어촌 출신이라. 제국군대의 광영이란 근본부터 철저한 우생학적 개량인 셈이지. 알겠는가? 출생 년도, 나이는?

— 인술 생인께, 금년 스물 셋 인디라.

— 그동안 어디서 무얼 했는가. 아! 아니지. 결혼은 했는가, 가정이 아내와 아

들이 있는가, 그런 말이야.

— 결혼은 꼭 사흘 만에, 아니 이틀 동안에, 아들은 뱃속에 있는 디라오.

말하며, 이규진 청년은 느닷없이 헐헐거리며 웃음을 터트렸다. 생각지 못한 질문이었고, 생각지 못한 홍소였다. 아들은 뱃속에 있는 디라오, 말하고 난즉 그리 믿어진 것이다. 내 사랑 순심이, 그대 뱃속에 우리 아들이, 자네가 그리 말했지. 홈—씬 쏟아주시오. 낳아 놓고, 잘 댕겨 오시오잉! 나가 잘 순산해서 크게 잘 길러 놀라요. 약속하제라오. 마라톤으로 뛰어 갔다 온다고! 마라톤은 전승기념보라고, 평생소원이라고! 대제국의 오장 병사도 컥컥거리며 참을 수 없다는 듯 칼집 철렁거리며 웃다가, 펄쩍 쇳소리 고함을 내질렀다.

— 그래, 사흘 동안은 천황폐하 성총을 입지 않았던가. 아니지, 무려 한 달간 은택을 누렸었지. 그게 내선일체라는 거야.

— 내선일체에, 대동아 공영이라고. 그건 간척지 사업이라 하든 디요.

— 그 간척지 제국사업에, 자네는 방관자 불령不逞 선인이란 말이야. 그런 까닭이 뭐야. 아니, 아니지 학교는?

— 학교는 약산 보통학교를 갈라다가, 나이가 넘어 뿌러서….

— 그래, 조치! 학교는 나이 지나 무학이라. 좋아, 앞으로 열심히 훈련하라고. 영광스러운 황국신민의 진충보국하는 무장으로 출세하란, 그 말이다.

변명하기도 전에 서너 쪽 문서를 들여다보면서 단정했다. 번들거리는 안경 속에서 일사천리였다. 갈수록 주눅이 들고, 어간이 막힌다. 열 개의 책상과 열 개의 의자 앞에 늘어선 문답의 장면이었다. 가는 곳마다 일장기가 세상을 휘두르듯 펄럭거렸다. 누런 군장에 시뻘건 별들이 번쩍거렸다. 칼집에 철렁거리는 일본도가 길고도 매섭게 느껴진다. 목포에서 등 떠밀려 탄 군함은 거대한 수송선이었다. 몇 천 명이 들어찬 군함 항해에서도 수시 점검이 있었다. 얄궂은 장면은 끊임없이 되풀어졌다.

— 다나카 이치로군, 취미가 뭔가. 잘하는 특기 말이야.

이규진 청년은 처음 들어보는 소리였다. 그러나 곧 눈치로 때려잡고 말했다.

— 취미라니, 특기랑가? 제일로 좋아하기는 달리긴디라오.

— 달리기라니, 그렇다면 체육선수라 그런 말인가.

— 선수는 아니고요. 그냥 뜀박질로, 마라톤을 좋아항만요.

— 마라톤이라. 조치, 그럼 긴 말할 것 없이 제국 군국의 실전 보병감이네.

제국 장병의 오장들은 무엇인가를 재빨리 써넣었다. 마무리를 짓고 있었다.

— 밥은 잘 먹었나? 잔병은 없겠지?

— 없어서 못 먹지라. 잔병이라니, 안 뛰면 몸이 근실거링 께라.

— 조치, 잘 뛰라고. 오늘부터 이 문서 날마다 열 번씩 낭독해보라. 알겠지?

내미는 문서는 바삭바삭한 종이에 기록된 제국신민의 선서였다. 일어서라. 두 손 쳐들고 높이 받들어라. 사흘 동안에 암송하라는 엄명이었다.

– 대일본제국의 신민 선서

우리는 성은을 입고, 선택받은 제국민이다. 충성으로 군국에 보답하겠다.

우리는 제국신민으로, 신애 협력하여 전술훈련에 충성으로 보은하겠다.

우리는 성은에 황감하여, 인고단련 군국정신으로 철저 무장하겠다.

우리는 제국의 자원병사로, 대의멸친 첨병이 되기로 굳게 맹세한다.

우리는 이 사명 다하지 못할 때에는, 오직 멸사봉공의 길을 행하겠다.

어딘가 충동적이고 정제되지 못한 선서문이다. 낡고 틈새 난 술통에서 비죽거리며 솟아나는 냄새가 역겨운 억지였다. 백여 명씩 몰아넣은 막사에서 아침 저녁 점호 때마다 눈을 부라리며 들이미는 광기였던 것이다. 제국군대 정신무장이라는 것이었다.

하지만 날이 갈수록 구국정신은 쉽사리 무장되지도, 훈련을 받지도 못한 채 그들은 본토의 이오지마硫黃島 수비대기지 훈련장에 집결되었다. 총사령관님은 충용무쌍한 구리야바시 다다미치栗林 忠道장군이라 했다. 얼결에 초야를 치르고 떠난 지 두 달 만이었다. 이튿날부터 지독한 군병 훈련이 시작되었다. 우물쭈물하다간 조교들 몽둥이가 칼춤을 추었고, 꾸물대다간 연병장을 열 바퀴씩 구보했다. 소대기합, 연대기합, 단체기합이 숨 쉴 틈을 앗아갔다. 푸진 단잠 자다가도, 밥을 먹다가, 복장을 추슬러가며 식판을 든 채 철렁거리며 뛰기도 일수였다. 밤낮으로 뛰고 또 뛰었다.

이오지마 수비대 훈련부대는 전국에서도 유명한 특수부대였다. 훈련 마치면 본국 내 각처 수비대로 파송될 뿐만 아니라, 섬나라 필리핀이나 조선, 중국 대륙으로 진출할 발판이 무한하다는 총평이었다. 군수시설이나 훈련병 대우도 최상이라 했다. 충용한 구리야바시 장군의 통솔 방식은 단순 무적했다. 자연의 생리를 따르라. 바야흐로 무한 경쟁 지구촌이 아니던가. 적자생존의 광야가 아니던가. 경쟁을 유발하라. 전 사단 부대에 본토 내지인 3분 2와 외지 자원병 3분의 1로 구성된 수비대 훈련장에서부터, 온전히 적용된 통솔 철학이었다. 강군 육성은 훈련장에서, 훈련은 무한 경쟁의 원리대로, 따라서 내무생활, 외부 출장훈련 제반사에 무한경쟁 유발하고 그를 살피며 즐기는 식이었다. 기합 먹일 때도 서로 가볍게 뺨을 터치하게 하라. 그리고 즐겨라. 강도는 스스로 분노가 폭발하여, 거세게 탄력을 받을 터이다. 사격도, 포복도, 돌격도, 잠복도, 식사도, 휴식도, 취침까지도 경쟁의 룰을 설정하라. 즐기면서 단련하라. 처음 신어보는 지까다비에, 가죽 갑반은 몸을 곤추세우기 알맞았다.

두 달간 보병 훈련을 거치며 이규진 아니, 다나카 이치로 훈련병은 억지 총잡이가 되어가고 있었다. 눈길 사나워지고 깡마른 뼈대가 굳어져갔다. 별로 어

러운 일은 아니었다. 자연스럽고 동시에 행하는 일이었다. 이따금 관등성명을
대다 훈련병사 이규진! 복창하면 몽둥이를 받는 일 외에는 제식훈련이나 50킬
로의 중무장 구보나 단체 기합이란, 별일도 아니었다. 입대 전부터 살풀이로
치르는 일상일 뿐이었다.

— 부대장병 전원 집합! 오늘은 특별한 관보다. 받들어 경청하라.

내무반의 주임 오장이 척 들어서며 고함했다. 그의 별칭은 늑대였다. 그는
그 별호를 자랑스럽게 여기고 즐겼다. 빡빡이 늘어선 민대 머리 훈련병들 아연
긴장하였다. 퀴퀴한 땀내와 질긴 누린내가 연기처럼 피어올랐다.

— 에 또! 뭔가 하면, 차월此月 30일은 제국군대의 창설기념일이다. 따라서 특
별행사를 치르며, 특별 배급 포상도 베풀어지게 된다는 말이다.

— 그런디라, 대관절 어떻다는 말인가요.

훈련병들은 제국의 태양빛 광영에 낡고 닳아진 누더기처럼 맥을 추세기 어
려웠다. 긴 잔소리에는 항상 반응이 느리고 뒤졌다. 실익 없는 까닭을 안다.

— 특별행사는 제군들 무력증강을 위한 무장구보 대회와 단축 마라톤 대회
가 있다. 선발 된 선수들은 전국대회에 출전할 광영을 누리게 된다. 즉시 복
창하라.

— 제군들, 무력증강을 위한 무장구보와, 마라톤 대회라.

— 선발된 선수는 전국대회에 출전할 광영을 누리게 된다.

와글거리며 복창이 일었으나, 하나도 광영 될 실익은 없었다. 죽여보자는 속
셈이 번하잖은가. 광영의 문자를 남발해가며 개떼처럼 끌려온 병사들이다. 조
선 청년의 광영이라! 가문의 광영이라니! 조선국의 자랑스러운 광영이란 천황
폐하 성은이랬다. 이것이 바로 대동아공영 첨병인 것이다. 솔선수범하라. 엄
정선고 추천하라. 부대의 깃발과 개인 영달도 걸린 일이었다. 대회 상급도 푸

짐하다.

— 마라톤 선수에는 저기 다나카 이치로 군을 엄정 추천합니다.

— 장거리 무장 선수에는 다나카 이치로 군을 엄정 선고합니다.

— 이치로 다나카군, 다나카 이치로, 도대체 뭐야. 실물이 뭐란 말인가.

부대가 떠나갈듯, 한바탕 웃음꽃이 춘풍 사월의 사쿠라 꽃처럼 만발하였다.

자천 타천으로 이규진, 다나카 이치로 군이 나서게 된 일은 순리였다. 그로부터 부대의 명예와 조선 청년 자원병의 자존을 걸고 보름간 합숙훈련에 돌입하였다.

긴 사설은 필요불가였다. 매일 한 차례씩 몸 풀고 휴식하고, 세끼 식사는 난생 처음으로 푸짐했다. 비리고도 신선한 어류에, 누리고도 달콤한 육기에 깡마르던 살이 붙고 안으로 매섭게 다지던 정신이 밝아질 지경이었으니 말이다. 결과도 사설이 불가였다. 이오지마 수비대의 예하에서 차출된 선수층 20명이 겨루는 40킬로 마라톤대회에서, 다나카 이치로 군은 저 만치 혼자 앞서가다가 뒤돌아보며 해찰을 부렸다. 출발부터 뭐 하러 그렇게 성급하게 뛰는가? 살살 뛰어! 천천히 자연스럽게, 숨길을 독촉하지 말랑께. 멀리보고 가깝게 생각하란 말이다. 순심을 생각하고, 아랫배를 생각했다. 달콤하고 쌉쌀했지. 가막섬의 황새들, 안쓰러움을 생각했다. 전에 약산면에서 섬 바퀴를 염소처럼 빙 돌아도 더 갈 곳이 없었다. 원포 연동을 거치며, 고라니처럼 훌훌 뛰고 싶었다. 칠량 강진을 되돌아오며 호랑이처럼 훨훨 뛰고 싶었던 답답함을, 앞발은 뒷발 진로를 막지 말라. 뒷발은 앞발, 설렁설렁 밀어줘라. 어깨를 바람에게 맡겨라. 바람을 타고, 바람에 숨결을, 파랑 파도를 타듯이 그 말이라!

2, 3등 차석과 무려 이십분 앞서서 부대 연병장을 들어섰으나 기신은 멀쩡하였고, 으레하는 표현대로 심심했다. 타고난 심장, 여유로운 정신의 육체적 조건이었다. 조선 장병들이 덩실거리며 봉산 탈춤을 췄다. 부상으로 끌어온 돼지

세 마리와 다음날 실시된 20킬로 중무장 대회에서도 성큼성큼 나아가는 그를 뒤따를 선수는 없었다. 쉬엄쉬엄 걷듯이 전진하면서 순심의 동그란 얼굴을 생각하고, 그 뱃속에서 자라날 아들을 그려보았다. 약속은 꼭, 지킬 거제라오. 그 날이 꼭 올 것잉께. 염려 말 드라고. 그 날이 오고 있당께. 본토 사람들도 마라톤이라면, 미치고 환장하고 난장을 논다네. 여인네들이 더 요란하당께. 몇 년 후 태평양 건너 미국에서 올림픽이라는 세계선수권 대회를 치른다능만. 4년마다 전 세계 돌아가면서 치른대야. 거기에 우리 조선에서도 몇몇 선수가 주목하고 훈련 중이라 얼핏 들었당께.

와마! 이런 사람들, 중무장 선수들아. 그까짓 중무장에 눌리지 말랑께. 무장의 무게에 몸을 실어라. 지게에 보리가마니를 지고 뛰듯, 몸에는 바람을 거느리고 어깨를 바람에 맡겨라. 바람과 몸과 마음과 숨결이 하나로 두둥실거리며, 가슴속에서 터지는 얼럴럴 상사뒤야! 하란 말이시. 저, 따 따다! 하고 아침에는 창창 창, 칭얼거리고, 저녁마다 청승스럽기 그지없는 군악대 소리보다, 얼럴럴 상사뒤야! 얼시구 절시구, 덩달아 불러가는 춤가락을 타고 설렁설렁 달려라, 그런 말이랑께.

그로부터 한 달 후, 각 부대마다 우등선수 선발하여 제국 장병 마라톤대회에 참전하라는 전통문이 하달되었다. 이에 대한 지휘관 대책회의가 진지하게 논의되었다. 수비대 예하 각 대대 참모들과 영관급 장교들이 총출동하였다. 논조에 오른 건 역시 다나카 이치로 훈련병이었다. 이름은 제격인데 문제라면 놈은 한마디로 가련한 조센징이 아닌가. 이것이 주 의제였다. 현명한 재판장은 판례라는 걸 신중히 살핀다. 제국의 생체 실험이란, 장난이 아니다. 긴 안목으로 외지에서 좌청룡 우백호의 산맥을 끊고, 음양이 선연한 지맥을 다스리는 건 지관의 판단만이 아니다. 심지어 명당 선산의 파장이나 투장이나, 심심하다고 되는 일이 아니질 않는가. 대일본제국 상등 국민의 역사를 길러야 한다. 중등 하등이란, 치고 올라갈 길부터 막아야 한다. 항차 선두의 주자라니? 제국의 장병들이 선두를 양보할 수 있다는 말인가. 불가한 말이다. 싹수를 볼 줄 알아야 한다. 이등 국민은 항상 이등, 삼등의 후진이게 하라. 이것이 대동아 공영의 순리요, 관건 아니겠는가. 시작이 항상 반이라는 수학적 공식은 오랜 연구와 경험과 심오한 철학의 산물인 것을 외면하는 자는 무지막지한 병졸일 뿐이다. 강성 군대란 항상 첨병 논리가 지배하는 실전의 현장이다.

지난번 2, 3차 순위 선수들이 불려왔다. 늘씬늘씬한 자태로 들어서는 그들은 여전히 침통한 낯빛으로 분노를 감추지 못했다. 그들은 분에 넘치는 격려와 훈수 찬탄을 들으며, 우쭐거리기 시작하였다.

— 그대들의 건각은 대일본제국 진로에 광영이다. 가일층 분발하라.

— 일등이란, 오로지 대일본제국청년, 여러분 몫이다. 알아듣겠는가.

— 가일층 분발하여, 훈련에 단련으로, 최선을 다하겠습니다.

그들은 차렷! 자세로 복창했다. 빼앗긴 명예를 반드시 회복하겠습니다. 가상타 여기듯 빙긋이 웃으며, 사령관 구리야바시의 수석 참모가 말했다.

— 전쟁은 항시 작전이 승패를 가름한다. 적을 알고 나를 알면, 백전백승인 것을 잊었다는 말인가. 도대체 패인敗因이 무엇이라 여기는가.

— 패인이라면, 그건 다나카 이치로 그 놈은 괴물입니다. 진짜 괴물입니다.

— 괴물이 인간 전장에 등장하였다? 빛나는 제국 닛본도 앞에 괴물은 없으렸다.

— 실제로 그놈은 인간 상식을 초월하는 체력이요, 축지법인 것 같습니다.

— 군대란 작전이 좌우한다. 손자병법에도 작전상 후퇴라는 개념이 있다지만, 제국군대에 후퇴란 없다. 전술적 공격만이 존재할 따름이다.

이십 여명 참모들이 하나 같이 고개를 주억거렸다. 아닌 게 아니라, 핑계할

도리가 없었다. 조센징은 태평천국에서 상모 대가리를 하늘로 휘두르듯 여유작작 바람을 희롱하는 듯 먼지 구름에 실려 가듯 뜀박질하는 모습이라니, 인간 괴물이었다. 괴물을 인간 수련으로, 군대식 훈련으로 물리치겠다. 그것이 제군들의 작전이란 말인가. 전국대회다. 군국 장졸들의 사기와 제국의 명예와 폐하의 지존이 부하되는 성지인 것이다. 제국군대 창설 기념일에 월계관의 광영을 앗기다니, 어불성설이라. 그대들 작전이 무언가. 제국의 닛본도는 녹이 슬었다는 말인가. 목숨을 빼앗자는 말이 아니다. 내선일체 존엄을 상하지 말자. 살점하나 건드리지 말라. 피 한 방울도 아껴라. 대제국 전리품이다. 알아듣겠는가. 고개 주억거리며 벌겋게 얼굴 붉어지던 2차석 3차석은 슬그머니 자리를 떴다. 격려와 훈수를 알아들은 듯싶었다.

그날 밤 불침번을 섰던 이규진, 다나카 이치로 훈련병은 청천하늘 별들을 바라보며, 강순심과 약속을 생각했다. 뱃속에서 올챙이로 구물거릴 아가를 생각하였다. 삼 칸 겹집에 마련되었던 신방과 이엉의 첫날밤을 떠올렸다. 생각할수록 흐뭇하고 눈앞에 선연하였다. 두둥실 설렁거리는 기분을 가누기 어려웠다. 선수단 훈련부대로 들어간다. 훈련이랄 것도 없다. 단지 그 날이 다가오고 있다. 우리가 이겼노라. 조선 청년이 이겼노라. 마음껏 부르짖고, 죽어도 좋으리라. 승전보를 기필코 선두에 전하고야 말리라. 약속은 반드시 지킨다. 오호! 순심, 아가야! 기대하고 기다려라.

하지만 불침번 교대 시간에 잠시 변소 길을 다녀오는 순간, 조센징 다나카 이치로 훈련병사는 닛본도 따끔한 칼침을 맞았다. 앞에서 가로 막았고, 멈칫하자 뒤에서 허리를 굽혔다. 머리 끝 하나, 손톱 하나 상하지 않았다. 단지 뒤꿈치에 긴 칼이 설렁 지나갔을 뿐이었다. 철커덕 무릎을 꿇는 순간, 긴급 후송되었고 합당한 응급치료 받았다. 열흘 만에 퇴원을 했다. 가슴에 꽃다발을 품었고, 별일 아니었다. 다만 오른편 뒤꿈치의 심줄 끊긴 발목이 어이도 없이 덜렁거렸다. 별일은 아니었다. 그냥 매가리 없이 덜렁거릴 뿐이었다.

— 다나카 이치로 군, 힘내라고, 별일 없잖아. 단순한 추돌사고였을 뿐이다.

대일본제국의 의무관은 빙그레 웃으며 제군의 외상치료는 최상급이었다고, 연거푸 잔등을 두드렸다. 자비로운 속눈썹이 짙고 검은 눈빛이었다.

— 군의관 님, 고맙습니다. 잘 선치해주셨습니다.

— 천황폐하 제국 신민으로서 이만한 희생이라면, 가문의 광영 아니겠는가?

— 이만한 희생이라, 가문의 광영이라, 천황폐하 제국신민이라.

되새김질하고 돌아서서, 연병장 건너오는 길 아득히 멀었다. 우러러 본 하늘 엄청 높고 눈시울에 알 수 없는 진물이 절쑥거리며 까마득 멀어진 앞길에 얼렁거렸다. 품에 안겼던 하얀 국화꽃 한 다발이 눈부셨다. 조센징 훈련병 이규진 군은 향기로운 꽃다발이 못내 쑥스러웠다. 이런 꽃다발은 내 사랑 강순심에게 안기고 싶지 않았다. 왠지도 모르게, 흉물스러운 눈물을 떨치기는 어려웠다.

스물한 마당
그 날은 왔는데

광주 부청을 멀찍이 바라보는 양림동 언덕길에 서양 기독병원이 야금야금 자리를 넓혀가고 있었다. 건너편 빨간 벽돌집인 선교사들의 주택 앞으로 환자를 실은 인력거가 수시로 들락거렸고, 이따금 검정색 다쿠시도 검은 연기를 뿌리며 오르내렸다. 흰옷 입은 조선백성들은 구경꾼처럼 두리번거린다. 그 언덕 초입, 아담한 이층집은 사진관이었다. 개명開明 사진관, 안살림은 질서정연하고 볼수록 깔끔하다. 먼지 한 톨, 잡것 하나 뒤섞이지 않고 온갖 기기들이 각각 용처에 따라 제 구실을 기다리고 있었다. 접객용 안석이며, 두 대의 긴 다리 위 사진기, 현상판 수반이며 벽에는 전시용 사진들이 빼곡하다. 광열판이 동그란 양산처럼 펼쳐져있다. 그 안에서 마치 오소리가 굴속을 들여다보듯, 젊은 사자가 풍성해진 갈기를 털고 나서듯, 길쭉한 삼발이에 걸린 사진기에 새카만 차양포를 뒤집어쓰고 집중하여 몰두해있는 조수를 들깨지 아니하고, 자전거에 실어온 팥죽 단지와 찬거리를 운반하고 나선 조 장로는 긴 의자에 앉아 눈을 감는다. 감하感賀 기도를 드리는 것이다.

눈뜨고 한참 지나자, 인적 느낀 핼쑥한 청년이 약간 절쑥거리며 다가선다. 말없이 팥죽단지를 건넨다. 검은 학생복 차림의 조수는 고개 풀썩 숙여 경의를 표한 후, 앉자마자 팥죽 두 그릇을 게 눈 감추듯 먹어 치운다. 최종수는 사진관 조수 겸 수련생이었다. 고개를 주억거리던 사진관 관장 조창호 장로가 차분하게 입을 열었다. 기독병원 원목이신 헨리 빌립 선교사가 다리의 정형수술이 끝난 환자라며, 청결하고 유망한, 무엇보다 진정으로 감사를 표현할 줄 아는 청년인즉 양림교회 장로이신 사진관 조 관장께서 보살펴주심이 좋을 듯싶다는 추천으로 맞았던 인물이었다.

— 그리도 맛이 좋은 거야? 두 그릇 가지고는 셈이나 차겠는가.
— 감사합니다. 벌써, 동지冬至가 됐습니까? 꿀맛잉만요! 사모님의 솜씨 것지요. 아껴감서 먹을 랍니다.
— 자네도 입맛 없거나, 맛없는 음식이라도 있는가.
— 다 맛있습니다만, 농사도 짓지 못한 주제에 이것저것 가릴 수나 있겠습니까. 이 팥죽 맛은 특별하고만요. 대단히 감사합니다.
— 잡곡밥은 아직 짓지 못한 모양일세. 우선 팥죽으로 때워야겠구려. 그런데 동짓날에는 왜들 팥죽을 먹는지 아는가?
— 글쎄요. 흔히 빨간색 팥죽이 각종 질고 재액을 금하도록 집안에나 삽짝에 골고루 뿌리고, 맛있는 음식으로 인심을 나누는 절기랑께요.
— 그렇지. 헌데 우리네 야소교 성경에서도 그리고 가르친다네. 본래 팥죽 한 그릇에 팔려 하나님의 장자 축복권을 빼앗겼던 에서의 후손들과 그 축복권을 샀던 차자 야곱의 자손들이 외국 땅 광야의 나그네살이가 되었다지. 때가 이르매 애급 종살이가 끝나고, 새로운 축복과 약속의 땅 가나안 복지로 향하기 위하여 종살이하던 외방에서 출애굽하고 해방되는 날이 바로 양의 붉은 피로 물

들였던, 팥죽의 날이랄까. 양을 잡아 피를 문설주에 뿌리라는 선각자 여호수아 말씀 듣고, 말씀대로 믿고 따랐던 하느님 백성들은 각종 질고와 죽음을 면하게 된 것이라네.

— 와마! 그라면, 야소교 풍속도 우리나 비슷항만요. 양의 붉은 피로 팥죽을 대신 한다 고라. 각종 질고와 죽음을 면하게 된 것이라고요?

— 팥죽 설화는 아주 먼 옛날 얘기고, 우리 주 야소耶蘇님이 저 갈보리 동산 십자가에서 천하 인생들을 위한 온갖 죄를 몽땅 걸머지시고, 대신 피땀을 흘려 죽으신 공로로 인간은 온갖 질고와 사망을 이기고, 부활의 생명을 누리게 된 것이야. 그 말씀을 믿고 야소님을 구주로 받아드릴 때, 천국에서 영생복락의 은총을 누린다는 그 말이라. 이것이 기독교의 근본이 되는 진리라는 말이네.

최종수는 난해하고도 수긍할 수 없다는 얼굴이다. 뜬금없는 긴 사설이었다. 십자가에서 천하 인생의 죄를 몽땅 걸머지시고 죽어주셨다. 관장님은 무슨 죄가 그리도 많았는가. 그 야소라는 분의 처참한 죽음이 나와 무슨 상관인가. 알아들을 수 없고, 서로서로 죄를 따지기에는 산다는 일이 민망하다. 그리도 많은 죄를 지어 병들고 괴롭다가 죽어야 한다는 말인가. 죄 없는 사람은 죽지 않는가. 그런 사람이 세상 어딘가에 있다고 하던가. 고개 주억거리다 이윽고 걸걸한 음성으로 응수한다.

— 저는 동지 팥죽 먹을 때마다 동짓날 봉화산 땔나무를 아홉 짐하고, 잡곡밥 아흔 아홉 그릇을 먹어야 한다는 우리 백성들의 다짐이 서럽게 생각납니다. 오죽이나 배들이 고팠으면 그리도 모진 소원의 풍속이 전해졌을까요.

헌칠한 키에 말상馬相의 동안이다. 말머리 가볍게 돌려버린다. 검실검실한 턱수염자리가 선연하다. 얼핏 삼국지 관운장 상호요, 기골이었다. 하지만 차림은 학생복 검정색이다. 주섬주섬 빈 그릇과 단지를 보자기에 챙기며 관장님을 바라본다. 인자한 모습이 새삼스럽게 다가온다. 십자가에서 야소님이 온갖 죄를 다 씻어주신 얼굴인가. 자녀가 셋인 장로님은 큰 아이는 중등학교를 마치고 교원양성소에 들어가 있고, 둘은 보통학교 상급반에 다녔다. 모두가 딸이라는 말은 비치지 않는다. 멋쟁이 아내를 닮아 모두가 모던 걸이라는 말도 삼간다. 안팎살림을 조 장로의 손길이 끌어가는 셈이었다. 연초봉을 꺼내려 들었다가 얼핏 눈치를 살피듯 삼간다. 아직도 담배만은 끊지 못한 부끄러움이었다. 이윽고 차분하게 묻는다.

— 자네 고향이 저 남도 강진군 어디라고 했지.

— 전라도 강진읍에서 칠 십리 길, 바닷가 땅끝 마을입니다. 갑자기 고향은요?

사진관 조수는 버릇처럼 하던 일에서 눈을 돌리지 못하고 대꾸한다. 어둑한 사진관으로 저녁 햇살이 스며들었다. 햇살을 피하여 수반을 돌려가며 현상된 사진을 저울질하듯 얼리고 간추리는 일이다. 능숙한 솜씨였다. 때 이른 무쇠 난로에서 물이 끓고 있었다. 관장이 그 집중된 모습을 보며 입을 연다.

— 아참! 그래, 강진군 대구면, 마량이라고 했던가. 청자 도자기가 유명한 고을이지. 바다건너 고금도도 장관이라고. 고향에 가보고 싶잖은가?

개명 사진관 관장 조창호 장로가 조그만 종이 문서를 들고 물었다. 눈에 안경이 유난히 두껍고 반들거렸다. 근래 시력이 한층 약해져서 작업에 집중하기가 어렵다는 장로님이다. 사진 기술이란 시력을 상하게 하는 일이던가. 사진을 찍을 때마다 사람 혼을 뽑아간다는 음해도 가시질 않는다. 사진관은 하루두 세 차례 얼굴만 비칠 뿐, 교회일이 바쁘시다 하였다. 덕분에 조수인 종수는 먹고 자고 뿐 아니라 사진관에서 밤낮 살다시피 했다. 무엇보다도 재미가 있었다. 고향에 가보고 싶잖은가. 문득 종이 문서가 궁금해진다. 문서란 별로 반가울 일이 없는 법이라던가? 긴급 전보며, 서찰이며, 통신문이란, 보통일은 아닌 셈이다. 혹시 집안에 무슨 화급한 일이 생긴 것인가? 작년에 병원에서 불현듯 만났던 소장수 한 씨 인편에, 서찰을 보낸 지도 반년이 넘어간다. 어머니, 아버님! 조금만 기다리시오 했건만 주경야독 하느라고 정신이 없었다. 낮에는 손님을 맞고, 밤중이면 열심히 사진 관계의 책을 거의 독파하였다. 일본말도 매일 매일 암송해가며 독학으로 습득하였다. 실상 사진 기술과 함께 믿고 맡겨주신 장로님 은택이었다.

— 자네는 적어도 이삼 년 공부해야할 사진사 기술을 일 년 만에 졸업하는 셈이야. 일본제국의 사진전문학교는 마친 실력이라, 그런 셈이랑께.

— 관장님의 보살피시고 훈육하심이 감사할 따름입니다. 고향에 갑자기라면, 무슨 일이라도 생긴 것이랑가요?

말씨도 녹진한 남도 사투리가 가시고 거의 신식 어투였다. 문서에서 눈을 떼는 장로님의 눈치가 돋보였다. 저 사람을 이제는 좀 더 가르칠 것은 별로지만 자격증을 따게 해야 한다. 그러자면 하다못해 대전에 있는 사진학원에라도 보내야 할 터이다. 단기 코스로서 적어도 육 개월 간의 공백이 아쉬워 결정을 못하고 있다. 아무래도 가을쯤에는 올려 보내야 도리일 성싶다.

— 암먼! 물론, 이렇게 급한 출장 건이 생겼다마시. 목포 동양척식이라고, 간척지 사업장이랑만, 본사에서 현장 준설 행사에 특히 우리 사진관이 선발된 모양이야.

순간 최종수는 신마 원 둑의 간척지 현장을 떠올렸다. 가야 한다. 얼마나 기다려온 기회가. 제방공사 현장에서 도대체 무엇을 한다는 말인가. 막연했다. 그럴 거라고 판단했다는 듯, 관장님이 차분하게 입을 열었다.

— 낼 일찍 출발해서, 당일치기로 공사현장 출사하고, 모레까지는 현상을 해야 할 일이네. 목포 동양척식의 특별 행사라. 공사장 갑문 준설과 제방 둑 합수 기념이라. 관공서 내외귀빈들과 동척의 항구 목포지점 중역들이 회사 차량으

로 움직일 모양일세. 아마도 먼 땅 끝 마을이라 우리가 특별히 선발된 기념촬영 출사장일세.

이런 일이 불시에 닥칠 것은 생각지 못했다. 우리네 선산밑의 공사장이다. 잘하면 어머니 아버님도 뵈올 수 있을 터인데, 마량 친구들도 만날 수 있을 텐디, 가슴 울렁거리고 숨결이 가파르게 올랐다. 어제 밤 늦도록 작업에 몰두하다가 잠시 졸았던가. 커다란 송아지가 사진관 문을 들추고 암실을 들여다보는 황당한 일이 벌어졌다. 소리도 못 지르고 깜짝 놀라는 순간, 정신이 깨었었다. 느닷없는 송아지의 침범이라니? 커다란 송아지라니, 개꿈은 아니더란 말인가. 세상일이란 이처럼 불각시에 닥치기 마련이던가? 생각이 무지개처럼 피어오르고, 송아지라면 고향산천의 봄꿈이 아니겠는가. 자리를 일어서며 관장이 보퉁이를 내밀었다. 내일의 차림이라고 했다.

— 귀빈들이 많이 모일 거라네. 자네의 첫 출사出寫 아닌가. 축하선물이야.

이름도 모를 부드러운 옷감에, 잘 다림질된 신사복인 듯했다. 구두도 한 켤레가 광택을 뽐내고 있었다. 사진사 최종수는 오늘 밤 아무래도 잠이 올 성싶잖다, 하고 생각한다. 길고 긴 편지를 쓰겠다고, 그냥, 아니다. 내일은 고향 찾아가는 날이다. 그리도 절치부심하여 절차탁마하던 사진사가 되어 첫 출사에 나선 길이었다. 하기는 대전에 있다는 일본 사진학원에서 공부를 마치고 정식 자격증을 취득하고 나선 후에 이런 날이 왔으면 얼마나 좋았을까. 속으로 학수고대하던 일이다. 이리도 갑작스러운 결정이 날 줄은 몰랐다. 이런 때는 어찌해야 하는가. 어머니! 아침저녁으로 정화수를 떠놓고 비손하시는 선말댁 어머님 모습이, 현상現像처럼 훨쩍 떠오른다. 겉늙어 가시는 아버님은 안녕하신가? 동생들은… 종순, 종연아!

현장의 총 감독 시미즈 겐타로는 근자에 아침마다 열정이 일었다. 한잠을 푹

자고나면, 으레 숨결이 가쁜 하녀 아내를 지근거리에서 맞는다. 저도 모른 새 둥실한 배를 만져보게 된다. 고물거리는 숨결이 살아나고 열정이 솟구치는 듯했다. 열정은 곧장 아랫도리로 하향하게 마련이었다. 제국 사무라이의 아랫도리는 인격을 묻지 말라고 했것다. 새 아내 고야바시 사치코는 싫다는 기색이 아니다. 둥실한 배 등을 돌리고 뒤를 들이민다. 으레 후배위로 일을 치르게 마련이었다. 코끼리를 껴안고 물어뜯는 수사자 배포가 이러할 것인가. 전날에는 생각지도 못했던 사흘걸이였다.

하지만 오늘 아침은 유달리 상쾌한 기분이었다. 그것은 새벽부터 잠을 깨웠던 마을 호장의 외침이 주는 연상 작용이었다. 차랑차랑한 음성이 마을을 휩쓸었다. 놀란 개들이 짖고, 새벽닭들도 소스라치다가 꼬리를 사렸다.

— 원—마량, 양반들이요! 오늘 신 마량 간척지 현장에서 준공식이 열립니다. 아! 온 마을 주민들께서는 다아~털, 참례하셔야 한답니다. 아아!

드디어 과시적인 현장의 날이 다가온 셈이다. 호장은 시원스럽게 거듭거듭 외치고 다녔다. 하지만 고비마다 애를 태우며, 숱한 절망감으로 기다리던 날이다. 춘사椿事가 얼마나 잦았던가. 내 사랑 하나코와 나팔수, 요시가와 다이치는 사라지고, 오오! 석산의 총책이던, 사이조 히데키여 그대 물귀신은 아직도 나타나지 못하는가. 저승에서나마 연동댁과 연정의 뜻 이루었는가. 전대미문의 전력이 없는 난공사였다. 조센징 문자로, 상전벽해라 했으니 말이다. 산신이 진노하시고, 봉화산 삼신이 꺼리고 무당 잡귀신이 훼방하는 망조라고 수군거렸다. 바다 갯벌 막아 갯논 수답을 이룬다. 제국의 본토에서도 흔치 못한 사업이었다. 비록 거창한 규모는 아니지만, 동양척식 웅건한 치적으로 내외에 널리 알리고, 산미産米 증식하여 내선일체의 선정으로 진충보국의 찬연한 첩경이 열리는 날인 것이다. 지존하시고 엄위하신 천황폐하의 성은에 보답하는 날이다. 물론 사업장은 새로운 시작이다. 갑문 공사가 끝났지만 해수를 차단하고 육수

배수로 길게 유통시켜 갯논을 측량하는 긴 과업의 시작이요, 염수를 빼내고 민물 생태계 조성하여 마침내 해마다 만석꾼의 백미를 증산한다. 식민지 조선 땅에 간척지 경작하여 백옥 같은 조선 쌀을 생산하여, 대일본제국에 헌납한다. 이 얼마나 자랑스러운 사업이던가. 이 아름다운 대동아공영 구상의 가시적 효과가 확실하게 드러난 셈이었다.

시미즈 겐타로는 두둥실 날았던 몸을 안으로 움츠리며 오늘 행사개요를 챙겨본다. 별것은 아니었다. 날래고 설치는 이시하라 유지로의 기안과 촉구에 추인하고 맞장구만 쳐주면, 만사는 저절로 신바람 불게 마련이었다. 하지만 오늘은 다르다. 내외 귀빈들이 들이닥칠 터이다. 군관민軍官民 산학협동의 종합 전시장의 주인공이 아니던가? 동양척식의 선발대인 항구도시 목포 지점에서도 중진들이 몰려올 예정이었다. 접객에 소홀함이 없어야 한다. 또한 갖가지 속을 끓이던 일꾼들이며 주민들을 영접하고, 오히려 후대하여야 소기의 성과를 보장할 수 있다는 입장이었다. 식민지의 민심 얻기란, 그토록 난감한 일이다. 거창한 잔칫날이다. 사무라이 기백으로 총칼을 휘두르는 전쟁의 전리품과는 다른 차원인 셈이다.

겐타로는 오늘의 주요 하객들을 헤아려보다가 자리를 일었다. 이제 곧 산월이 다가선 사치코가 헐떡거리며 앞장서둔다. 아무튼 기특하도다. 내 사랑 하나코여! 그대 변할 리야. 때마다 왜 이리도 가슴 아리고 허전하더란 말인가. 날이 바뀌고 달이 가고, 인생도 저물어 가는가. 사내의 본성이란, 옛것이건 새것이건 종족보존의 영역을 벗어날 수가 없었더란 말인가? 이런 열정은 민망하고도 처량한 노릇 아니던가. 화사할 축사를 생각했다. 광활한 갯벌 두세 차례 잔치로 겪어야 할 일이리라.

겸양을 다한 답사를 떠올렸다. 또한 부감독 이시하라 유지로의 작품이다.

바로 오늘이다. 동짓날이다. 본토의 양력으론 12월 23~24일이요, 음력으로는 보름 그믐께의 한사리, 썰물 수량이 현저하여 갯벌이 온전히 드러난다. 오후 3~4시 사이가 썰물의 장관이라 한다. 바로 그 시간이 행사절정이다. 벌거벗고 창창하게 드러날 갯벌에 영롱하게 피어오를 햇볕을 바라보면서 제국은 찬란한 광영을 경이롭게 상기하리라. 이 날이다. 이런 날이 다가왔다. 봉화산에서 흘러내린 육수 민물과 섬나라해안의 합수合水 마무리 차단하고, 갑문 준설 공사가 찬란한 빛을 보는 셈이다.

　팥죽도 가마가마 끓여라. 콩도 많이 볶아라. 돼지도 서너 마리나 잡았다던가. 막걸리는 술통마다 넘치게 하라. 연동 원포마을과 삼동의 합작품이 될 사물놀이로, 하늘땅에 두루 고하고 흥취 북돋을 잔치다. 아참! 오늘 상쇠 잡이는 덕만 이라는 낯익은 인사가 아니라했다. 최인창 훈장의 임종을 지키느라 촌시라도 자리를 비우지 못할 입장이랬다. 대신 부쇠 잡이가 나설 터라고, 아무튼 좋다. 저도 모른 새 어깨 들썩여지는 가락을 신명나게 두들겨라. 먹자거리는 그만하면 충분하겠지. 동척의 통박 큰 투자 아니던가. 십만 심어 백만 거두는 일은 근자에 부상하는 동양자본 물질파物質波 법칙이다. 제국의 치밀한 전략이요, 타산전술은 전 지구의에서 목하 착착 진행형이다. 목포 동양척식은 선발대인 셈이다. 겐타로여! 현장의 총 사령관이여!

　호장 김 씨는 전에 없이 마음이 분주했다. 구장으로부터 연동 원포와 숙마골 근동을 한 바퀴 돌아서 외장치라는 하명을 듣기 전부터 그랬다. 오늘은 선말댁과 선말 양반이 꼭 나와야 할 터라고 생각한 것이었다. 생전 듣지도 보지도 못했던 기념사진을 찍는다는 소리를 들으면서, 마음이 다급해진 셈이었다. 기념사진紀念寫眞이라니! 사진사라면, 도대체 누가 온다는 말인가. 그 말을 듣는 순간, 우연찮게도 지난여름 근자에 드물었던 낭보를 전하고 그 절절한 사연을 들으며 흥감했던 인편의 서찰이 번개처럼 떠오른 것이었다. 생각할수록 가슴 두 근거리던 경사였다. 전광석화電光石火라고 하였다던가.

그 자상하고도 어른스러운 대처 아들, 최종수의 사연이 어찌 그리도 마음에 찍혔던가? 까닭모를 일이다. 하여간 오늘을 놓쳐서는 아니 되리라. 그 집에 가서 조용히 외칠 일이다. 사진을 찍는당께요! 기념사진을 찍어라오. 만사불고하고 꼭 나와사 쓸 것 아닌가요. 서둘러야 할 거시오 잉! 저녁 새참 이랑께.

— 와마! 아 그들은 어쩌까잉? 새댁이랑 집을 지켜야 것지라 잉. 강아지와 송 아지가 큰살림으로 자라 낳응께 말이요.

조반을 들기도 전 근동을 한 바퀴 순례하면서도, 궁리가 깊어지고 산골 멧새 처럼 신바람이 난 것이었다.

— 와마! 그라고 큰 간척지 공사장에서, 벌써 큰 잔치라고? 그라면 나가 집을 볼 팅께 새댁이랑 아그들 데리고 임자가 댕겨 오소. 큰 구경난 일인께.

최덕성은 겨우 고주 말 여미고 측간을 나서며 혼잣소리처럼 웅얼거렸다. 큰 일을 치르고 나선 몸이 후들거렸다. 큰일이라니, 날마다 겪는 일이건만 근자에 유달리 뒷일이 버겁다. 항아리 통통 위에 앉아서 담배 두어 대 참이나 고역을 치른 셈이다. 눈이 벌겋게 달아오르고, 뱃심이 똬리처럼 오그라들고, 온몸이 뭉개지듯 숨결이 콱콱 막히는 듯했다. 얼굴에도 핏기가 올랐다. 해산 고통이 과연 이렇다할까? 소리라도 질러대고 싶었다. 허나 뉘게다 하소연을 한다는 말인가. 똥구멍에서 벌건 피가 텀벙 텀벙 흘렀다. 지독한 변비증이었던 게다. 왜 이리도 극심한 고통을 치러야 했는가. 근자에 먹자거리가 그저 그랬다. 정 성껏 차려내는 아낙에게 민망하여 내색을 못했다. 보리쌀 떨어지면 듬성듬성 서숙 밥이요, 수수밥이었다. 그조차 바닥나면 곡기 없는 갈근탕이었다. 칡뿌 리 갈근탕이란, 먹을 때는 구수하지만 질렸다. 마른 고구마 풀죽이었다. 시래기 풀죽이었다. 먹으면 싸야 하는 일이다. 큰일이다. 소피란 작은 일로 그런대로 견딜 만 했으나, 큰일은 으레 큰일이었다. 먹은 게 허구한 날 풀뿌리요 푸성귀였다. 마소나 염소, 토끼는 풀만 씹어가며 처먹고도 잘 크고 힘도 쓴다. 그놈들도 까맣게 타고 뻐쩍 마른 똥 덩이 보라지. 그렇게 똥구멍을 막고 있는 큰일 치르기가 힘들고도 뼈저린 노릇이었다. 그나마 커가는 아들들 앞에 제 몫이나마 다 챙길 수가 있던가. 이런 때는 막걸리나 서너 잔 쭉 들이켜고 나면 술술 목줄 타 내리고 내림질도 수월하련만, 세상에 공술이 어디에 있던가. 핏발 선 눈에 물기가 어렸다. 소리라도 지르고 싶다. 이라고도 살아야 한다는 말인가. 산다는 일은 이리도 지독한 고통이라도 견디고, 먹고, 또 날마다 싸대야 하는 일이다. 산다는 건 견디는 일이다. 한 바탕 진통 끝에 긴 한숨 내쉬며 싸지른 말똥 같던 변비 통으로 세상이 아망하다가 환하게 밝아졌다. 또다시 무얼 챙겨먹고 싸질러야 하는가. 그래서 너나없이 잘 먹고 잘 살기를 그리도 소망하는 법이던가.

— 나무를 심자. 저 산등 골골마다, 감나무를 심고, 밤나무를 심자. 심고 또 심자.

근자에 들어 틈나는 대로 덕성은 나무 심기가 소원이었다. 오늘도 나무나 심자.

— 오—매, 먼 말씀인가요. 밤나무나 심자니? 사진을 찍는다고 안하요? 사진기 말이라. 쥔 양반이 가시서 보셔야지라. 장차 우리 아들 최종수가 할 일잉께라오.

호장 김 씨는 바쁘다며 서둘러 돌아가고 부부는 그 뒷걸음을 헤아려본다. 건너편 신 마량 현장에서 검은 연기 하얗게 솟구치고 만조이던 갯벌은 문득 고요한 묵상에 잠긴 듯싶었다. 사리 때 한숨 쉬다보면 썰렁하게 물러갈 해수다. 가고 오는 법도란 지엄한 일월의 가락이었다. 밀물과 썰물처럼 밀고 댕기듯 말하면서도 내심은 서로 달뜬다. 선말댁이 특히 그랬다. 간밤 말떼가 달려드는 꿈을 꾸었다. 한양 대처로 팔려가는 제주도 말들이 잠들어 쉬고 갔다는 숙마골에 씨가 마른 암수 말이었다. 뱃길을 따라 목포 군산 쪽으로 방향을 잡은 까닭이라고, 하지만 영락없는 암수 말들이 선산 개간지로 옹골지고도 순하게 들이닥치는 게 아닌가? 오지랖을 펼쳐서 다 품어 들이고 싶었던 것이다. 새벽 참 정화수 비손이 유난히 간절했다. 내 아들 종구, 종수여! 어찌 그리 소식이 돈절이랑가. 동생 최종수는 의사나 변호사랑 동급인 사진사 공부를 하고, 어미 아비 조금만 기다리라는 디, 더 큰 공부를 하겠지. 너무 크게는 잡지 말소. 과욕은 금물이라. 몸과 마음 상하는 법이랑만. 알아듣겠는가.

결국 새댁 순심이 세 아이들과 집에 남고, 선말댁 부부가 나섰다. 종순과 종연은 송아지와 개를 지켜야 한다는 주장이었다. 그까짓 공사판에 나서고 싶지 않다고.

— 이런 사람들아, 암캐가 사람과 집을 지켜주는 법이랑께.

— 아직은 쪼깐 더 커야지라. 날마다 쭉쭉 크는 소리도 안 들린 당가.

— 나는 그 놈의 공사판이랑가? 꼴 보기도 싫단 말이여.

— 바다를 메워서 갯논을 만들고, 천년만년 살 궁리라는데, 쌀밥도 그리 싫다고?

— 쌀밥이나 마나, 우리 땅 우리 바다를 왜놈들이 산산조각 난도질하는 꼴이랑께.

— 오매오매! 어찌 그리 한 맺힌 소리랑가? 설마 땅이나 바다를 짊어지고 갈 텐가?

— 이모님 어서, 우리 까꿍 도리도리! 윤심 아기씨에게 젖이나 많이 먹이시오. 잉!

— 자네가 구경 나서서 가볼 일 인디. 참말로 미안스럽소.

— 아녀라우, 우리 까꿍! 아이들 두고 어딜 가라. 우리는 약속이 있는 께라.

그 약속이란, 자나 깨나 이규진 신랑과의 철석간장이라고 헤아렸다. 선말댁의 차림이 눈부셨다. 농지기를 꺼내 입었고, 오랜만에 버선을 챙겼다. 실상 오랜만이다.

일 년 만의 출타이기도 했으나 뭔지 모르게 설레는 기색이었다. 내 아들도 사진사가 될 것잉께. 어머님은 조금만 더 기다리시오 잉! 하던 구절이 이리도 생생하게 떠오른 것이었다. 그려, 장한 아들들아! 그까짓 갯벌 공사판에는 아비도 나서고 싶잖다. 기왕에 선산밑 일구어 살림을 꾸리기로 작심이라면, 여기서도 화전이 열 댓 마지기는 넘을 테고 명년 봄부터는 발치에서 저 동산 밑으로 비록 천수답일지언정 논을 치리라. 갯가로 쭉 돌아가면 스무 남은 마지기는 족하겠지. 갯논 몇 십 만 평, 천석꾼 만석꾼보다 선산 우리 땅에 내 농사가 대본이 아니랴? 송충이는 솔잎을 먹고 나비 애벌레는 갈잎을 먹는다. 그래 훨훨 날아야. 뱁새가 황새걸음을 따르다가는 가랑이가 상하는 법이랑께. 그동안 엄동설한 굶주리고 지나며 몇 차례나 현장에 나와서 십장으로 일하면 살림이 훨씬 펼 것이라는 호장의 청을 들은 척 만척했던 것이다. 한번은 원포 박 십장의 간청이었고, 시미즈 겐타로 감독의 직접 권면도 있었다. 공사판 십장이라면, 옛날에는 몽둥이나 채찍 휘둘러 일꾼들을 다그치는 생업이라는데, 사람 사는 도리라면 생각지도 못할 망나니짓이라고 치부했었다.

부부가 어기적거리며 선산밑 갓돌아 개간지를 나서는데 헐떡거리며 원포 강찬진 목수가 건너오고 있었다. 한복 차림에 오뚝한 상투는 처음 본 듯 유난히 옹골졌다. 부부가 반기자 암연한 기색으로 말한다.

— 아침부터 호장 김 씨가 꼭 나오시라고 들렸단마시. 삼동 유지들 다 나오시라고? 걸 판진 풍양장이, 따로 없당께.

— 와마! 글안해도 요즘 자주 못 뵈얏고만이라. 한 꾼에 천천히 가십시다.

선말대 부부는 반기면서도 무거운 심사였다. 빚진 죄인이라, 근 일 년 대목 수공을 반에 반절도 못 치른 탓이었다. 그 뿐 만이랴? 온갖 농가소용이며 때마다 눈시울 뜨겁게 달구던 자선의 손길에 맘이 그득하였다.

동양척식의 간척지 준설 기념식은 거창한 난장이었다. 절정이 다가왔다. 사리 때 썰물이 온전히 바닥나는 세 시경이었다. 벌써 신 마량 현장에는 군관민의 유지들이 자리를 잡았고, 해안에는 대선과 중선들이 가득가득 강돌을 싣고 서서히 다가왔다. 삼년 어간 구물구물 먹어오던 간척지 갯벌 양편에서 동시에 석재를 쏟아 부으면서, 합수머리 메우는 역사였다. 벼락 치듯, 사자가 코끼리 몰아치듯, 쏟아 부으면 이어서 흙탕부대가 연신 덤벼야 한다. 그 절정의 순간을 포착하여 바람잡이로 상쇠 잡이를 앞세운 사물놀이 판이 중중모리로 징-징징거리다가, 자진모리 상모 휘둘러 하늘에 고할 터였다. 길고 긴 둑막이에 주민들은 터다지기 하듯 둥둥거리며 건넌다. 평소 이삼백 명 씩 들끓던 현장에는 동서사방에서 모여든 인파가 사오백 명은 넘을 듯했고 -어 얼럴럴 상사뒤야! 뒤풀이 잔치는 늦은재 밑 현장 두 곳에서 차근차근 열릴 터였다. 늦은재 밑의 수문거리가 장관이었다. 수문거리에서 금번에는 무당 단골의 굿거리가 아니라 신단에 향촉을 올려 배례하고, 차라리 사물 판으로 흥취를 돋우리라. 총감독 시미즈 겐타로는 이미 작정하여 지시했다. 조센징의 단골은 재수 없었다. 별 재미를 못 봤다. 알아들을 수도 없는 굿거리장단이 수상하고, 춘사가 잦았던 것을 잊지 못하겠다. 신마 현장에서 기념식을 마치면 터다지기로 전 인원이 건너와 갑문에서 이차로 고사를 지내리라. 돼지 머리도 다섯이다. 신단神壇은 갑문 입구에 아담하고 정결하게 마련되어 있었다. 집채덩이만한 석회 콘크리트 갑문閘門 다섯 기가 웅대한 모습을 드러냈다. 갑문에는 철강 운전 판 다섯 기가 덩그렇게 배치되었다. 거창한 갑문을 운전 판으로 끌어올리고 내려 수량을 조절할 수문인 것이다. 갑문 운하를 시작으로 간척지 갯벌 육수구와 배수로, 갯논 성토 작업과 필지 구분을 담당할 측량기사 팀은 벌써부터 기획을 서두르는 듯했다. 군관민들의 화사한 수인사가 이야말로 호탕불기였다.

군수 마루야마 겐지는 유난히 절친한 기색이었다. 서장 아오야마 고쇼도,

— 차아! 이거 얼마만이가!

하고 포옹을 아끼지 않았다. 부인들 화려함이라니 노가다의 눈시울이 부실 지경이라고 겐타로는 감탄했다. 때 아닌 사쿠라가 활짝 피었고, 동양척식 목포 지점에서는 국장을 비롯하여 십여 명이 출장하였다.

하객들이 다가오는 대로 형편 따라서 대접이 융숭했다. 함바집 주변이 별난 난장이었다. 유지들의 몇몇 식탁 외에는 여기저기 산병散兵들의 야전식당이었다. 팥죽 솥에는 순서를 기다리며 팥죽처럼 들끓었고, 비리고 누린 것도 풍성했다. 십장들의 지휘로 질서정연하고, 중참이 지나자 기념식장으로 몰려들었다. 인원은 배가한 듯 했으나, 햇수로 사년 전의 기공식보다는 한층 품위가 돋보이는 잔치라고, 겐타로 총감은 자평하며 기분이 상큼하였다. 군수 영감의 축사도 그럴듯했고, 경찰 서장의 격려사와 상찬도 만족했다. 사뭇 덩달아 오른 불쾌한 현장이었다.

역시 동양척식의 착공과 성취란 대단한 경지라, 이야말로 육해공군의 합동작전이라 했다. 일사분란하게 대륙으로 지향하는 천황폐하의 충용한 신민으로서 선민선치하려는 대동아공영의 기지창이라 하였다. 제국의 전선은 무한대한 확대일로라. 치국평천하의 국토가 대륙으로 진출하는데 이 같은 현장이 없다면, 사상누각이라 했다. 이와 같은 기획과 기술과 물량과 지략에 진충보국의 실적이란, 군관민이 함께 본받아야 할 귀감이라 했다. 이 모든 공과의 첨병은 바로 현장의 총 감독, 시미즈 겐타로의 업적이라고, 입에 침이 마를 지경

을 넘어서고 있었다. 연신 박수들이 터졌고 경찰 서장은 한술 더 뜨지 못하는 아쉬움을 말했다. 겐타로는 이따금 동척의 항구 목포지점 기무라 타쿠야木村石해 국장을 바라보며 낯을 붉혔다. 몇 말씀하시지요, 하고 유지로 군에게 메모를 날렸으나 응답이 없었다. 대신 시미즈 겐타로를 응시하는 눈길이 날카로웠다. 겐타로는 섬뜩한 느낌을 지울 수가 없다. 목포 항구에 동척의 공작지점을 꼭 말로 해야 하는가? 연락선이 연락부절인 부산항과 더불어 대제국을 위하여 부지런히 실어 나르고 들여야 한다는, 바로 그 말 아니던가? 급기야 겐타로는 답사에 준하여 준비된 문안대로 몇 마디를 간신히 토설한 다음, 이 자리에서 고귀한 면면들 영구보존할 기념 촬영으로 모시겠다고 했다. 한 분도 빠짐없이 촬영에 동참하시어 본국에 전달하도록 협조하시기 당부 드린다고, 연설하였다. 열렬한 박수와 함께 장면은 순식간 전환되었다. 이야말로 기다리고 고대하던 역사적인 순간이다. 동척 시미즈 겐타로는 저절로 길고 긴 뜨거운 한숨이 터졌다.

선말댁은 저도 모르게 가슴이 철렁했다. 내내 벌렁거리던 앙가슴이었다. 낮참에 수문거리에 당도하자 말자 사로잡힌 거창한 갑문閘門을 발견하면서부터 우둔거리던 가슴이었다. 대체나 저게, 용왕님 전 용궁문이랑가? 말만 들었던 대제국 군함인가. 언제 적 하늘에서 내려 왔더랑가? 물밑에서 솟아 올랐당가. 대처에서도 구경도 못한 다섯 기의 수문을 앙망하면서 눈이 커졌다. 우리네 조선은 자고로 고대광실 높고 귀하다는 집 구경일 뿐이었건만, 백성들의 식량을 구한다는 저런 공작을 도대체 뉘라서 꿈이라도 꾸었다던가. 우리네 사내들, 우리네 양반 대감들은 대체 무엇들을 하고 있다는 말이던. 말로만 듣던 한양의 궁궐이며 사대문이 과연 저러할 터이던가? 볼수록 실눈이 시고 부시며, 저 징상한 족속들은 불원천리하고 남의 땅을 침탈해서라도 저리도 당당한 역사를 이루건만, 우리네 상감님 양반 대감들은 다 죽어부렸당가. 이것이 대체나 먼 놈의 세상이런가?

오-매, 오-매! 시상 천지간 그 속셈이 자못 편치 못한 치부였다. 새 땅 터다지기 사물놀이 한바탕에 절로 두둥실거리는 허깨비 춤을 추며 갯물바다를 육지로 건너와, 선심팥죽 한 그릇으로 속을 달랬으나, 내내 멈추지 못하고 우둔거리던 가슴이 새삼 철렁거렸다. 팥죽 새알 옹심이가 유난히 오지기도 했다. 고귀한 면면들을 사진으로 모시겠다고? 그 말을 전하면서 철렁거린다 했던가, 찰랑한다고 했던가? 아리송하고 분간이 망연했다. 생각다 못해 곁에선 쥔 양반 덕성에게 조요히 묻는다.

— 대체나 뭐라고하요. 사진을 그냥 철렁거린다 하요? 찰랑한다고 혀요?

— 찰랑 아니라, 기념 촬영이라고 안하는가. 사진기를 찍을 모양일랑 감만.

최덕성이도 아연 긴장 되는 모양이다. 성치 못한 몸과 맘이었다. 내내 두리번거렸으나, 별다른 낌새는 보이지 않고 잘난 관청 신사들 연설이 무한정 길었던 터다. 어서 끝나고 한바탕 사물 판이나 벌렸으면, 속이 후련해질 참이었다. 한분도 빠짐없이 동참을 하시어, 본국에 전달하도록 협조를 바란다는 요청인 것이다. 강 목수나 호장도 무언가를 두리번거리고 있었다. 어느새 연단 앞으로 자리가 정리되는데, 난데없는 신사가 분견대 순사의 호위를 받으며 나타나더니, 일목요연하게 지휘를 한다. 키가 크고 잘 생긴 신사 옆에 지긋한 안경잡이가 지켜보고 있었다. 오매! 내 사람 최종구는 언제 저렇게 키가 크고, 멋쟁이가 되끄나. 대처 종수 다리는 얼매나 고쳤는가. 아무래도 제 구실은 어렵겠지. 저 검정 옷이, 그냥 반짝반짝 송아지 눈빛이 나 능만, 저 사람이 바로 사진사 양반잉감만? 사방을 휘둘러보던 신사가 커다란 가방에서 꺼낸 삼발이를 세운다. 커다란 사자 대가리가 검은 포장에 덮어씌운다. 거기 머리를 쓱 디밀던 신사 양반이 이리저리 손짓 하는 대로 잘난 군수영감이랑, 경찰 서장이랑, 면장님이랑 그 사이 사이에 화사한 여인들이랑, 현장 감독님이랑, 분견대장이랑, 대체나 꼼짝달싹 듣을 못하는 게비다.

— 아아! 넉 줄로 만드시오. 저그, 키 작은 선생님, 요 앞으로 나오시오. 사모님들, 허리 좀 쭉 펴세요. 네네! 좋습니다, 좋아요.

눈이 부시고 숨결이 차분하게 가라앉는다. 저 목소리 어디서 많이 듣던, 차분하게 웅얼거리는 음성이다. 하지만 말씨가 세련되어, 일본사람 말인가? 조선 사람인가? 도대체 처음 듣는 언사였다.

— 오이-오이, 신사숙녀님들, 전체가 옆으로 좀, 비슷비슷하게요. 아-예! 정답게 긴장들 푸세요. 머리들을 좀 손대세요. 바람에 흐트러졌습니다. 요-씨 자자! 자, 움직이면 안 됩니다. 자 여길 주목하세요. 자아! 자, 여기! 찍습니다!

천지가 자욱한 순간 한손에서 불꽃이 활짝 터졌다. 오매! 와마마! 또 솟아올랐다. 연방 세 방을 터트린다. 저것이 대체 말로만 듣던 댕 구랑가? 대포가 터져 부럿당가? 오매 우짜꼬잉. 흰 연기가 작은 구름 덩이처럼 솟아오른다. 봄날의 난 분분, 난 분분! 살구꽃 가루처럼 휘날렸다. 선말댁은 저도 모르게 가슴을 훑어 내리며 긴 한숨을 터트렸다. 얼핏 살핀즉 선말 양반 눈시울을 닦는다. 연신 눈시울을 닦아 내린다. 오-매 저 양반 대체, 웬 청승인가. 동백꽃다발 아름 쥔 새신랑처럼, 얼굴은 달아오르고 난생 첨 보던 짓이었다.

— 워-매, 쥔 양반은 머시 그라고도 애달프다고, 어지신 눈물 바람인가라.

— 아니 자네는 어째 그라고 이 마당에 달콤한 눈물이라도 안나 능가.

얼을 차리고 둘러본즉 강 목수도, 호장 김 씨도 예사 눈치가 아니었다. 안절부절 못한 듯 뭔가를 놓치지 않으려 다잡고 들었다. 다시 본즉 선말 양반 최덕성은 아예 벌건 얼굴로 눈물범벅이었다. 참말로 요상하기도 하다. 그렇게도 당당한 쥔 대감 대장부 어른이, 대체나 먼 짓이랑가.

— 아들이 생각나서 그라시오? 조금만 더 기다리라고 안 합디여?

— 아들 생각이라니? 저긴 대체 뉘 아들이당가. 내 아들은 자네 아들 아니

당가.

— 머시라고? 오-매! 오 매매, 저 양반이 종수라고? 내 아들 최종수라고! 시방?

— 오늘이 도대체 먼 날인가. 사진기에다, 눈을 똑바로 떠 보랑께.

— 눈을 똑바로 떠보면, 멀 할 것이요. 저 아지랑이 대포 연기에 머가 보여야 말이 제라. 그냥 시상만, 동녘무지개 불꽃처럼 아득 항만이라.

그리 조신스럽던 선말댁이 이리도 정신을 못 차린단 말인가. 어느덧 사물놀이가 절정으로 치닫고 있었다. 파란 하늘로 솟구치던 상모가 휘돌리는 멋대로, 징소리는 징징거리며 장중하게 땅속을 파고들었고, 상쇠길라잡이 최덕만이 유달리 핼쑥해진 얼굴로 혼신을 다하여, 유별난 신명을 돋우고 있었다. 그 눈에 눈물이 번들거렸다. 천 천지 북 가죽! 기름 발라 개가죽은 덩달아 오르는 청중들의 몸체로 스며들었고, 동당거리는 장구소리는 늘씬한 아랫도리 음양가락 들추어간다. 깨갱거리는 꽹과리가 성깔머리로 훼방하듯 격려하며, 동서남북 팔방으로 생판을 추스르고 들었다.

— 얼럴럴 상사-뒤야! 서리고 맺힌 앙가슴, 시원스레 흐르고 뚫린다. 정녕 이럴 테라면 가사절창은 하늘로 치솟아 앙청하는 낭랑청산의 폭포수가 제격일 터였다.

1권 完

운상 최춘식 장편소설

오리지널
얼럴럴 상사뒤야

제 1 권 탄식하는 고향

초판 1쇄   2020년 7월 22일

지은이   사무엘 최춘식
펴낸이   안혜숙
편집 디자인   임정호

펴낸곳   문학의식사
등록   1992년 8월 8일
등록번호   785-03-01116
주소   우편번호 23028 인천시 강화군 강화읍 국화리 840-1 삼원 아트빌 402호
           우편번호 04555 서울 중구 수표로6길 25(충무로3가 25-12) 501호(서울 사무소)
전화   02. 582. 3696
이메일   hwaseo582@hanmail.net

값 15,000 원
ISBN 979-11-90121-15-6